대동아문학자대회 회의록

옮긴이

곽형덕 郭炯德, Kwak, Hyoung Duck

명지대 문예창작과를 졸업하고 와세다대 대학원 문학연구과와 컬럼비아대 대학원 동아시아 언어와 문화연구과(EALAC)에서 일본 근현대문학을 수학했다.

현재 명지대 일어일문학과 교수로 재직 중이다. 저서로『김사량과 일제 말 식민지 문학』이 있고, 번역서로는『돼지의 보복』,『지평선』,『한국문학의 동아시아적 지평』,『어군기』,『아쿠타가와의 중국 기행』,『긴 네무 집』,『니이가타』,『아무도 들려주지 않았던 일본 현대문학』,『김사량, 작품과 연구』(1~5) 등이 있다.

대동아문학자대회 회의록

초판인쇄 2019년 3월 5일 **초판발행** 2019년 3월 15일

옮긴이 곽형덕 **펴낸이** 박성모 **펴낸곳** 소명출판 **출판등록** 제13-522호

주소 서울시 서초구 서초중앙로6길 15, 1층

전화 02-585-7840 **팩스** 02-585-7848

전자우편 somyungbooks@daum.net **홈페이지** www.somyong.co.kr

값 22,000원　　ⓒ 곽형덕, 2019

ISBN 979-11-5905-391-7　93830

大東亞文學者大會

대동아문학자대회 회의록

The Report of the Great Eastern Asian Writers Conventions

곽형덕 옮김

소명출판

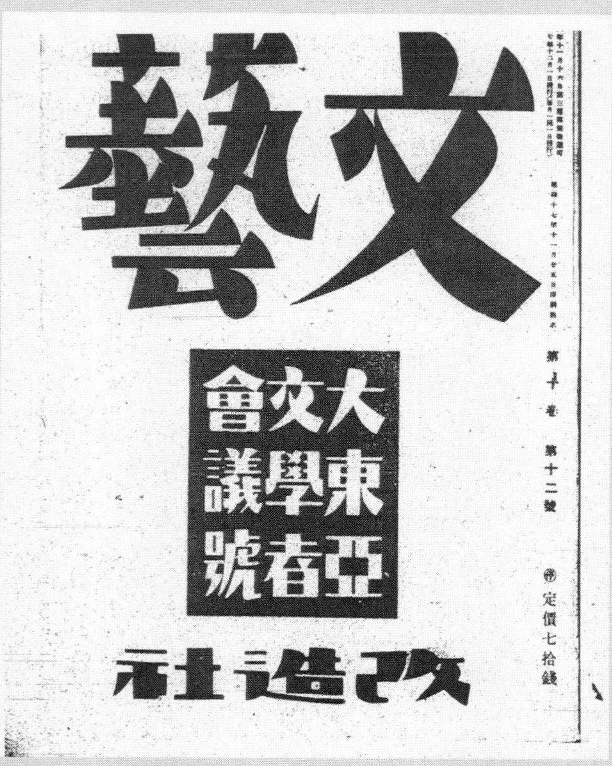

【자료 1】『문예』, 1942.12월호, 표지

이 글은 「大東亞文學者會議」(『文藝』, 1942.12), 2~61쪽을 번역한 것이다. 당시의 상황을 전달하기 위해 다른 미디어에 실린 대회 관련 사진 자료 및 참가자의 사진 등을 중간에 넣었다.

11월 3일 (발회식 제국극장에서)

사회자 쓰치야 분메土屋文明

지금부터 대동아문학자대회를 개회하겠습니다. 개회에 앞서서 국민의 례를 실시하겠습니다.

궁성요배(宮城遙拜) 영령감사(英靈感謝)

계속해서 일본문학보국회 사무국장 구메 마사오久米正雄 씨가 개회 인사를 하겠습니다.

구메 마사오久米正雄

본래대로라면 회장 도쿠토미 이이치로德冨猪一郎[1] 선생이 개회 인사를 하셔야 하지만, 그 대신 사무국을 담당하고 있는 자로서 개회에 즈음하여 찾아와주신 여러분을 향해서 인사말을 한마디 올릴 수 있는 영광을 누리게 된 점을 기쁘게 생각합니다. 아시다시피 우리 일본문학보국회는 금년 6월 18일에 탄생해 얼마 안 된 모임입니다. 이번에 본회가 대동아문학자대회라고 하는 성대한 회의를 이렇게 짧은 기간에 열 수 있어 자랑스럽습니다. 다만, 기간이 짧아서 만반의 준비를 갖추지 못해 다소 부끄럽게 생각합니다. 돌이켜보건대 이렇게 청징淸澄한 국화향 풍기는 메이지세쓰明治節[2]라는 길일을 골라서 성대하게 개회식을 올릴 수 있게 된 것을, 저희 일동은

---

1   도쿠토미 소호(德富蘇峰).
2   11월 3일은 일본의 패전 이전 휴일로 메이지천황(明治天皇)의 탄생일이다.

참으로 기쁘게 생각합니다. 이는 전적으로 우리들을 후원해 주신 관계 관청, 민간단체 회원 여러분 및 멀리 해외에서부터 오신 참석자 여러분들의 정열에 힘입은 것임은 두말할 필요도 없습니다. 다만, 이러한 모든 것 또한 실로 오오미이쓰大御稜威[3]의 크신 힘의 가호가 있었기 때문임을 느낍니다. 이 위대한 힘을 우리들뿐만이 아니라 참석하신 여러분들 모두가 느끼실 것이라 저는 믿기에 이 대회가 훌륭한 성과를 올릴 것임을 기대해 마지않습니다. 이상으로 한마디 인사말을 대신하며 더욱이 마지막으로 도쿠토미 회장의 위촉에 따라, 회장 대신에 좌장을 제가 위촉하고 싶음을 말씀드리고 단상에서 내려가려고 합니다. 부디 찬성해 주실 것을 희망합니다. [박수] 그러면 모든 회원의 일치된 의지로 시모무라 히로시 선생님에게 좌장을 부탁하고 만사는 좌장의 지도하에 맡기고 발회식을 끝내기를 바랍니다. [박수]

시모무라 히로시下村宏

저는 재능이 부족합니다만, 추천을 받고 좌장 자리를 더럽히게 됐습니다.

동양민족 상호 간은 정치 경제 각 방면에서 가장 밀접하게 경계를 접하고 있으며 같은 인종으로서 또한 그 관계가 특히 밀접함에도 지금까지 어찌됐든 다르게 살아왔습니다. 이번 대동아전쟁은 일본 국내에서도 숱한 혁신을 각 방면에 촉진하고 있습니다. 이것은 대동아전쟁의 커다란 부산물이라고 할 수 있습니다. 동양민족도 모든 방면에서 영미의 질곡으로부터 해방되면서 다양한 움직임이 새롭게 일어나고 있습니다. 우리들 문학자들이 이렇게 회합하는 것이 많이 늦었음을 느낍니다. 이 회합으로 우리들이 대동아전쟁 완수를 위해 그 힘을 다해야 함은 당연한 이치입니다. 다

---

3   일본 천황의 위덕(威德), 위광(威光)을 칭송하는 말.

만 동양문학계를 대표해 서로가 친밀하게 회합하고 상호 이해를 증진하는 것은 단지 전쟁을 완수하는 것뿐만이 아니라, 평화를 회복한 후 대동아공영권의 신질서를 건설해 가는데도 대단히 중요한 일이라 생각합니다. 대회 일정이 사흘에 불과하고 그 전후로 일본의 명소를 시찰해야 해서 일정이 대단히 빡빡합니다만, 부디 이 기간 동안 문학자 특유의 특수한 시각으로 대동아전쟁 완수에 개진하고 있는 일본국민의 모든 방면을 관찰하시고 또한 상호 간의 이해를 더욱 증진해서 각자 맡은 역량을 발휘하게 되기를 바랍니다. 이것으로 좌장의 인사말을 대신합니다.

정보국차장 오쿠무라 기와오奧村喜和男

근대 일본 건설의 위업을 퍼뜨리시고 "천하를 후가쿠富岳[4]의 안정하에 두"고 또한 아시아를 구미歐米의 침략으로부터 보호하여 "만리의 파도를 개척"하신 메이지 천황의 탄생일에 해당되는 오늘과 같이 좋은 날, 즉 메이지세쓰를 골라서 대동아문학자대회 개최를 하게 됨을 저는 경축할 일이라 생각합니다. 생각해 보면 대동아의 중핵 일본, 만주국, 중화민국을 시작으로 동아의 대표적 문학자가 한 곳에 모여 서로의 흉금을 터놓고 수일에 걸쳐서 대동아전쟁 완수와 대동아공영권의 완성에 대해서 문학자로서 솔선해서 협력하는 방도를 의논하는 것은 실로 전례에 없던 움직임입니다. 이것은 단지 대동아문학 역사에서만 의미 있는 일이 아니라 대동아 건설, 아시아 부흥의 역사를 보더라도 불후의 광채를 띠게 될 것임을 확신합니다.

과거에는 걸핏하면 일부에서 '문화의 위기'라는 것을 외쳐댔습니다. 하지만, 아시아를 보자면 장래에 어떠한 문화적 위기도 현재 존재하지 않는다는 것을 여기서 엄숙하게 선언하고 싶습니다. 과거 우리들의 어머니와

---

4   후지산.

大東亞文學者會議

久米正雄氏

開會を宣するす

十一月三日　（發會式　於帝國劇場）

司會者（土屋文明）　これより大東亞文學者大會を開會いたします。開會に先立つて國民儀禮を行ひます。

宮城遙拜・英靈感謝

續いて日本文學報國會事務局長久米正雄氏が開會挨拶をいたします。

本來ならば、會長德富猪一郎先生が開會の御挨拶を申上ぐべきですが、その代りに事務局を預つてをります者といたし

久米正雄

るものであることは、いまでもありませんがしかしその全體を包んで私どもはしみじみと大御稜威の大いなる力の御加護があつたことを感ずるのであります。この偉大なる力をわれわれのみならず、來會して下すつた皆様悉くが感じて下さるに違ひないと私は信じますので、この大會が美しい成果を牧めるであらうことを期待して憚りません。以上を以て一言御挨拶に代へ、なほ最後に德富會長からの御委囑により、會長の代りに座長を私から御委囑申上げて壇を降りたいと思ひますが、何卒御贊成下さらんことを希望いたします。（拍手）それでは全會の一致した意志をもつて、下村宏先生に座長をお願ひし、萬事この座長の御指導の下に發會式を終りたいと存じます。（拍手）

下村宏

私不敏でありますが、御推薦により座長の職を汚します。政治經濟各方面に於いて最も境を接し、人種を同じくし、またその關係の特に密接な東洋の民族相互の間が、今まで兎角不同でありました。今回の大東亞戰は、日本の國内においてもあらゆる方面に幾多の革新を促してをります。これは大東亞戰の大きな副産物であります。東洋の民族もあらゆる方面において、新に幾多の桎梏から解放され、米英の桎梏から解放され、われわれ文學者またこゝに合すること既に行はれてをります。米英の桎梏から解放され、われわれ文學者またこゝに合することは、低に遇ぎものありと感ずるのであります。この會合によ

げる光榮を布したことを喜びとするものです。御存知のやうにわが日本文學報國會は、この六月十八日に誕生しましたから、まだ半年に滿たない短い歳月を閲しただけの會でありますが。今回この大東亞文學者大會といふ盛大なる會議を、この短い時日の間にもち得たことは、本會の誇りとするところです。たゞ準備期間が短かかつたため、高端整はざる點が多く、聊か慚愧といたしてゐるものではありますが、しかしこの清澄なる菊花薫る明治節の佳き日をトしまして、盛大にこの大會の發會式を擧げることが出來たことは、私共顧みまして非常に嬉しいのであります。これは偏にわれ〴〵を御後援下さつた關係諸官廳、民間諸團體、會員諸君、および遙々海を越えて御來會下さつた海外からの參會者諸君の御熱情によ

【자료 2】『문예』, 1쪽

도 같은 아시아가 구미 침략자의 철 발굽 아래 유린당할 때야말로 아시아 문화의 위기였습니다. 그러나 지금은 영미 침략자가 전 아시아 천지에서 구축驅逐되고 있기 때문에 아시아에 존재하는 것은 양양한 희망과 환희이지, 결코 위기가 아닙니다. 현재 '문화의 위기'에 가장 직면한 것은 다름 아닌 영미의 현세적 문화일 뿐입니다. 문화는 역사와 함께 존재하며 영원히 유동적으로 발전해 가는 것입니다. 낡은 영미의 물질문화는 의심할 여지 없이 오늘날 뒤처진 과거의 것이며, 새로운 역사를 창조해서 이를 대체한 후 아시아문화는 정말로 새로워지고 있습니다. 이제 와서 '문화의 위기'를 외치는 것은 과거에 연연하여 퇴행하려는 허튼 소리에 지나지 않습니다.

협소한 문화지상주의 또한 우리들이 배척하지 않으면 안 될 것입니다.

이른바 전쟁이 문화를 파괴한다는 논리인데 '문화의 위기'라는 것도 역시 그러한 논리에서 나오는 것입니다. 하지만 싸우지 않으면 안 되는 전쟁이 있습니다. 우리들의 아시아를 탐욕과 굴욕으로 유린한 침략자를 배척하기 위한 전쟁이 그것으로 우리는 이에 당당히 맞서 싸우지 않으면 안 됩니다. 이것은 정의의 전쟁이며 파괴되는 것은 영미의 침략주의 문화입니다. 아시아 본래의 문화는 오히려 전쟁을 통하여 바야흐로 창조돼 가고 있습니다. 지금 아시아문화는 전쟁과 함께 하는 것으로 전쟁을 문화의 파괴자라고 보는 것과 같은 과거의 협소한 문화 지상주의를 일소해야 합니다. 이 거대한 대동아에서의 전쟁으로 새로운 아시아문화의 숨결을 느끼고 그 기준을 파악하지 않으면 안 됩니다. 과거 영미문화는 주지주의, 합리주의, 유물주의를 그 특징으로 한 것에 비해, 이른바 아시아문화는 전인격적 직관주의를 그 근본으로 해왔습니다. 그러므로 주지주의나 합리주의가 단지 사물의 형식적 표면을 해석 분석하는 것으로 끝나 마침내는 유물적 기계주의로 타락했다면 아시아의 전인격적 직관주의는 단숨에 사물의 근저, 본질에 도달하게 됐습니다. 하나를 통해 백에 당도하는 일본의 전쟁정신은 실로 이러한 아시아정신의 전형이라고 하겠습니다.

또한 영미문화가 단순히 생활의 수단을 취득하는 것을 목표로 한 고리대금과도 같은 비근로문화非勤勞文化요 착취적인 상인문화였던 것에 반해, 우리 아시아문화는 생활을 궁극적인 목적으로 살려고 하는 숭고한 땀과 근로문화로 단순히 생활만이 아닌 예술인 동시에 종교적으로 존재해왔습니다. 제정교祭政敎 일치 ─ 요컨대 아시아에서는 종교와 정치, 교육이 혼연일체가 된 까닭입니다. 따라서 아시아문화는 종합되고 통일된 문화이며 영미의 문화주의는 분화주의分化主義라 할 수 있습니다. 아시아 십 억 민족이 한결같이 받들어야 하는 이상과 진리를 위해 우리들은 단단히 하나가 돼야만 합니다. 유교도 불교도 더욱이 회교回敎도 그 지향하는 궁극적인 지

점에서는 하나입니다. 더욱이 우리들은 예부터 한결같이 태양을 숭배하고 쌀을 먹고 살아온 민족입니다. 이러한 공통적이며 궁극의 이상에 의거해 아시아에는 이미 국제연맹에서 말하는 것과 같은 국경도 없으며 아무런 차별도 없고, 단지 하나의 이상, 덕德, 동고同苦, 공영共榮만이 있을 뿐입니다. 본래 하나여야 할 아시아를 분열 상극시킨 것은 침략자의 깊은 책략에 불과했던 것입니다. 하지만 아시아의 침략자가 구축되고 있는 이 가을, 아시아가 하나가 되지 않으면 언제 다시 하나가 될 수 있겠습니까.

아시아는 이제 스스로 위대한 자각을 하지 않으면 안 됩니다. 세계 3대 종교를 낳고 근대 구미 과학문명에 기초를 제공한 것은 사실 아시아였습니다. 아시아는 이러한 다산多産과 노력을 한 후에 깊은 잠에 빠졌습니다만, 오늘날에는 다시 자기 본연의 모습을 자각하기에 이르렀습니다. 이제 와서 구미문화에 대한 추수를 말하고 아시아의 후진성에 대해서 운운하는 것은 아시아의 자살 이외에는 아무것도 아닙니다. 우리들은 이러한 비겁한 노예적 감정을 청산하지 않으면 안 됩니다. 오늘날 우리들의 위대한 목표는 물질적 영미문명을 추수하는 것이 아니라, 오히려 그 모든 것을 스스로의 자주성으로 확보해 절대와 권위를 통해 아시아의 근원으로 돌아가야만 합니다. 메이지 유신을 성취한 근대 일본의 성공은 단순히 구미문명을 노예적으로 추수했기 때문이 아니라, 오히려 이천오백 년이라는 역사적 축적을 엄중하게 호지護持하면서 확고한 자주성을 자각해 세계에서 그 유례를 찾을 수 없을 만큼 단시간에 구미문화를 획득한 것에 지나지 않습니다. 게다가 그와 같은 근대 구미문명의 핵심도 오늘날에는 일본을 거쳐 아시아의 것이 돼가고 있습니다. 우선은 아시아의 위대함과 영원과 절대의 근원을 자각하는 것이 우리들의 첫 번째 과제입니다.

제군은 이미 낡은 '문화의 옹호자'가 아니라, 실로 새로운 '문화의 전사'가 되지 않으면 안 됩니다. 바야흐로 일본은 밖에서도 또한 안에서도 최대의 희생을 치르고 있습니다. 그것은 무엇을 위해서인가, 말할 것도 없이 일본 자신을 위한 것이 아니라, 전 아시아를 위해 더욱이 정의와 진리를 위해 싸우고 있는 것입니다. 정의의 전쟁 — 이것이 과거 일본이 대륙 군대를 거느린 러시아와 싸워서 이긴 까닭이며 현재 대동아전쟁에서 연전연승의 대성과를 거두는 이유이기도 합니다.

육군보도국장 야하기 나카오 谷萩那華雄

대동아전쟁 완수는 대동아공영권 건설과 뗄 수 없는 일체를 이루는 것으로 전쟁이 요컨대 건설이요, 건설이 요컨대 전쟁입니다. 건설의 기초를 이루는 것은 대동아 십 억 민족의 마음에서 나오는 일치 결합입니다. 의논 중인 정치건설도 경제개발에 대한 희망도 민중의 마음에서 우러나는 협력이 없다면 결과적으로 사상누각에 다름없습니다. 군사, 정치, 외교 등은 조약, (외교상의) 메모랜덤 등으로 어느 정도 해결이 가능한 것입니다만, 민심의 일치단결은 어떻게 해서든지 사상적 문화적으로 해결하지 않으면 안 되는 문제입니다. 즉, 정치의 건설, 경제의 개발을 뒷받침하는 것은 사상적 문화적인 건설인 것입니다. 대동아전쟁 완수 도상에서 사상전과 문화공작의 중요성은 정말로 이것에 달려 있다고 믿습니다. [박수] 그리고 문학 및 문학자가 현재 상황에서 점해야 하는 지위는 어떠한 것일까? 문학은 사상의 성과이며 문화의 진수입니다. 각 민족은 문학을 통해서 서로 이해하고 그 혼과 혼이 결합하는 것입니다. 그렇다면 문학자는 참으로 사상선思想線의 중핵에 해당하는 분자分子이며 문화 병단의 첨병이어야 한다고 생각합니다. 대동아건설 도상에서 문학과 함께 문학자의 중요성은 실로 여기에 있다고 하겠습니다. 대동아 천지에는 고래古來로부터 훌륭한 사상, 위대한 문화가 있었습니다. 그리고 일본도 만주도 지나支那도 인도 남양南洋도 모두 여기에 연을 갖고 관계를 맺어왔습니다. 따라서 새로운 사상문화의 건설은 참으로 이러한 기반 위에 세워나가는 것이 좋을 것입니다. 대동아공영권건설이념의 목적은 만방을 지향해 각각이 있는 위치를 자각하게 해서 만민 모두가 그 길로 안심하고 들어설 수 있게 하는 것임은 여러분이 아시는 그대로라 생각합니다. 따라서 대동아전쟁과 함께 나아가야 할 사상공작과 문화공작도 참으로 그 일치된 사상에 따라서 진행되어야 합니다. 문학자는 여기에 도의적 결속을 구하고 유유悠悠, 화락和樂하는 가운데 커다란 건설을 실행해야 할 것입니다. 만에 하나 구미의 물질주의적이며 패도적覇道的인 사상의 영향이 있었다고 한다면 이 기회에 그것을 근본에서부터 잘라내셔야 합니다. 특히, 코민테른의 공산주의, 영국의 제국주의, 미국의 자유주의 등 우리 대동아의 사상 및 대동아문화에 해독이 되는 것은 이 기회에 근본에서부터 전부 일소하는 노력을 해야만 합니다. [박수] 요컨대 대동아공영권 여러 나라 문학의 권위자가 한 곳에 모여 새로운 문학의 창조를 위해 다양한 방법를 고안해 냄은 참으로 시의 적절한 것이며 이에 대해 경의를 표하는 바입니다. 부디 건투하시어 혁혁한 문학상의 성과를 거두실 것을 기원하며 축사를 대신하는 바입니다. 여기서 끝냅니다. [박수]

해군 보도부 과장 히라이데 히데오平出英夫

오늘의 행사를 참으로 감축드립니다. 대동아전쟁 발발 만 일주년을 맞아 참으로 빛나는 큰 모임이 이뤄지고 사상전의 일익을 견고하게 담당해 주시니, 마음에서부터 기쁨의 인사를 올립니다. [박수] 저희들에게 문학이라는 것은 너무 어려워서 잘 알지 못하지만, 문학이 전쟁에 얼마나 소중한 것인가에 대해서라면 대단히 잘 알고 있습니다. 오늘날 저희들의 강한 적인 미국은 바야흐로 진지하게 전쟁에 임하고 있습니다. 전쟁 초에 그들은 방심을 하고 있었습니다. 그렇기 때문에 졌던 것이라 말하고 있습니다. 이제 그들은 정신을 똑바로 차렸습니다. 하지만 지금까지 거듭되는 우리 군의 전과에 힘입어 그들이 정정당당하게 진을 치고 일본과 대응하는 것은 미국 당국이 말한 것처럼 현재 어려운 일입니다. 하지만 그 정도의 국가가, 앞으로 준비가 가능한 2년 동안 손을 놓고 아무것도 하지 않고 지내리라고는 도저히 생각할 수 없습니다. 그 사이 그들이 하려고 하는 것은 생산전인 동시에 사상전입니다. 생산전의 경우 여러분들과 그다지 관계가 없을 것이라고 생각합니다. 하지만 사상전에 대해서는 실로 지대한 힘이 되어 주실 것이라 생각합니다. 그들의 사상전이 무엇을 노리고 있는 지는 이미 명백합니다. 저희 쪽 사상전 또한 이에 대항하는 데 충분히 강력한 것이어야 합니다. 무력전에서 우리들은 결코 질 것이라 생각하지 않습니다. 대아시아를 지켜내겠노라 우리들의 동료, 제1선에서 일하고 있는 장병들이 굳게 맹세한 바입니다. 하지만 사상전은 제1선 장병이 아무리 노력하더라도 힘이 미치지 못합니다. 여기에 큰 힘을 쏟아 주셔야 하는 것은 주로 여러분과 같은 사상전의 제1선 장병입니다. 저는 전시戰時 중의 문학은 싸우는 문학과 즐기는 문학이 있다고 생각합니다. 즐기는 문학이라 함은 평화 시기부터 계속되고 있는 문학입니다. 지나치게 팽팽해진 고무는 팽팽한 채로만 내버려두면 터지기 때문에 때로는 그것을 느슨하게 해야 하며 그것이 즐기는 문학이라 생각합니다. 하지만 이와는 별도로 싸우는 문학이 있어야 할 것입니다. 이는 진정으로 일본이 필승하리라는 신념을 안겨주고 또한 적에게 일본에게는 적수가 없다는 생각이 들게 하는 ― 저는 잘 모릅니다만, 그러한 힘을 갖는 문학이 있으면 좋다고 생각합니다. 그것이 싸우는 문학이며 저는 그것이 필요하다고 생각합니다. 저는 그 어느 쪽이 어떻다고 말씀드리지 않겠습니다. 다만 전쟁을 완수하여 대동아를 참으로 대동아답게 만들기 위해서는 즐기는 문학과 싸우는 문학이 서로 어울려서 그 힘을 충분히 발휘해야 할 것입니다. 그리고 대동아 각 국 대표 여러분과 함께, 마침내 승리했노라 말할 수 있는 기쁨에 넘치는 대회를 열 날이 하루빨리 오기를 기원하는 바입니다. [박수]

사사키 노부쓰나佐佐木信綱

황국의 국화꽃 피고 향내 나는 경축해야 할 오늘 멀리서 바다건너 오신 손님들

밖은 소란스럽고 안은 누긋하여 신성한 후지의 가호 아래 각국 문인 모여

하늘의 사명 하늘의 그 소리가 이르러 널리 권내圈內 문文의 화려함을 뽐내

언령言靈 번영하는 나라의 말로 축복하는 빛과 힘 있어라 이 회합에

다카하마 교시高濱虛子

국화를 맞보고 홍엽紅葉에 맹세하는 유일한 것

은하銀河 농밀하고 — 동아의 문화 찬연히

추운 밤 일본의 술로 몸을 데우자

가와지 류코川路柳虹

잘 오셨소, 친근한 인방隣邦 친구들이여

우리들이 만나는 것은

실로 처음이지만,

왠지 예부터 알고 지내던 친구만 같소,
말에 생명을 불어넣는 일이,
당신들에게도 우리들에게도 공통된 일이기 때문일 터.
말의 부호는 다르지만,
같은 피와 마음으로 사는
살아야 하는 살지 않으면 안 되는 우리들이요,
대동아에 새로운 아침이 왔소,
"오하요(안녕)" 하고 기운차게 인사하는 소리에
모두, 같은 기쁨을 나누는 것이 아니겠소.

대동아에 새로운 아침이 왔소,
신이 처음으로 세계를 만든 기쁜 아침과 같은
우리들도 '말'로 세계를 만드오,
새로운 질서와, 새로운 빛이 내리쬐는 세계요
우리들의 피로 이어진,
그리고 우리들의 힘으로 세운,
내일의 세계,
불타오르는 불길 가운데 싸워 얻은 세계요
예부터 알던 친구여,
이 유쾌한 사명을 약속하지 않으려나.

대동아에 새로운 아침이 왔소,
세계 구석구석까지 전해지는 목소리로
기운차게 "오하요"라고 말합시다.
대동아에 새로운 아침이 왔노라고.

몽고 대표 군푸 치야쓰푸恭佈礼布

우방 일본의 대동아문학자대회에 몽고 신문화라는 이름을 내걸고 참석할 수 있게 됨을 감사드립니다. 동서문화는 문화가 유로流露하는 노정에서 문화 그 자체가 성장했습니다. 몽강蒙疆의 문화도 또한 그 역사의 약속된 길 밖으로 나온 것은 아닙니다. 대동석불大同石佛의 위대한 유적을 돌아볼 때, 천사백 년을 거슬러 전통문화의 신성함을 생각합니다. 징기즈칸의 위업도 몽고 고대에 그 초석을 놓았고 멀리 구주까지 영향이 미쳐서 현란한 현대문화가 여기에 이를 수 있게 자극 했습니다. 그 후 몽강에는 장성선長城線이 완성됨에 따라서 문화적 공백시대가 발생합니다. 그럼에도 이제는 일지사변日支事變처럼 대동아전쟁의 전개와 함께, 강인하고 힘찬 일본문화의 흐름이 우리 몽강에까지 분류奔流해 와 씨를 뿌려, 그것을 배양해 모범으로 삼고 있습니다. 이것을 대동아정신문화의 흥륭興隆이라 하지 않고 무엇이라 해야 하겠습니까. [박수] 바라건대 이번 대동아문학자대회를 기하여 더욱더 일본문화의 왕성한 흥륭을 기원하며 우리 몽강 신문화의 완성을 바라고 대동아문화의 확립을 학수고대하는 바입니다.

중화민국 대표 (일본어) 첸 다오순錢稻孫 화어華語 저우화뤈周化人

각하 및 여러분, 본일 일본문학보국회가 주최하신 이 대동아문학자대회의 개회식을 맞아, 중국 대표로서 출석하는 영광을 얻게 된 점, 또한 동아 각국 문학자 선배 여러분과 함께 한 자리에 모일 수 있게 된 점은 저희들에게는 무엇보다도 영광된 일입니다. 제가 듣기로는 이 대회에 참가하는 각국 대표 및 대의원의 총 인원수가 수백 명에 달한다고 합니다. 이것이야말로 동아문학자 거의 대다수가 여기에 모였다는 것을 의미하며, 정말로 역사적인 의의가 큰 대회라고 말씀드려야 하겠습니다. 동아문화의 역사에 신기록을 만들었다고 믿는 바입니다. 본 대회의 취지라 함은 동아 문학자로 하여금 대동아전쟁을 완수하는 것과 동아공영권 건설에 협력할 것을 환기시키는 것이라고 알고 있습니다. 또한 이번 가을 우리들에게 동아문화의 재건을 다시 요청하는 역사적 사명이 즉각적으로 부여되었음을 자각하게 됩니다. 우리들 동아민족은 동아의 독특한 문화를 함양하고 있으며 숭고하고 해박한 정신을 향유해 왔습니다. 더욱이 대단히 고매한 정치사상을 갖고 있어서 세계 어느 문화라 하더라도 여기에 필적하지 못합니다. 다만 최근 서양문화가 침입을 하게 되면서 동아문화는 이러한 침해 속에서 불안한 상태를 이어왔습니다. 문학에서도 이른바 자본주의 문학이나, 공산주의 문학 등, 이러한 것은 둘 다 동아민족의 성격에 적합하지 않아서 동아민족의 전통적 정신과는 상반된 것이었습니다. 다만, 백 년에 걸쳐 서양이 점진적으로 침입해 와서 사상적으로 약간 혼란이 일어났고, 그것에 의해 동양문화의 고유한 빛이 다소간 어두워지려고 했습니다. 다행히 일본의 선각先覺으로 메이지유신 이래 서양의 과학문화를 흡수하여, 동아문화를 부흥시킬 기초를 만들었으며, 게다가 일본민족 고유의 황도문화의 근저를 단단히 했던 것입니다. 또한 서양문화를 갱생의 도구로 흡수해서 이용하였고, 서양의 이른바 제국주의, 공리주의를 완전히 버리고 한 발 더 나아가서 동양의 도의정신을 발양發揚시켜, 오늘날 동아 해방의 책임을 맡게 된 것입니다. 앞으로 대동아전쟁을 동방의 왕도사상과 서방의 패도사상의 결전이라 말씀드리는 것은 지나친 말이 아닙니다. [박수] 그러므로 대동아전쟁의 승리는 또한 동아가 주도하는 문화의 승리하여야만 합니다. [박수] 바야흐로 대동아전쟁의 혁혁한 전과에 따라서 서양문화가 동아에서 패퇴하고 있는 이 가을에 우리들 동아민족은 지금이야말로 동양문화를 한층 발양할 수 있을 뿐만 아니라, 동아 신문화를 창조하고 그것을 통해 붕괴의 길로 들어서고 있는 서양문화를 대신해 가는 노력을 해야만 합니다. 때마침 대동아전쟁의 확정적인 전과를 거둔 이 가을을 맞이해서 일본문학보국회에서 대동아문학자대회를 오늘 개최하게 된 것은 정말로 뜻깊은 일입니다. 저희 일동은 감격하지 않을 수 없습니다. 저는 일본이 이미 동아민족을 지도하고 영미 제국주의를 동아로부터 구축하여, 동아 재건을 이루고 있는 이상, 동아 신문화의 건설적 사명도 또한 여기에 있는 것이라고 믿고 있습니다. 이 새로운 문화의 힘으로 동아민족을 단결시키고 이를 통해 대동아건설에 종사하는 것을 장차 대동아문학자대회의 중요한 임무로 삼지 않으면 안 됩니다. 우리 중국은 동아의 일원으로 중국 문학자 일동이 동아 문학계의 선각자를 따라서 반드시 그 책무를 다할 것임을 결의합니다. 조금이나마 그것을 여기서 피력하는 바입니다. 이번 대회의 서막에 즈음해서 저희 중국 측을 대표해서 삼가 일본문학보국회의 발전을 기원하고 대동아문학자대회의 성공을 축하하며, 더불어 대동아 신문화 건설의 성공을 기원하는 바입니다. [박수]

만주국 대표 구딩古丁

저희 만주국 대표는 국화 향내 풍기는 메이지세쓰와 같은 길일을 정해 대동아문학자대회 개회식을 거행하는 것에 대해 이루 말할 수 없는 영광과 기쁨을 느낍니다. 이번에 대동아공영권 내의 각국 및 각 민족 문학자가 한 곳에 모여서 대동아 문예의 부흥을 협의하는 것은 참으로 전례가 없는 일대 성사盛事인 동시에 감사한 마음을 금할 길이 없습니다. 바야흐로 대동아 성전聖戰은 우방 일본이 수행하고 있는 것이나, 우리 만주국은 북방을 방비하는 임무를 맡고 있습니다. 우리 만주국은 이 북방 방비라는 임무를 문학 활동에서도 한시도 잊지 않고 있습니다. 잘 알고 계시다시피, 우리

만주국은 협화하여 도의가 통하는 세계의 실현을 기하고 있으나, 숭고하
며 또한 아름다운 건국정신의 연원淵源은 실로 우방 일본의 조국肇国(이하 건
국－역자)정신인 팔굉일우八紘一宇 이념에서 비롯된 것입니다. 이것이야말로
영예로운 개회식에서 저희 만주국 대표가 참으로 강조하고 싶습니다. 하
지만 우리 만주국은 건국된 지 얼마되지 않았습니다. 따라서 문화 및 예문
藝文의 창조도 참으로 미숙하고 유치한 고로 우방 일본 문학자 여러분의 교
시를 받아야 하는 구석이 많습니다. 원컨대 앞으로 이번 대회를 기회로 여
러분의 조력과 제휴를 바람과 동시에 대회 주최자인 일본문학보국회에 심
심한 경의를 감사 대신으로 표하고 싶습니다. [박수]

일본 대표 기쿠치 간菊池寬

메이지세쓰라는 경축할 날에 우방 이국의 문학자 대표를 맞이하게 된
것은 우리들 일본 문학자들에게 참으로 기쁜 일입니다. 옛 성현이 말하기
를 멀리서 벗이 오니 어찌 기쁘지 아니한가라고 했듯이 저희들 또한 참으
로 기쁜 마음이 듭니다. 특히 여기 모이신 분들은 일본이 내건 대동아공영
권 건설이라는 이상에 공명해 주셨기에 더욱 경의를 표하고 싶습니다. 특
히 중화민국의 문학자 여러분은 현재 가시밭길을 걷고 계십니다. 일본과
의 친선을 위해 노력한 문학자 가운데 불행히도 빠진 두세 분이 계십니다.
이 자리에 참석한 것을 괴로워 하시는 분도 있겠지요. 저는 그 점에 더욱
더 경의를 표하고 싶습니다. [박수] 문학을 통한 전쟁의 완수 및 대동아공영
권 건설이 얼마나 중요한 일인지를 설명하고자 합니다. 다만, 앞서 야하기
谷萩 선생이 정말 능숙하게 설명해 주신 사항이므로 다시 제가 새삼스레 설
명드릴 필요도 없겠으나, 이처럼 사태를 깊이 이해하는 군부 당국이 있음
은 일본 문학자의 행복입니다. 그러한 이해 속에서 우리들은 전력을 다해

국가가 내건 커다란 이상을 위해 노력하고 싶으며, 문학의 사명을 달성하기 위해서라도 이번 모임이 굉장히 중요하다고 생각합니다. 문학의 힘을, 이상을 위해서 어떻게 이용할 것인지 그 방법이나 수단을 이번 대회에서 정하겠지만, 우리들은 그 결의에 따라서 최선을 다할 각오입니다. 하지만 이번 회의는 준비도 부족했고 회의 운영 및 그 밖의 여러 면에서 불만스러운 점도 있으실 겁니다. 회의의 목적이 완전히 달성되지 못했다 하더라도 우리들 문학자 동지가 서로 얼굴을 맞대고 흉금을 터놓았다는 것만으로도 상당히 성공했다고 생각합니다. 회의 자체가 여러분들에게 다소 불만스럽더라도 저희들이 여러분을 마음속으로부터 신뢰하고 존경하고 있음을 충분히 아시고 돌아가셨으면 하고 바라마지 않습니다.

나가노 유타카長野隆

[남방의 각 민족문화 대표가 보내주신 인사말을 낭독(인도차이나, 필리핀, 자바, 버마, 인도, 태국)]

사회자

다음으로 선서를 하려 하니 회원 여러분 기립해주시기 바랍니다.

선서—낭독 사이토 히로斉藤測

대동아전쟁 실로 작렬한 날, 동양 전 민족 문학자 여기에 모여 단결일치해 우리 동양을 손상 침해시킨 모든 사상에 전쟁을 선언하고 새로운 세계의 여명을 불러오려 한다. 참으로 사상 미증유의 거사이다. 우리들 정신의 선사選士로 하여금 깊이 그 뜻을 여기에 미쳐, 이 거사에 한 몸 바쳐, 동양 유구의 생명을 세계에 현양顯揚하려 한다.

때는 마침 메이지세쓰 길일로 이 날 새 출발을 하는 것은 오인吾人의 영광됨이라. 굳은 결의와 용맹한 마음으로 본 대회를 완수할 것을, 이와 같이 선서함.[5]

쇼와 17년(1942) 11월 3일 대동아문학자대회 회의원 대표

시마자키 도손島崎藤村

이제 시간도 다 됐으니, 지금부터 성수聖壽 만세를 삼창하고, 다시 대동아만세를 일창하여 이 날을 함께 기념하고 대회의 전도를 축복하고자 합니다. 그러면 지금부터 모두 함께 소리를 합쳐주시기 바랍니다.

[성수 만세 삼창]

[대동아만세 일창]

좌장

폐회 인사를 올립니다. 방금 사이토 씨의 선서가 있었습니다. 우리들은 각기 그 힘을 다하여, 사명 완수에 진력하고자 합니다. 이 회합은 오늘 그 씨앗을 뿌렸으니, 우리들의 마음을 하나로 모아 그 씨앗을 키우고 싹이 트고 또한 꽃이 피고 열매를 맺게 하여 그 사명을 달성할 수 있도록, 큰 기대를 품고 있습니다. 이것을 끝으로 폐회하겠습니다. [박수]

부기: 히라이데平出 대좌大佐의 축사 후에 대동아 대신 아오키 가즈오青木

---

5   원문은 세로 쓰기라서 우측에 선서문이 있다.

一男 씨 및 대정익찬회 사무총장 고토 후미오後藤文夫 씨가 보내온 축사를 대독했다.—편집부

一男 씨 및 대정익찬회 사무총장 고토 후미오後藤文夫 씨가 보내온 축사를 대독했다.—편집부

사회자 도가와 사다오戶川貞雄

대동아문학자 회의 첫날 일정에 들어가기 앞서 국민의례를 올리겠습니다.

[국민의례]

회의를 원만하게 이끌기 위해, 대회 위원장이자 상무이사인 구메 마사오 씨에게 본회의 구성 및 그 운영 방법에 대해서 우선 설명을 부탁드리도록 하겠습니다.

구메 마사오

오늘부터 대동아문학자대회 회의에 본격적으로 들어갑니다만, 이에 앞서 이 대회의 구성 및 그 운영 방법에 대해 약간 양해를 구하고 싶습니다. 이 대회는 대단히 급작스러운 가운데 기획되었기 때문에 갖가지 결함이 있다고 판단되나, 이를 보충하는 것은 전적으로 여러분의 진력에 달려 있습니다. 다만 그 약간의 결함은 대회 위원인 저희들의 책임이기에 깊이 부끄러워해야 할 부분이라 생각합니다. 부디 그 점 양해 해주실 것을 사전에 부탁 말씀 올립니다. 이 대회 구성은 본부 측에서도 온갖 고려를 했습니다만, 결국 바다를 건너 찾아와 주신 만주, 중화민국 대표자 여러분을 비롯해 거의 같은 수의 문학자로 구성된 약 70명의 대표원을 중심으로 원탁회의 형식으로 열게 되었습니다. 물론 원탁회의이니 그 순서상 차별은 전혀 없습니다. 석순에 일말의 차별이 없는 것과 마찬가지로 발언이나 그 밖에 대해서도 전후 상하 등에 아무런 의례적 차별이 없음을 양해해 주셨으면 합니다. 그 점 어디까지나 여러분의 승낙을 바라며, 순서가 먼저라서 나쁘다거나, 순서가 뒤라서 어떻다는 이야기는 절대 하시지 마실 것을 우선 양해 바랍니다. 이것이야말로 진정한 문학자의 회의이며 진정한 의미의 원탁회의의 본질을 잘 구현하고 있습니다. 또한 회의 구성원은 이틀에 걸쳐 의사議事를 진행하는 동안 의석에 앉아 활발할 논의를 전개해 주시기를 바랍니다. 원탁을 에워싸고 참여하는 특별한 제도도 마련했습니다. 협의원 이외에 협의원과 동등한 자격 내지는 협의원 이상의 문학적 자격을 보유한 우리들의 선배 및 그 외의 분분들 중에서 이틀에 걸쳐서 의석에 출석하는 것이 생리적, 그 외의 사정상 대단히 힘들 것으로 사료되는 분들을 추대하여, 이 회의장 주위를 에워싸는 형식으로 자리를 배치하게 되었습니다.

이렇게 참여하는 분들은 물론 협의원과 같은 자격이므로 발언하고 싶으시면 자유롭게 발언할 수 있다는 것도 확실히 말씀드려 놓습니다. 부디 참여하시는 분들도 회장에서 협의를 직접 하고 있는 것 같은 마음가짐으로 발언하시고 싶을 때는 의장에게 그 뜻을 통고해 주시기 바랍니다. 회의장의 혼란이 없는 한, 의장은 기쁘게 그것을 받아들여 줄 것이라 생각합니다. 요컨대 옵저버는 단순한 관객이 아니라, 회의와 일체가 돼서 융합해 언제나 발언할 수 있지만, 반드시 의석에 착석해 있을 필요가 없는 제도입니다. 이 제도를 마련한 것을 우리 대동아문학자대회 조직상의 자그마한 자부심으로 생각하는 바입니다. 그것으로 이 회의 운용이 더욱 원활하고 또한 화기애애한 분위기가 돼, 시종 성회리盛會裡에 이 회의를 유지하고자 하는 것이 사무국의 염원입니다. 당분간은 우리들의 시안試案을, 요컨대 이 기구로 과연 계속 할 것인지 아닌지, 혹은 앞으로 대동아문학자대회를 계속 한다면 현재의 형식을 최종적인 것으로 할 것인지를 추후 검토해, 기쁘게 수행할 것임을 대회 위원 중 한 사람으로서 희망하는 바입니다. 또한 전체 의사는 물론 의결하겠습니다. 의결은 합니다만, 이 의결은 반드시 수에 따르는 의결 형식을 취하지 않습니다. 우리나라에서 이미 채용하고 있는 의장의 중의통재衆議統裁 형식에 따라 수에만 의존하지 않는 통재를 하겠습니다. 그러므로 의장의 책임이 대단히 중대하여 모든 신뢰를 담아 의장에게 이 모든 것을 위임하려고 합니다. 절대적인 박수로 찬성의 뜻을 표해 주실 것을 희망합니다. [박수] 회장 자리에는 도쿠토미 이이치로 씨가 의당 앉으셔야 하지만, 아시다시피 병석에 누워계시므로 총재의 의사를 참작하고 그 외 모든 고려사항을 감안해서, 제가 의장을 추거推擧 하고 싶습니다. 이것 또한 만장의 찬성을 얻을 수 있다면 다행입니다. [박수] 만장의 찬성을 얻어 제가 의장 및 부의장을 추거하겠습니다. 의장으로 기쿠치 간 씨를 위촉해 주시기 바랍니다. [박수] 부의장으로는 가와카미 데쓰타로河上徹太郎 씨를 부탁드립니다. [박수] 그러면 의장과 부의장의 지도하에 대회 이틀에 걸쳐 일정을 무사히, 또한 반드시 성황리에 마치게 되기를 희망해 마지않습니다. [박수]

　　[의장, 부의장 착석]

의장 – 기쿠치 간

　위원장으로부터 지명을 받고 어쩔 수 없이 제가 의장직을 맡습니다. 다만, 우리 문학인은 모두 행의行儀가 좋지 않은데, 그중에서도 특히 제 행의가 좋지 않습니다. 그래서 이틀에 걸쳐 여기에 앉아있어야 함은 대단히 괴로운 일입니다. 생각해 보면 이 회의는 우리들 문학자들이 국경을 넘어서 모였으니, 서로 잘 아는 동료들 간의 모임이라서 딱히 외교관이 하는 회의가 아니기에 예의라든가 그러한 것은 필요가 없지 않을까요. 대동아공영권 수립에 대한 우리의 열정과 신념이 화기애애한 가운데 나타난다면 그 것으로 된 것이 아닐까 생각하므로, 의장으로서 제가 여러모로 잘못된 처치를 할지도 모릅니다. 여러분 중에서도 실언을 할 분이 있을 것이라 생각합니다. 하지만, 동료나 동지 간의 회의이므로 서로 그러한 결점이나 실언을 회의 중은 물론이고 회의 후에도 지적하는 행위만은 하시지 말 것을 부탁드립니다. 또한 의원 가운데 연락 의원 자리를 다음 분들에게 부탁드리려 합니다. 발언하시길 희망하실 때나, 다른 사안에 대해서 이 분들에게 말씀해 주시기 바랍니다. 이 역할에는 구사노 신페草野心平 군, 장워진張我軍(일본식 읽기는 '쵸 가군') 군, 고이케 슈요小池秋洋 군, 야마다 세자부로山田清三郎 군, 가와카미 데쓰타로 군 이렇게 다섯 분께서 연락 위원으로 일해주실 것을 부탁드리고 싶습니다. 또한 발언에 대해 부탁을 드립니다. 제한된 십 분을 지켜주시기 바랍니다. 부디 십 분 안에 끝내주시기 바랍니다. 십 분 이상을 발언 하시게 되면 타인의 시간을 뺏는 것이니, 아무쪼록 십 분 이내에 마칠 수 있게 간략히 발언을 부탁합니다. 정확히 시간이 되면 종을 울리겠으나, 아마도 이 회장에 그러한 설비가 없을 것이라 생각해, 집에 있는 풍경風磬 비슷한 것을 지참했습니다. 이것은 아마도 어린아이 장난감이라 생각합니다. 그다지 깊은 소리가 나지 않을지도 모르지만, 그래도 상당히 좋은 소리가 납니다. 이 풍경이 울리면 바로 결론으로 들어가서 일분 후에는 단상에서 내려가 주시기 바랍니다. 그리고 의사議事는 위원회의 판단으로 네 가지 큰 제목으로 나눠 그 제목에 대해 제안을 하고 싶은 분께 발언을 부탁드리는 식으로 진행하겠습니다. 오늘 오전 중에는 '대동아정신의 수립'에 대해서 의논하고, 오후에는 '그 정신의 강화보급'에 대해 말씀 나누고 싶습니다. 그리고 내일 오전에는 '문학을 통한 민족 및 국가 간의 사상 및 문화의 융합을 꾀하는 방법'에 대해서 의논하고 싶으며 오후에는 '문학에 따른 대동아전쟁 완수에 협력하는 방책'에 대해서 논의하려 합니다. 다만 이는 우리들이 품고 있는 하나의 큰 목적에 대해 서로의 의사를 타진하는 것이니, 아무쪼록 타인의 언설에서 결점을 찾거나, 서로 비판적인 말씀은 삼사해 주시리라 생각합니다. 그러면 오늘 첫 번째 발언을 무샤노코지 사네아쓰 씨에게 부탁드립니다. [박수]

의제 – 대동아정신의 수립

무샤노코지 사네아쓰武者小路実篤

저는 달변가가 아니라서 십 분 안에 이야기를 잘 할 수 있을지 모르겠지만, 말하고 싶은 것은 상당히 많습니다. 솔직히 말씀드리자면 지나사변支那事変이 발발했을 때까지는 아직 명확한 생각이 떠오르지 않았었습니다. 하지만, 작년에 대동아전쟁이 시작되고 처음으로 지나사변의 의의를 깨닫게 됐으며 또한 우리들의 사명이라고 해야 할까요 나아가야 할 방향도 확실히 알게 됐다고 생각합니다. 그것은 당연한 수순입니다. 지금까지 영미 측에서 일본인이나 동양 사람이 호주 등에 들어가는 것은 금지하면서도 자신들은 태연히 아시아 속으로 파고들어 왔습니다. 그것도 우리를 존경해서 들어온 것이 아니라, 정복하고 감독하기 위해서 들어왔으니 잘못입니다. 그들 가운데서 양심이 있는 사람들은 자신들의 태도가 상당히 뻔뻔하고 제멋대로임을 자각하고 있을 것이 분명합니다. 그러므로 그것을 우리들이 주장하면 전 세계 사람들이 인정할 수밖에 없으며 결코 어려운 이치가 필요한 것은 아닙니다. 하지만 지금까지 우리들 아시아 사람들에겐 힘이 없었습니다. 그것이 뒤진 것인지도 모릅니다. 그러므로 우리는 굴복하지 않으면 안 되는 상황에 처해 있었습니다. 하지만, 이번에 다행히 황군이 그들을 격퇴할 수 있는 실력을 보여줬으니 모두 감사히 생각해야 할 것입니다. 어떤 면에서 보더라도 우리의 손으로 아시아를 훌륭히 키워내야 할 의무가 있습니다. 우리의 책임이 참으로 무겁다고 생각합니다. 또한 그런 만큼 일할 가치가 있습니다. 이번 회합 등도 그런 면에서 여러분의 생각을 경청하면서 우리의 사고 중에 불충분한 점이 있다면, 여러분들로부터 배우고 여러 면에서 가다듬어 가장 올바른 길로 당당히 나아가고자 합니다.

우리 문사는 비교적 실행력이 없지만 진리에는 충실합니다. 때문에 정말로 인간이 이렇게 살아가는 것이 좋다든가, 아시아 사람들이 협력해서 나아가는 것이 진정한 길임을 확실히 자각해서 실행할 수 있다면 신뢰 가능한 실행력 있는 분들도 호쾌하게 받아들여서 우리의 이상을 실행해 줄 것이라 생각합니다. 그러므로 걱정하시지 말고 이것이 진정으로 가야할 길임을 서로 힘을 모아서 연구해야 한다고 생각합니다. 하지만 이러한 회합에는 대단히 많은 분들이 있어서 모든 분들의 의견을 듣는 것은 불가능합니다. 그러므로 제 취향대로 하자면 때때로 서너 명이 모여서 마음껏 서로 이야기를 할 수 있는 기회를 만들고 그것을 거듭해 큰 회합을 열면 더욱 더 원만한 모임이 되지 않을까 생각합니다. 하지만 그것은 시간 사정이나, 지리적 문제로 곤란하니 이런 모임에서 모두가 마음속에 무언가를 숨기지 말고 의견을 나눠서 마치 두세 명이 이야기를 하듯이 회합이 가능하다면 필시 좋을 것이라 생각하고 있습니다. 하지만 그것은 이상이며 현실적으로는 불가능할지도 모릅니다. 하지만, 제가 품고 있는 한 가지 희망은 멀리서 오신 손님들께서 정말로 희망하는 바나 깨달으신 것을 사양치 마시고 말씀해 주셔서, 모처럼 오신 보람은 물론이고 효과를 거두고 돌아가시길 바랍니다. 저희들—적어도 제 희망은 간단명료합니다. 결코 영미 사람들을 몰살시키겠다는 식으로 생각하지 않습니다. 전 그들을 구해주고 싶노라고조차 생각합니다. 그들의 그릇된 판단이 이러한 전쟁을 강요한 것이니, 인간이 진정으로 살아가는 길과 우리가 아시아문화를 직접 가꿔가는 모습을 보여주고 싶습니다. 그런 점에서 여러분의 협력을 얻을 수 있다면 참으로 큰 행복입니다. 저는 이야기에 수완이 없고 게다가 생각한대로 말을 해서 듣기 힘드셨겠지만, 이에 대해서는 못들은 척 해주실 것을 바랍니다. [박수]

의장

다음으로 류위성 씨에게 부탁 드립니다. 류위성 씨는 국민정부 선전부 신국민 운동 촉진위원회 비서로 올해 스물일곱이 된 신예 평론가입니다. [박수]

류위성柳雨生 (화중華中)

대동아 신체제 수립에 관해서 방금 전에 거론되었는데, 그 근본 원칙에 대해서 전적으로 동감하는 바입니다.

다만 그 수립 방법에 대해 간단히 의견을 말씀드리겠습니다. 우선 가장 긴요히 요청되는 것은 동아의 새로운 지역에 있는 각 국가, 각 민족 사이의 진정한 감정의 융화를 이루는 것이라 믿고 있습니다. 우리들은 바야흐로 동아 해방, 동아 보호를 위한 전쟁을 수행하고 있습니다. 저희들 문학자는 전쟁에서 필승하는 것에 협력하지 않으면 안 됩니다. 영구한 동아문화를 건설하지 않으면 안 됩니다. 이를 위해 각 국가 각 민족 사이의 진정한 감정의 융화가 필요합니다. 원컨대 동아를 보위하는 동지들이, 서로 협력하여 우리의 겸허한 감정을 통해 승리하고 동아의 자유와 해방을 위해서 분투해 주실 것을 간절히 원합니다. 두 번째로 우리 전 동아 사람들은 자신의 국가를 사랑하고 민족을 사랑하며, 더 나아가서는 전 동아를 사랑하지 않으면 안 됩니다. 이른바 전 동아문학자들이, 우리들의 선린 운동에 진력해 주실 것을 바라며 더 나아가 그것을 문학작품으로 표현하실 것을 간절히 바라마지 않는 바입니다. 셋째로는 무엇이 동아의 새로운 정신인가 하는 점입니다. 저는 동아의 새로운 정신은 중일만中日滿 삼국, 및 그 외 아시아 각국이 문화를 통해 엇비슷한 것을 향유하는 것에 있다고 생각합니다. 우리들은 왜 영미 침략국가와 싸우는가? 도의를 강조하고 신의를 깊이 연구하는 것이 우리 동아정신입니다. 우리는 영미 침략주의를 타도해야만 합니다. 새로운 동아정신을 보급하지 않으면 안 됩니다. 우리들 동아문학자들은 그들의 사상을 타도하고 지도정신 확립이라는 책임을 다해, 전 동아 문학자들이 동아의 새로운 정신을 수립하는 데 일치 협력해야 한다고 확신하는 바입니다.

의장

지금 해주신 논의는 대단히 명쾌하며, 또한 여기에 출석하고 있는 문학자 모두가 이에 찬성하실 것이라고 생각합니다. 우리들도 류위성 씨가 말씀하신 대로 앞으로 나아가야 한다고 생각합니다. 다음으로 만주국 대표 구딩 씨에게 부탁드립니다. 구딩 씨의 소설은 이미 일본에도 번역돼 있기 때문에 따로 소개하지 않아도 되겠지요.

방금 전에 무샤노코지 사네아쓰 선생님 및 중화민국의 류위성 씨가 의안에 대해 상당히 귀중한 의견을 내주셨습니다. 저희 만주국으로서는 대동아정신, 요컨대 아시아를 부흥시키는 정신은 우리 만주국의 건국정신에 귀착되는 것이라 생각합니다. 우리 만주국은 건국한 지 얼마 되지 않으며 올해로 십주년이 됩니다. 그 건국정신으로 삼은 것은 다름 아닌 동아정신의 부흥이 아닌가 생각합니다. 다 아시다시피 우리 만주국은 약 스무 종의 민족이 결합돼 있습니다. 그 민족이 과거 투쟁의 역사를 청산하고 바야흐로 참으로 아름다운 민족협화의 광경을 펼쳐 보이고 있는 바입니다. 아시다시피 우리나라는 그 근본을 정신적인 길로 정해두고 있으며 그 정신의 길은, 즉 우리 만주국의 건국이념의 진수로 우리 문학자도 국가의 근본이념을 따라 문학을 하고 있습니다. 방금 전 발표자들의 의견대로 대동아는 정말로 하나입니다. 대동아문학도 따라서 또한 하나여야만 한다고 생각합니다. 이 회합을 기회로 대동아문학자가 태도를 바꿔서 하나가 돼 적성敵性 영미문화를 격퇴하고 우리 대동아의 새로운 신화를 창조해야 한다고 믿습니다. 생각건대 민족협화라고 하는 정신은 정말로 만주 건국과 동시에 태어난 것으로 그것이 마침내 대동아공영권 내에서 발양發揚해 대동아문학을 건설하는 근간이 되리라 믿는 바입니다. 아주 간단하지만, 이것으로 설명을 마치려고 합니다.

의장

다음으로 사토 류 씨에게 부탁드리겠습니다.

사토 류佐藤劉

　　우리 대동아문학자가 걸음을 맞춰서 세계로 광피光被[6]해 갈 때, 적어도 문학자라면 세계관을 하나로 해서 품고 있는 사상에 불순한 것 없이, 하나의 형태에 편입됨을 전제로 해 움직여야만 한다고 생각합니다. 물론 오늘 이 회합에 모인 문학자의 세계관이 하나인지 사상이 일관된 것인지를 의심하는 바는 아닙니다. 적어도 오늘을 시작점으로 삼아 출발한 이상, 우리들이 포회抱懷하는 세계관과 사상 등을 검토하고 또한 장래에 일체가 돼 나아가기 위해서는 이념적으로 일치를 기하지 않으면 안 된다고 생각합니다. 일본, 중화민국, 만주국, 그 외 각국이 일원화를 기저로 일체一體 속에 융화되는 것이야말로 우리들의 염원이며 장래에 함께 행동을 해도 진정으로 우리들이 염원하는 것을 관철할 수 있으리라 봅니다. 그리고 이 점은 이전부터 동양의 빛나는 전통이었습니다. 요컨대 일본이 말하는 정신의 길, 혹은 황도 혹은 지나의 공맹孔孟, 유교사상의 정점이라든가, 노자의 길, 공자가 내세운 천天의 길 등은, 조금 있다가 제가 말씀드리려 하는 유신惟神의 길[7]과 조금도 다르지 않습니다. 또한 불교에서 용수보살龍樹菩薩이 제창한 진공론眞空論, 혹은 벽암록의 무문관無門關이 설파하는 불이不二의 법문도 역시 불교의 정천頂天에서 희구하던 것으로 일원一元을 표현한 것으로 만물이 이에 존재합니다. 즉 일본인, 혹은 중화민국, 혹은 만주국민, 혹은 영미라도 좋으나, 그런 것도 본래는 일원적인 하늘과 대생명의 소산입니다. 이러한 견지에서 보면 노자, 공자, 유신惟神의 길은 그 표현자가 귀일한 곳의 마음가짐 속에서 하나를 끄집어 내 이를 도道라고 하고, 진공이라고 하며 혹은 불이라고 하며 일본이 귀일하는 신심이라고 했습니다. 각기 다른 명칭

6　　군주의 덕이 널리 미침.
7　　'가무나가라노 미치(惟神の道)'는 신의 뜻대로의 길이라는 의미로 일본 신도(神道)의 이념 중 하나다.

에 나타나 있기는 하지만, 저는 그 바탕을 실로 일체관一體觀이라 믿습니다. 이러한 일체관이, 요컨대 일본의 팔굉일우 사상이며 구체적으로 말씀드리면 만주국을 키우는 것은 일본을 키우는 것이며 이것을 부수는 것은 일본을 부수는 것이요, 중화민국을 부수는 것은 일본을 부수는 것이 되는 이유이기도 합니다. 그러므로 서로가 북돋아주고 키우고 베풀면서 손을 잡아 일체적 사생존망을 지원해 가는 것이 진정으로 고귀한 동양정신이 아닌가 하고 믿습니다. 세계로 광피하는 고귀한 사상이나, 적확한 근저 등을 갖고 있는 것은 우리들의 긍지이며 또한 실로 희망에 가득 찬 장래라고 생각합니다. 원컨대 이와 같은 큰 집회에서 우리들이 문장으로 세계 광피의 중핵이 되기 위한 문학의 근저인 사상 철학, 지도정신을 하나로 하고 발걸음을 하나로 맞춰, 작품과 행동을 앞으로 면면히 관철해 나가야 할 것이며 이것에 귀의할 것을 염원합니다. 이 건설은 일조일석一朝一夕에 이뤄지는 것이 아니며 이를 구체화하려면 응집해서 함께 추진하여 문학에서도 그 성과를 거둘 수 있음을 믿으며 주장하고자 합니다. 부디 제 마음을 혜량해 주셨으면 합니다.

의장

사토 씨의 말씀은 대단히 시사하는 바가 크다고 생각합니다. 우리들도 그러한 것을 획득하기 위해 노력하십시다. 다음으로 첸다오순 씨에게 부탁드립니다. 이 분은 아시는 바와 같이 일본문학을 번역하고 있는 지나의 장로長老입니다.

첸다오순錢稻孫 (화북)

　제가 이번 대회에 열석列席할 자격이 없음을 참으로 통감하고 있습니다. 원래 저는 문학자라고 할 정도의 인물은 아니오나, 간단하게 이 대회에 임하는 제 목표를 말씀드리겠습니다. 이번 대동아전쟁이 확립한 여명에 우리들 문화인이, 장래 이 전과戰果에 대해서 어떠한 새로운 건설을 하면 좋을 것인가. 그것에 우리들의 동아정신을 어디까지고 발휘하는 것이 필요하다고 생각하고 있습니다. 방금 사토 씨가 동아정신에 대해 상당히 명징한 말씀을 해주신 것을 듣고 저로서는 그것에 사족을 달 필요가 없습니다. 다만 여기서 한 말씀 올리고 싶은 것은 이 동아문화는 청동솥을 받치고 있는 세 가지 발로 이뤄져 있습니다.

　그 첫 번째로 우리 중화민국은 사해 형제라고 하는 정신을 품고 있습니다. 또한 일본은 팔굉일우라는 정신을 갖고 있습니다. 그리고 더 나아가 세 번째로 일련탁생一蓮託生. 이 세 가지 정신을 품고서 서로 일시동인이라고 생각하여 앞으로 나아가게 되기를 통절한 마음으로 바랍니다. 원래, 서양문화는 이익을 그 근본으로 삼고 있습니다. 그와 반대로 우리 동양문화는 도의를 근본으로 합니다. 요컨대 대동아전쟁은 문화의 전쟁이며 동양의 도의를 널리 보급해, 서양에까지 파급시키는 것이 커다란 목적이라 확신합니다. 지금 말씀드린 대로 우리 문학자 입장에서 살펴보면 동아민족이 서로 그 미를 발견하고 존경하여 굳건히 손을 잡고서 동아정신을 수립해 전 세계에 그것을 파급시키는 것이, 최근 우리에게 가장 긴요한 일이라 생각합니다. 요컨대 서로 일시동인이라는 도의에 입각해서 나아가는 것이 소중한 것입니다. [박수]

의장

다음으로 가야마 미쓰로 씨에게 발표를 부탁합니다. 이 분은 전에는 이 광수라 불렸던 분입니다.

가야마 미쓰로 香山光郎 (일본 · 조선)

동아정신은 진리 그 자체여야 하며 국제연맹이 만들어낸 것과 같은 인위적인 것이어서는 안 될 것이라 생각합니다. 저희들은 이 대동아정신이 수립되는 것이 아니라, 발현되는 것이라고 생각합니다. 대동아정신을 가장 알기 쉽게 설명 드리자면 그 근저를 이루는 것은 자기 자신을 버리는 정신이라고 생각합니다. 이 말을 유교에서는 인仁이라고 말하며 불교에서는 자비라고 합니다. 일본에서는 청명심淸明心―인자하심이라 말합니다. 자기 자신을 버리는 마음이야말로 서양사상과 정반대 사상인데, 가장 적절한 예로 로마사상과 일본사상의 차이점이기도 합니다. 로마사상은 자기 자신을 추구하는 사상으로 권리사상으로 발달했습니다만, 일본정신에 권리 따위는 없습니다. 개인이라 하는 것이 없기 때문입니다. 이 정신은 일본뿐만이 아니라, 널리 동아 모든 민족 사이의 사상적 기조가 된 정신입니다. 그런데 수십 년 동안 구미사상이 이입돼 다수의 동아 사람들이 이 선조 전래 傳來의 귀중한 정신으로부터 탈피하려 필사적 노력을 계속해 왔습니다. 그리고 서구인의 이기주의 사상을 배웠던 것입니다. 서구인은 동아인에게 자신들의 이기주의를 이식하고 어떠한 이익을 얻었는가. 동아민족을 서로 반목 분리시켜 그 사이에서 감쪽같이 어부지리를 얻었던 것입니다. 이기주의는 단순히 동아에서만 진리가 아닌 것이 아니라, 인류가 사는 전 세계 어디를 가더라도 마찬가지입니다. 인간이 나아가야 할 진정한 길은 자기 자신을 버리는 길이라 믿습니다. 그렇다면 동아의 인의仁義 사상은 멸했는가. 그렇지 않습니다. 이 사상은 서양사상의 풍마에도 불구하고 올곧게 보존되어 실행돼 왔습니다. 그것은 일본에서 보존됐습니다. 전 세계에 자비를 설파한 성자는 석가이며 공자입니다. 하지만 그 자비를 진정으로 행하신 분은 천황 한 분을 제외하고는 없노라 믿고 있습니다. 일본인은 자비를 행하시는 천황을, 신명을 다해서 받드는 사명을 안고 있습니다. 그것이 일본인의 생활 목표라고 믿고 있습니다. 그러므로 일본인에게 개인주의는 없습니다. 개인의 인생 목표 자체가 없습니다. 인생 목표를 갖고 있는 분은 천황 한 분뿐이십니다. 일본인은 그렇게 믿기 때문에 자기 자신을 완전히 멸할 수 있습니다. 이것이 석가의 공적空寂에 통하고 공자의 인 사상의 극치라 믿습니다.

자신의 모든 것을 천황에게 바치는 것이 일본정신입니다. 또한 천황께서 자비를 행하시는 것을 황도皇道라 합니다. 대군大君[8]이 행하시는 황도, 우리들 신민에게는 그것이 신도臣道입니다. 자신을 바치고 자신을 버리는 정신이야말로 인류가 살아가는 길 중에서 가장 고상하며, 또한 가장 완벽한 진리에 가까운 길이라 생각합니다. 왜냐하면 우리의 목표, 일본인으로서 우리의 목표는 영미처럼 국가의 강대함을 꾀하는 것이 아니라, 세계 인류를 완전히 구원하는 것에 있기 때문입니다. 이것은 역사를 돌아봐도 이론異論이 없는 것입니다. 이 목적 달성이 우리들의 목표입니다. 하지만, 그것을 달성하는 것은 우리들 개인이 아닌 천황이십니다. 우리들은 천황을 받들어 모시면서 죽는 자들입니다. 저는 자신을 완전히 버리고 모두 바치는 정신이야말로 대동아정신의 기본이라 생각합니다. 이곳은 국제 회의장이라서 제가 말씀드리는 것이 어쩌면 국제의례에 어긋나는 점이 있을지도 모르겠습니다. 하지만 현 상황은 국제적 의례 등을 운운할 시기가 아니라 생각합니다. 지금은 전쟁 중입니다. [박수] 여기에 모인 것은 문학자입니다. 양심으로 살아가는 문학자가, 사소한 일에 구애받아서는 진정한 문학자라 말할 수 없습니다. 마지막으로 저는 한마디 덧붙이고 싶습니다. 그것은 아무리 그 정신이 훌륭하다고 하더라도 그것을 무조건 현현顯現할 수는 없다는 것입니다. 이렇게 훌륭한, 자기 자신을 완전히 버리는 정신을 현현하기 위해서는 국토와 민중이 필요합니다. 그 국토는 즉 아시아이며, 민중은 요컨대 십억의 모든 민족이라 믿습니다. 아시아에서 국토를 확보하고 십억 민중을 하나로 단결시켜 어떻게 해서든 전쟁에서 승리해야만 합니다. 그러므로 중화민국이나 만주국 분들, 그리고 여기에 계시는 아시아 모든 민족도 우선은 전쟁에서 승리하기 위해 하나로 단결하셔야만 합니다. 그리고 아름다운 정신을 동아에 현현시켜, 굉장히 살기 좋은 극락과도 같은 아시아를 건설하시지 않으시렵니까. [박수]

---

8   오오키미(大君)는 '천황'의 존칭이다.

의장

　가야마 군이 지금 말한 내용은 굉장히 명쾌해서 경청해야 할 점이 많았다고 생각합니다. 다음으로 만주 대표인 바이코프 씨에게 발표를 부탁드립니다. 바이코프 씨는 저에게 일본인으로 태어나고 싶었다고 말씀하실 정도로 동아정신에 정말로 철저하신 분이 아닌가 하고 생각합니다.

바이코프 (만주)

　일본을 방문하기를 오랫동안 동경해 왔답니다. 그런데 이번에 다행히도 일본에 계신 친우親友 분들이 두터운 우정으로 초청과 지원을 해주셔서 드디어 이 아름다운 해 뜨는 나라를 방문하게 돼 우선 감사드립니다.

　지금까지 저는 만주의 자연을 조사하거나 혹은 연구하는 일에 종사해 왔습니다. 또한 그 연구조사에 입각해서 문학과 관련된 일에도 다소 관계해서, 그 사이 재만在滿 생활을 해오고 있습니다. 사십 년 가까운 세월 동안 만주야말로 제게는 제2의 고향이며 또한 느낌상으로는 제2의 모친을 대하는 것 같은 마음입니다. 따라서 만주에 대한 부단한 지지와 원조를 제공해 주는 일본민족 여러분들에게 각별한 친근감을 항상 품어왔습니다. 또한 일본민족이 행해온 여러 가지의 성업聖業, 예를 들면 황국의 흥폐興廢를 건 이번 일전一戰에서도, 문화적인 대변혁에 즈음해서도, 또한 이번처럼 지리적으로 서로 근접해 있고 더욱이 정신적으로 서로 이해하는 대동아 모든 민족을 단결시키는 대위업에서도 항상 신神의 가호에 힘입어 위대한 성과를 올리는 것을 보고 상당히 기뻐하고 있었습니다

　저는 보시는 바대로 이미 노령입니다만, 지금 제 눈으로 아름다운 일본

의 자연을 바라볼 수 있고, 또한 신神께서 여신 고대문화를 보지保持하면서 선조를 모시며 충군애국의 지극한 충정에 용솟음치는 대大 야마토(일본)민족의 진정한 모습을 이 눈으로 직접 보게 된 것을 큰 영광으로 생각합니다. 저는 지금까지 숱한 국가를 편력해 왔습니다. 또한 다수의 민족을 지켜봐 왔지만, 야마토민족처럼 이토록 고상한 정신적 기품과, 진정한 겸양함과, 청렴결백함을 갖춘 민족을 지금까지 본 적이 없습니다. 일본민족은 구주歐洲의 문화를 종전에 섭취하고 광대한 공업 생산 체제를 수립해서 더 이상 진보할 수 없을 만큼의 경제력을 발전시켜 왔습니다. 또한 자기 자신의 특성을 참으로 잘 살려 옛 미풍을 존중하여, 무사도라든가 혹은 팔굉일우 등 굉장히 고매한 정신을 기초로 한 독자적인 민족문화를 여전히 유지해 오고 있습니다. 이러한 사실이야말로 위대한 야마토민족이 아직까지 그 어떠한 적에게도 진 적이 없고 또한 국내 정치에서도 혹은 대외 정책에서도 의연히 자신의 사명을 수행하고 실제로 수행할 수 있는 까닭이라고 생각합니다. 이 사실은 과거 뒤처진 국가로 여겨졌던 일독이日獨伊 추축국樞軸國 국민이 세계대전에서 역사 이래 지금껏 과거에는 본 적이 없는 위훈偉勳과, 예를 찾아볼 수 없는 영웅성英雄性을 발휘하면서 정신이 물질을 지배하고 더욱이 세계를 지배할 수 있음을 혁혁한 대전과를 올리면서 증명했기 때문에 더욱 확실해 졌습니다. 하지만 이 대전과 그 위에 수립해야 할 전 세계 인류의 행복과 번영을 보증할 신질서를 건설하고 그것을 완수하는 위업은 우리들의 후계자이며 우리들의 장래이기도 한 청소년들의 손에 기대를 걸어야 한다고 생각합니다. 따라서 우리들 노익장으로서는 그 신성한 의무로서 청소년을 전쟁에 대비해 훈련시키는 것뿐만이 아니라, 먼 장래를 볼 때 이 위대한 건설의 전사로 교육하는 것이 필요하다고 생각합니다. 바야흐로 적의 파괴력은 아시다시피 호시탐탐, 특히 이 청소년층을 향하고 있습니다. 따라서 우리들은 암흑의 힘, 요컨대 공산주의의 유해하고 위험한 영향으로부터 그들을 지켜낼 필요가 있습니다. 그렇다면 악영향으로부터 그들을 지키는 최상의 무기가 무엇인가 하니, 그것은 바로 유익한 책자입니다. 건강하고 용감한, 그리고 명랑 활달한 문학입니다. 저는 재주가 없지만 종래부터 그러한 의미에서 특히 청소년 교육에 항상 신경을 쓰고 집필을 해왔다고 생각합니다. 또한 이번에 일본에서 보고 듣고 체험한 것을 통해 위대한 야마토민족이 능숙하게 이러한 악영향을 극복하고 단지 동아의 맹주일 뿐 아니라 장래 인류문화 건설에 탁월한 역할을 할 것임을 믿어 의심치 않게 되었습니다. 마지막으로 저와 일본민족이 정신적으로 접근할 수 있도록 이번 방일에 지시와 원조를 해주신 분들에게 마음속으로부터 감사의 인사를 바치며, 또한 단지 뛰어난 자연의 아름다움뿐 아니라 그 예를 찾을 수 없는 황토皇土의 아름다움 속에서 제 가족이 지닐 수 있게 해주신 것에 대해서도 감사 인사를 올립니다.

의장

정오가 됐으므로 휴식에 들어가고자 합니다.

[1시간 휴식]

의장

그러면 회의를 속행하겠습니다. 오전의 문제에 대해서 룽잉쭝 군에게 발언을 부탁합니다.

룽잉쭝龍瑛宗 (일본·대만)

간단하게 말씀드리겠습니다. 대동아 우리 동포는 적국 영미 타도를 위해 싸우고 있습니다. 그 와중에 일본에서 영미문화를 타도하는 대동아문학자대회가 열리게 된 것을 참으로 감사하게 생각합니다. 대동아정신은 말씀드릴 필요도 없이 우리 일본을 중심으로 대동아 동포가 함께 즐기고 기뻐하는 정신이라고 생각합니다. 민족과 민족의 이해, 혼과 혼의 교환이 근본이라 생각합니다. 그런 까닭에 문학자로서의 책무는 중대합니다. 마지막으로 고금을 통틀어 미증유의 전쟁을 수행 중임에도 불구하고 우리 제도帝都에서 이렇게 성대한 대회를 열게 된 것은 전적으로 천황폐하의 능위稜威하심입니다. 또한 현재는 주야로 전선에서 더욱더 고생을 거듭하고 있는 황군皇軍 장사將士에게 깊은 감사의 인사를 올립니다.

의장

다음으로 가메이 가쓰이치로 씨에게 부탁합니다.

가메이 가쓰이치로亀井勝一郎

가능하면 간단하게 동양정신이 당면한 근본 문제가 무엇인가에 대해서 말씀드리고자 합니다. 서양정신과의 대결이 닥쳐온 후 비롯된 위기, 그것은 한마디로 말해서 근대 동양이 끊임없이 고뇌해 온 문제입니다. 저희들이 지금 충분히 엄격하게 자기 자신을 추궁하지 않으면 안 되는 문제가 있습니다. 그중 하나는 서양문명, 특히 근대 유럽정신이라고 하는 것이 도대체 우리들에게 무엇을 불러왔는가. 그것은 궁극적으로 우리들 동양인의 혼을 정말로 구해주었는가? 두 번째 문제는 근대 유럽정신의 본질이라는 것은 무엇이었는가. 지금까지는 단지 추종할 뿐이지만, 이번에는 정면으로 확실하게 이 문제를 탐색해 봐야 합니다. 세 번째로는 근대 서양문명이 동양정신에 어떠한 변모를 불러왔는가. 요컨대 우리들은 현재 있는 그대로의 정신 상태를 공상과 자만 없이 정확히 진단해야 합니다. 네 번째 문제로 오랜 기간 교착돼 있던 동양의 상황을 검토해야 합니다. 종래 서양적인 의미로서의 세계정신 가운데 동양은 무엇이었는가, 그 본질적 가치는 어디에 있는가를 명확하게 해야 할 필요가 있습니다. 그리고 다섯 번째는 지금까지 말씀드린 네 가지 문제에 입각해 '장래에 동양정신을 펼칠 가능성이 어디에 있는가? 새로운 세계에서 숙지해야 할 우리들의 정신을 어떻게 하면 형성할 수 있는가?'와 이어집니다. 이 다섯 번째 문제가 동양정신이 당면한 근본적인 문제라고 생각합니다. 이런 문제에 대해서 제 자신이 생각하고 있는 것을 간단하게 말씀드리겠습니다. 첫째, 우리들이 오랫동안 고뇌하고 있던 근대 유럽문명의 정신은 무엇인가. 그것은 한마디로 말하자면 신神을 잃어버린 인간문명의 비극입니다. 말하자면 르네상스 시대 인간의 자력심自力心이라고 할까 그러한 것이 가져온 지옥입니다. 여기서 우리들의 마음속에 명기銘記해 두지 않으면 안 되는 것은 서양문명의 비극을 온몸으로 통감하고 그 몰락을 인정해 그 고통의 끝에서 유럽이 다시 태어나기를 바라는 우수한 사상가가, 유럽인 중에도 아직 현존하고 있다는 것입니다. 왜냐하면 중요한 것은 영미 혹은 널리, 유럽의 삼류 사상이 아니라 그 지역의 일류 사상가가 오늘날 무엇을 생각하고 무엇을 지향하고 있는 것인가에 있으며 가까운 장래에 그들과 대결하지 않으면 안 되는 날이 다가온다고 생각합니다. 그때 다시 그들의 견해를 추종하는 것이 아니라, 우리들 자신의 견해를 의연하고 당당하게 펼쳐서 대결해야 함을 각오해야 합니다. 반대로 근대 동양에는 중대한 비극이 두 가지 있었다고 생각합니다. 그중 하나는 방금 전부터 여러분들도 말씀하신 대로 유럽문명에 대한 패배와 굴종이라고 할까, 유감스럽게도 동양이 유럽정신의 식민지와 같은 상태를 오래도록 보지해 왔다는 점입니다. 또 하나는 그러한 상태에서 같은 동양민족이면서도 일본과 중화민국이 서로 피를 흘려가면서 싸우지 않으면 안됐다는 이중의 비극입니다. 그것이 동양에서의 지옥이었으며 최대 비극이었습니다. 그런데 우리들 동양인의 구원이 도대체 어디에 있는가, 그것은 말씀드릴 것도 없이 비극 그 자체에 있다고 할 수 있습니다. 즉 일지日支 양국이 피를 흘리며 싸웠다는 것은 확실히 동양의 일대 비극이며 고통이었습니다. 다만 오늘날 우리들이 여기 모여서 전 동양민족이 일치해 진정한 의미에서 서양정신과 대결하고 장래 다가올 세계에 무언가를 불러일으키려고 하는 그러한 각오는 이 비극 가운데서 태어났습니다. 오늘날 우리들의 결심은 그 피를 통해 얻었습니다. 그것은 우리들이 앞으로 진정한 동양정신의 수립을 지향해갈 때 대단히 소중한 것입니다. 과거 한 세기에 걸쳐 지속된 이 비극을 통해, 서로 동화해 가는 진정한 애정과, 그로부터 진정한 협력이 이뤄질 것이라고 생각합니다. 그리하여 궁극적으로는 우리들의 이루지 않으면 안 되는 과제는 단 하나입니다. 그것이 무엇이냐. 지금 사력을 다해서 싸우고 있는 세계 모든 민족이, 이 전란을 겪은 후 반드시 각성할 것임이 틀림없다. 재생의 기도라고 말씀드려야 할까요. 단적으로는 신들의 부활이라 해도 좋겠으나 우리들 동양인이 어떠한 깊이를 갖고 그들과 대립하면서도 지지 않을 것인가입니다. 반드시 다가올 세계에서 동양정신이 내포하고 있는 가능성에 문제의 핵심이 있다고 생각합니다.

의제 – 대동아정신의 강화보급

의장

나가요 요시로 씨에게 부탁드립니다.

나가요 요시로長與善郎

오전 회의에서는 대동아정신의 수립이 무엇인지를 명확히 했다고 생각합니다. 요컨대 우리들이 생각하고 있는 것과 동일한 방침하에서 만주국 또는 중화민국 여러분들 또한 생각하고 계시다는 것을 알게 돼서 대단히 든든한 마음이 듭니다. 우리들의 이념은 이념으로써 확실히 수립하지 않으면 안 되며 또한 그 이념을 가질 수 있고, 가져야합니다. 하지만, 구체적인 문제에 부딪치면 일본은 일본의, 북지北支는 북지의, 중지中支는 중지의, 만주국은 만주국의, 그러한 각 입장에 따라 다양한 사정이 생기게 됩니다. 그런 점을 우리들은 숨김없이 털어놓고 그걸 바탕으로 삼아 구체적이고 원칙적인 대책을 정리해서 여기까지 오신 여러분들과 진정으로 악수를 나눌 수 있게 되리라고 생각합니다. 방금 말씀드린 것처럼, 여러분이 멀리서 모처럼 오신 이 좋은 기회를 살려서 좀 더 깊이 들어가서 흉금을 트고 진정을 토로하고 싶습니다. 우리는 외교관이 아닐 뿐만 아니라 군인도 정치가도 아니기 때문에 우리들의 입장에서 있는 그대로 솔직하게 의견을 피력해서 각자가 어떻게 느끼고 있는지, 또한 일반 국민은 현재 무엇을 바라고 있는가를 들어야 합니다. 예를 들어 북지에서 민심의 동향은 현재 어떤 사정인지, 만주에서는 어떤 식인지, 일본 측에서서 어떠한 것을 우선 고려해야 할 것인지, 실시해 줬으면 하는 점이라든가, 여러모로 그러한 것에 대해서 숨김없이 말해주시기 바랍니다. 그러면 우리가 이를 정치가에게 호소하여 정치가가 알아채지 못하는 것에 대해서는 주의를 촉구하고 대책을 마련하고 그런 식으로 해서 단순히 시늉만을 하는 것이 아니라 한 발 더 나아가려 합니다. 국민 사이에 가장 깊은 친선이 진정 맺어지기 위해서는 회의를 여러 번 거듭하는 것이 무엇보다도 정직하며 진실돼 필요하다고 생각합니다.

우리들은 영미를 꼭 이겨야 합니다. 구미歐美의 시시한 것을 물리치는 것은 당연한 것이지만, 동양사상이라고 해도 불충분한 점이 있다면 반성하고 시정해야 합니다. 이 역사적인 시기를 계기로 해서 이를 진보, 약진 향상시켜야 합니다. 다만 전에 있던 것을 전통적으로 계승, 지양하는 것이 아니라면 역사적 의의가 없다고 생각합니다. 그러한 의미에서 단순히 영미사상인 자유주의라든가 개인주의를 배격하는 것은 매우 간단합니다. 하지만, 실제로 무언가를 건설하거나 개발하기 위해서는 여러모로 배워야 할 예술, 과학—그러한 종류의 것이, 현재 다급히 필요하기에 단지 영미의 것이라 해서 배척하는 것은 대단히 쩨쩨한 자세입니다. 팔굉일우의 커다랗고 광대한 정신은 보다 큰, 전 세계를 집宇으로 하는 드넓은 포용력을 지닌 것입니다. 방금 전에 첸 다오순錢稻孫 씨가 말씀하셨듯 우리들은 문학자이니 문학을 통해서 미美를 만들어야 합니다. 그것을 위해 우선 훌륭한 예술품을 만드는 것이 무엇보다 소중한 작업입니다. 근본적인 이념은 하나지만, 각기 다른 개성이 있습니다. 각자 살아가며 조직 속에서 조화를 이뤄야 합니다.[9] 그러한 것이 거듭되어 진정한 동아가 생동한다 하겠습니다. 생동하는 것만이 아니라, 세계를 지도할 정도로 훌륭한 철학체계를 갖춘 문학이 태어나게 됩니다. 그것은 대동아전쟁이 대 건설 전쟁이며 몇십 년이

---

9 원문에는 "自ら生きて、和して動ぜずといふことになる"라고 나와 있는데, 그 가운데 "和して動ぜず"는 "和して同ぜず"로 보인다. 이 부분은 논어의 한 구절이다.

걸릴지 알 수 없듯 일이 년 사이에 이룰 수 있는 것이 아니므로 성급한 행동을 해서는 안 됨을 의미합니다. 상대방은 우리가 지치는 것을 기다리고 있으니 그러한 수에 놀아나지 않게, 적의 힘을 이용해 적을 쓰러트리기 위해서는 어떤 방면에서 돌진해 오더라도 지지 않을 정도의 실력을 충분히 갖추지 않으면 안 된다고 생각합니다. 더욱이 구체적 방법론으로 볼 때 일지日支 문화인의 마음가짐 및 사상의 연대를 어떻게 꾀할 것인지를 우선 생각해야 합니다. 중국 측 제안을 보면 동양사상 및 정신연구를 거론하고 있습니다. 동양사상, 정신의 협의회와 같은 무언가 하나의 회합을 만들어 그것을 연락 기관으로 삼아서 서로 교류할 수 있으면 좋겠습니다. 또한 정부의 방침으로 영미와 그 외에 호소하는 방송 이외에 관민이 일치해서 일본 국민의 마음가짐을, 문학자의 입장에서 방송해서 중경中慶 측 및 영미 측의 일반인에게 호소해 보는 방법도 제기됐습니다만, 이에 대해서는 내일 회의에서 계획을 다듬어 보고자 합니다. 저는 보급 방법에 대한 준비를 하지 못해서 그다지 구체적인 것에 대해서 말씀드리지 못하지만…… 제 발표는 여기서 끝내려 합니다. [박수]

의장

다음으로 만주국의 쥐에칭 씨에게 부탁드립니다.

쥐에칭爵靑 (만주)

대동아정신에 대해서 오전 중에 각 대표의 열성적이고 더욱이 상세한 의견이 개진됐습니다. 저는 오늘 오전에 있었던 토론이야말로 대동아공영권 내 문학자가 만들어낸 최대 결정체라고 생각하며 그것을 하루빨리 우리 문학자들의 손으로 이론적인 단계에서부터, 실제적인 단계로 발전시키기를 염원하는 바입니다. 생각건대 우리들은 영미를 격퇴시키기 위해서 작년 12월 8일 결연히 일어났으나, 사실을 말하자면 이미 십 년 전부터 모든 전쟁이 시작됐습니다. 그것은, 요컨대 대동아공영권의 건설 서막이라고 해야 할, 우리 만주국의 건국으로부터라 생각합니다. 우리 만주국의 건국은 특별히 전쟁이라는 형태로 나타난 것은 아닙니다만, 그 내실을 살펴보면 정말로 전쟁 이상의 것으로 영미를 저편으로 물려놓고 동양인의 손으로 동양문화의 세계를 만든 첫 주춧돌이었습니다. 그런 형태가 다른 전쟁을 개시한 이후 10년의 세월이 경과하여, 처음으로 본격적인 전쟁, 즉 무력에 따른 이번 대동아전쟁으로 나타났습니다. 10년이나 계속된 전쟁—제가 말씀을 드리자면 이는 우리 동양인이 진지하게 싸웠음을 증명하는 것입니다. 또한 우리들의 흉중을 표현하는 것이라 생각합니다. 만주국 건국에서 지나사변支羅事變, 연이은 이번 대동아전쟁에 이르기까지 일본민족이 치룬 희생 및 동아 모든 민족이 입은 물심양면에 걸친 손실은 정의와 인도를 위해 싸웠다 하더라도 실로 너무나 막대한 것이라 생각합니다. 그렇다면 우리들은 어째서 이토록 큰 희생을 치루지 않으면 안 됐는가? 그 원인은 동아에서 문화적인 면에서 공통점은 있었지만, 그 위에 군림하고 모든 국가 민족을 포함할 수 있을 정도의 커다란 정신이, 오늘날만큼 명시돼 있지 않았기 때문입니다. 근대 동양정신이 맞이해야 할 모습이 혼연일체의 정신이라고 하여도 역시 그 속의 중심, 즉 핵심이라고 해야 할 것이 있겠지요. 저는 근대 동양정신의 핵심을 구한다면 그것은 실로 일본 이외에서 구할 수 없노라 말하고 싶습니다. 요컨대 중세 유럽에서 로마를 통하고 있던 모든 길이, 근세에는 친방 일본 도시를 통해서 온 것입니다. [박수] 환언하자면 각국 각 민족의 정신적 자부심 내지는 긍지도 있겠습니다만, 무엇보다 일본의 정신, 요컨대 일본의 건국정신인 팔굉일우의 대정신은 전 아시아에 군림하지 않으면 안 된다고 생각합니다. 이에 대해서는 대동아공영권 내 각국 및 각 민족이 도쿄을 향해 구심적으로 다가가는 동시에 일본에서도 또한 동아의 이러한 국가 민족에 대해서 원심적으로 공작을 해야만 한다고 생각합니다. 우리들은 문학인이며 문학 이외의 것은 잘 모르지만, 적어도 과거 영미의 문학 내지 문화가 일세를 풍미한 것과 같이 일본의 유구한 문학 내지 문화를 공영권 내에 풍미시켜, 그것을 통해 동아의 새로운 정신을 강화 보급하는 데 이바지해야 한다고 생각합니다. [박수]

의장

다음으로 중화 대표인 저우화뢴 씨에게 부탁드립니다. 이 분은 상하이의 교육회 비서장을 하고 계시면서『동아주론東亞洲論』이나『대동주주의요강大東洲主義要綱』이라고 하는 저서가 있습니다.

저우화뢴周化人 (화중)

대동아정신을 충실히 하는 것에 대해서는 여러 선생님들로부터 말씀이 있으셔서 제가 달리 드릴 말씀이 없습니다. 그래서 대동아정신의 강화 및 보급에 대해서 비견鄙見을 조금이나마 말씀드려 보고자 합니다. 첫째, 대동아정신의 앙양—이것을 설명하기 위해서 세 가지로 나눠서 말씀드리겠습니다. 하나는 동방 왕도문화의 형성입니다. 충효 화평의 학설, 이것은 동아정신의 요소입니다. 맹자의 학설도 일본의 무사도武士道정신도 인도 불교의 정신도 또한 동아정신의 요소입니다. 우리들은 그러한 고귀한 전통문화의 기초를 갖고 있으니 이에 근거해서 동아적인 왕도문화를 형성해야 합니다. 둘째는 동양민족의 우주관입니다. 이는 예부터 철저히 고수하고 있는 것으로서 인류 및 대자연의 융합입니다. 인류가 자연 현상에 대해서 맨 처음 느끼는 것은 정의입니다. 자연을 이용하여 자연에 조화함은 인류 대 자연의 융합입니다. 이는 동아민족의 우주관이 나타내는 우수한 면이며 또한 동아정신의 기초이기도 합니다. 동아민족의 과학에 대한 태도는 과학의 발명을 이용해 인류의 행복을 증가시킨다는 점에 있습니다. 그럼에도 불구하고 구미 제국諸國은 과학을 이용해 다른 나라를 침략하고 있습니다. 이것이 동양이 과학을 대하는 태도와 구미가 과학을 대하는 태도의 차이점입니다. 방금 말씀드린 것은 동아 고유 정신에 대한 것입니다. 우리들이 동아정신을 강화하기 위해서는 우선 동아정신을 통해 적극적으로 발전하지 않으면 안 되는 동시에 서양의 공리적 사상을 배척하고 청산하지 않으면 안 된다고 생각합니다. 구미의 공리사상은 단지 물질을 중시하고 정신 방면을 경시하고 있습니다. 그 때문에 여러 계급 간의 투쟁, 민족 간의 전쟁을 야기惹起시켰습니다. 전쟁을 끊임없이 발생시키는 것도 이 서양 공리사상의 결점으로부터 비롯된 것입니다. 이러한 구미의 공리사상을 우리들은 배척해야만 합니다. 두 번째로 대동아정신을 강화해야 합니다. 이에 대해서 우선 주의해야 할 것은 동양민족의 경제생활입니다. 동양 각국과 경제적인 관련을 맺어야만 처음으로 동아정신을 강화하는 것이 가능합니다. 그러므로 우리들은 과학을 이용해 발전을 이뤄서 동양민족의 행복을 증진시켜야 합니다. 세 번째로 대동아정신의 보급인데, 이에 대해서는 다시 셋으로 나눠 보겠습니다. 첫째는 우선 동아 각 민족이 협동적으로 각각의 입장에 서서 총력을 다해야 한다는 것입니다. 둘째는 대동아정신을 일정의 초석으로 계획에 근거해서 발양發揚하지 않으면 안 됩니다. 이를 위해 우리들은 대동아정신에 입각한 문화기구를 창설해야 할 필요가 있습니다. 이 기구에게 대동아정신을 발양하는 임무를 맡기는 것입니다. 셋째, 현재 대동아문학자대회에서 대동아 각국의 문화인이 한 곳에 모여서 대동아정신 보급의 방책을 수립하고 있으나, 우리들에게 같은 목표가 있는 한 일치 총력하면 대동아정신 보급이라는 사명을 반드시 달성할 수 있을 것 이라고 확신합니다.

의장

다음으로 후지타 도쿠타로 씨에게 부탁합니다.

후지타 도쿠타로藤田德太郎

저는 문학의 근본이 되는 것은 정신이요 사상이라는 견지에서 한 말씀 드리고자 합니다. 오늘 아침 가야마(이광수 - 역자) 씨의 말씀에 참으로 감명 을 받았습니다만, 특히 대동아정신의 수립이 아니라 발견이라 한 점은 지 당한 말씀입니다. 그것은 역시 오랜 전통 속에서 함양된 것 속에서 진정으 로 찾을 수 있습니다. 그런 의미에서 고전의 중요성이 부각되리라고 봅니 다. 세계에서 가장 우수한 문화를 아주 먼 시대에 만들어낸 동양이, 그 후 점차 쇠약해졌다는 것은 구미의 근대정신이 발흥하게 되면서 그들의 공세 하에서 우리 동양이 진정한 정신을 점차로 잃어갔기 때문입니다. 이것은 동양 각국이 본래의 국가적 통일, 혹은 민족정신을 확립하는 것을 잃어버 리게 된 결과, 그 틈을 타 구미정신이 점차로 침입해 왔습니다. 다만 그 사 이 동양 한편에 있으면서 진정으로 국가적 단결, 민족적 통일을 지키고 유 구한 생명을 지닌 채 오늘에 이르고 있는 것이 우리 일본입니다. 일본은 구 미의 공세를 저지할 수 있었습니다. 그것은 오로지 우리 일본이 국가적 단 결, 민족적 통일을 이뤘기에 가능한 일이었습니다. 그러므로 동양의 진정 한 정신이라든가 사상이라든가 하는 것은 가장 오랜 전통을 담지하고 있는 우리 일본에서 확실히 그 전통을 발견할 수 있겠지요. 하지만 동양은 만주에도 중화민국에도 각기 공통된 하나의 정신이 있습니다. 그것은 '도道'라는 사고입니다. 중화에서는 이를 왕도라고 하며 만주 건국 시에는 역시 왕도낙토王道樂土가 내걸리고, 우리 일본에서 그것을 황도라 함도 역시 이 '도' 정신과 일맥을 이루는 공통적인 것입니다.

이처럼 동양이 일체적 정신을 이루고 있음은 옛 일본 학자들 역시 모두 그렇게 생각해왔기에 새삼 우리들이 만들어 낸 것이 아닙니다. 실은 그러한 생각을 지금까지 실현할 기회가 없었으나, 이번 대동아전쟁을 기회로 동양이 진정으로 일치해서 정신문화 위에 실력을 발휘할 수 있는 행복한 기회를 맞이한 것은 실로 전쟁이 가져온 커다란 행복이라 생각합니다. 오늘을 기회로 삼아, 동양이 일체가 된 정신적 기조, 사상적 근저 위에 서서 동양문예 부흥을 위해 노력하고 싶은 바입니다. 이에 대해서는 고전정신을 현대에 어떻게 되살릴 것인지, 내일 후나하시 세이치舟橋聖一 군이 구체적인 제안을 할 것이니, 그와 관련된 근본이념에 대해서 생각하던 바를 조금 말씀드린 것뿐입니다.

의장

잠시 여러분에게 말씀드리겠습니다. 이번 대동아문학자대회에 참석을 희망하던 인도 분들이 수속상의 이유로 이번에는 회원으로 참가하시지 못했습니다. 다만 비엠레르와니, 아르데이야스라자, 닛치에스쿠브, 에이아이메쿠니라는 분이 방금 전부터 열심히 회의를 방청하시고 계십니다. 인도 여러분들이 영국의 속박을 벗어나 독립하는 것은 우리 동양민족 공통의 희망이 아닌가 하고 생각하기 때문에 인도를 향해 성원의 박수를 오늘 방청하고 계신 분들에게 보내드리고자 생각합니다. 부디 여러분 일제히 박

수를 부탁드립니다. [박수]

　다음으로 몽고의 군푸 치야쓰푸 씨에게 부탁합니다.

군푸 치야쓰푸 恭佈礼布 (몽고)

　저는 이 자리에서 대동아정신을 보급 강화하는 것에 대해 조금 구체적으로 말씀드리고자 합니다. 이에 대해서는 아무쪼록 내일까지 과제로 남겨놓고 검토해 주시면 감사하겠습니다. 대동아정신의 보급 강화는 두 가지 차원에서 생각해 볼 필요가 있다고 생각합니다. 그 하나는 정신적인 무장을 한 가장 솔선적인 문화전사의 활동입니다. 이는 적어도 여기 앉아계신 각국 문학자 분들께서 해주셔야 할 책임임을 확신합니다. 이에 대해 실제적인 활동 수단의 한 예를 말씀드리고 싶습니다. 이번 대동아전쟁을 몸소 수행하려고 하는 의지를 천명하기 위해, 각 공영권 문학자가 전선 등에 나가서 종군하여, 몸소 그 역사적 성전에 참가할 것을 요청하고 싶습니다. 또한 문화 교류를 꾀하기 위해서는 공영권 문학의 공통 발표 기관을 비롯한 강하고 단단한 연결 통로를 마련해서 항상 그 목표에 집중해야 합니다. 이를 위해서 도쿄에 그 중심이 될 기구를 설립할 것을 제의하는 바입니다. 두 번째 문제로 공영권 일반 민중을 향한 대동아정신의 선전 보급입니다. 이에 대한 정신적이고 추상적인 방법은 우선 제쳐두고 가장 구체적인 수단을 써야 한다고 믿고 있습니다. 대동아 각국에 국어를 보급하는 것도 우선 생각해 볼 수 있겠습니다. 우리 몽고 민중들에게도 어떻게 일본국민 여러분들이 생활을 영위하고 팔굉일우 정신을 실천하고 계시는지는 문학의 특이성을 통해 처음으로 이상적 방식하에 이해될 수 있을 것이라 생각합니다. 일본문학을 중심으로 한 문화도서관이라든가, 혹은 그러한 문화기관을 공영권 내에 설치해 주실 것을 고려해 주시기 바라겠습니다. 또한 공영권의 영화·연극에 대해서도 우선 적극적으로 힘써 주시기를 바랍니다. 요컨대, 대동아정신의 보급은 지도자 스스로의 연성과 공영권 민중에게 현실적인 문화를 제공하여, 그것을 이끌어 나가는 것에 성패가 달려있다고 믿는 바입니다. [박수]

【자료 4】『문예』, 23쪽 사진. 오른쪽은 군푸 치야쓰푸, 왼쪽은 고이케 슈요

　　　　　　　　　　　　　　　　　　　제1회 대동아문학자대회

의장

　방금 글을 번역해주신 것은 고이케 슈요小池秋羊 씨로 이 분도 몽강蒙疆을
대표하는 분입니다. 지금 군푸 치야쓰푸 씨가 말씀하신 것처럼 공동의 발
표기관을 마련하자고 하신 제안을 아무쪼록 꼭 실현하기 위해서라도 내년
대회 정도까지는 구체적인 생각과 준비를 하고 싶다고 저는 생각하고 있
습니다. 다음으로 요코미쓰 리이치 씨에게 부탁드립니다. 덧붙여 지금부터
발언하시는 분은 죄송합니다만 오 분 정도 안으로 부탁드립니다.

요코미쓰 리이치橫光利一

　오늘 일부러 멀리서 와주신 것에 감사드립니다. 저는 여러분께서 이미
여러모로 말씀을 해주셨기 때문에 그저 한 말씀 드리고자 합니다. 저는 대
동아 각국 문학자 여러분이 안고 있던 과거의 괴로움은 과학과의 투쟁이
었다고 생각합니다. 또한 현재의 문학자도 과학과 투쟁하지 않으면 안 되
지 않겠나? 오히려 과학뿐이 아니라 과학정신이라는 것과 투쟁을 해서 그
것을 극복하지 않으면 문학이라는 것이 쓸모없어지지 않을까 생각합니다.
그 과학정신과 싸우는 정신이란 도대체 어떠한 것인가 하면 문학자로서
생각할 수 있는 가장 어려운 것이 아닐까 합니다. 우리나라에는 "고토다마
노사키와우쿠니言霊の幸はふ国"라는 말이 있습니다. 이 고토타마言霊가 행복
을 안겨다 준다는 것은 굉장히 어려운 말로 현재 더욱 문제가 되고 있으나,
그 진정한 의미를 적확하게 아는 사람은 아직 없을 것이라 생각합니다. 이
것을 제 식으로 해석해 한마디로 하자면 과학정신의 극복이라는 것이 아
닐까요? 만일 과학에 패하기라도 한다면 유럽과 똑같아지는 것입니다. 예
부터, 아시아정신은 과학을 극복해 왔습니다. 이 점에 대해서 더 이상 말씀

드리지 않겠습니다—마침 지금은 일본의 구력舊曆으로 치면 "가미나쓰키神無月"에 해당하는 달로 일본의 신들神神이 일본 이즈모국出雲國에 모여서 일본 전국에 신들이 이 달에는 없었습니다. 그래서 신이 없는 달神無月이라 불렸던 것으로 이즈모 국만은 신이 있는 달神有月이라 부릅니다. 그러한 전통이 있습니다. 이는 대단히 다양하고 깊은 암시를 내포하고 있습니다. 동아의 먼 곳에서 오신 분들도 고토타마를 통해서 이 기회에 생각을 크게 하시고, 그것을 자신이 사는 곳의 어떤 빛이라 여기시며 돌아가실 것을 희망합니다. [박수]

의장

다음으로 유진오 씨에게 부탁합니다. 이분은 조선 태생으로 경성대학 출신의 문학자이며 동시에 교편을 잡고 있습니다.

유진오 (일본·조선)

지금 우리들이 여기에서 대동아정신 수립 및 강화 보급에 관한 의견을 나누고 있음은, 요컨대 지금까지 대동아정신이 서양의 유물적 정신으로 인해 어두워져 있었기 때문이라 생각합니다. 이제야말로 우리들은 대동아정신에서 어두워지고 흐려진 부분을 완전히 지워내야만 하는 단계에 들어서고 있습니다. 어떻게 하면 정신을 흐리게 하는 요소를 완전히 제거할 수 있을까요? 그것은 방금 전부터 여러분들이 의견을 개진해 주신 것처럼, 대동아의 문화를 선양宣揚하는 것으로 가능합니다. 이를 위해 나가요 선생님이 말씀하셨던 것처럼, 동양 고전을 연구해서 동양 고유의 정신을 연구하는 국제적인 기관을 만드는 것 등도 굉장히 필요할 것입니다. 다른 한편으

【자료 5】 유진오, 「대동아정신의 기조」, 『요미우리신문』, 1942.11.6

로는 이러한 동양의 정신을 현대에 되살려서 발전시키는 것이 요구됩니다. 영미의 식민지에 대한 우민정책 따위를 격멸하여, 동아 10억 민중에게 문화를 철저히 전파해야 합니다. 더욱 근본적으로는 팔굉일우의 일본 건국정신을 10억 민중에게 철저하게 가르치는 것이 필요합니다. 이를 위해 우선 일본어를 보급해야 한다고 생각합니다. [박수] 적어도 대동아 건설에서 일본어가 국제어로써 발화되고, 각국 민족이 일본문학을 모범으로 삼아 연구해야만 합니다. [박수] 일본정신의 현현顯現이라는 차원에서 살아있는 실제 예로, 조선 반도에서 행해지고 있는 문화 향상의 현재 실정에 대해서 한 말씀 올리고자 합니다. 그 한 예를 들자면 30년 전 조선 반도 민중 대다수는 문맹 상태에 있었습니다. 하지만 교육 제도를 급격히 확장해서 이제는 가까운 장래에 의무교육 제도가 시행되는 단계에까지 이르고 있습니다. 국어, 즉 일본어 해독자 수를 말씀드리면 전 인구의 1할 5분이 이미 일본어를 해독하고 취학 연령 이상의 사람으로 보자면 6할 5분에 달하고 있는 상태입니다. [박수] 더욱이 반도의 전통적 정신, 전통적인 문화의 아름다움을 발양한 것은 바야흐로 내지의 선각자 여러분들입니다. 그리하여 반도 문화는 급격하게 흥륭하여, 쇼와 19년도(1944년 - 역자) 징병제도 실시를 거칠 것이며 바야흐로 완성 단계로 들어서려 하고 있습니다. 방금 전 가야마 선생이 피력한 격렬한 확신은 일본정신을 반도에서 강화 보급한 30년간의 결정체입니다. 지금 말씀드린 반도의 살아있는 예를 현실에서 그대로 실현하기는 힘들다 하더라도, 대동아정신의 강화 보급에 대한 살아있는 예로써 참고가 될 것이라 확신합니다. [박수]

의장

다음으로 만주국 대표 우잉 씨에게 부탁드립니다. 이 분은 젊은 여성분입니다. [박수]

우잉吳瑛 (만주)

저는 부인된 입장에서 대동아정신 수립이라는 문제에 대해 문학자 각위에게 여성과 관련된 이야기를 간단히 말씀드리고자 합니다. 처음으로 말씀드리고 싶은 것은 이 긴장된 시국 하에서 생활하고 있는 젊은 부인들이 지금부터 어떻게 하면 새로운 정신과 부인 도덕을 수립할 것인가 하는 문제입니다. 젊은 부인이 대동아공영권에서 자신의 책임에 대해 철저히 각오하지 않는다면 인류 공통의 신념을 위한 정신적 재건을 이룰 수 없으며, 팔굉일우의 정신을 품고서 행해야 할 생활 태도를 이루는 것 또한 불가능합니다. 대동아정신 수립을 위해서 우리 동양 부인은 도덕을 근본으로 삼아야 한다고 생각합니다. 우리 동양의 부인이 갖춘 도덕 가운데 정절과 효행이라는 두 가지는 서양문명에는 절대로 없는 것입니다. 그 특유한 부덕婦德의 소유자로서 일본의 모성이 보여주는 공적은 이를 확실히 말해줍니다. 앞으로 대동아전쟁에서 이러한 혁혁한 대전과를 올리게 됨은 우선 총후에서 기울인 모성의 노력임을 잊어서는 안 됩니다. 여기에 동양의 독자적인 부덕이 나타난 것이 아니겠습니까. 그러므로 대동아문학자들은 그 정신을 하루빨리 제창해야만 합니다. [박수]

의장

다음으로 요시야 노부코 씨에게 발언을 부탁드리겠습니다.

요시야 노부코吉屋信子

방금 공동 발표 기관을 구체적으로 꼭 생각해주십사 하는 이야기가 있었습니다. 정말로 좋을 말씀이라 생각합니다. 말이 다르기 때문에 저희들이 직접 책을 읽을 수가 없어 일본과 공존 공영해야 하는 중국 여성의 생활 감정을 펼 벅의 작품을 통해서 접하게 됨은 확실히 하나의 불행입니다. 이와 마찬가지로 만주나 중화민국과 그 외 나라의 여러분들에게는 아직 일본어가 보급되지 않아서 이들은 오히려 외국말을 통해서 영미 사람들이 품고 있는 일본에 대한 사고방식이나 견해를 흡수해서 일본에 대해 알 수 있었을지도 모릅니다. 하지만, 지금부터 이러한 방식이 아니라, 직접 서로의 나라 대중에게, 각국 작가가 쓴 작품을 보급시키는 방식을 취하고 싶다고 생각합니다. 이것이 곧 대동아정신을 보급시키는 길이 아닐까 생각합니다. [박수]

의장

　다음으로 여우빙치 씨에게 부탁드립니다. 이 분은 도쿄 제국대학 문과를 나왔으며 저우쭤런周作人 씨에 대해서 연구하였고 특히 에도문학에도 조예가 깊은 분입니다.

여우빙치尤炳圻 (화북)

　예전에 저는 일본에서 유학을 한 적이 있습니다. 이 대회를 기회로 다시 이곳에 올 수 있게 돼 오랜만에 은사님인 히사마쓰久松 선생님 및 사이토斉藤 선생님, 이 두 선생님을 만나 뵙게 돼 진정으로 기쁘게 생각하는 바입니다.

　제가 생각하기로 문학은 실로 개인 및 한 민족의 국가적 사상과 그 감정을 충실하게 표현하는 것입니다. 다행히도 저는 일본문학을 조금이나마 연구하고 있는 한 사람으로서 문학으로 그 나라를 이해함은 외교나 그 외 방면으로 이해하는 것과 비교해 보면 훨씬 더 뛰어나다는 것을 통감했습니다. 여기에 앉아계신 분들 중에는 직접 뵙지 못했던 분이 많지만, 작품을 배견拜見해서 마치 이미 여러 번 뵌 것과 같은 느낌이 듭니다. 이는 마치 고전을 펼쳐 읽는 것과 같습니다. 고전을 펼쳐 읽을 때면 그 작자와 마치 만난 것 같은 기분을 느끼게 됩니다. 그러므로 대동아의 굳은 결속은 문학을 거쳐야지만 가능한 것이라 확신하는 바입니다.

　우리들처럼 붓으로 일하는 사람은 다른 직업의 길을 가는 분들과 가야 할 길이 다르다고 생각합니다. 그런고로 우리들 문학자는 연구의 방면에도 창작의 방면에도 혹은 소개 및 그 외 번역 등 각 방면에서 어쨌든 같은 길을 향해 나아가는 것이 가능합니다. 게다가 우리들은 대체로 문자라는 형식이 같습니다. 제재도 우선 같다고 말할 수 있습니다. 다만 작품은 다른 것이 있을 수 있겠으나 지금 말씀드린 것처럼 공통된 점이 굉장히 많습니다. 그러므로 이 방면에서부터 서로 제휴하여 동아의 결속을 꾀하는 것은 굉장히 용이하고 가장 효과적인 지름길이라 생각합니다. 그러므로 동양정신을 앞으로 더욱 강화시키기 위해서는 오로지 마음과 마음의 결속이 필요할 뿐입니다.

의장

예정된 시간이 넘었기 때문에 의제에 관한 발언은 이것으로 마치고자 합니다. 각 의원의 발언을 듣고 보니 우리들이 서로 찬성할 수 있는 발언이 많아서 서로 한마음으로 의결할 수 있을 정도로 뜻깊었습니다. 다른 의회 등과 비교해 보면 의원 분들이 문학자다운 입장을 자각해서, 자기선전을 위한 발언을 한마디도 하지 않았다는 사실은 참으로 이번 회의가 원만하게 수행될 수 있는 큰 힘이라 생각합니다. 방금 의원의 이야기로는 요시우에 쇼료 씨로부터 무언가 동의動議가 있다 하니 아무쪼록 발언 부탁드립니다.

요시우에 쇼료吉植庄亮

본 대동아문학자대회의 명예 회원인 기타하라 하쿠슈北原白秋 군이 지난 2일 서거했습니다. 군은 아시는 바와 같이 일본국에서는 제국예술원 회원으로 문학, 산문 등에도 깊이 관여해, 문학자 가운데 진주라고 일컬어진 시가문학의 공로자입니다. 또한, 시와 동요, 민요 단카短歌 등 각 방면에서 전통에 기반한 순박한 풍속을 확립한 공적은 실로 큽니다. 이에 대회의 이름을 걸고 조의를 표하고 싶으니, 아무쪼록 찬동해 주셨으면 합니다.

의장

기타하라 하쿠슈에게 조사弔辭를 읊는 것은 본 대회의 목적과는 동떨어져 있지만, 대동아문학자가 같은 직업에 종사하고 있는 의미에서 동희동우同喜同憂함은 문학자다운 감정이 아닌가 하여, 회의의 결정으로 조사를 보내고자 합니다. 부디 찬동해 주시기 바랍니다. [박수]

그러면 지금 찬성을 해주셨기 때문에 회의원인 나카무라 무라오中村武羅夫 씨에게 부탁해서 조사를 가지고 오는 것으로 하겠습니다. 그러면 오늘 회의는 이것으로 마치겠습니다. 여러분 모두 수고하셨습니다.

의제 – 문학을 통한 민족 및 국가 간 사상문화의 융합을 꾀하는 방법

도요야스 후세富安風生

하이쿠를 짓는 입장에서 한 말씀 드리겠습니다. 하이쿠는 대체로 5 · 7 · 5의 17음으로 성립된 극단적 형태의 짧은 시입니다. 따라서 사물을 보고 단적으로 표현하는 것이 현저한 특징입니다. 그것은 젠禪이라는 각도에서 보자면 불립문자不立文字라든가 인심직시人心直視라는 정신과 닮은 면이 많다고 생각합니다. 요컨대 하이쿠는 일실무상一實無相, 선기禪機를 열어서 직접적으로 사물의 핵심에 닿으려는 젠의 수행 방식과 일치합니다. 예부터 젠과 하이쿠를 함께 불렀다는 것도 실로 그러한 이유가 있기 때문이지요. 또한 하이쿠의 간명 솔직하고 거리낌 없는 표현 방식은 마치 일본도日本刀의 칼이 드는 정도를 연상케 합니다. 종교, 검법劍法, 문학, 이 세 분야에는 서로 공통된 정신이 있습니다. 하이쿠에서 속 깊게 흘러가는 정신은 강하게 살아가는—강하게 살아간다고 해도 딱딱하거나 바로 꺾이는 강함도 있습니다만, 부드럽지만 아무리 잡아 당겨도 끊어지지 않는 강인함이 있습니다. 하이쿠는 후자의 강함에 해당된다고 생각합니다. 시끄럽고 강하게 살아가는 것이 아니라, 조용하고 강하게 살아가는 것입니다. 화려하게 영화를 누리는 것이 아니라, 조용히 은인隱忍하며 버텨냄이 하이쿠의 정신입니다. 앞으로 긴 싸움을 해나가는 사이, 이를 악물고 버티지 않으면 안 되는 순간에도 몇 번이고 고난과 조우遭遇할 것을 각오해야만 한다고 생각합니다만, 그때 평소 하이쿠의 길을 통해 자연 가운데서 단련된 순수하고 강하고 조용히 살아가는 마음가짐은 점차 그 힘을 발휘할 것이라 생각합니다. 하이쿠는 많은 일본인들이 즐겨왔고 마음의 양식으로서 애호해 왔는데 그러한 보편성이야말로 강점입니다. 저희들 하이쿠 작자들로서는 그 보편성을 전면적으로 활용하여, 올바른 하이쿠를 보급해 조용하고 강하게 살아가는 길을, 모든 일본인 사이에 침윤시시키려 생각합니다. 다만, 더 나아가서 그러한 마음과 길을 넓혀서 이른바 공영권문학, 대동아문학의 땅 속 깊이 그것을 이식하는 것이야말로 오늘 날 의미 깊고 각별한 일로, 저희들은 그것을 위해 힘을 아끼지 않겠노라 생각하는 바입니다. [박수]

기쿠치 간

방금 하이쿠 이야기가 나왔습니다만, 바쇼芭蕉를 중심으로 한 하이쿠, 그로부터 만요슈万葉集의 노래는 일본 고대정신에 나타난 두 가지 큰 기둥입니다. 저는 일본의 현대 단편소설에는 역시 이 하이쿠정신이 깃들어있다고 생각하며 중화민국의 여러분들 및 만주국 여러분들도 우선 하이쿠로부터 일본정신을 연구하실 것을 추천 드리고 싶습니다.

다음으로 판쉬주 씨. 판쉬주 씨는 위치予且라는 이름으로 『소국小菊』, 『여의주如意珠』 등의 소설을 쓴 분입니다.

판쉬주潘序祖 (화중)

문학을 통한 대동아사상문화의 융합 방법으로 이곳에 동아 혹은 동방 문화연구원 설립이라는 안건을 제안해 보고자 합니다. 대동아 신문화 건설을 위해서는 무엇보다도 동아민족의 문화 및 문학을 융합하는 것이 절실합니다. 그리고 동아문화를 융합하기 위해서는 동아문화 연구기관을 설립하는 것이 선결 과제라 생각합니다. 그럼에도 실제로는 일본에도 동아문화 연구기관은 조금 있는 정도로 그 외 나라에는 이렇다 할 것이 없습니다. 이래서는 문화 교류라는 목적을 도저히 달성하기 힘듭니다. 이 결점을 보완하기 위한 기구를 설립, 조직하자는 것이 제 제안의 요점입니다. 명칭은 동방문화연구원, 혹은 동아문화연구원으로 하고 장소는 일본 및 중국으로 정해, 범위는 철학, 예술(회화, 음악, 조각), 문학, 역사 등으로 하고 그 방침은 동아 각국 문화의 실황을 소개하는 것, 연구 강좌 및 연구 도서를 마련하여 각 종 서적을 번역, 선정하는 것, 기관지를 출판하는 것으로 하고 싶습니다. 기관지는 각국 언어를 채용하면 좋겠다고 생각합니다.

의장

지당한 말씀으로 어제 어느 분께서 말씀하신 공동 발표 기관과 대동아 연락회 및 연구회를 마련하는 것, 이 두 가지는 우리들 힘만으로는 힘들기 때문에 정부 당국에 제안해서 필히 실현시키도록 하겠습니다. 다음으로 시라이 교지 씨에게 부탁드립니다.

시라이 교지白井喬二

　　방금 판쉬주 씨가 하신 말씀은 제가 제안하려 했던 것과 거의 일치하니 찬성을 표하는 정도에서 말씀을 드리고자 합니다. 저는 임시로 동아세계관선양연락회東亞世界觀宣揚連絡會라는 기관을 설치하면 어떨까 싶습니다. 선양을 앙양昴揚이라고 해도 현양顯揚이라고 해도 좋겠고 또한 연락회, 위원회, 연구회 그 어느 쪽도 좋습니다. 현재 시점에서 여러분께서 근본이념에 대해서는 이미 충분히 공감하시리라 생각해서, 지금은 하루빨리 그것을 실천으로 옮기는 방법에 대해 고구考究하고 심의해야 하지 않나 생각합니다. 이번 세계전쟁은 결국 문화전이며 그 결과에 따라서는 세계가 영미문화의 노예가 되든가, 혹은 동양문화의 영광을 세계에 떨칠 수 있는 중대 기로에 서 있으며, 문학자도 그 귀착점으로 향해야 한다고 봅니다. 이른바 신동아의 문화부흥, 문예부흥에는 미지의 영역이 많이 있다고 생각되지만, 문화 발굴 및 문예 발굴이라는 것에 앞으로의 과제가 있다고 생각합니다. 판쉬주 씨가 이미 말씀하셨듯이, 대동아건설하에서 긴밀히 연계를 이루기 위한 심의 기관, 혹은 연구회 등을 상설할 것을 요망하는 바입니다. 대회 때마다 모여서 서로 감상을 나누고 담론을 하는 것보다는 영구히 효과를 발하는 연락 기관을 두는 편이 좋다고 생각합니다. [박수]

의장

　　다음으로 공쥐핑 씨에게 부탁드립니다. 이 분은 국립중국대학 교수이며 동 대학 편집 과장으로 월간 『작가作家』 편집장을 맡고 있습니다.

대동아 문예협회의 설립을 제안하고자 합니다. 각 민족이 대동아전쟁에서 일치 협력하여 최후의 승리를 거두지 않으면 안 됩니다. 동아인들이 동아를 사랑하는 정열을 고무시키기 위해 문학자는 동아인의 결속을 촉진하는 것을 중대한 임무로써 향후 인식해야만 합니다. 이 대회 개최에 즈음해서 과거 동아 각국에서 난립했던 문예협회 조직을 전동아문예계로 일변시켜 동아문예협회로 통일할 것을 제창하고 싶습니다. 요컨대 동아민족이 문학자의 유기적 조직을 구성하고 우리 문학자들의 공동 임무를 완수하고자 하는 것입니다. 그 이유를 편법으로 간단하게 네 가지로 열거하겠습니다. 첫째, 대회로부터 약간 명의 회원을 선출해 동아문예협회의 준비위원으로 선출하고자 합니다. 둘째, 준비위원이 대회 개회 기간 중에 준비회의를 소집하는 것을 원칙으로 합니다. 셋째, 동아공영권 내에서 아직 동아문예협회를 조직하지 않은 지역은 최단기간 내에 촉진하도록 하는 것입니다. 넷째, 대회보다는 동아 각 지역의 관계 방면에 요청해 동아문예협회의 진행에 협력하도록 할 것, 이 네 가지를 보고합니다. 부디 협력을 부탁드립니다. [박수]

의장

지금 나온 문제에 대해서 정보국의 이노우에 정보관에게 의견을 여쭙고자 합니다. 이 분은 관리이지만 문학자이기도 합니다. 이런 의견을 듣는데 누구보다 적합한 분이라 생각합니다.

이노우에 시로 井上司朗 (정보국 제5부 3과장)

방금 전부터 여러분의 발언이 공통된 한 항목으로 집중되고 있는 것을 느꼈습니다만, 제 소감을 한마디 밝히겠습니다. 판쉬주 선생님이 제안해 주신 동아문화연구소의 설립도 사라이 교지 선생님의 동아세계간선양연락회도 공쥐펑 선생님의 대동아문학예협회의 설립, 그 어느 쪽도 동아정신의 건설이라는 것에 대한 무엇보다 구체적이며, 더욱이 적절한 제안입니다. 그런 만큼 정부 측에서도 곧바로 그 사항을 관계 각 성省에 확실히 알려서 여러분의 의견을 전달하고자 합니다. [박수]

의장

다음으로 호소다 다미키 씨에게 부탁드립니다.

호소다 다미키 細田民樹

우리들의 아버지 시대, 특히 조부 시대까지는 중국문화의 영향을 상당히 받아왔습니다. 사서오경이라는 것을 이미 어릴 때부터 모두 공부해야만 했습니다. 예를 들어 야마가 소코山鹿素行 선생님의 경우는 여섯 살에 이미 학문에 뜻을 두고 논어를 읽었으며 여덟 살에는 사서오경, 칠서를 읽었고 시문의 서書도 대체로 읽을 수 있어서 시문을 만들었으며 열한 살에는 이미 이백 석을 거느렸다는 것을 『하이쇼잔피쓰配所残筆』라는 자전 안에 쓰고 있습니다. 라이 산요賴山陽는 열세 살에 이미 유명한, "十有三春秋. 逝者 如水(태어나 열세 번의 봄 가을을 보냈노라. 물이 흘러가듯 시간은 되돌릴 수 없다)"라는 시를 썼습니다. 이는 그들이 단지 학자여서만이 아니라, 일본인이 중국 학문을 통해 소년기의 학문을 완성했다는 것에 큰 원인이 있습니다. 단적으로 말씀드려서 저는 중국에서도 일본의 학문을 그와 마찬가지로 흡수하고 있다고 생각합니다. 더욱이 중국과 일본에서 중국의 당나라 정도에 있었던 행行을 주안으로 하는 문화가 중국에서 점차 약해지고 반대로 일본에서 행해졌으며, 또한 인도 고유의 불교만 하더라도 현재는 인도에서 힘을 잃고 일본에서 발달했습니다. 유교를 보더라도 지금은 지나는 말할 것도 없이, 중세의 지나보다도 일본 쪽이 더 힘을 갖고 있는 것인지도 모르겠습니다. 게다가 일본에는 예부터 이른바 신神과 비슷한 도道가 있어서 아라히토가미現人神[10]이신 천황께서 천하를 다스렸습니다. 이 동양 각국의 문화를 섭취해 유구히 계속된 일본정신, 이것을 방금 전부터 화제가 됐던 동양문화연구원이라는 곳에서 진지하게 연구해 주셨으면 합니다. 현재 지나에서는 동아문예 부흥이라는 것이 논의되고 있는 것 같습니다만, 그때 동양문화의 바탕을 중국으로 설정해서 동아문예를 부흥함에 있어서 중국 문예의 기원으로 되돌아가야 한다는 생각이라면 이는 대단히 소아병적이고 천박하다 하겠습니다. 저는 결코 일본정신을 강요하려는 의미에서 말하는 것이 아닙니다. 앞으로의 동아문예는 옛것의 부흥이 아니라, 대동아전쟁에서 일본의 커다란 행行을 통해 새롭게 건설될 문학입니다. 따라서 이는 동양문예의 부흥이 아니라, 동양문예의 창조여야만 합니다. 무엇을 뻔뻔스럽게 강요하려는 의미에서가 아니라, 앞으로의 문예가 참으로 일본정신의 정수를 세계에 널리 미치게 한다는 근본적인 부분을 고려해 주실 것을 당부 드립니다. 대동아문화원 사업 가운데서 여러 항목이 설정되겠으나, 서로가 진정으로 느긋하게 인내하며 동양정신을 연구하고 싶습니다. 하지만 과거 우리들은 중국의 옛 문화를 크게 섭취했으니, 이번에 새롭게 태어날 연구소에서는 주로 일본정신, 황도정신을 모든 방면에서 적극적으로 연구하고자 합니다. [박수]

---

10 사람의 모습으로 이 세상에 나타난 신. 원래 '천황'의 존칭이었다.

의장

다음으로 장워진 씨에게 부탁드립니다.

장워진張我軍 (화북)

[처음에는 중국어로 발언하다 발표자 자신이 다시 그것을 통역했다.] 지금 드린 말씀을 일본어로 다시 한번 말씀드리겠습니다. 저는 문학을 연구하는 교수 및 학생의 교환을 제안하고 싶습니다. 일국의 민족정신, 국민기질, 또는 인정, 풍속, 습관 등을 알기 위해서는 그 나라의 언어나 문학으로부터 시작해 들어가야만 합니다. 문학은 사람의 마음과 마음을 서로 이어 융합시키는 역할을 합니다. 대동아에서 각 민족이 앞으로 영구히 서로 결속을 꾀해야 하는 이유에 대해서는 이미 충분히 논의했으니 이제는 바야흐로 실행을 해야 할 시기에 이르고 있습니다. 따라서 문학자는 이웃 나라의 문예를 깊이 연구하고 그것을 자국에 소개하여 자국 국민에게 접촉시키는 초미의 급무急務를 수행해야 합니다. 이것은 지금까지도 행해져 왔습니다만, 그것을 지도할 사람이 너무나 적고 신용할 수 있는 소개 또한 그다지 이뤄지지 않았다고 봅니다. 이 결점을 보충하기 위해 본안을 제출한 바입니다.

실행법에 대해서는 네 항목으로 나눠서 첫째, 나라별 교수 및 학생 교환은 당분간 일화만日華滿 삼국에 한해서 할 것. 둘째, 적어도 각국에서 매년 교수 두 명 이상, 학생은 열 명 이상 교환할 것. 셋째, 기간입니다. 교수 연구 기간은 최초 반 년, 학생의 유학 기간은 처음에는 일 년으로 함. 넷 째, 경비입니다. 방금 제안하신 동북문화연구소가 창립되면 그곳에서 부담하는 것으로 하고 싶습니다. 이것이 제 제안입니다. [박수]

의장

이 제안은 굉장히 구체적이고 나무랄 데 없다고 생각합니다. 우리들 일본 문학자도 중화민국의 현대문학을 보다 잘 알아야 합니다. 중국의 문학 정신에 정통한 일본 작가가 오늘 회의에 한 사람도 없음은 우선은 우리들 측의 문제이니, 앞으로는 중화민국의 현대사상 및 현대문학을 깊이 있게 접하고 싶습니다.

지금 홍차가 나옵니다만 함께 재떨이를 나르고 있으므로 재떨이가 있는 동안은 담배를 피워도 좋은 것으로 하고 싶습니다. [박수]

다음으로 소국민 문화의 문제에 대해서 가토 다케오 씨에게 부탁드립니다.

가토 다케오 加藤武雄

작년 12월 8일 영미에 대한 선전 조칙이 발포되었을 때, 일본국민은 일제히 환호의 함성을 내질렀습니다. 대동아전쟁이야말로 일본국민이 용약하여 맞이한 전쟁이며 수행하고 있는 전쟁입니다. 이와 대조해 오륙 년 전에 지나사변이 발발했을 때를 떠올리게 됩니다. 이때는 뭐라고 말하기 힘든 기분이 전 일본을 지배하고 있었습니다. 솔직히 말해 지나와는 싸우고 싶지 않았습니다. 동문동종同文同種의 나라, 역사나 경제, 문화적 방면에서 보더라도 필경 운명을 하나로 해야 할 나라인 일본과 지나 양국이 서로 싸웠던 것은 이른바 형제 간의 싸움이라서 지나사변은 참으로 아시아의 비극이었노라고 저희들은 생각합니다.

이러한 비극이 어떻게 해서 야기됐는가? 그 원인은 여러 가지가 있겠지만, 주된 것은 장제스蔣介石 정권이 택한 항일, 반일 정책이었다고 생각합니다. 물론 장제스 정권이 그러한 정책을 채택한 것에는 상당한 이유가 있겠으나, 이는 요컨대 일시적인 시대의 위세에 지배당해 동양의 운명을 달관하는 것을 잊었던 장제스 정권의 단견, 오견에 기인하는 것이라 생각합니다. 게다가 반일과 항일은 정책이라고 하기보다 오히려 국시에조차 가까운 것이었습니다. 이는 철저한 반일과 항일 교육을 보면 알 수 있습니다. 소비에트 러시아가 공산주의에 대해서 그랬던 것처럼, 장제스 정권은 우선 아이들부터 움직이기 시작했습니다. 아이들의 부드러운 심성에 항일 의식, 반일 의식을 이식했던 것입니다. 그리고 그것이 완전히 성공한 것은 중경 정권이 더욱 집요하게 그 존재를 이어나가고 있는 사실이 증명하고 있습니다. 현재 우리들의 존경을 받는 왕징웨이汪精衛 선생의 신정부가 수립된 후, 항일 및 반일 정책이 일소되고 오로지 친화와 제휴를 꾀하고 있습니다. 그것이 시시각각으로 실현되고 추진되고 있음은 참으로 기쁜 일이며 앞으로 더욱더 강화되지 않으면 안 됩니다. 제휴와 새로운 아시아를 수립하기 위해, 우선 양국의 정신적 결합을 충분히 강고하게 해야 할 필요가 있습니다.

화친 제휴는 우선 아이들로부터 시작해야 합니다. 아이들의 마음에 우선 종자를 뿌려서 모종을 이식하는 것에서부터 시작입니다. 일본에서는 이미 그것을 시작했습니다. 시험 삼아, 여기에 일본의 소년이나, 소녀 등을 불러와 보시기 바랍니다. 너는 지나를 증오하는가, 그렇게 묻는다면 열이면 열, 반드시 아니라고 답할 것입니다. 설령 그것이 지나하고 치룬 전쟁에서 아버지를 잃고 형제를 잃은 어린이라고 하더라도 결코 지나를 증오하지 않습니다. [박수] 지나가 나쁜 것이 아닙니다. 장제스 정권이 도리를 모르는 것입니다. 나쁜 것은 장제스 장권을 조종하고 있는 영미입니다. 조금이라도 사물의 도리를 알 정도의 어린이라면 그 정도의 생각은 모두 하고 있습니다. [박수]

일본 어린이는 지나를 향해 손을 내밀고 있습니다. 적어도 손을 내밀 수 있을 정도의 준비는 되어 있습니다. 여러분의 수고로 여러분 나라 어린이들이 이쪽으로 손을 내밀 수 있도록 해주시기 바랍니다. 그리고 일본 어린이와 지나 어린이, 양국의 어린이의 작은 손을 서로 꼭 쥐게 해주고 싶습니다. 악수로 빛나는 아시아의 장래를 바라보고 싶습니다. 그것이 제가 바라는 바입니다. [박수]

여기에는 소년문학이라는 문제가 있습니다. 교육의 힘은 물론 큽니다. 하지만 문학의 힘도 대단히 큽니다. 문학은 어른들보다도 어린이에게 더 큰 영향력을 행사하는지도 모르겠습니다. 아니, 확실히 크다고 저는 생각합니다. 양국이 서로 친밀해지고 서로 제휴해서 아시아의 재건이라는 큰 이상을 향해 만진滿進하는 그 정신적 기초로써 소년문학을 소년의 가슴에 심어주고 싶은 것이, 이른바 제 제안입니다.

여기에 오신 여러분 가운데는 소년문학에 관심을 갖고 계신 분도 있으실 것이라 생각합니다. 여기 오시지 않았더라도 여러분들 나라에는 많은 분들이 계시겠지요. 여러분들이 하나의 조직을 만들어서 실질적인 활동을 하고 정신艇身하게 되면 좋겠다고 생각합니다. 아니, 이미 그러한 것이 이뤄지고 있는 것인지도 모르겠습니다. 그렇다면 대단히 좋은 일입니다.

이쪽에서는 문학보국회의 자매단체로 소국민문화협회라고 하는 것이 만들어 졌습니다. 그중에 문학부가 있으며 소년문학의 진흥을 위해 노력하고 있습니다. 만약 여러분 가운데서도 지금 말씀드린 것과 같은 결사를 만드실 요량이 있다면, 서로 충분히 연락해서 우선은 화친의 감정을 양국 소년에게 퍼뜨려서, 새로운 아시아 건설이라는 이상을 위해 손을 잡고 나아가고 싶습니다.

저는 이처럼 가장 실제적인 제안을 한쪽의 외교적인 응대만으로 끝내고 싶지 않습니다. 여러분 나라의 사정도 잘 알지 못하며 실제로 부딪치면 여러 가지 차질도 있겠지요. 그러한 점에 대해 논의를 거듭해서 꼭 실현되기를 희망하는 바입니다.

이상은 주로 지나의 대표 여러분들께 말씀드린 것입니다만, 만주, 몽고 여러분도 이를 이해하고 협력해 주시기를 부탁드립니다. [박수]

의장

다음으로 데라다 에이 씨에게 부탁합니다.

데라다 에이 寺田瑛 (일본 · 조선)

현재 우리는 전쟁 중입니다. 전쟁은 언젠가 끝나는 날이 있겠으나 전쟁의 목적 달성에만 집착한다면 공영권 내 각 민족의 독특한 민요 민화, 전설, 민예의 수집를 수집하는 건 곤란하지 않을까요. 생활의 요람이라고 해도 좋을 이러한 것을 각국에서 모아서 여러분들의 노력으로 단순히 수집하는 것만이 아니라, 편찬하여 출판한 후에 각 나라의 국어로 번역하는 것은 무엇보다 의미 있는 일이 아닌가 생각합니다. 이것을 오늘 판쉬주 씨가 제안해 주신 대동아연구원의 연구 과제로 삼아도 좋을 것이고 또한 공쥐펑 씨의 제안인 동아문예협회의 힘을 빌려도 좋을 것이라고 생각합니다. [박수]

의장

오자키 기하치 씨에게 부탁드립니다.

오자키 기하치尾崎喜八

제 제안은 대동아문학대상을 창설하는 건에 대해서입니다. 대동아문학대상은 도쿄에 대한 애정을 고무하려는 정신, 사상력이 가장 뛰어난 작품에 표창하여 애독되는 명예로운 상입니다. 저는 11월 2일 메이지 신궁에서 있었던 국민연성대회에서 육백 명 정도의 청년학교 학생들이 목총을 잡고 우렁차게 외치며 공격하는 집단 무도武道를 보았습니다. 또한 최근 빗속에서 85킬로 거리를 행군해서 경기장에 도착한 팀을 보았습니다. 그 팀의 지도자는 60살에 가까운 노익장인데도 무거운 등짐을 지고 결승점을 지나갔습니다. 또한, 인솔 경쟁에서 무거운 짐을 대여섯이 하나가 돼서 끌고 가는 경기도 보았습니다. 이러한 경기에 걸린 우승자의 명예는 단지 한 학교, 한 지역의 명예로만 존재하지 않습니다. 그것을 보고 있는 모든 일본인이 그들에 대해서 믿음직함, 건강함, 감사함, 그리고 긍지를 느끼게 됩니다. 대동아문학상의 정신도 이것과 마찬가지로 찬탄의 표현입니다. 그 방법으로 매년 각국 혹은 지구에서 그 문학상의 정신에 적합한 작품을 선정해서 추천해, 우승 작가에게 장려금을 수여하고자 합니다. 적극적으로 참여하는 타 민족이 있다면 대동아문학자대회는 이것을 기쁘게 맞이하겠으며, 이는 두말할 필요도 없는 것입니다.

의장

딩위린 씨에게 부탁합니다. 이 분은 딩딩TT이라는 이름으로 소설을 쓰고 있습니다. 현재는 강소성江蘇省 교육청 주임 비서입니다.

딩위린丁雨林 (화중)

　　대동아 문예상 설치에 관한 제안 이유를 간략히 말씀드리겠습니다. 현재 대동아전쟁이 전과를 착착 올리고 있습니다. 우리들은 영미 제국주의자를 동아에서 구축하지 않으면 안 됩니다. 이것이야말로 일본문학보국회가 소집한 동아문학자대회의 가장 큰 사명이라고 저는 믿습니다. [박수] 일찍이 지나사변이 대동아전쟁으로 발전한 오늘날에 이르러, 이 역사적 과정에서 영미의 동아침략에 우리가 눈을 뜨고, 단호히 반격하는 시기를 맞이한 것은 가장 큰 행복입니다. 동아민족은 일어나서 대동아전쟁에 최대한 힘을 보여줘야 합니다. 지나사변의 발발은 참으로 중국의 잘못된 선택이었습니다. 당시 오해 때문에 중국이 일본에 대한 이해를 상실한 것은 참으로 변명의 여지가 없는 일이었습니다. 하지만, 이미 지나간 과오는 그렇다 치고 우리들은 앞으로의 대동아전쟁에서 중국이 들고 일어나, 견식과 이해와 신뢰를 안고서 일본과 함께 앞으로 나아가리라는 것을 저는 맹세하고 싶습니다. [박수] 과거에는 일본이 침략자라고 영미가 중국에서 거꾸로 선전을 했습니다만, 지금은 일본이 중국의 갱생을 위해 끊임없이 반성할 수 있는 충언을 해주고 뒤에 있는 영미 제국주의자의 끊임없는 중국 침략을 제거해 준 것에 대해 깊이 감사하는 마음을 표하는 바입니다. [박수] 오해에 오해로 대응하는 것은 커다란 참사입니다. 중일 양국이 동문동종인 형제임에도 그 평화 합작이 어째서 하루빨리 실현되지 못했는가, 또한 전면 화평이 어째서 도래하지 못했는가. 중일 양국 사이에 철저한 영미 격퇴의 열쇠가 남아있는 이상, 우리들에게 남겨진 유일한 것은 영미 격퇴로 나아가는 길뿐입니다. 동아의 영구한 평화는 동아민족의 각성하에 이뤄지며 영미 제국주의자가 백 년에 걸쳐 진행한 동아 침략을 격퇴하는 것은 동아민족의 단결 의식으로써만 이뤄집니다. 동아의 공존공영을 위한 커다란 장애를 제거하기 위해 우리들은 단호히 자각할 필요가 있습니다. 일본이 동아민족을 지도해서 황도정신을 발휘해야 함은 일본이 행해야 할 실로 최고 수준의 의무라고 우리들은 생각합니다. 그런 의미에서 영미 제국주의자의 동아 침략에 대해서는 백 년에 걸친 역사를 보더라도, 이들에 대항해 정치, 경제, 군사적으로 승리하는 것을 대동아 전체의 목표로서 달성해야만 한다고 생각합니다. 문학이 대동아 해방정신의 커다란 무기를 들고서 일어난다는 것은 우리들의 가장 큰 목표인 동시에 국민의 희망입니다. 동아 각 민족의 공존공영의 견지에서 보자면 오늘날 일본의 대동아전쟁에 대한 노력과 그 지도력에 대한 최대한의 사명은 우리의 사명과 또한 완전히 일치하는 것이라 믿습니다. 그런 의미에서 일치된 대동아의 대국적인 방침으로 문예 작가가 동아를 보위하는 임무야말로 크게 칭찬받아야 한다고 믿습니다.

마지막으로 이 문예상을 어떻게 수여할 것인지 방법론적인 부분을 말씀드리겠습니다. 소설, 시가, 희곡, 문예비평, 산문의 다섯 항목에 걸쳐서 최우수 작품 10편, 각 종목 2편을 추천해 대동아문학자대회로부터 장려금을 수여할 것, 그 상세 항목은 대동아 문예가협회를 통해 따로 정하고자 합니다. [박수]

의장

방금 딩위린 씨가, 일본에 대한 굉장히 깊은 이해를 바탕으로 말씀해주신 것에 대해서 우리들 일본 측 문학자들도 예의를 다해 감사하는 바입니다. 그리고 제안해 주신 문학상은 내년 대회부터 꼭 만들겠습니다.

다음으로 기무라 기 씨에게 부탁드립니다.

기무라 기木村毅

대동아 문예상을 설정해야 하는 이유에 대해서는 여러분들과 동일한 생각입니다만, 그 방법에 대해 다소 생각하는 바가 달라서 그것을 말씀드리겠습니다. 그것은 일본에서도 한두 편 정도의 작품을 고르고 중국에서도 만주국에서도 혹은 내년 참가하는 필리핀, 불령인도차이나, 태국에서도 한두 편의 작품을 고르고, 이에 대해 각국의 문예협회가 책임을 지고 작품을 추천해 그것을 각국에서 번역해, 내년에 모일 때는 여러분이 역시 책임을 지고 각 나라의 대표 작품을 읽고 모이면 어떻겠나 생각합니다.

방금 딩위린 씨가 이번에 지나사변이 발발한 것은 일종의 과오라고 하셨습니다만, 그 과오가 있었기 때문에 백 년에 걸친 영미 세력을 꺾을 수 있었으니 그 과오를 우리들은 오히려 기뻐할 일이라 생각합니다.

의장

동아 권내圈内 대표작 번역, 발행 및 교환에 대해서 가와지 류코 씨에게 말씀을 부탁드립니다.

가와지 류코川路柳虹

요항要項에는 대표작 번역이라고 나와 있으나, 사실 제 제안은 번역뿐이 아니라, 원작 그대로를 집약해서 그것과 함께 번역을 게재하는 방식의 간행물을 내면 어떨까 생각했습니다. 이에 대해 소설과 희곡도 나름대로 물론 소중하지만, 저는 시인이니 우선 시를 발표해 주실 것을 제안합니다. 우리가 대동아 건설을 완성하기 위해서는 그저 단순히 논리로 이해하는 것만으로는 부족합니다. 감정으로부터 하나가 되지 않으면 안 되니까요. 이를 위해 가장 단적이며 가장 소박한 표현이 가능한 시가를 통하는 길이 무엇보다도 빠르다 생각합니다. 방금 전 도요야스 씨가 말씀하셨던 하이쿠 등 우리나라의 전통적 시가인 단카나, 새로운 시를 포함해 대동아 전체의 시인과 가인이 정열을 다해서 하나가 된 작품을 모아 대시가집大詩歌集을 새롭게 간행하면 어떨까요. [박수] 이는 그리 어려운 일이 아닙니다. 바로 출판을 하면 됩니다. 다만 활자와 용지의 문제가 있을 따름입니다. 그것을 실행할 정열이 여러분에게 있으시다면 이 대회 석상에서 적당한 위원을 추대해서 구체적으로 의안을 정리하고자 합니다. [박수]

의장

지금의 제안은 참으로 훌륭하다고 생각합니다. 가능한 빨리 시행하고자 합니다. 다음으로 후나하시 세이치 군에게 부탁합니다.

후나하시 세이치舟橋聖一

예전에 우리는 전쟁이 문화를 파괴하는 것이라는 잘못된 생각을 한 적이 있었습니다. 하지만, 오히려 이번 전쟁이 문화를 발전시키는 것을 본 후 과거에 인식이 부족했음을 통감하게 되었습니다. 생각했던 것처럼 문화의 위기는 없었으며 문화옹호론을 제기할 필요도 없었습니다. 다만 우리나라 고래古來문화의 현창顯彰과 그 발전을 꾀하면 된다는 자신감을 가질 수 있게 됐습니다. 앞서 있었던 야하기谷萩 씨, 히라이데平出 씨의 말씀도 군보도 부장이 때마침 문학에 깊은 이해를 갖고 있었기에 가능했던 것만이 아니라 육해군 전체의 뜻으로 문학에 깊은 이해를 표하신 것이라 믿고 있습니다. 다만, 군부의 높은 이해가 현지 군정부軍政部 방면에도 철저해져서 저희들의 친구인 아베 도모지阿部知二, 곧 히데미今日出海를 시작으로 용감한 종군 작가들이 보다 더 활발히 활동을 펼쳐서 그들의 사상을 더욱더 풍부하게 향상시켜주실 것을 부탁드립니다. 그리고 이번 대동아문학자회의 총의總意로 종군 작가들의 건강을 기원하고 싶습니다.

다음으로 제안에 들어가겠습니다. 제 제안은 일日 · 만滿 · 몽蒙의 고전강좌를 설치하는 것입니다. 예전부터 저는 일본문학을 배우고 있어서 미력하나마 창작을 통해서 전통을 계승하고자 염원하고 있지만, 제가 공부한 시대에는 역시 영미를 의존하는 풍조가 강하게 조야朝野를 지배해서 우리들의 태도는 아무래도 서양문학을 일류로 삼고 동양문학을 이류로 취급하는 낮은 수준의 야심으로 일관한 것이 아니었나 생각해 봅니다. 이는 중국 · 만주국 문학자에게도 동일하게 적용되는 것이었습니다. 번역문화의 중독을 하루빨리 철저히 제거했더라면 일본과 지나 사이에 피를 흘리는 일도 없었던 것이 아닐까요. 앞으로는 지금과 같이 예를 들어 만요万葉보다 앙드레 지드, 겐지모노가타리源氏物語보다 앙드레 말로를 높이 평가한 오류에 빠지는 일 없이 우리나라 문학이 세계 일류 문학이라는 자신감을 가져야 합니다. 그 대신 이에 상응하는 책임감이 생기지 않으면 안 됩니다. 한 권의 책을 내는 것에도 한 편의 소설을 내는 것에도 지금과는 다른 책임감을 지니고 창작을 해야만 한다고 맹세하고, 이번 문학자회의에서도 우리들이 이류 문학에 만족해서는 안 되며 일류 문학을 만들겠노라 모두가 합의해서 결의해야 할 것이라고 생각합니다. [박수] 이에 대해서는 예를 들어, 제대帝大 문과에서 일본문학을 여전히 멸시하는 경향이 있으니 이참에 국민문학을 중심으로 한 문과대학 강좌를 더 많이 만들 것을 염원합니다. 이 점에 대해 각국이 연락을 해서 일 · 만 · 몽의 고전강좌를 현행의 두 배 내지 세 배로 늘려야 한다고 생각합니다. [박수]

의장

다음으로 하야시 군에게 부탁합니다만, 후나하시 군처럼 길어지지 않으시도록…….

하야시 후사오 林房雄

제가 제기할 문제는 참으로 광대한 것이라서 바로 들어갈 수 없습니다. 사실 웅대한 계획을 갖고 있지만, 다음 대회로 연기합니다. 그때까지 제군 諸君은 대동아정신을 함양하고 추구해야 할 고향을 찾아나서 이를 재건할 방도를 생각해 주실 것을 부탁드립니다. [박수]

의장

다음으로 다카다 군에게 부탁드립니다.

다카다 다모쓰 高田保

우리들 연극에 관계하는 사람이 장래에 어떠한 연극이 탄생할 것인가 하는 것을 생각해 보면 현대 일본연극은 불행하게도 신극운동의 해악에 빠져들고 있습니다. 작은 생활 감정의 소소한 자연주의적인 유인誘因에서 발달한 결과 연극의 본질을 잃어버렸습니다. 일본의 가부키歌舞伎, 중국의 경극京劇 등이 연극의 본질을 올바르게 담지하고 있기에 그 존재에 정말로 감사하고 있습니다. 오늘날 중국에서 곤곡崑曲이—이는 당나라 때부터라고 생각합니다만—쇠퇴해 가고 있는데, 앞으로 대동아극이라는 새로운 형태의 연극을 만들어낼 때 이 곤곡이 큰 도움이 되지 않을까 합니다. 그런 의미에서도 오늘날 남아있는 지나극을 엄밀히 보존하는 방법을 강구하고 검토하여서 그로부터 새롭게 발생할 중국의 극, 일본의 극, 또한 새로운 대동아 연극이 수립돼야만 합니다. 영국은 "인도를 잃더라도 셰익스피어를 잃고 싶지 않다"고 했던 모양인데, 셰익스피어를 이길 수 있는 것이 대동아에는 있다고 생각합니다. [박수]

의장

다음으로 니시카와 씨에게 일본어 보급에 대한 의제를 부탁드립니다.

니시카와 미쓰루西川滿 (일본·대만)

과거에 불란서 철학자인 폴 리샤르가 우리나라에 와서 영봉靈峯 후지산富士山을 보고 이것이야말로 땅이 하늘을 향해 합장하고 있는 모습이라고 말했는데, 이것은 동양을 진정으로 이해하는 사람이 처음으로 할 수 있는 말입니다. 저는 대동아정신은 참으로 이 후지산이 상징하는 합장의 정신에 다름 아니라 믿고 있습니다. 합장이야말로 동양민족에게 공통된 것으로 자기 자신을 비우고 바치는 모습이며, 후지산이야말로 동아의 지도자다운 신국神國 일본의 표징表徵이기 때문입니다.

그리하여 이 대동아정신을 실현하기 위해서는 일본어를 꼭 이해할 필요가 있습니다. 의식이 갖춰져야 예절을 안다는 말이 있습니다만, 극단적으로 말해도 된다면 일본어를 알아야 처음으로 대동아의 지도 원리라고 해야 할 팔굉일우의 대정신에 접촉하는 것이 가능해집니다. 후지를 본 적이 없는 사람은 후지의 고귀한 아름다움을 아는 것이 곤란한 것처럼, 고토

다마言霊의 축복을 받은 일본어를 모르는 사람이 대동아의 근본 지도 원리를 아는 것은 용이하지 않다고 할 수 있습니다.

저는 어제 조선의 가야마 미쓰로 씨의 이야기를 굉장히 감동해 들었던 사람 중 하나입니다. 가야마 씨의 그 열렬한 신념 또한, 씨가 국어를 이해하기 때문으로, 그것을 통해 그러한 경지에 도달할 수 있었음을 느끼지 않을 수 없었습니다. 마찬가지로 조선의 유진오 씨도 조선에서의 국어 보급에 대해 말씀해 주셨는데, 우리 대만의 국어 보급률도 요사이 몇 년 동안 실로 눈부실 정도로 발전했습니다. 과거 긴 세월에 걸쳐 쉽게 달성하지 못했던 것을, 지나사변 이후 급속히 이룩하게 돼, 대동아전쟁에 들어선 후 경이적인 비약을 이뤘습니다. 단순히 국어가 보급된 것만이 아닙니다. 국어를 보급하면서 그에 비례해 국민으로서 대동아전쟁의 목적 달성에 대한 자각이 높아졌습니다. 지원병, 군부와 마찬가지로, 다카사고高砂 의용대[11]에 이르기까지, 그 예는 열거할 수 없을 정도입니다.

장황한 예는 생략합니다만, 우리들은 오랜 기간 체험으로 대동아공영권의 모든 민족을 일본민족과 일체화해서 대동아전쟁에 협력시켜, 이를 바탕으로 목적을 달성하려면 일본어를 보급시키는 것이 무엇보다 급선무라고 굳게 믿고 있습니다. 입장을 바꿔서 생각해 보더라도 일본과 함께 기뻐하고 일본과 함께 고통을 당하는 이상, 일본을 이해하는 유일한 열쇠인 일본어를 배워야지만, 처음으로 이체동심異體同心의 결합이 완성된다고 말하고 싶습니다.

그렇다면 일본어를 어떻게 보급시킬 것인가인데 물론 기본적인 일본어 학습이 이뤄져야만 합니다. 우리들 문학자가 특히 유의하고 싶은 것은 대체적이나마 일본어를 익힌 사람에게 줄 다음 단계의 책에 대한 것입니다.

---

11 이 의용대는 '아시아 태평양전쟁' 말기, 대만 원주민으로 구성된 일본군 부대였다. 필리핀,
    뉴기니아 등 밀림 지대에 투입하기 위해 창설됐다.

갑자기 유아에게 고기를 주면 순식간에 역병疫病에 걸리고 말겠지요. 상당히 알기 쉽게 설명한 문장의 책을 제공해야 합니다. 그렇다고 해도 그런 사람들은 이미 사회생활을 하고 있어서 상식이나 사상은 어른스럽습니다. 사상은 성인인데, 일본어 이해력은 어린이인 사람에게 안겨주는 책이야말로 앞으로 공영권 내에서 가장 필요한 것으로, 이 분야에서 우리들 문학자의 협력이 가장 요망된다고 하겠습니다.

구체적으로 말씀드리자면 각 민족이 기뻐하는 민속적인 것, 전승적傳承的인 것에 뿌리를 내린 이야기라든가, 동양민족의 민족정신을 고양시킬 수 있는 작품이라든가, 문학자의 협력으로 대단히 평이하고 게다가 예술적인 일본어로 쓰인 것이라면, 공영권 사람들도 문화적으로 정말로 풍요로워질 것이라 생각합니다. 단순히 그것만이 아니라, 그런 사람들이 자기 자신의 수득修得한 일본어로 달려들어 읽을 수 있는 작품에 환희할 때, 일본어라는 비교하기 힘든 아름다움에 꼭 눈을 떠서, 그것을 열쇠로 삼아 일본어를 진정으로 이해해갈 것임이 틀림없습니다. 일본어를 통한 민족과 민족 간의 융합을 제창하는 바입니다. [박수]

의장

다음으로 본 대회를 매년 개최하는 문제에 대해서 저우위잉 씨의 말씀을 부탁합니다.

저우위잉周毓英 (화중)

대동아문화 건설 시에 동아 각지 권내의 문화가 어떻게 종합되고 있는지 그 실상을 연구해서 문학 작품의 밀접한 연결을 꾀하기 위해서는 각 방

면의 의견을 종합해서 대동아문학자대회를 거행하는 것이 가장 의미가 있
다고 믿습니다. 따라서 매년 대동아문학자대회를 소집하고 싶다고 생각합
니다. 끝입니다. [박수]

의장

같은 문제에 대해서 야마다 세자부로 씨의 발언을 부탁드립니다.

야마다 세자부로 山田淸三郎

만주는 방금 저우위잉 씨 의견에 대해 전적으로 찬성합니다. 이미 만주
국 측은 이 문제에 대해서 보국회 분들에게 문서를 드려 의견을 나누었습
니다. 다만, 만약 올해 다음 개최가 결의된다면 부디 다음 개최지를 우리
만주국 수도 신경으로 해주실 것을 희망하는 바입니다. 그 이유로 만주는
대동아 건설의 사실 상의 선구적인 역할을 해왔으며 만주국에는 만주국
건설을 위해 수많은 선구자들이 흘린 피가 흐르고 있습니다. 꼭 다음에는
만주국에서 대회를 열어서 이러한 건국 희생자들을 위로하고 싶습니다.
이는 만주국 전 문학자가 모두 희망하는 것이며, 그러한 희망을 품기까지
각 민족 작가의 내면적 고집, 고뇌 등이 상당했음을 말씀드립니다. 하지만
대동아전쟁 이후, 각 민족 작가의 가슴 깊은 곳에서 순일하고 무구하게, 가
능하면 차기 대회를 꼭 만주국에서 열고 싶노라는 열렬한 희망이 생겨났
기에 저희들은 그것을 부탁받고 여기에 온 것입니다. 부디 저희들의 충정衷
情을 헤아려 주시길 희망합니다. [박수]

의장

같은 문제로 하마다 하야오 씨에게 발언을 부탁합니다.

하마다 하야오濱田隼雄 (일본·대만)

내년 대회를 여는 문제는 영미 등의 문화 지도 방침에 따라온 국제 펜클럽 대회와 달리 맞서 싸우는 회의로, 그 건설이 목표인 회의이니 이에 절대적으로 찬성입니다. 그리고 개최지 문제인데 대만도 마찬가지로 일본 내에 있습니다만, 본도인本島人, 고사족高砂族, 일본인이 있으며 게다가 본도인은 광동인廣東人, 복건인福建人으로 나눠지고, 고사족은 번족番族으로 이른바 민족협화의 역사를 사십 년 동안 지나 왔습니다. 또한 지리적으로도 이른바 남방으로 가는 전진 기지입니다. 올해는 남방 각 지역 대표가 오지 못했지만, 내년에는 반드시 참가할 것이라고 생각합니다. 그러한 점에서 보더라도 대만이 가장 편리하며 게다가 기후적으로도 만주는 조금 추운 곳이 아닌가 하고 생각합니다. [웃음소리] 이렇게 말씀드리는 것은 상당히 죄송합니다만, 어쨌든 대만에서 내년 회의를 개최할 것을 강렬히 희망하고 있습니다. 이는 대만문화의 역사적인 면에서 말씀드리더라도 그렇습니다. 대만은 일본이 영유 후 실로 47년의 역사가 있지만, 실은 아직 유아幼兒 상태로 어른이 되지 못했습니다. 대만을 어른으로 만들기 위해서는 이런 회의를 대만에서 열면 한 번에 20년분, 30년분의 비약을 이룰 수 있다고 생각합니다. 이미 대만 총독부, 대만 대정익찬大政翼贊 운동의 주체인 황민보공회皇民報公會, 대만문예협회에서 필요한 경비를 착실히 품속에 넣어두고, 가능한 준비를 갖추고 있습니다. 어딘가 자기선전과도 같은 제안입니다만, 차기 대회에 대해 대만이 품고 있는 정열을 피력한 바입니다. [박수]

의장

대동아문학자대회의 이상은 참으로 고원高遠하기 때문에 이것을 실현하기 위해서는 만일 어떠한 곤란이 있다고 하더라도 매년 개최할 필요가 있다고 저는 확신합니다. 이에 대해 방금 만주국과 대만에서 내년도에 꼭 자신들의 지역에서 열어줄 것을 각각 희망하여서 참으로 든든하게 생각합니다. 대만을 내년도 개최지로 할 이유도 충분히 있으며 만주국에도 그 이유는 충분이 있습니다만, 장소를 어디로 할 것인지는 보국회에서 신중하게 고려한 후에 결정하고자 합니다. 다만 내년도 대회를 꼭 개최하려는 희망이 있음을, 여러분 일동의 박수를 통해 의결 대신으로 하고자 하니, 부디 박수를 부탁드립니다. [전의원 기립, 박수]

의장

이것으로 오전 회의를 마치겠습니다. 여러분께는 시간상 꽤 무리한 부탁을 드려서 폐를 끼쳤다고 생각합니다만, 그 대신 발언을 신청하신 모든 분께 발언 기회를 드릴 수 있었던 것을 저로서는 굉장히 기쁘게 생각하는 바입니다. [박수]

※

사회자 도가와 사다오戸川貞雄

지금부터 대회 일정에 들어가겠습니다.

의장-기쿠치 간

그러면 오후 회의를 시작하겠습니다. 처음으로 청향공작淸鄕工作 신민운동新民運動에 대한 협력에 대해서 가타오카 뎃페 씨에게 부탁합니다.

의제 – 문학에 의한 대동아전 완수의 방도

가타오카 뎃페片岡鉄平

우리들 문학자가 청향공작·신민운동 ─ 건설전建設戰하에서, 중지中支에서 벌어진 청향공작과 북지北支의 신민회 운동에 협력할 필요가 있음을 이번 대회에서 확인해 두고 싶습니다. 청향공작이라 함은 무력과 정치력의 조직적, 합법적 후원과, 일본과 지나 합작에 의해 철저한 치안 화평을 지구적地區的으로 확립하는 것과 함께, 여기에 명랑하고 건전한 새로운 사회를 건설하는 것을 목적으로 함은 제가 새삼스럽게 말씀드릴 것까지도 없습니다. 명랑하고 건전한 새로운 사회라 함은 요컨대 중국에 있는 어떤 평화 지구에 옛 전통을 새롭게 살려서 동양인이 갖고 있는 아름다운 대동아공영권의 일환으로 이상적인 사회를 실현하는 것입니다. 그러한 의미에서도 이 건설 전쟁이 대동아전쟁과 불가분의 관계인 것은 명백합니다. 우리들 문학자가 이에 협력하는 것은 대동아전쟁의 목적 완수에 협력하는 것입니다. 저는 이 청향공작의 현장인 중지와, 또한 신민회 운동의 현장인 북지에서 그곳에 있는 문학자 제군 각자가 운동에 협력할 목적으로 하나의 조직을 만들 것을 희망합니다. 그리고 필요에 따라 기회가 있을 때마다 일만지日滿支 문학자도 또한 이에 협력하도록, 조직을 만들 것을 희망합니다. 이는 단순히 문학자의 전쟁 목적 수행을 위한 협력이라는 의미뿐만이 아니라, 북지 또는 중지의 작가 제군이 실천을 통해서 새로운 예술을, 새롭게 탄생할 중국에서 수립할 것을 희망합니다. 스스로 그 운동에 들어가 행동하는 것은 민중 혹은 혁신에 불타는 운동의 중핵을 이루는 청년들과의, 공동 지도적인 행동 등으로 필요한 새로운 예술을 탄생시키는 움직임이기도 합니다. 그러한 의미에서도 북지에서 작가들이 신민회 운동 및 중지의 청향공작에 협력할 것을 희망합니다. [박수]

의장

다음으로 중화민국, 만주국 작가를 남방에 파견하는 것과 동시에 남방의 작가를 이곳으로 초빙하는 문제에 대해서 샤오송 씨에게 부탁드립니다.

샤오송小松 (만주)

대동아문학자는 문학으로 대동아전쟁에 반드시 협력해야 한다고 믿습니다. 우리 만주국은 북변진호北邊鎮護라는 책임을 지고 대동아전쟁 수행에 협력하고 있습니다. 만주국의 문학 전사인 우리들은 이 남방 전쟁과 북변의 진호를, 우리 만주국의 쌍견雙肩으로 짊어지고 있음을 깊이 확신합니다. 남방의 전쟁과 건설이 어떠한 상황에 처해 있는가. 이는 우리 만주국 문학자가 인식해야 할 문제로 북변 진호의 중요성을 남방 문학자들도 또한 인식해야 한다고 믿습니다. 대동아 건설은 동아 각 민족, 각 국가의 협력을 통해서만 반드시 완성할 수 있는 것으로, 각 민족 각 국가의 건설을 갈망하는 열정은 문학자를 제외하고는 없다고 생각합니다. 만주국 문학자가 자신의 몸을 대동아전쟁의 한복판에 두지 않는다면 남방 건설의 위업을 달성할 수 없으며, 북방 민족의 남방 건설에 대한 열정을 갈망하는 것도 어렵다고 생각합니다. 이와 동시에 남방 작가가 북방의 사정을 알지 못한다면 남방 총후의 북변 진호에 관한 깊이 있는 인식을 할 수 없다고 생각합니다. 대동아전쟁은 하나된 것입니다. 총후 국민은 남방과 북방에서 당연히 남방 건설과 북방 진호가 불가분의 관계에 있음을 인식하지 않으면 안 된다고 생각합니다. 이처럼 남방의 전쟁과, 북방의 진호가 불가분의 연환連環(쇠사슬 – 역자) 관계에 있음을 작가가 반드시 붓을 들고 총후 국민이 깊이 있는 인식을 할 수 있도록 해야 한다고 믿습니다. 저는 이를 위해 남방 작가를 만주에 초빙하고 만주 작가를 남방으로 파견해야 한다고 주장하는 바입니다. [박수]

의장

같은 문제로 요시무라 고도[12] 씨에게 부탁드립니다.

요시무라 고도芳村香道 (일본 · 조선)

어제 이후, 성전 목적 완수를 위해 어떻게 협력해야 할 것인지에 대해서 여러분께서 열성적인 의견을 피력해 주셨는데, 이 정열 속에서 우리들의 혼과 혼이 이미 서로 녹아들어서 일체가 되었습니다. 이러한 생생한 사실만으로도 대동아의 새로운 힘으로 이로써 영미적인 사상을 구축驅逐할 수 있을 뿐만 아니라, 웅대雄大한 대동아문화 공영권을 향해 고귀한 첫 걸음을 내딛을 수 있으리라 믿습니다. 이는 상호 협력과 이해와 정열 가운데 사상

12　박영희의 창씨명.

과 문화가 혼연 동화돼 새로운 추진력을 얻게 되는 것입니다. 실로 세기적 감격이라 하지 않을 수 없습니다. 우리들은 오늘의 감격을 영원히 잊지 않도록 노력해, 이로써 대동아전쟁의 목적을 완수하기 위해 문학적 협력을 더욱더 강하게 해나가고 싶다고 생각합니다. 이를 계기로 남방 작가를 수시로 우리나라에 초대해서 일본의 진상과 일본정신에 접하게 하여, 문학을 통해 일본정신을 전해주고 싶다고 생각합니다. 이로써 대동아 사람들은 마음에서부터 융화할 수 있으며 대동아전의 목적을 완수할 수 있다고 생각합니다. [박수]

의장

지금 요시무라 씨의 의견은 지당한 말씀으로 아마도 이것은 얼마 지나지 않아 실현될 것이라고 생각합니다. 다음으로 남방국가로 작가를 파견하는 문제에 대해서 장웬환 씨에게 한 말씀…….

장웬환 張文環 (일본·대만)

군부 분들이 얼마나 이 대회에 이해심을 갖고 있는지는 후나하시 씨가 말씀하신 대로입니다만, 한창 전쟁 중임에도 불구하고 이렇게 화기애애하게 회합을 열 수 있음은 전적으로 황군皇軍의 위력입니다. 저는 황군에게 감사하는 마음을 표하는 것과 동시에 남방 전선에서 종군 중인 작가 분들께 이 대회의 이름으로 감사를 표하고 싶다고 생각합니다. [박수] 어제 회의에서 대동아정신의 보급 및 강화에 대한 다양한 논의가 나왔는데, 우리 종군 작가들은 대동아전쟁 발발과 함께 남방에 정신挺身하고 동아공영권 진군에 솔선해서 신동아문화 건설을 위해 협력하고 있습니다. 이른바 이 대회의 정신을 직접 체현하고 붓을 잡고 구현하고 있습니다. 그리하여 마음에서부터 감사하는 마음을 황군 및 종군 작가에게 메세지를 보내는 것이 꼭 필요하다고 생각합니다. 찬성을 부탁드립니다. [박수]

의장

지금 박수를 쳐서 만장일치로 찬성을 얻었다고 생각합니다. 즉시 위원들께서 원안을 기초起草해 주실 것을 부탁드립니다.

다음으로 개회식에서 발표된 남방권南方圈 문학자들로부터 온 축사에 대한 답전에 대해서 중화민국의 쉬시칭 씨에게 발언을 부탁드립니다.

쉬시칭許錫慶 (화중)[13]

지금이야말로 동아민족의 생존권을 획득하여 대동아전쟁에 협력해야 할 가을입니다. 오늘 우리들은 모두가 전사인 동시에 문화 전사로서 방가邦家(국가 – 역자)에 보답해야 한다고 믿습니다. 우리들의 전장이 전 문화 영역임을 각오하고 붓을 들어 정신적 잔적殘敵인 영미문화를 향한 총공격이 있을 뿐입니다. 그저께 남방 각 지역의 문학자로부터 축전이 낭독됐습니다만, 오늘날 남방 곳곳의 문학자도 문학자대회에 공명하여 우리들과 함께 일어서려 하고 있습니다. 저는 여기서 남방 각지의 문학자에게 위문과 격려의 의미를 포함해, 전도를 축복하고 싶다고 생각합니다. [박수]

---

13 광둥성 출신으로 중산대학에서 수학했다. 동아연맹 난징분회 상무이사와 국민정부 선전부 주석참사 등을 역임했으며, 저서로는 『중국혁명이론 및 사실(史實)』이 있다.

의장

　만장의 박수가 나왔으니 찬동하신 것이라 알고 위원에게 부탁하여 신속히 여러분 앞으로 관련 자료를 보내겠습니다.

　중경 정권에 대해 본 대회의 이름으로 탄핵문 또는 항의문과 같은 것을 보내면 어떻겠냐는 제의가 가라시마 씨로부터 있었으므로 가라시마 씨에게 발언을 부탁합니다.

가라시마 다케시辛島驍 (일본·조선)

　저희들은 현재 중경에 있는 작가 제군과, 과거에는 친하게 차를 마시고 문학에 대해서 의견을 나누었습니다. 저 또한 중경에 있는 작가 제군과 과거에는 친한 벗이었습니다. 일본에서는 실제로 중경 작가 제군과 저 이상으로 친교가 있었던 분도 많이 계실 것으로 생각합니다. 만약 이런 일본 문학자가 라디오를 통해 옛 우정을 말하며 오늘날 동아 문학자가 향해 가야 할 진정한 길에 대해서 설파해 준다면 그 땅에 있는 사람들의 마음을 움직일 수 있는 길이 많지 않을까 생각해 봅니다. 또한 단순히 일본 작가에 한해서가 아니라, 신중국新中國 작가 각위도 역시 과거에는 이런 중경 측의 작가와 친밀하게 같은 길을 걷고 같은 잡지를 읽었던 경험이 많았을 것이라 생각합니다. 신중국의 분들과, 일본의 작가가 함께 일어나서 오지에 있는 과거의 벗들에게 호소한다면 그 영향은 실로 클 것이라 확신합니다. 실제로 그 땅에 있는 적국 문인은 처음부터 확실한 의식을 갖고 오지로 옮긴 것이 아니라, 그중에는 단순히 숨 가쁜 흐름에 휩쓸려, 어느새 중경까지 간 사람도 많다고 생각합니다. 게다가 일부는 그곳에서 굶주려 자살을 꾀한 작가조차 있습니다. 우리들은 잘못된 길로 들어선 불쌍한 사람들에게 문학 망향望鄕의 뜻을 일으켜서 하루라도 빨리 대동아의 진정한 정신에 눈뜨게 해서 신중국 건설에 참가하도록 힘차게 호소할 필요가 있습니다. [박수] 이것이야말로 대동아문학자의 도의적 신념의 발로라고 믿고 있습니다. 다행히도 이 점에 대해서는 중국 측의 내락도 얻었습니다. 관계 당국의 반대가 없다면 부디 실행해 주실 것을 부탁드립니다. [박수]

의장

만장의 박수로 그 누구도 반대가 없다고 생각합니다. 신속히 위원을 뽑아서 그 쪽에 문안 기초 작업을 부탁드립니다만, 회의 중에는 불가능하므로 내일이나 모래까지 문안을 작성해서 하루빨리 실행하고자 합니다. 하지만 이것은 관계 당국이나 방송 협회의 사정도 고려해야 하니 실행 될 수 있을지 어떨지, 당장 약속을 드릴 수는 없지만 최대한 실행해 보도록 하겠습니다.

다음으로 같은 문제로 영국의 작가, 혹은 문학을 애호하는 패거리에게, 탄핵 혹은 문책장과 같은 것을 보내는 문제에 대한 제안이 있었기에 요시카와 에이지 씨에게 발언을 부탁합니다.

요시카와 에이지吉川英治

제 제안은 제군에게 찬의贊意를 청해야 하는 것입니다. 맞서 싸우고 있는 정면의 적, 미국의 작가나 전 민중에 대해 이 대회는 문화적인 입장에서 그들을 위해 조금이나마 연민을 나누는 것을 아쉬워하지 않으며 우리들의 이 행복과, 희망과, 신의에 대한 결합을, 하나의 메시지로 만들어서 보내야 한다고 생각합니다. 오족의 문학자가 이렇게 한 곳에서 만나, 이처럼 새로운 건설을 약속한 것은 아마 세계사를 보아도 없을 것입니다. 하물며 이렇게 세계 대전이 한창 진행 중일 때는 더더욱 그렇습니다. 게다가 대전의 의의, 또한 대전이 궁극적인 지점, 그들이 갖고 있는 세계관의 상이함, 문화를 파악하는 선악의 위상이 나뉘는 것은 말할 것도 없습니다. 저는 이 대회의 이름으로 착오를 거듭하는 문화인의 지도하에서 헤매는 미국 국민의 미몽을 깨우고자 메시지를 저 멀리 바다 건너에 방송해서, 우리들 문학자가 품고 있는 그들에 대한 열정과 우리들의 문화적 성의가 우리 정부에서도 다뤄지기를 열망해 마지않습니다. 이것을 제의하는 이유입니다. [박수]

의장

이 제의도 여러분이 모두 찬성하시는 것 같으니, 방금 전 제안과 마찬가지로 위원을 택해서 실행할 수 있도록 노력하고자 합니다. 다음으로 남양 화교에 대해 마찬가지로 제의가 들어왔습니다. 류위성 씨에게 부탁합니다.

류위성柳雨生 (화중)

남양 각지에는 중국 동포가 있습니다. 중국동포는 화교라고 불리는데, 영미 침략자의 최선봉에서 가장 첨예한 토지에 살면서 영미 침략을 받고 있습니다. 우리들이 처해 있는 현재 입장과, 대동아전쟁 완수상의 의의를 철저히 하기 위해 이들에게 선전을 해서 이러한 사실을 전달하는 것이 오늘날 가장 필요한 급무라고 저는 믿는 사람입니다. 저는 남양 각지에 있는 화교에게 한 말씀 드리고 싶습니다. [박수]

의장

지금 것도 앞선 두 제안과 마찬가지로 의제로 다루고자 합니다. 그리고 의원 한 분으로부터 추축국에 대한 신뢰와 격려를 겸해서 본 대회에서 그러한 성원의 메시지를 보내는 것이 어떻겠냐는 제의가 들어왔습니다. 이것은 발의하지 않습니다만, 이 회의에서 실행하고 싶다고 생각하니 이해해 주시기 바랍니다.

이것으로 회의의 전 일정이 끝났습니다. 만약 어제와 오늘 나온 의제에 대해서 무언가 말씀하시고 싶은 것이 있으신 분은 발언을 부탁드립니다.

지금 구메 위원장이 사무국 입장에서 어제 오늘 제기된 문제에 대해 답변을 하고 싶다는 말씀이 있었기 때문에…….

구메 마사오

어제와 오늘에 걸쳐 협의가 열심히 이어지고 또한 여러 제안이 나와서, 그 중에서 중요한 한 두 가지 문제에 대해 일본문학보국회 사무국 입장에서 답변만을 간단히 보고하는 것으로 우리의 성의를 피력하고 싶다고 생각합니다. 오늘 제안 중 중요한 안건은 우선 대동아문화연구 연락기관, 대동아문화대상을 설정하는 기관을 마련하고 싶다는 것이었습니다. 이 제안에 대해서는 이미 일본문학보국회에서도 다대한 관심을 기울이고 있으며 위원을 통해서, 또한 만주국이나 중국 측과 충분히 연락을 취해 앞으로 연구해 어떻게든 실현시키려 노력할 요량입니다. 이 건에 대해서는 특히 이노우에井上 제5부 제3과장도 찬동하고 있어서 대동아성大東亞省이 설정된 지금, 정보국 측의 양해하에 관민이 일치된 일대 기관으로서 대동아문학 연구 기관을 설치하고 싶다는 것을 재차 확실히 말씀드리겠습니다. 이에 덧붙여 공통된 연구기관을 만든다든가, 작가를 교환한다든가, 서로의 고전을 연구하는 건은 이 안에 포함되는 문제라고 생각합니다. 특히 일日 · 만滿 · 화華 삼국 간, 또한 남방 권역을 아우른 문학자의 교류라는 중심적 문제에 대해 따로 연락 기관을 마련하지 않더라도 현재 있는 기관을 통해 충분히 소통을 꾀하고 싶다고 생각합니다. 실제로 일본문학보국회의 경우 최근 하야시 후사오 군을, 12월경 중국에 파견해서 여러분들과도 충분한 간담懇談이 가능하도록 기회를 마련할 예정입니다. 이 점은 하야시 군이 그 곳을 방문할 때 문화 교류 차원에서 좋은 방향으로 실현해 주셨으면 합니다. 또한 여러분 중에서도 이쪽으로 오실 때, 개인적 혹은 공적으로 보국회에 통지해 주시면 충분히 교류가 가능하도록 준비를 하고 싶습니다.

둘째로 대동아문학대상에 관한 문제입니다. 일본문학보국회에서도 국내적으로 이러한 문학상의 설정을 계획하고 있었던 터라, 여러분의 제안은 지당하다고 생각하며 하루빨리 실현하고 싶습니다.

마지막으로 다음 번 대회 개최에 대한 건입니다. 물론 문학보국회로서는 의장이 말씀하셨듯이 이 회합을 영구적으로 존속하고 싶다는 생각을 품고 있습니다. 더구나, 이 회의 마지막에 내년도 예정지를 이미 발표했어야 마땅하나, 아까부터 여러 제안도 있었기에 충분히 고려를 해 보지 않으면 안 된다고 생각합니다. 이번에 저희들의 준비 부족으로 남방국가의 문학자를 초빙하지 못했던 점도 유감이므로 내년도는 남방 지역을 넣은 이른바 대동아공영권 일대 문학자대회를 다시 한 번 도쿄에서 열고, 그 후 희망하시는 곳에서 여는 것이 가장 타당하리라 생각합니다. 대만, 만주의 열성 넘치는 의견은 충분히 존중하며 더구나 대만 측이 예산까지 마련해 주셨다니 실로 감격해 마지않을 수 없습니다. 이 점에 대해서 충분히 고려하겠습니다. 이 대회에서 교도적 입장에 선 일본문학보국회에 모든 것을 위임해 주실 것을 부탁드립니다.

이상으로 대단히 막연합니다만 이것을 본회 측의 답변에 준하는 것으로 이해해 주실 것을 부탁드립니다. [박수]

의장

방금 제안해 주신 중경의 문인, 미국의 작가, 추축국 및 남방 화교에 대해 방송을 하는 건에 대해서 정보국의 미즈타니 씨로부터 발언이 있겠습니다.

미즈타니 시로水谷史郎 (정보국 제2부 제3과장)

방금 대동아문학자대회 이름으로 제안된 중경, 미국과 추축국, 그리고 남양 화교를 향해 방송을 하자는 건은 참으로 의미 깊은 것이라고 생각합니다만, 성안成案을 일단 본 후, 실현 가능하도록 진력하고자 합니다. [박수]

의장

성문 기초위원을 분명히 균형있게 짜겠다고 했는데, 그 균형은 연락 위원인 구사노 신페 씨, 야마다 세자부로 씨, 장워진 씨, 가와카미 데쓰타로 씨, 니시카와 미쓰루 씨, 가라시마 다케시 씨, 고이케 슈요 씨에게 부탁합니다. 그러므로 이 일곱 분은 바로 퇴장하셔서 위원 선정을 해주시기 바랍니다.

지금부터 발언을 희망하시는 분의 말씀을 듣겠사오니 지금까지 발언을 하신 분은 처음에는 양보해 주시기 바랍니다. 아직 발언을 하지 않은 분께 발언 기회를 드리고자 합니다. [발언자 없음]

그러면 지금까지 발언을 한 분 가운데서도 무언가 이 회의에 새롭게 희망 사항이 있으신 분은 없으신지요. 나카가와 요이치 군 말씀하시죠.

나카가와 요이치中河與一

　각국 대표 분들의 훌륭하고 다양한 의견을 듣고 굉장히 기뻤습니다. 다만 제 입장에서 한 가지 반성하고 싶은 것이 있습니다. 앞으로의 전쟁은 인종전人種戰이 아니라, 사상전이며 세계관의 전쟁이라는 것을 우선 다시 생각해봐도 좋겠다는 생각을 했습니다. 우리들은 지나와 전쟁을 했습니다만 이것은 지나민족과 싸웠다기보다 그 배후에 있는 하나의 사상과 싸웠다고 생각하고 싶습니다. 아시아 사람이 일치해서 외적에 맞서야 하는 것은 더 말할 필요도 없습니다. 또한 동아정신을 발견해 그것을 유통시켜야 한다는 사실도 그렇습니다. 사상전의 본질은 우선 영미적인 자유주의를 격멸시키는 것임을 잊어서는 안 됩니다. 이러한 사상은 여전히 각지에 잔존하고 있다고 저는 생각합니다. 이틀 전 발회식 때 저우화뢴 씨가 이에 대해서 말씀하신 것을 신문에서 배견拜見했습니다. 또한 오늘 딩위린 씨의 열렬한 제안에 대해서도 저는 동감해 마지않습니다. 앞으로의 전쟁은 신과 유태猶太의 전쟁이며 신의 세계를 회복하기 위해, 유태적인 것을 격퇴하는 것에 있습니다. 다행히 동양에 일관된 정신은 항시 신과 관련된 사상으로 이것이 우리들이 갖고 있는 사상적 성격이라고 생각합니다. 신 그대로의 길[14]이나 팔굉일우의 정신이나, 혹은 자기 자신을 버리고 국가를 위해 충의를 다하는 길입니다. 혹은 천지의 미묘한 사상, 그러한 모든 것은 영미적 자유주의, 착취를 기반으로 한 사상과는 본질적으로 다릅니다. 이 점을 확실히 자각하고 어디까지나 사상전에 임하고 싶다고 생각합니다. 이것은 물론 지역적인

14　원문은 "神ながらの道"이다. 이것은 인간이 만든 길이 아니라, 신이 발휘하는 능력으로 '황도(皇道)'에 가까운 뜻이다. 이것은 태고적 대문화시대의 지극 당연했던 길이라는 의미이다.

것입니다만 동시에 질적質的인 것이어야만 합니다. 그러한 의미에서 앞으로의 전쟁은 세계유신전쟁世界維新戰爭과 깊이 관련돼 있으며 대동아를 넘어 추축 국가들과도 또한 서로 통하는 것이라 생각하고 싶습니다. 우리들 문학자는 동아의 인종적인 합동을 생각할 필요성에 대해 통감하는 동시에 어디까지나 사상전을 위해 우리들의 커다란 임무를 다하고자 합니다. 짧지만 이상의 말씀을 첨부하고 싶습니다. [박수]

의장

　무라오카 하나코 씨, 부인의 입장에서 무언가 부가해 주실 것은 없습니까.

무라오카 하나코村岡花子

　어제 요시야吉屋 씨가 말씀하신 것과 같은 것을 늘 생각하고 있었습니다. 저희들은 같은 문화권 안에 살고 있으면서도 서로의 모습을 영미를 통해서만 그려왔으며 그렇게 보는 것에 익숙해져 있다고 생각합니다. 대동아전쟁이 시작되기 전입니다만, 중국 작가가 마침 여기에 와서 친하게 만나 뵌 적이 있습니다. 다만, 그 분이, "우리는 펄 벅이 쓴 것으로 중국 부인의 생활상을 파악하는 것은 불만이다" 하고 말씀하시더군요. 그 무렵 저는 우리가 중국 부인을 이해하는 대부분의 근거가 펄 벅, 혹은 펄 벅의 친구라고 해야 할 미국 여류 작가, 혹은 영국의 여류 작가들의 작품을 통해서라는 것을 느끼고 있었습니다. 서로 보다 직접적으로 인식을 해야겠노라 그때 절실하게 느꼈습니다. 정말로 같은 문화적 근원 속에서 이해할 수 있는 공통된 것을 갖고 있으면서도 서양의 말을 통해 멀리 우회해서 서로를 제대로 이해할 수 없었던 것은 참으로 어리석었습니다. [박수] 직접적으로 서로의 혼과 접해 문학을 이해하기 위해 우리는 서로의 말을 알고 싶다고 생각합니다. 어제부터 오늘까지 여기에 이렇게 있습니다만, 그 사이에도 서로의 말을 몰라서 참으로 안타까운 기분이 들었습니다. 하지만 글자로 써서 이해할 수 있습니다. 조금 더 나아가면 우리들은 자연스럽게 이야기를 나눌 수 있습니다. 부디 저희들이 문학을 이해하는 목적을 달성하기 위해 말을 습득할 수 있도록 유념해 주시기를 바랍니다. 특히 이 점에 대해서 우리들의 희망은 대동아공영권의 모든 소국민, 소년 소녀에게 걸려있습니다. 여러분의 나라는 어떻습니까. 일본에서는 자칫하면 성인과 아동 문학이, 서로 다른 것처럼 생각되는 경향이 있습니다. 저는 어떻게 해서든 이러한 경향을 타파하고 진정으로 커다란 문학적 견지에서 아이들을 절대로 잊지 않았으면 하고 바랍니다. 대동아정신을 아이들 가운데 쌓아올리는 것입니다. 이를 위해 서로 말을 이해할 수 있는 가장 큰 희망은 자라나는 아이들에게 달려있다고 생각하고 싶습니다. [박수] 부디 그러한 의미에서라도 공영권 안에서 소년 소녀들이, 서로를 진정 이해하려면 말을 꼭 습득할 것을, 유념해 주시길 부탁드립니다. 장래에는 아이들 속에 대동아정신을 쌓아올려야 한다고 간절히 느끼고 있습니다. 돌아가셔서 부디 여러분의 나라 아이들에게, 일본 국민의 마음에서부터 우러나온 친애하는 마음을 전해 주실 것을 부탁드립니다. [박수]

의장

도요시마 요시오 군, 무언가 의견이 있으십니까.

도요시마 요시오 豊島與志雄

　실은 어젯밤(11월 4일), 공립 강당에서 강연을 해서 오늘은 발언하지 않겠노라고 생각했는데, 갑작스레 지명을 받고 생각나는 대로 한 말씀 올리겠습니다. 어제부터 영미문화를 배척하는 것이 빈번히 제창됐습니다만, 그로부터 탈각하기 위해 평상시 제가 생각하던 감상을 말씀드리고 여러분의 찬동을 얻고자 합니다. 이것은 제 문학 실천에 대한 의견으로, 우리는 언어의 힘을 믿고 있습니다. 이는 언어의 감각, 어감입니다. 이 어감을 영미적 어감으로부터, 동양적 어감으로 전환하는 것이 문학적 실천에서 대단히 긴요한 일이라고 생각합니다. 간단히 말씀드리면 지성이나, 이성이나, 오성悟性이라 하는 것은 철학이나 사상적인 면에서 대체적으로 유럽적 어감을 지금까지 사용돼 왔습니다. 우리는 문학 분야에서 동양적 어감을 통해 그러한 문자를 갱생하고 싶습니다. 적의 무기를 쓰는 것도 괜찮겠습니다만 그것을 동양적 어감으로 써서 살려내고 싶습니다. 그것이 제 희망입니다. 또 하나 동양문화 혹은 동양정신이라는 것은 시적 정신, 포에지를 통해 끌리게 되는 것입니다. 서양정신, 서양문화보다도 더욱 높은 시정신을 품지 않으면 이해되지 않는 것을, 과분하게 담지한 것이 동양정신이며 동양문화라고 저는 믿습니다. 이 시정신을 발양發揚하는 것은 특별히 시가를 만든다는 의미는 아닙니다. 저는 시정신을 발양하는 것이 굉장히 필요함을 통감하는 사람입니다. 그러한 점에서 문학 실천의 문제를 여러분들도 찬동해 주시기를 부탁드립니다. [박수]

의장

어제부터 제기된 여러 제의 및, 다양한 경험 등을, 대회 결의문으로 만들어서 널리 사회 및 대동아공영권에 알리고, 나아가서 세계에 선전하고 발표하려 합니다. 그 위원을 선정하오니 그 지명권을 저에게 맡겨주셨으면 합니다. [박수]

도가와 사다오 군, 가메이 가쓰이치로 군, 요코미쓰 리이치 군, 하야시 후사오 군, 사토 류 군, 시라이 교지 군, 가와카미 데쓰타로 군, 이상 7명을 선임하겠습니다. 즉시 위원 분들은 별실로 가셔서 기초문을 협회하시기 바랍니다.

다카다 다모쓰 군, 조금 전에는 시간을 제한했습니다만, 발언에 대해서 부연할 것이 있습니까.

다카다 다모쓰

고전극 보전과 관련해 부탁드리고 싶은 것은 지나극支那劇을 꼭 일본으로 가져와서 우리들 앞에서 보여주시기를 바랍니다. 훨씬 전에 메이란팡梅蘭芳이 내조來朝하였고 이어서 루무딩綠牡丹, 그 외 지나극을 하는 여러분들이 일본에 왔을 때 끼쳤던 영향은 대단히 컸다고 생각합니다. 지나의 연극, 특히 경극과 일본의 가부키 사이에는 반드시 공통된 것이 있다고 할 수는 없지만, 연극의 본질을 파악하고 있다는 점에서 상당한 유사성이 있다고 생각합니다. 우리들은 자칫하면 서양 연극이 주류라고 생각하는 착각하에서 근대 연극운동을 일으켜 왔지만 이를 반성하고 동양의 연극을 다시 한 번 꼭 재인식 하지 않으면 안 됩니다. 우리나라에서 가부키는 물론입니다만, 중국에서 현재 하고 있는 고전극, 예를 들면 경극, 곤곡, 혹은 제가 본 적은 없지만 남방의 연극에 대해서도 같은 동양적 연극이 내포한 시사점이 포함돼 있을 것이라고 생각합니다. 이것을 일본으로 가져오는 것에 대해서는 보국회의 힘만으로는 다소 곤란하다고 생각하니, 일본으로 들여올 수 있는 정세를 만드는 힘이, 우리들 문학자 사이에 존재하는 것이 아닌가 하고 생각합니다. 그러한 정세를 이끌어 내는 역할을, 아무쪼록 의원 분들에게 부탁드립니다. 그와 동시에 오늘 밤 외래에서 오신 분들은 가부키를 보실 예정이라고 알고 있습니다만, 오늘 보시게 될 기쿠고로菊五郎의 〈가가미지지시鏡獅子〉에서 일본 연극이 어떠한 모습인지를 확실히 보시고 연극이라는 선물을 받아서 돌아가실 것을 부탁드립니다. 예를 들어 말씀드리면 또한 〈이시키리카지와라石切梶原〉에서 굉장히 날카로운 검을 시험한 후, 검을 닦고 "검도 검이지만, 베는 사람도 베는 사람이다" 하고 감탄하면서 물끄러미 검을 바라보는 춤[15]은 이 짧은 두 마디 말 가운데 일본도日本刀가 얼마나 예리한지에 대해, 또한 연기자가 어떻게 농후한 감동을 포함시키고 있는지, 표징적인 말을 넘어선 감각적인 표현 속에 내용이 어떻게 포함되어 있는지, 그 연기에서 표현된 힘을 감득해서 가지고 돌아가시길 바라겠습니다. [박수]

의장

하루야마 유키오 씨, 무언가 발언할 것은 없습니까.

---

15   원문은 "所作"이다. 이것은 가부키 가운데, 긴 노래에 맞춰서 추는 춤을 의미하며 특수한 표정을 표현하는 춤이기도 하다.

하루야마 유키오春山行夫

시에 대한 다양한 제안이 있었습니다만, 시는 대단히 짧은 형식으로 가장 간결하게 그 나라의 풍속이나 사상이나 생활을 담아서 묘사 할 수 있다는 점에서 굉장히 소중한 예술이라고 생각합니다. 이 대회에 시인 자격으로 초빙된 분은 굉장히 적습니다만, 앞으로 회합에서는 꼭 인선을 하실 때나 이곳에서 상대편으로 파견을 할 때도 상대편에서 이곳으로 오실 때도, 부디 시인 분들도 균형 있게 불러주실 것을 부탁드립니다. [박수]

의장

나가요 요시로 씨.

나가요 요시로長與善郞

중국의 국민성 및 문화는 대단히 복잡하기 때문에 단순히 분석한 것으로는 좀처럼 파악하기 힘듭니다. 저는 조금 접해보고 놀라울 정도였습니다. 하지만 일반에서는 평화를 굉장히 사랑하는 기분이 강하다고 봅니다. 우리 일본이 갖고 있는 군인이라는 관념과는 아주 달리, 군인을 비속하게 해석하는 관념의 전통이 있는 것 같습니다. 그래서 예부터 문학을 굉장히 존경하고 무武보다 문文을 존경했습니다. 이것은 한문화漢文化의 특색이며 누구나 인정하는 것으로, 일본도 결코 상무尙武만을 존중하는 나라가 아니며 무를 존중하는 동시에 평화를 애호하는 국민입니다. 다만 "의를 보고 그것을 실행하지 않는 것은 비겁하다"[16]라는 입장에 서서 이번 대동아전쟁과

16　『논어』의 한 구절이다. "見義不爲, 無勇也".

같은 용맹심을 드러내 외적과 싸워서 용맹하게 떨쳐 싸우는 모습을 보여 줬습니다. 하지만, 이는 결코 영미가 선전하고 있는 것처럼 우리가 호전적인 국민이기 때문은 아닙니다. 이는 중국인과 동일합니다. 지나에서는 공산주의라고 하는 대단히 성가신 암덩어리가 있습니다. 오늘날 영미의 힘은 중국에서 거의 추방됐습니다만, 그 뒤에 남아 있는 것은 우리들이 지금부터 싸워야 하는 성가시고 귀찮은 적입니다. 이에 대해서 여기에도 이에 지지 않을 정도로 훌륭한 선정善政을 시행하고 또한 선정을 펼칠 정도의 인물을 보내지 않으면 안 된다고 생각합니다. 이것은 문학보국회와 직접 관계가 없지만, 문학보국회로서는 우선 관념적인 것을 피하고 모두가 재미있게 읽을 수 있는 옛날이야기, 혹은 지금부터 소년·소녀문학을 내는 것에 주의하는 것이 굉장히 필요합니다. 동시에 모험적인 일본인이나 대표적 일본인의 전기를 번역하여, 이러한 일본인도 있다, 일본에서는 이러한 인물이 존경받고 사랑받는다고 알리는 것이 구체적으로 효과가 있다고 생각합니다. 이는 무인으로서 훌륭한 사람이면 좋겠습니다만, 우선 중국의 국민성 등을 생각해 볼 때, 예를 들면 쇼토쿠타이시聖德太子, 니노미야 손도쿠二宮尊德, 료칸良寬, 고보 다이시弘法大師 혹은 훌륭한 예술가, 시인, 미술가, 노구치 히데요野口英世와 같은 인물도 좋다고 생각합니다. 인류가 경앙敬仰하는 영구적 평화에 공헌할 수 있는 사람이라든가, 특별히 그렇다할 위인이 아니더라도 상관없습니다. 일본적인 좋은 점을 확실히 표시할 수 있는 화가, 가쓰시카 호쿠사이葛飾北斎 등의 특색 있는 사람의 전기를 알기 쉽게 써서 보여주면 됩니다. 센티멘털한 것이 아니라, 만인이 감격할 수 있는 전기를 통해서 일본인을 알리는 것이 좋지 않겠냐고 생각합니다. [박수]

의장

위원인 이치노헤 쓰토무 씨에게 부탁드립니다.

이치노헤 쓰토무一戸務

오늘 아침 신문에 아라이新居 씨가 일본의 한자와 지나의 한자는 같은 것 같으나 실은 다른 점이 있는데, 그것이 왜 그런지에 대해 쓴 기사가 실려 있었습니다. 이에 대해 한말씀 드리겠습니다. 만주와 중화민국 여러분께 부탁드리고 싶은 것은 어느 나라에도 문어와 구어라고 하는 두 가지 형태가 있습니다. 하지만 일본에서는 문어만을 중시해서 고래古來로부터 몇천년 동안 지나의 문장을 읽고 있는데, 일어로 된 문장은 거의 읽지 않았습니다. 그런데 중화민국이 된 후, 후시胡適 등이 구어운동을 일으켜서 훌륭하게 그 결실을 맺었습니다. 오늘날 지나의 문장은 거의 다 구어문 일색이 됐습니다. 구어문이 됐기 때문에 우리들 일본인은 굉장히 문장을 읽는 것이 곤란해졌고 또한 말이 통하지 않게 됐습니다. 일본 측에서 구어문을 연구하지 않은 것은 하나의 약점이겠으나, 또한 다른 면에서 보자면 중국 측에서도 문어를 완전히 버리고 구어만을 사용하는 것은 온당치 못한 것이 아닌가 생각합니다. 역시 구어문 문어문 양쪽 다 사용해야 한다고 봅니다. 이 점에 대해서 중국과 만주 여러분께 특별히 부탁드리고 싶은 것은 문어와 구어를 구별하지 말고 절충문折衷文을 사용해 주셨으면 합니다. 지나로부터 들어온 문어 가운데 한자의 사용 방법을 오늘날 지나 쪽에서 사용해 주신다면 우리들이 이러한 문장을 읽더라도 용이하게 이해할 수 있어서 일본과 지나 사이의 친선이 좋아질 것으로 봅니다. 예를 들어 '花子'라고 쓸 때, 중국에서는 '걸식'이라는 의미로 쓰입니다. 이것을 "화-쯔"라고 쓰지 말고 '乞'이라는 자와 '食'이라는 자로 써서 '乞食'이라는 의미로 중국 측에서 써주시면 일본과 지나가 문자에서부터 친선을 행할 수 있으리라 봅니다. 이런 시도는 결코 여기서 제안하는 새로운 것이 아니라, 중국 측에서도 이렇게 쓰고 계시는 분이 있습니다. 작가 가운데는 위다푸郁達夫 등은 왕성하게 일본 한자를 문장 가운데 도입하고 있습니다. 하지만 휘시가 했던 구어운동처럼 지나치게 되면 일본과 지나 간의 문화융합 면에서 대단히 해로운 점도 있다고 생각합니다. 그러한 점에서 일본에서 잘 구사된 한자를 중국에서 사용하고 그렇게 중국에서 사용된 한자를 중국인이 적절히 생각해서 사용하시는 것은 굉장히 좋은 일이라고 생각합니다. [박수]

의장

하야시 후사오 씨, 방금 전에는 1분으로 제한을 했습니다만…… 무언가 하실 말씀이 있습니까.

하야시 후사오

이번 모임은 중국과 만주국 측이 오히려 적극적이어서 저희들이 생각했던 것 이상으로 성공한 것 같아 기쁘게 생각하고 있습니다. 제2회부터는 조금 더 회의 쪽에 시간을 써서 무릎을 맞대고 말할 수 있는 회합을 만들고, 중요한 문제에 대해서는 서로 토론 가능한 여유 또한 꼭 갖고 싶습니다. 그렇게 해서 인간 대 인간이 얼굴을 아는 것만 아니라, 그 마음까지 알고 대화를 나눌 수 있기를 희망합니다. [박수]

의장

다카하시 겐지 씨, 감상이 있으십니까.

다카하시 겐지 高橋健二 (대정익찬회大政翼贊會 문화부장)

진작부터 제가 생각하고 있던 것은 언제나 "소유하지 못한 나라, 일본"[17] 이라는 말이, "소유한 나라, 미국"[18]이라는 말에 대칭돼서 사용되는 것에 대해 항의하고 싶다는 것입니다. 역시, 미국이라는 나라는 '물질'을 갖고 있을지는 모르지만, 역사라든가 전통이라든가 정신이라는 것은 원래부터 갖고 있지 않은 나라이니, 그러한 점에서는 소유하지 못한 나라라고 말할 수밖에 없습니다. 그러한 의미에서 동양의 우리 일본이나 지나나 만주 등은 미국 따위보다 훨씬 오랜, 훌륭하고 전통적인, 정신문화를 품고 있는 나라라고 믿습니다. [박수] 우리 스스로가 우선 정신적으로 소유한 나라라는 긍지를 품고서 미국을 대하는 태도가 필요한 것이 아닌가 생각됩니다. 그러한 입장에 서면 예를 들어 자신이 갖고 있는 결점을 인정하더라도 조금도 동요하지 않아도 된다고 생각합니다. 그러한 자신을 갖고 있지 않기 때문에 여하튼 자신들의 좋은 점만을 서로 칭찬하고 그것으로 자족해서는 믿음직하다고 말하기 힘듭니다. 근본적인 자신감에 근거해서 우리 동양민족에게 부족한 것이나 신장시키지 않으면 안 되는 점을 서로 연구하고 그것을 보충하고 발전시켜야 합니다. 이것이 등한시되기 쉬운 것은 근본적으로 미국이 소유한 나라이고 일본이 소유하지 못한 나라라고 하는 인식이 있기 때문이 아닌가 하고 생각합니다. 대동아 건설이 찬란히 빛나는 이번

---

17 원문은 "持たざる國, 日本"으로 일본이 자원이나 물질문명이 빈약함을 의미한다.
18 원문은 "持てる國アメリカ"로 미국의 물질문명이 강함을 말한다.

대동아문학자대회에서 확실히 자각을 하여 출발하고 싶다고 생각하기 때문에 한마디 감상을 말씀드렸습니다. [박수]

의장

나카무라 무라오 군, 무언가 발언 할 것은 없습니까.

나카무라 무라오中村武羅夫

제 제안은 오전 중에 장워진 씨가 말씀하신 것과는 조금 다르지만, 작가가 일본과 지나 양국 생활이나 민정을 실제로 알기 위해서는 문학보국회가 사정이 괜찮은 사람을 선정해서 단순히 여행이 아닌 반년에서 십 개월, 혹은 가능하면 일 년 정도 현지에서 생활을 하도록 하는 방안을 강구할 것을 부탁드립니다. 그리고 방금 또 제안을 해주신 문학상에 대한 것인데, 대동아문학경기 콩쿨과 같은 것을 하면 동아 지역의 문화 교류 및 서로의 연구에 대단한 효과가 있지 않을까 생각해 봤습니다. 요컨대 하나의 제목을 내고 그것을 논문이나 시가나, 산문으로 서술해서 그것을 각 국어로 번역합니다. 그 전제로서는 방금 제안된 공통된 작품 발표기관이 수립된다면 좋겠으며 그러한 것이 가능하지 않다면 실제로 수고를 들이지 않더라도 시행할 방법은 있다고 생각합니다. 일본문학보국회 사무국에서 다양한 방법을 즉시 연구해 주셨으면 합니다. [박수]

의장

정보국에서 우리들과 가장 긴밀한 관계에 있는 제5부장 가와즈라 류조 씨에게 발언을 부탁합니다.

가와즈라 류조川面隆三 (정보국 제5부장)

저는 이번 문학자대회에 조금이나마 관계를 해온 직책상, 이 모임에 굉장한 기대와 기쁨을 안고 있습니다. 이 회의를 통해서 일만화몽日滿華蒙 각 대표자 각위의 발표를 배청拜聽할 수 있었습니다. 일본정신이 대동아에 전면적으로 도달하게 하는 것이 대동아정신의 기조를 배양시키는 최대 원리임을 만주국, 중화민국, 몽강 각 방면의 대표자 각위의 말씀을 듣고서 확실히 인식할 수 있었음은 가장 큰 기쁨이었습니다. 더욱이 대동아전쟁 완수에 대한 구체적인 제안이 각 방면으로부터 개진되었습니다. 각기 급소를 찌르고 있음을 느꼈으며 이것이야말로 실로 큰 기쁨이었습니다. 특히 발언해 주신 모든 분들이 자기 신념에 대단히 충실하며 게다가 그것이 화기애애한 분위기 속에서 진행된 것을 배견하고 본회의의 성공을 기뻐하고 있었던 바입니다. 말씀드릴 것도 없이 개회식 이후 각 방면에 효과가 나타나고 있는 것을 보면 문학자 각위의 자각과 활동이 대동아건설을 좌우하는 근본임을 그 누구도 부정할 수 없습니다. 대동아전쟁의 혁혁한 전과와 그것에 선행하는 힘을 배양한 문화의 영향이라는 것을 부정할 수 없다고 생각합니다. 동아 지역 각 문화가 혼연일체가 돼서 대동아문화를 건설하고 그 나아가는 곳마다, 그것이 문화전文化戰, 경제전經濟戰, 또한 작전전쟁作戰戰爭에서 혁혁한 전과를 각 방면에서 올리고 있는 것은 말할 것도 없이 명백한 이치입니다. 특히 대동아문화는 영구히 몇천 년 전부터 위대한 성격을 띠며 오늘날까지 생성 발전 해왔습니다. 대동아에서 반드시 불식시키지 않으면 안 되는 영미문화에 대해, 이천육백 년 이상의 유구하고 오랜 전통을 지닌 대동아문화가 승리를 계속해 가리라는 것은 이미 명백한 이치라고 믿고 있습니다. 대동아문학자대회를 어디까지고 생성 발전시켜서 대동아공영권의 건설 이상 달성에 더욱더 손을 맞잡기를 갈망하는 바입니다. 방청을 한 저희들이 느낀 기쁨을 한마디 말씀드리는 것으로 인사를 대신하고자 합니다. [박수]

의장

선언문이 완성됐으므로 낭독을 부탁합니다. 여러분 선언문 낭독 중에는 기립해 주시기 바랍니다.

[일동 기립한 가운데, 요코미쓰 리이치가 위원을 대표해서 선언문을 낭독함]

선언

대동아정신의 수립 및 그 강화 철저를 기대하며 우리가 여기에서 그 근본을 논하고 긴급 과제를 심의하여, 부동의 신념을 확립한 것은 참으로 흔쾌함을 금할 수 없는 일이로다. 생각건대 대동아전쟁의 발발은 우리 동양의 전 문학자에게 근원으로부터의 분기를 촉진하고 동양 재건의 확고한 결의를 초래하였노라. 이것은 실로 일본의 건곤일척이라고 해야 할 큰 용맹심이 만든 바이니라. 우리들 광휘에 찬 동양 전통에 마음을 열고 선조의 영혼의 외침을 계승하여, 오랜 인종과 혼미의 경지로부터 맹세하여 재생할 것임을 기약하노라. 동양 신생을 위한 초석은 놓였으니, 우리의 심혼心

魂은 굳게 일치하리라. 바야흐로 우리가 대무외大無畏정신을 품고서 개진할 것을 모든 적국에게 알리노라. 대저 문학과 사상 문제는 강렬한 신념과 영구한 각고를 통해 처리해야 하는 것이라. 우리 영구히 본 대회의 감명을 가슴에 새기고 따듯한 신애信愛하에 동양의 대생명을 세계에 현양顯揚하기 위한 예의銳意의 실행을 기한다. 그리하여 이 옳고 그름이 전적으로 대동아전의 승리에 달렸고 전 동양의 운명도 또한 이 대전의 완수에 달렸으니, 우리 아시아의 전 문학자, 일본을 선진先陣으로 삼아, 생사를 하나로 하여 위대한 시절을 동양에 불러오기 위해 힘을 다하여, 위와 같이 선언하노라.

쇼와昭和 17년[19] 11월 5일 대동아문학자대회

[박수]

의장

잠시 인사를 올리겠습니다. 이것으로 이틀에 걸친 회의는 무사히 폐회했습니다만, 폐회식은 오사카大阪에서 거행할 것이므로 그 때까지는 아직 무형의, 마음과 마음을 통한 비공식적인 회의가 계속될 것입니다. 그러므로 의원 분들은 기차 안에서나 극장 복도에서 부디 수시로 의견교환을 해서 이 회의를 계속해 주셨으면 합니다. 또한 폐회식 후에도 이 회의에 열석한 사람들은 서로 편지 왕래나 집필 등을 통해서 내년에 이 회의가 열릴 때까지 정신적인 의미에서도 회의를 지속해 주실 것을 부탁드립니다. 이 회에서 만주국, 중화민국, 일본 여러 나라의 문학자가 근본적인 입장에서 소견을 하나로 하고 또한 다양한 방법에 대해 일치된 생각을 하게 된 것은 참으로 기쁜 일입니다. 회의를 더욱 확대해서 대동아건설의 사상 방면을 분담하기 위하여 다시 한번 일본 도쿄에서 이 회의를 이어갈 필요가 있다고

---

[19]　1942.

생각합니다. 내년에 다시 여러분이 회의의 의원이 되실지, 뜻을 같이 하는 자격으로 참석하실지 모르나, 꼭 오셔서 다음 회의를 새롭게 하고 더욱 전진시키실 것을 부탁드립니다.

여러분의 건강을 기원합니다. 회의 중에 의장으로서 여러 가지 참람한 일도 했고 부주의한 일도 있었다고 생각되지만, 이는 문인 동지의 친분으로 너그럽게 용서해 주시기 바라겠습니다. 이것으로 마지막 기립을 부탁드리며 성수聖壽의 만세 삼창을 하고자 합니다.

[성수 만세 삼창]

[대동아 만세 일창]

[오후 3시 15분 폐회]

【자료 6】『아사히신문』, 1942.11.6, 3면. 본회의 종료 사진.

【자료 1】『문학보국(文学報国)』, 1943.9.10, 1면

『文学報国』, 1943.9.10. 신문인 만큼 회의록 외에도 다양한 정보가 박스 기사로 실려 있는데, 기본적으로 회의록을 중심으로 번역하면서 중요하다고 판단되는 박스 기사의 일부도 중간에 번역해 넣었다.

8월 25일 대회 첫날

우리는 이렇게 선언하노라

(특집 · 제2회 대동아문학자 결전회의호)

열성적인 실행을 기한다—실로 장려한 창조의 가을

서태평양에서 벌이고 있는 황군의 사단死團은 언어로 표현하기에는 너무나도 혹렬酷烈하다. 이 충성스럽고 용맹한 제1선 장병이 치루고 있는 세기의 결전과 총후의 감투敢鬪로 물든 1억 국민생활이라는 웅대한 배경하에, 8월 25일부터 3일간 결전 체제가 갖추어진 제도帝都에서 성대하게 열린 제2회 대동아문학자 결전회의는 말 그대로 세계가 주시하는 가운데, 모든 민족의 정신결집을 말하고 공통된 필승의 신념과 대동아문화의 이상 그리고 그 구체적 건설의 방책을 논의한 실로 힘에 넘치는 회의였다. 자그마한 군사적 시국에 일비일희하고 정치적 회담을 거듭하여 하루하루를 보내는 적국 영미의 몰이상沒理想과는 실로 천지 차이가 난다고 하겠다. 생각건대 이번 전쟁은 무력만으로는 승패를 결정지을 수 없으며 문화의 재건을 통해서 처음으로 장려한 종국의 승리를 확실히 할 수 있다. 이 대회에 임하는 문학자의 우국에 찬 적성赤誠과 우렁찬 외침은 영미문화 타도의 개선가이며 대아시아 문예부흥의 여명에 따르는 진군 찬가이다. 본지는 회의를 남김없이 실어서 쇼와昭和의 성대聖代를 장식하는 결전 문학의 대금자탑을 이뤘음을 고한다.

본지를 펼쳐보면 대동아의 모든 민족이 어떻게 싸우고 어떻게 살아남으려 하는가를 알 수 있을 것이다. 또한 10억 전우가, 그 시체를 넘어 진격하고 있는 확고 불발不拔한 마음과 대동단결의 정신을 명기할 것이다. 귀중

한 지면을 활용하여 이번 대회의 회의를 모아 특집으로 세상에 내놓는 까
닭이다.

제1일 개회식

[오전 9시 개회]

사회자 : 도가와 사다오^{戸川貞雄}

[국민의례]

개회 인사

구메 마사오^{久米正雄}

불초 구메 마사오가 와병중인 우리 일본문학보국회 회장 도쿠토미 이이치로^{德富猪一郎} 선생님을 대신해서, 각하 및 각위의 참석하에 제2회 대동아문학자대회를 개최하게 된 것을 알리는 개회 인사를 하는 영광을 누리게 되었습니다. 회상해보면 지난 가을 국화 향 풍기는 11월 3일 우리는 올해와 마찬가지로 일만화^{日滿華} 문학자와 여기 한 곳에 모여서 대동아문예 건설이념과 대동아전쟁 완수를 위한 협력에 대해 토의했습니다. 다만, 이번에는 한 걸음 더 전진해서 강력한 실천을 의제로 하여 회의를 개최하게 되었습니다. 따라서 저희들은 적이 호호^{呼號}하는 이른바 총 반공^{反攻}의 가을을 앞에 두고 일부러 혹서^{猛暑}인 계절을 골라 회의를 개최하였고, 이는 각국 대표로부터 실로 열렬한 찬성을 얻어 지체 없이 오늘 개최식을 올리는 채비를 다 갖출 수 있었습니다. 이것은 오로지 능위^{稜威}하에, 황군 장병이 용맹 분투해 주신 덕분이며 각 관청 각 단체 및 여러분들의 열렬한 진력에 힘입은 것임을 저희 일동은 감사할 따름입니다.

모든 일에는 제1회보다 제2회가 보다 큰 성과를 올리기 힘들다는 것은 말씀드릴 필요도 없는 것으로 저희들로서도 첫 작품보다 두 번째 작품이 더 곤란하다는 사실에 통감합니다. 문학자 제씨는 이 점에 대해서 보다 더 잘 알고 있을 것이라고 생각합니다. 우리도 이 점을 깊이 인식하여 또한 실제 맞이하고 있는 결전태세에 임하여 이 회의가 예상 이상의 성적을 올릴 것인가 아닌가라는 점에 대해서는 깊은 위구를 품고 있습니다. 하지만, 난관을 돌파하기 위해 다대한 노력을 기울여 성과를 올리고자 하는 바입니다.

어떠하든 작년 대회와 비교해, 우리들과 순망치한의 관계인 맹방 만주의 노력은 말할 필요도 없으며 이번에 참전을 선언하고 또한 우리나라의 정책 대전환에 의해서 중화민국 제군이 우리에게 말하고 싶은 것도 많을 것이며 또한 우리도 묻고 싶은 것이 많을 것으로 압니다. 이렇게 내용이 크고 또한 많은 것을 생각할 때, 오히려 회의가 짧은 것이 아닌가 하고 생각하지 않을 수 없으며 이것을 성공으로 이끌기 위한 것은 대의자인 여러분의 열렬한 노력뿐이라는 것을 재삼 말씀드리고 싶습니다. 새삼스레 단상에서 대언장어大言壯語를 일부러 하려 했던 것은 아니지만 때마침 캐나다 퀘벡에서 인류의 적이요 전쟁 도발자이며 세계 제패의 야심을 노골적으로 드러내고 있는 적국 영미의 거두가 회견을 하여 이를 갈며 세계 제패에 대해 크게 외치고 있습니다. 바로 이때 동아에서 우리 문인이 조용히 만나 동양 백 년의 대계를 논하고 게다가 조용히 침착하고 용감하게 이 난국을 돌파할 결의를 표명하게 됐습니다. 이 사실을 생각하면 용솟음치는 밝은 필승 관념이 가슴 속 깊은 곳에서 점차 깊어가는 것을 느낍니다.

퀘벡 회담에 대해서는 일부러 말씀드리지 않겠습니다. 그들에게 답하는 우리의 각오는 그저 중대한 책임을 생각하며 창끝을 진정시키고 봉공을 다해야겠다는 생각뿐입니다. 마지막으로 이번 발표의 의사를 진행하는 좌장 선출을 앉아계신 열에 따라 하려 하니 제게 일임해 주셨으면 합니다. 어

떠십니까. [박수]

그러면 박수로 찬성의 뜻을 얻어 우리 일본문학보국회의 장로 시모무라 가이난 선생에게 좌장을 부탁드리고 싶습니다. [박수]

좌장 인사

본회 이사 시모무라 가이난下村海南

저는 여러분의 추천을 받아 좌장의 역할을 다하겠습니다. 잘 부탁드립니다. 작년 제1회 대회 석상에서 저는 이번 전쟁 국면이 진전됨에 따라서 대동아전 완수, 동양 10억 민중의 해방, 대동아공영권의 건설, 더 나아가서 세계의 진정한 평화를 불러와야 할 회원 일동이 더욱더 상호 간의 이해를 넓혀 결속을 다지고 이 중대한 사명에 매진하고 싶다는 것을 말씀드렸습니다. 그 후 아직 1주년이 지나지 않았습니다만, 아시다시피 그 사이 전국戰局이 변화돼 맹방 태국은 숙망인 영토를 북에서 남까지 새롭게 확대했습니다. 또한 미얀마, 필리핀, 그 외의 모든 우방은 연속해서 전쟁에 발맞춰서 나가고 있습니다. 인도에서는 인도국민군이 생겼고 또한 동포에게 호소하고 있습니다.

이번 대동아전쟁에 맹방 만주국이 직간접적으로 힘을 합치고 있음은 더 이상 말씀드릴 필요도 없습니다. 중화민국도 최근에는 전쟁을 선포하고 대동아전쟁에 참가했습니다. 한편 대일본제국은 세계 열강에 앞서서 중화민국이 오랜 세월 동안 숙망해온 치외법권의 철폐와 조계의 환부를 실현시켰습니다. 장강長江 입구에 뻗어 있는 널찍한 플라타너스 가로수길, 동양 최고를 뽐내는 대경마장 등을 보면 아편전쟁 이후 백 년에 걸쳐 만든 상하이 조계를 원활하게 민국 정부에게 현재 모습 그대로 원활하게 인도했습니다.

일찍이 쑨원孫文 선생은 대아시아주의를 제창하면서 우리나라는 일국의 식민지가 아니다, 수 개국의 식민지이다. 우리들은 일국의 노예가 아니다. 수 개국의 노예라고 외쳤습니다. 그러한 쑨원 선생은 지금 치하治下에서 어떠한 감개에 젖어있을지 궁금합니다. 더욱이 칠해를 지배하고 세계 육지 4분의 1을 지배하는 영국과 또한 세계 제패를 꿈꾸는 미국을 적으로 해서 하와이, 말레이Malay에서 혁혁한 위훈을 올린 것은 다름 아니라 우리의 동포인 일본입니다.

그러한 일본과 불행하게도 칼을 겨누고 지금도 잔존해서 영미로부터 20억 원이 넘는 차관을 하고 있는 중친中慶 정권은 이 사태를 보고 어떠한 감개에 빠져있을 지 궁금합니다. 저희들은 바야흐로 대동아 민중 십억이 진정 한마음으로 결속해서 떨쳐 일어나야 할 가을이 왔노라고 믿고 있습니다. 요즘 신문 보도에 따르면 최근 미국에서 린유탕林語堂이 『눈물과 웃음의 작품』이라는 책을 공개했다고 합니다. 영미 양국 사람이 아시아 지배를 꿈꾸고 있었는데 영미인의 지배를 받기에는 아시아 사람은 너무나도 각성해 버렸다. 영미인의 꾸짖음을 듣기에는 아시아인은 너무나도 커져버렸다. 영미 양국인은 제국주의에 근거해서 단지 힘만을 가지고 전세계를 지배할 수 있다고 생각하고 있다. 하지만 자신은 이미 그러한 사태에 분개조차 하지 않는다. 너무나도 바보스럽고 성가시게 생각할 뿐이라고 이 책은 말하고 있습니다. 그 영미를 적으로 삼은 역사상 미증유의 대동아전쟁은 실로 우리 대동아문학자를 하나로 결속시켜 대동아문학 그 자체의 기초를 또한 만들고 있습니다.

바야흐로 유구한 대동아문화 융흥을 위해서라도 우리들은 결전 문학태세에 돌입하지 않으면 안 됩니다. 붓은 수백 수천의 마음을 사로잡습니다.

사상전 제1선에 선 우리들은 실로 고금을 통해 동서에 걸쳐 가장 웅대하고 영광스러운 장면과 마주하게 된 것입니다. 서로가 잘 알고 친애해야 할 대동아민족은 지금까지 너무나도 서로 모르고 지내왔습니다. 앞으로 우리들은 더욱 상호 이해를 진작하여 혁혁한 동양정신 개발에 힘쓰고 대동아 10억 민족을 해방하고 또한 각성시켜야 하며 웅대한 필진을 통해 대동아전 완수에 기여할 것을 확신합니다.

더욱이 저는 여기에 오신 여러분께서 더욱더 건승하시고 활발히 활동해 주실 것을 기원하는 것으로 인사를 대신합니다.

1, 축사

정보국총재 아모 에이지天羽英二 (전호 참조) / 대동아대신 아오키 가즈오**青木一男** · 마쓰무라**松村** 사무관 대찬**大讚**

오늘 여기에 일본문학보국회의 주최로 제2회 대동아문학자대회를 개최하면서 한마디 소회를 말씀드리게 된 것을 정말로 기쁘게 생각합니다. 말씀드릴 것도 없이 대동아전쟁은 동양제패의 희망을 강인하게 품고 있는 영미를 격퇴해서 동아의 안정을 확보하고 나아가 세계평화에 기여하며 공영의 즐거움을 함께 나누고자 함이며 사상적으로는 영미의 물질만능을 배격하고 아시아 고유의 도의를 세계에 떨치고자 하는 싸움입니다.

하지만 영미는 물질만능주의에 빠져 타민족을 착취하기 때문에 침략을 꺼리는 구석이 없습니다. 이에 비해 황국은 조국肇國(이하 건국으로 표기 – 역자)의 이상인 팔굉일우의 청신을 기조로 해서 만방이 각기 자신의 지역을 획득하고 그 사람들이 모두 그 땅에 안주하게 하는 이상을 품고 있습니다.

우리나라와 영미는 근본적으로 그 세계관이 다르며 그러한 잘못된 사상이야말로 철저하게 없애버리지 않으면 안 됩니다.

우리 국문학 관계자 여러분께서 일찍이 깊이 생각하여 여기에 이르렀으며 작년 5월 사상전에서 필승을 기하여 문학자의 대동단결을 위해 일본문학보국회를 결성하고 결전하 문학이 해야 할 사명을 다 하고 있는데, 대동아전쟁 완수는 일만화를 시작으로 대동아 각국의 민족과 밀접한 연계를 맺어야 함은 명백하며 사상전 및 문화전에서도 또한 확고한 협력이 필요합니다. 특히 적의 사상전 모략은 바야흐로 날이 더해 감에 따라 더 신랄해지고 있는 이때, 대동아 각지 대표자가 치밀하게 이 대회를 개최하게 된 것은 그 의의가 매우 큽니다. 동시에 큰 성과를 기대하며 실로 기쁘기 그지없노라고 말씀드리고 싶습니다.

부디 여러분께서는 이 대회를 통해 대동아전쟁의 도의적 민족적 해방, 신질서의 건설전이라는 사상을 고조시켜서 대동아를 하나로 변화시켜 문학 활동을 통해 영미사상을 격퇴하여 필승을 기하고 이를 통해 전쟁 완수에 협력할 수 있는 중대한 사명을 달성해서 점차로 노력 정진하실 것을 간절히 원하여 마지않습니다. 그러면 이것으로 축사를 마치겠습니다.

쇼와 18년 8월 25일 대동아대신 아오키 가즈오

육군보도부장 야하기 나카오谷萩那華雄 (별항 게재) / 해군보도부 과장 구리하라 에쓰조栗原悦蔵 대좌大佐

제2회 대동아문학자대회를 맞이하여 이렇게 축사를 드리게 된 것을 실로 영광으로 생각합니다. 현대전 양상이 실로 총력전이라는 것은 다시금 제가 말씀드릴 것까지도 없이 모두 다 아는 사실입니다. 즉 이 전쟁을 완수하기 위해서는 총을 쥘 수 있는 자는 총을 잡고, 해머를 쥘 수 있는 자는 해머를 잡고, 그리고 펜을 갖은 자는 펜을 갖고 각각 최선을 다해야 전쟁을 승리로 이끌 수 있다고 생각하는 바입니다. 그러한 의미에서 대동아전쟁이 한창이며 전쟁 국면이 드디어 중대함을 더해가는 이 시기에 문학자대회를 개최하는 것은 실로 의미 깊은 일로 이것이야말로 방금 전에 말씀드린 퀘벡 회담에 필적하는 대동아전사大東亞戰史의 한 페이지를 장식할 것이라고 저는 믿고 있습니다.

앞으로 이 사흘간 무더위와 싸우며 각 대표 및 각위가 진지한 태도를 갖고 이른바 문학보국을 생각하여 작전 계획을 짜기를 바랍니다. 주도면밀한 그 계획이 머지않아 대동아 모든 민족의 마음과 마음의 융화, 혹은 전선 장병의 사기 진작과 대동아민족의 일치단결, 그리고 총후의 사기앙양과 함께 각 방면에서 커다란 전과를 올릴 것을 기대하며 제 축사를 대신하고자 합니다.

전 세계를 광피光被 사상전선 결사대

흥아興亞 총본부 총리 미즈노 렌타로水野鍊太郎

우리들은 지금 실로 격심한 결전하에 있습니다. 더구나 그 정도가 날이 갈수록 점차 격렬해질 것을 각오하지 않으면 안 됩니다. 이번 가을을 앞두고 전쟁에 참여한 여러 나라로부터 쟁쟁한 대표적인 문학자 여러분이 참가해서 이 혹서 속에서 제2회 대동아문학자대회를 거행하게 된 것은 실로 의미 깊으며 또한 시의적절한 기획이라는 사실을 마음을 담아 말씀드리고 싶습니다.

작년 제1회 대회 이후 약 1년 만입니다. 하지만 실질적으로는 작년과는

매우 달라졌다고 봅니다. 이번 회합은 그 취지에도 나와 있듯 결전에서 싸워 이기기 위함입니다. 시국은 작년보다 더욱더 긴박해졌고 제1회 회합에서 여러분은 이미 사상적으로 아시아는 하나로다アジアは一つなり라고 하는 신념을 확립해서 우리들이 격멸시키지 않으면 안 되는 것이 영미의 병력인 동시에, 그 병력을 추진하게 만드는 영미의 사상이요 문화임을 확인했습니다.

여러분은 이 신념을 구체화하기 위해서 그 이후 각자가 위치한 곳에서 서로 호응하고 천하의 지도자로서 크게 건필을 해온 것이라 생각합니다. 올해 들어서 중국이 참전을 했고 조계의 반환과 치외법권의 철폐를 실행하였으며 아시아는 하나라고 하는 구체적인 행동을 재촉하여 우리들은 전력을 다해서 이 위업을 완수하기 위해서 정진하고 있습니다. 돌이켜보면 쇼와 6년(1931) 만주사변 이후 지나사변, 대동아전쟁에 이르기까지 일본의 전쟁 원리는 시종일관 단순히 일본을 위한 것이라는 식의 이기적인 것이 아니라, 항상 정의와 인도를 위해 전 아시아를 위해서 싸워 왔던 것이었습니다. 이것은 가까운 미래에 입증될 것입니다. 능위稜威 아래 충성스럽고 용맹한 우리 전선 장병의 분투와 참전한 여러 나라의 협력을 통해 대동아전은 승리에 승리를 거두고 있습니다.

하지만 전쟁 완수와 대동아공영권의 건설은 실로 표리일체를 이루는 것입니다. 이 건설의 근저를 이루는 것은 참으로 대동아 각 민족의 마음속으로부터의 단결이라서, 만약 이 단결이 없다고 한다면 혁혁한 전과도 어쩌면 사상누각이 될지도 모르는 일입니다. 하지만 다행스러운 것은 지금 우리들은 문무가 하나라고 하는 신념을 품고서 밖에서는 적을 무찌르고 안에서는 능위의 빛나는 성대聖代에 살아 갈 수 있다는 감사함을 품고 불과 같이 타오르고 있다는 것입니다. 어느 나라가 격심한 결전하에서 이와 같이 여유작작한 문학자대회를 개최할 수 있겠습니까.

후방에서 우리가 할 수 있는 것은 전선 장병의 수고를 걱정하는 동시에 그 책무를 통감하는 것입니다. 후방에 있는 인사의 책무는 생산의 확충과 사상의 확립에 있습니다. 무력전과 표리일체로 호응해야 할 것이 생산전이며 사상전입니다. 생산전에서 일본 전사는 생산의 결전 체제를 급속히 또한 근본적으로 확립하여야 하며 사상전에서는 이미 여러분이 이 자리에 오신 것만으로도 성과를 올리고 있습니다. 이 격심한 현 단계에 대처하기 위해서 여러분의 한층 높은 분투를 바라는 바입니다.

여러분은 사상전 제1선 장병이며 총후의 자발적인 전사로 다년간 대동아민족에게 해독을 끼친 영미사상을 근본에서부터 박멸하고 대동아전쟁의 완수와 대동아공영권의 건설에 협력할 것을 염원하는 바입니다. 여러분의 노력에 따라서 이 대전쟁이 한창일 때 우수한 동양사상을 고취시키고 혁혁한 세계 문화를 창설하여 전세계에 널리 퍼뜨릴 것을 충심으로 희망하는 바입니다. 다소간의 소회를 말씀드리며 축사를 마칩니다.

1, 황군에 대한 감사 결의문 〔전호 참조〕

낭독 사토 류^{佐藤瀏} 씨

[박수]

1, 대표 인사 〔별항 참조〕

일본 요코미쓰 리이치 씨

만주 구딩^{古丁} 씨

중화 쥐예란^{周越然} 씨

몽고 아오칭신^{包崇新} 씨

1, 외지에서 온 축전〔전호 참조〕

낭독 나카지마 겐조中島健蔵 씨

1, 선언문

낭독 요시카와 에이지吉川英治 씨

[2면에 계속]

[1면에서 이어짐]

1, 성수 만세 봉창

발안 다카시마 베보高嶋米峰

1, 개회 인사

시모무라下村 좌장

제2회 대동아문학자대회는 지체없이 발회식을 끝내게 됐습니다. 내객 여러분께서 바쁘신 와중에 시간을 내주시고 더욱이 축사를 보내주셔서 감사드립니다. 만당滿堂의 제군께서 이번 발회식에 찬동해 주시고 무사히 발회식을 마칠 수 있게 해주셔서 경하해 마지않습니다.

방금 전, 야하기 육군보도부장의 말씀 중에서 이제부터 물자가 부족해진다. 종이도 부족해진다. 당국은 가능한 물자를 조성하겠다고 했습니다.

저희들이 여기에 적응하기 위해 미증유의 대전에 직면하고 있으니 모든 물자가 부족해지는 것은 당연합니다.

여러분이 아시다시피 제 생각을 간단하게 피력하자면 작년 영국으로부터 교환선을 타고 돌아온 제 친구가 친밀하게 말해준 것은 이미 작년부터 영국 런던에서는 신문을 구독하고 있던 사람은 구독 중인 신문을 반환해야 했다고 합니다. 또한 편지의 답장을 할 때는 봉투에 종이를 덧붙여 숙소나 씨명을 써서 몇 번이고 같은 종이를 썼다는 말을 들었습니다. 대동아전은 아직 물자 면에서 유럽의 상황과 비교해보면 축복받은 편입니다. 또한 물자가 부족하더라도 우리들은 부족하면 할수록 이 커다란 전쟁에 직면하여 더욱더 활약할 각오를 다지면서 이에 부응하고자 합니다. 이 대회는 발회식을 마치고 내일부터 회의를 속행할 것입니다. 부디 회원 여러분은 기탄없는 의견을 피력하셔서 상호 이해를 진작하시기를 바랍니다. 일본에 오신 대표자 여러분은 회의 중이거나 회의 밖에서도 부디 충분히 일본을 인식하셔서 회의의 효과를 잘 살려주시기를 바랍니다.

지금 각국 대표자 여러분의 축사에서도 나왔고 또한 남양南洋 각국에서 보내온 축사도 들었습니다. 다만, 방금 전에 아모 총재께서 말씀하셨듯이 우리가 이 대회를 다음에 열 때에는 남쪽 각 방면 여러분들도 참가할 수 있는 더욱 유의미한 제3회가 될 것을 기대하며 이것으로 인사를 마칩니다. 이것으로 폐회하겠습니다. [폐회, 정오]

당당한 결전회의 열리다 — 저력을 보여라 붓의 참전

우리는 이미 전우가 되어 혈맹의 동지이다. 팔굉일우의 현현을 성전에 신수神髓로 하는 이 광영에 넘친 시대, 한곳에 모인 일만화 문학 대표의 얼굴은 모두 다 빛나고 있다. 두려워하지 않고 동요하지 않고 철혈의 말을 휘두르고 붓을 들고서 참전의 결의를 보여준 이날, 세기의 문학회의를 여는 정각 이미 초만원이 된 방청석으로부터는 의원이 발언할 때마다 끊임없이 열렬한 박수가 터져 나왔다.

[오전 9시 20분 개회]

도가와 사회자

회의에 앞서서 이번 대동아문학자대회 결전회의 운영에 대해서 일본문학보국회 사무국장 구메 마사오 씨로부터 인사가 있겠습니다.

구메 마사오

오늘 드디어 본격적인 결전회의에 들어가게 되는데 이는 경축할 일입니다. 이번 대회의 집행에 임명된 위원을 대표하여 한마디 인사말씀을 올림과 동시에 대회의 구성, 운영, 그 밖에 대해서 여러분의 이해를 구하고자 합니다.

대회는 일본 측 대표자 99명, 만주국 대표자 5명, 중화민국 대표자 21명, 합쳐서 125명으로 구성돼 있습니다. 착석하신 대로 이것은 단지 대열에 따른 원탁회의일 뿐입니다. 따라서 발언 순서 의안의 채택 결의와 집행 모두 원탁회의 정신에 준해서 순서는 없습니다. 그러므로 누가 발표를 하는지 그 순서나 발언의 지속遲速 등에 대해서 불평은 없을 것이라고 생각합니다.

또한 이 대회는 여러분의 인식 그대로 우리 문학자가 서로 모여서 국제회의를 하는 것이기 때문에, 나라와 나라 사이에 있을 법한 감정, 즉 어느 나라 대표에게는 발표를 시키고 또 다른 나라 사람에게는 발표를 시키지 않는다는 것도 전혀 있을 수 없습니다. 물론 이 대회에서 결의는 할 것입니다. 결의는 하겠지만 의안과 두 가지 의견이 대립할 경우 결코 다수결로 의

결을 하진 않겠습니다. 수로는 결코 의결하지 않는 것으로 정했습니다. 이 점은 영미식의 회의와 확연히 구별되는 방식입니다. 채택은 첫째, 의장의 통제에 따라서 본 회의 회장인 도쿠토미 씨의 통제에 일임했을 뿐입니다.

이 점 부디 확실하게 기억해 주시기 바라겠습니다. 이것은 즉 일본문학보국회의 성격으로서 여러분이 의견을 다 피력한 후 통제를 하는 일은 회장 도쿠토미 씨에게 일임했습니다. 이 회의의 성격도 여기에 있음을 충분히 기억해 주시길 바라겠습니다. 회의를 계속해서 하면서 여러 가지 장애도 있을 것이라고 봅니다. 그것을 돌파하는 것은 모두 여러분의 열의에 맡길 따름입니다.

더욱이 이 회의의 앞서서 간단하게 소개할 것은 작년의 현안이었던 대동아문학상입니다. 대동아 각 지역의 흥아이념에 준해서 문학 작품에 대해 일본 측, 만주 측, 중화민국 측 및 남방 네 지역으로 나눠서 올해부터 이 회의의 마지막 폐회 때 대동아문학상을 수여할 것을 결정했습니다. 따라서 전형銓衡은 회의가 속행되는 가운데 이루어질 것이며 심사위원은 회의를 하고 있는 도중에도 항상 위원회 활동을 해야 하기 때문에 그 공로를 저희들은 감사히 생각하고 있습니다. 더욱이 대동아문학상이라는 것에 대해서는 그 상세에 대해 설명을 할 기회가 있을 것이니 설명은 이 정도로 마칩니다.

마지막으로 이 회의를 운영하는 데 필요한 의장 및 부의장을 추천하고 싶습니다만, 이것 또한 항례恒例에 따라서 사무국장이며 더욱이 대회 운영의 임무를 맡고 있는 동시에 대회 위원장인 저에게 추거할 권한을 위임해 주실 수 있을지요? [박수] 그러면 의장으로는 기쿠치 간 군, 부의장으로는 가와카미 데쓰타로 군 이 두 사람에게 부탁하고 싶습니다. 부디 착석해 주십시오. [박수]

기쿠치 간 (의장)

　그러면 추거를 받았기 때문에 의장직을 수행하겠습니다. 무더위 속에서도 순조롭게 모여 주셔서 감사합니다. 특히 이 혹서 가운데 일주일간을 혹은 그 이상의 긴 여행을 하고 대륙방면으로부터 오신 분에게는 더욱더 경의를 바칩니다. 그리고 또한 이 대회를 개최하기까지 굉장히 분주히 활동해주신 일본문학보국회 사무당국 여러분에게도 이 기회에 경의를 표하고 싶습니다. 그런고로 이 회의의 이틀간은 굉장히 귀중한 시간이며 일분일초도 소홀히 할 수 없다고 생각합니다. 그러므로 가능한 많은 발언을 해 주셨으면 해서 시간은 말씀드린 그대로 오 분간으로 하겠습니다.

　우리 문학자는 표현이라는 것에 대해서 평상시부터 고생을 하고 있기 때문에 오 분간에 자기의 생각을 충분히 표현할 수 있는 힘이 있다고 믿고 있으며 만약에 그 이상의 시간을 쓰시게 되면 결국 타인의 시간을 침해하는 것이 되는 것이라고 생각하셔서 시간에 대해서는 가능한 신중한 주의를 기울여 주실 것을 희망합니다.

　그리고 저희들과 대륙방면으로부터 한 주 동안에 긴 여행을 하신 분에게 경의를 표하고 싶기 때문에 그런 분들의 발언에 대해서는 단호하게 말씀드리지 않고 가능한 기회를 더 드리고 싶습니다. 그러므로 어떤 경우에는 도쿄에 살고 있는 분에게 발언 기회를 충분히 드리지 못할 수도 있으니 양해해 주시기 바랍니다.

　그리고 매우 덥기 때문에 외투를 벗으시기 바랍니다. 그러면 회의를 시작하겠습니다.

대회 조의, 도손 옹 영전에

쿠보타 만타로

의장님 회의를 시작하기 앞서서 한마디 하고 싶은데 발언을 허락해 주시겠습니까?

의장

네 하시죠.

쿠보타 만타로

시마자키 도손 선생님이 돌아가셨는데 이 대회의 이름으로 심심한 조의를 표하고 싶습니다. 부디 의장께서 여러분에게 말씀해 주시지 않겠습니까?

의장

방금 쿠보타 군의 제의에 찬성하십니까? [박수] 그러면 인사를 올리겠습니다. 이 대회 출석자 가운데 사토 하루오 군, 쿠보타 만타로 군, 그리고 만주국의 구딩 군, 중화민국의 장워쥔 군 이 네 사람은 대회를 대표하여 조사를 기초하셔서 시마자키 도손 씨의 고별식장에 다녀오시기 바라겠습니다. [박수] 처음으로 일반적 문제를 토론하고 싶습니다. '필승의 신념'이라는 제목으로 무샤노코지 사네아스 씨에게 발언을 부탁드립니다.

필승의 신념 작가는 진리의 폭탄이 되어라

무샤노코지 사네아스武者小路実篤

　이것은 말할 필요도 없이 여러분 모두가 아시는 것이라 생각합니다만 전쟁이 격심해지면 해질수록 저희들의 결심은 굳어지고 있으며 이 필승의 신념이라는 것은 대동아에 있는 분들이 모두 지니고 있는 것이라 생각합니다. 특히 문사인 저희들은 이번 전쟁을 신이 도와주신다고 믿고 있으며 이 신앙에 따라서 이번 전쟁이 어떠한 곤란한 상태에 부딪치더라도 최후의 승리를 얻을 수 있다고 믿어 의심치 않습니다.

　왜냐고 하시면 인간이라는 것은 아무리 해도 진리를 향하지 않으면 안 되는 마음을 갖고 있기에, 우리 문사가 이러한 신념을 토로하는 것이 가능하다면 아군이 어떠한 곤란과 부딪치더라도 전쟁에서 승리한다는 의식을 강하게 갖게 될 수 있습니다. 따라서 적이 일본을 향해 사상전을 하려다가 스스로 무너져 내린다면 결국 적은 전쟁에 대한 신념이 박약한 것이 됩니다.

　만약 그러한 것이 없다면 우리가 갖고 있는 훌륭한 무기를 충분히 활용하지 못하고 있다고 생각합니다. 우리 문사가 이 진리의 가장 커다란 입간판을 통해 인도와 중칭에 영향을 끼칠 수 있다면 인도에서는 독립의 용기를 얻고 중칭에서는 항전의 용기를 뺏는 것이 되며 영국도 그 신념을 잃게 되리라고 봅니다. 또한 신문을 읽은 바에 따르면 미국에서는 하와이 공습으로 일본에게 적개심을 느껴서 학생들이 전쟁을 할 용기를 얻었다고 합니다. 하지만 일본이 폭발할 수밖에 없는 상황을 만든 루즈벨트와 처칠의 의도를 정말로 그들에게 알릴 수 있다면 그 용기를 잃게 될 것이라고 믿습니다. 이 점에 대해서 우리 문사는 진리의 폭발을 생명으로 삼아서 적을 향해서 그것을 던질 수가 있고, 또한 진리의 힘을 통해 아군에게 승리할 수 있는 용기를 더욱더 강하게 할 수 있습니다. 그것을 위해 모든 곤란을 불식시키고 나아가 용기를 줄 수 있다고 한다면 승리는 반드시 우리에게 올 것이며 이는 사실이 될 것입니다. 필승의 신념이라는 것을 점차 강하게 지니고 우리가 반드시 승리하리라 믿고 있습니다.

의장

다음으로 '대동아전쟁 승리에의 길'이라는 제목으로 첸랴오시 씨에게 부탁드리겠습니다.

승리의 길은 가깝다—동양정신에 철저하라

첸랴오시陳廖士 (화중)

대동아전쟁은 유사 이래 미증유의 정전征戰이며 대동아전쟁 필승의 신념은 아주 명백하게 동아민족 심리 위에 항상 깊이 각인돼 있습니다. 우리들이 빛나는 필승의 목적을 달성해 낸다는 것은 추호의 의심도 없는 것입니다. 일본은 대동아의 맹주로 작년 우리 중화민국도 또한 참전을 했습니다. 그래서 대동아문학자대회에 참가한 저희 일동은 대동아전쟁에서 반드시 승리하는 이유가 여기에 있음을 충분히 살필 수 있었습니다.

우리들은 한편으로는 자신을 인식하고 또 한편으로는 시대를 인식하는 것이 필요합니다. 저희들이 동양 고유의 사상을 인식하고 동양 고유의 정신을 파악할 수 있다면, 즉 이는 대동아전쟁에서 반드시 승리할 수 있는 길입니다. 이것이 대동아전쟁에서 이길 수 있는 커다란 두 가지 요소인 것을 느낄 수 있습니다. 왜냐하면 동양 고유의 사상, 즉 왕도인 동양 고유의 정신이 무엇이냐고 한다면 바로 도의정신이기 때문입니다. 이는 일본, 만주, 지나 각국이 서로 향유하는 정신이니 이것을 서로 크게 발양하지 않으면 안 됩니다. 특히 대동아전쟁은 현재 결전 단계에 들어서 있으며, 지금 말씀드린 동양 고유의 정신을 가지고 반드시 전쟁에서 승리할 수 있음을 확신합니다.

대동아전쟁이 한창일 때 철저하게 동양적인 정신과 사상을 발휘하여 문화 건설의 초석을 다지는 것이 가장 필요하며 또한 소홀히 해서는 안 됩니다. 지나의 옛 속담에 "군대가 정당하다면 사기가 충천하다. 그렇지 않다면 사기가 떨어진다"라는 말이 있습니다. 더욱이 "성을 공격하는 것보다 정신을 공격하라"는 속담도 있습니다. 또한 "사람의 뜻은 성城보다 강하다"라는 말도 있습니다. 이는 즉 문학자가 사상전에서 차지하는 지위를 증명하는 것입니다.

이번 대회는 문학자가 대동아전쟁에 필승을 증명하기 위함이며 문학자 대회에서 우리들이 반드시 이길 수 있음을 생각하는 것은 동양 고유의 왕도사상과 그 도의적 정신에 의해서입니다. 그러므로 사상전에서 가장 중요한 원칙은 문학자가 스스로 사명을 인식하는 것뿐만이 아니라 대동아 전 민족을 돌변시켜서 하나로 만들어 마음을 통해 마음을 공격하는 것입니다. 즉 중지衆志를 병기로 삼아 그것으로써 이 결전의 목적을 달성해야 한다고 생각합니다.

의장

지금 사상전의 중요성에 대해서 발언을 해주셨는데 다음으로 '성전완수를 선구하는 문학적 사상'이라는 제목으로 야마다 세자부로 씨에게 부탁합니다.

역사를 개척한다─위대한 꿈과 만주 문학자

야마다 세자부로

대동아문학자는 위대한 역사의 개척자이고 창조자일 것을 염원합니다. 대동아전쟁 완수에 협력하는 것은 이러한 문학자의 야심적인 치열한 욕구로부터 시작해서 전쟁 완수에 선구적으로 나설 수 있는 위대한 작품을 쓰는 것을 통해 처음으로 달성 될 것임을 믿습니다.

우리나라는 지금부터 11년 전에 건국되었습니다만 이 만주 건국이야말로 분명히 오늘 대동아전쟁 완수에 앞서는 것이었습니다. 만주국 건국정신이념에는 팔굉일우의 대정신이 자리잡고 있음과 동시에 한편으로는 대동아 건설 및 오늘날 웅혼한 태평양작전에서 중요한 위치를 차지하는 북변北邊의 기초를 굳건히 한다는 극적인 커다란 의미가 함축돼 있었던 것입니다. 건국에 참가하신 일본의 군대, 만주국인, 즉 만인滿人, 몽인蒙人 등의 대동아 건설 선구자들이 이러한 정신과 역사개척 창조에 위대한 혼과 희망을 품고서 만주 건국을 성취했던 것입니다.

우리들 문학자는 오늘날 전쟁의 양상을 호소하고 보고하는 것뿐만이 아니라 국가 총동원이라는 현실적 측면으로부터 새롭고 위대한 문학의 총동원을 통해 이 극적인 역사 개척에 기여할 수 있는 길을 만들고 싶습니다. 일만화 삼국 문학자 여러분이 이러한 위대한 구상을 품고서 웅대한 문학을 쓰고 성전완수에 크게 기여할 것을 희망에 마지않습니다.

의장

다음으로 "만주건국 정신의 인식을 철저히"라는 제목으로 우랑 군에게 부탁합니다.

북변진호北邊鎭護는 반석 ─ 건국정신의 인식을 철저히

우랑吳郎 (만주)

만주 건국정신의 인식을 대동아에 철저하게 적용하는 것은 황도정신을 침투시키는데 굉장히 중요합니다. 만주국 황제폐하께서는 앞서서 건국정신을 봉사奉祀하시어 사천오백만 국민의 황제폐하에 대한 신앙은 일본국민의 이세신궁伊勢神宮에 대한 마음과 다르지 않습니다. 이것은 정말로 건국신앙이 만주국 건국의 근원적인 신인 아마테라스 오오카미天照大神를 모시고 있기 때문입니다. 그래서 일만日滿의 일덕일심一德一心 하는 마음은 불멸하는 것이며 각 민족의 마음을 하나로 해서 국체에 영예와 황제 폐하의 천업익찬天業翼贊을 기하는 것으로 천업이라는 것은 바로 친방 일본의 건국정신인 팔굉을 우주로 하는 이상에 귀일하는 것입니다. 만주국이 대동아 전역에서 선진국이라고 불리고 또한 대동아 전역의 빛이라고 하는 것도 여기에 있습니다.

만주국 건국정신은 일본 건국정신에 그 연원이 있으며 만주 건국은 팔 굉을 우주로 삼는 데 이상을 지닌 대륙의 가장 빛나는 최초의 구현국具現國 이며 또한 위대하고 확고한 결실로서 이것은 일만 양국민이 근린 관계에 준해서 일본을 친방으로 부르고 있는 이유입니다. 하야시 후사오 선생은 아시아 해방은 일본민족과 한민족이 악수하는 것부터라고 하셨는데 이것 은 이미 11년 전에 만주국에서 실현되었습니다.

건국 11년 만에 만주국이 오늘날 어떠한 발전을 이루었는가. 이것은 건 국 전에 만주를 모르시는 분 또는 만주를 본적이 없는 분은 상상하실 수 없 습니다. 인간으로 치자면 아직 어린이에 불과했지만 만주국은 정치에서도 산업에서도 문화에서도 위대한 국가가 되어 대동아 공영권의 북방을 사수 하고 미동도 하지 않습니다. 이것은 오늘날 여러 곳에서 경의를 표하고 있 는 중국의 참전에 즈음해서 북방 수호를 초석으로 삼아 북쪽으로부터 도 움을 드리게 된 것을 만주국민들은 마음속으로부터 영광으로 생각하고 있 습니다.

부디 이 대회가 이러한 만주 건국정신에 대한 인식을 심화시켜서 동일 한 문필활동을 통해서 만주의 정신이 철저히 보급되기를 바랍니다.

결언 만당滿堂에 울려 퍼지다 각국 대표의 소신
—지성과 친화로 맹세하는 건설보建設⋯譜

25일 대망의 개회에서 일본을 시작으로 한 참가국 대표는 힘찬 포부를 말하고 만당을 매운 천여 명의 문학자의 박수를 받았다. 진정으로 문학자 의 사명이 오늘만큼 중대한 때가 없었던 제2회 대회 개최의 소중한 뜻을 새기고 이제는 결전에 매진하는 길뿐이다.

이상과 직관력

일본 대표 요코미쓰 리이치

문학자대회가 작년에 황도에서 열렸을 때, 이 대회는 과거에는 유례를 찾기 힘든 충실한 회의였음은 부정할 수 없는 사실입니다. 그 목적이나 이상의 엄숙함이 없는 한, 현대문학은 의의를 잃게 되는 것이 아닌가 합니다. 아시아는 하나라고 하는 현실성을 바탕으로, 이러한 커다란 사실이 발생한 것은 저희들이 실로 명기해야 할 일입니다.

하지만 전쟁은 마침내 격렬해졌으며 이러한 때 제2회 대회가 열린 것은 단순히 지난 회의의 의의를 보다 충실하게 만든 것만은 아닙니다. 더욱이 백천간두에서 한 발짝 나아간 것으로 대동아민족 각각이 지닌 고유한 전통을 불러 깨우고 이를 통해 그 연결점을 탐구하여 가능성을 발견하고 과거에 없었던 아름답고 웅장한 정신과 물질의 균형잡힌 새로운 세계를 창조하는 길로 나아가는 것이, 우리들의 희망과 목적을 한층 의의 깊게 하는 것이라 생각합니다.

저는 이번 대동아문학자 회의가 단지 대동아전쟁이 발발해서 열리게 된 것만은 아니라고 생각합니다. 이는 우리나라 문학자라면 지금부터 30년 전부터 누구나 마음속에 희망과 이상으로 품고 있었음이 틀림없습니다. 또한 그것은 우리나라 문학자뿐만이 아닙니다. 동양의 문학자라면 동일한 희망과 이상이 마음속에 있었음이 틀림없습니다. 여기에 젊은 정신이 없는 한 문학의 현실성이라는 것은 단순히 환상에 지나지 않습니다. 그런 의미에서 생각해 보면 이 대회의 개최는 다소 늦은 감이 있습니다.

우리 동양인은 서양인과는 달라서 이렇게 한 번 만나 막연하지만 서로 품고 있는 의지와 목적이 같다는 것을 직관하는 힘이 있습니다. 그러한 우수한 직관력이 있습니다. 더욱이 이번에 서로 만나서 이야기를 나누고 생각했던 바를 실행한다고 하는 제이 제삼의 사명까지 우리는 갖고 있습니다. 저희들 시골말에는 "도소진道祖神의 초대에 의한다"라는 말이 있는데, 이것은 일본어로 말하자면 자신의 일을 행하는 경우, 즉 자신이 그것을 행하는 것이 아니라 선조인 관음이 일을 일으킨다는 신앙입니다. 이 대회도 어떠한 의미에서 먼 과거로부터 그 신앙과 바람이 불러온 회합에 틀림없다고 생각합니다.

바야흐로 현실 세계는 이미 우리 문학을 하는 자도 결정적인 전환기에 서 있으며 비록 이 대회는 대동아문학자대회라고 불리지만 앞으로는 세계문학자대회가 돼야 하며제1회 제2회 대회는 이를 위한 전제가 아닌가 하고 믿고 있습니다. 사회자의 지명으로 한마디 말씀드린 것뿐입니다.

만주문학의 기조

만주 대표 구딩

제2회 대동아문학자대회 개최에 대해 한 말씀 올리겠습니다. 아시아 해방은 이제 현실이며 대동아전쟁의 필승 및 대동아공영권 달성은 대동아 사람들에게 확약된 것입니다. 이 대동아 흥륭興隆을 건 건곤일척의 중대 국면에 즈음해 저희들 문학자는 그 임무의 중대함을 한층 더 자각하고 영미를 무찌르는 용맹심을 더 크게 품고서 분기하여 영미적 문화를 격멸하고 대동아문화의 건설에 매진하지 않으면 안 됩니다. 정신적 전력의 증강에서 문학의 역할은 매우 크며 아시아의 복귀는 대동아전쟁의 승리를 통해 비로소 달성됐습니다. 대동아문학의 수립은 대동아전쟁을 향한 문학적 전략의 증강으로써 비로소 기할 수 있을 것이라고 확신합니다.

우리 만주국은 대동아전쟁으로 북변 진호라는 임무를 맡고 있고 따라서 그 문학의 형태도 문학을 통해 얼마나 북변진호에 도움이 되는 가에 따라 달라집니다. 또한 현실 문제인 근로봉사문학, 황도문학 등에도 이르게 됐으며 문학자는 친방 일본의 건국정신인 팔굉일우에 그 깊은 근원을 찾아 근로정신을 연성하고 싸움에 승리하기 위한 봉공하는 마음으로 진정을 다하려고 합니다.

저희는 제1회 대회에서 이미 적 영미의 심장을 오싹하게 했습니다. 저희들 대동아 각국의 문학자는 일본을 중심으로 이러한 신념을 신념으로 품고서 결의하여 이번 결전 단계에서 싸워 이기기 위해, 또한 결전문학 확립을 위해 일만화 삼국 공동선언의 맹세에 근거해 아시아는 하나라는 대선언 아래 열렬하고 진지한 협의를 달성하고자 합니다.

끝으로 이번 대회 주최자인 일본문학보국회 및 친방 일본 조야의 막대한 원조에 대해 심심한 경의와 사의를 표하며 대회의 유종의 미를 기원하며 다소의 결의와 소신을 표하는 것으로 인사를 대신하고자 합니다. [오우치 다케오大內隆雄 통역]

자각과 행동력

중화 대표 줘예란周越然

각하 및 여러분, 이번 제2회 대동아문학자대회의 개최에 즈음해서 중화민국 대표자인 제가 소신에 대해 말씀드릴 수 있음을 영광이라 생각합니다.

이번 대동아문학자대회는 제2회로 작년 거행된 제1회와 이 대회 사이에 동아의 상황이 크게 변화했습니다. 대동아전쟁은 결전 단계에 돌입했으며 이 결전에서 승리하는 것은 이미 기정사실입니다. 제1회 대회 때 중화민국은 전쟁에 개입하지 못했지만, 이번 정월 9일에 국민정부가 영미에 선전 포고를 했습니다. 그리하여 우리 중화민국은 일본의 원조로 상하이의 조계를 환부 받았습니다.

이 사실에 우리는 매우 감격하며 기뻐하고 있습니다. 제가 중국의 참전과 조계 회수라는 두 가지 사실을 말씀드린 것은 이 모두 중일 양국의 합작이기 때문입니다. 이전에 대동아의 동아 각 민족은 각각 자신의 나라만 생각해서 서로 도울 수 없었습니다. 모두 자신의 나라만을 생각하여 밖의 나라 혹은 밖의 민족에 대한 것은 생각하지 않았습니다.

하지만 이제 우리는 동아를 흥륭시키기 위해 서로 합작하지 않으면 안 됩니다. 서로 도와야 한다는 사실을 자각하였고 또한 실행하고 있습니다. 국민정부 왕징루이汪精銳 각하의 뜻하는 바는, 즉 이러한 국민정신이 서로 교류하는 것으로 이 새로운 정신을 통해 사명을 달성할 수 있습니다. 이 사명은 즉 대동아전쟁의 완수를 지칭합니다. 저는 새로운 정신을 신국민운동이라고 생각합니다.

신국민운동은 우리나라에서 왕 주석의 창도한 운동으로 그 주된 정신은 개인적인 근로에 중점을 두는 것만이 아니라 동아가 일치하여 분투하는 것에 있습니다. 우리 국민운동의 중점은 일국이라든가 일읍이 아니라 동아 전체의 승리를 바라는 것입니다. 신국민운동의 창도하는 것은 각국의 신민이 일본국만을 위해서가 아니라 동아의 승리를 얻기 위해 힘쓴다는 것에 있습니다. 신국민운동은 이전의 습관과 자기 이익에 전념하는 것을 용서하지 않습니다.

요컨대 현대의 전쟁은 총력전이며 각기 자신이 맡은 자리에 서서 그 본

분을 다하는 것이 전쟁에 항시 공헌하는 것이라고 생각합니다. 전쟁에서 사상전, 문화전은 가장 중요하다고 생각합니다.

이 전쟁의 목적과 전쟁에 요구되는 것을 문학자가 충분히 발휘해서 이를 통해 동아 자체의 전쟁에서 대동아전쟁의 정신, 동아 공영권 건설을 위한 길로 나아갈 때 보국의 진정성을 발휘할 수 있습니다. 이를 통해 사명을 다할 수 있습니다. 우리에게 가장 중요한 것은 동아 각 민족이 일치해서 영미의 세력을 함께 구축하여 동아의 번영을 위해 노력하는 것에 있습니다.

오늘 대회에서 저는 중화민국 대표로 대회의 성공을 축원하며 전쟁 승리 및 여러분의 건강을 기원하는 바입니다.

또한 국민정부 림보솅林柏生 선전부장으로부터 축전을 갖고 왔으므로 낭독하겠습니다. [장커피아오章克標 씨 통역]

대동아문학자대회 제2회 대회의 거행에 중화민국이 정식으로 참전하고 함께 살고 함께 죽기로 결심하고 협력하여 나아가려 합니다. 대동아전쟁은 결전 단계에 이르고 있으며 일본인의 결전 태세에 감명을 받습니다. 이 대회를 축하드리며 대회에 모이신 각국 작가의 건강과 대회의 전도를 축원합니다. 중화민국 국민정부 선전부장 림보솅.

역사적 진정성의 현현

몽고 대표 아오췽신包崇新

제2회 대동아문학자대회 개회를 맞아 멀리 몽고 땅으로부터 본 대회에 출석하는 영광을 얻어 몽고 대표 일동을 대신하여 인사 한 말씀 올리겠습니다. 과거 역사에서 볼 수 없었던 전쟁을 행하는 동시에 건설을 수행하는 역사적 위업이 이뤄지고 있는 지금, 문화에 다소의 폐색과 퇴조도 없이 강건히 창조의 길로 나아가고 있음을 즐겁게 생각하고 있습니다. "전쟁 가운데 문화는 태어난다"는 말 그대로 싸움 속에서 과거 볼 수 없었던 새로운 생명을 통해 문화가 태어나고 있는 사실을 확인하며 현재 우리들은 신체를 통해 역사적 진리를 현현하고 있습니다. 진정으로 새로운 생명이 넘치는 문화를 자각하게 된 것은 우리 국토에 침략한 영미 침략문화가 쇠퇴하고 우리가 동아에 태어난 자각과 긍지를 자각한 때부터였습니다. 실로 빈약한 영미의 문화는 과거 오랜 기간에 걸쳐 우리의 국토를 침략하고 착취 수단을 동원해 왔습니다.

바야흐로 전통을 회복하고 스스로의 위대한 가치를 자각한 동아의 정신은 영미문화가 주장하는 것과 이미 결별하고 그들이 몰락할 수밖에 없는 필연적인 현상을 눈앞에 두고 그저 웃을 따름입니다. 이 역사적 필연성은 이미 우리들의 인식을 넘고 있습니다. 이는 마침내 전선에서 싸우고 있는 격심한 현장에서도 그러한 이치가 패배와 승리로 입증될 것임을 믿어 의심치 않습니다.

오늘날 동아의 장래는 대동아문화의 장래에 다름 아닙니다. 하지만 광휘에 찬 장래는 끔찍한 현실의 싸움을 거쳐야만 약속되며 대동아문화의 기초도 또한 이러한 혹렬한 과정을 거치지 않으면 안 됩니다.

현재 대동아문화의 전초로 대동아 각지의 문학자 모두가 동아의 모습으로 돌아가는 현상이 벌어지고 있습니다. 또한 그들은 자각을 통해 진정으로 서로 단결해서 영미를 격퇴할 각오를 새롭게 다져야 합니다. 이는 오늘 여기서 열리는 대동아문학자대회의 결의로서도 진정으로 알맞은 것임을 통감합니다. 이 대회의 성회를 기원하며 다소 소견을 피력했습니다. [아오키 히라키青木啓 씨 통역]

살아가는 증거 있음―평화구국에 헌신하라

시에시핑 (화중)

　제2회 동아문학자대회가 대동아전쟁 승리를 확보하며 공영권 내의 각 민족이 총력 결전 체제를 정비하고 완수하는 역사적인 현 단계에서 개최하게 된 것은 매우 엄숙하고 위대한 의의를 갖고 있다고 생각합니다. 이번 회의에서 일본, 중국, 만주 각지로부터 참가하신 각 문학자 대표는 문학자가 본래 가지고 있는 중대한 사명을 돌아보고 결전시기에 즈음해 문학방면에서 최고의 지도정신을 견지하기 위해 매우 노력하고 있습니다. 현 단계 문학자의 최고 지도정신이라는 것은 의심할 것도 없이 각 민족의 자신감을 앙양하는 것입니다. 자신감을 앙양하고 협력하여 적국인 영미의 침략주의를 괴멸시키기 위함입니다.

　하지만 동양전통의 정신문명을 회복하고 대동아민족의 해방과 번영을 이끌어 내는 것 또한 이 대회의 목적입니다. 또한, 세계 인류의 복지를 증진하는 것도 이 대회의 목적 중 하나입니다. 그러므로 각 대표가 제안하신 제목도 지금 말씀드린 각 민족의 자신감을 앙양하여 적 영미의 침략주의를 격파하고 동양문화를 회복해 전세계 인류의 복지를 증진시키기 위한 것입니다. 하지만, 지금 말씀드린 문학자의 최고 지도방침을 확립한 후, 공영권 내 문학자의 책무가 중요한 문제로 부상할 것입니다. 즉, 이 지도정신을 붓으로 표현해야 하는 실천의 문제를 필요로 합니다.

　이에는 동아 모든 민족이 대동아전쟁 가운데 분담해야 할 특수 책임에 의해, 또한 각 정부의 중점 국책에 따라서 각기 그 실천 방법을 생각하지 않으면 안 됩니다. 예를 들어 중화민국을 보면 종래 중국정부의 중점 정책은 신국민운동과 청향운동에 있었다고 생각합니다. 중국문학자의 실천 방향 또한 이 양대 중점 사업을 파악하지 않으면 안 됩니다. 예를 들어, 신생활 운동에서도 영미의 개인주의, 공리주의를 불식하고 또한 정치의 세기말적 퇴폐라든가 사치나 낭비라는 악습을 제거하여 동양 본연의 충효평화, 청빈소박이라고 하는 미덕을 발휘할 수 있는 제재를 선택하지 않으면 안 된다고 생각합니다. 또한 다음 청향운동을 할 때에는 공산당이 민중을 포섭하는 혹은 질서를 파괴하는 나쁜 음모를 격파하여 민생을 안정하는 혹은 생산능력을 증진하는 것을 강조할 필요가 있다고 생각합니다. 공영권 내 각국은 지금 제가 말씀드린 특수 책임을 통해 각각의 적당한 방향을 스스로 생각해서 철저하게 문학적으로 수행해야 한다고 생각합니다.

이것을 총괄적으로 말씀드리면 공영권 내의 문학자가 지닌 최대 사명은 문학자가 살고 있는 토양에 맞춰서 방금 말씀드린 중대한 문제를 제창하는 것에 있습니다. 중화민국 문학이 추구한 최고 지도정신은 민족 결전의 정신 앙양에 있으며 이것이 또한 이 문학자대회의 목적이라고 생각합니다.

의장

시마자키 도손 씨의 고별식으로부터 돌아오신 모양이므로 구보타 씨께 보고를 부탁드립니다.

구보타 만타로 久保田万太郎

구딩 씨, 사토 하루오 군, 장워진 씨와 대회 대표로 다녀왔습니다. 고별식에서는 사토 하루오 군이 기초한 조사를 바쳤습니다.

의장

　그러면 '황도정신의 삼투渗透'라는 제목으로 사토 하루오 씨에게 부탁합니다.

황도정신의 삼투 — 우아한 국가의 대 조화調和

사토 하루오

　저는 매일 반복해 들리는 대동아공영권이라는 말을 그다지 좋아하지 않습니다. 이것은 명확한 말이어서 문학자에게 알맞지 않으며 산문적이며 겉만 거창한 것이라 생각합니다. 대동아라고 하는 말은 정치적인 말이며 공영권이라는 말은 경제적인 말입니다. 확실히 이러한 표현도 필요하다고 생각합니다만, 적어도 우리 문학자만은 이러한 말보다도 보다 적절한 용어를 찾아서 써야 하지 않나 하고 생각합니다.

　저는 평상시부터 황도문화권皇道文化圈이라는 말을 이 말과 바꾸면 어떻겠냐고 생각하고 있었습니다. 만약 찬성해 주신다면 문학자 사이에서라도 황도문화권이라는 말을 자주 사용하고자 합니다. 이에 대해, 황도정신이란 무엇이인가 하는 양해를 얻고 싶어서 이 제목을 고른 것입니다. 저희들은 황도정신에 대해 굉장히 확실히 알고 있어서 그만큼 그것이 무엇인지 말하는 것이 굉장히 곤란합니다. 이를 위해선 국가의 역사와 그 외 전부를 말씀드리지 않으면 안 됩니다만, 그럴 시간도 없으므로 여러분이 열의를 갖고 일본을 알고자 하신다면 일본학의 근본이 여기에 있다는 것도 잘 아실 것이라고 봅니다.

황도정신은 우리나라의 근저를 이루는 정신이므로 우리나라에서는 여자는 물론이고 아이들도 모두 잘 알고 있습니다. 특히 평상시에는 멍한 상태라고 하더라도 비상시에는 이 황도정신에 눈을 뜨고 이 정신으로 살아갑니다. 이 실제 예는 일일이 다 열거할 수 없을 정도로 야스쿠니 신사에 가보셨다면 굉장히 많은 예를 볼 수 있을 것이라고 생각합니다. 저도 일본인의 일원으로서 황도정신이라는 것은 충분히 알고 있다고 생각합니다. 다만, 지나치게 잘 알아서 그로 인해 설명이 곤란합니다. 다만 우리들 속에 들어와 있는 황도정신은 피와 살이 되고 혼과 신경神經이 되어 일거수일투족 전부를 포함합니다. 이른바 이념은 이 대정신을 작게 하여 알기 쉬울지도 모르나, 이 정신을 해칠 우려도 있으므로 이념을 통해 이를 파악하는 것은 황도정신에 반하는 것이라 생각합니다. 이념의 설파는 지식상의 해결을 바라는 것으로 황도정신은 지식으로 해결하는 것이 아니라 서서히 자연에 동화되는 가운데 터득하는 것이라 생각합니다.

황도정신의 하나는 니기미타마和魂라고 할지 부드럽게 조화하려고 하는 것입니다. 하지만 아무리 해도 알 수 없는 세계에서 진리를 터득하지 못할 경우 일부러 싸움을 피하지 않는다는 니기미타마 외에도 아라미타마荒魂라고 하는 것이 있습니다. 아라미타마는 때와 경우에 따라서 언제까지라도 싸워 이겨낸다는 정신입니다. 이는 이 나라의 역사를 보시면 잘 알 수 있습니다. 상대가 무기를 들면 이쪽도 무기를 듭니다. 그럴 필요가 없을 때는 말로 부드럽게 대화를 나눠서 상대방의 공명과 공감을 얻은 후에, 대화를 충분히 한 후에 협력을 합니다. 각자 자신에게 맞는 것을 하며 그 후 기꺼이 협력을 하는 것입니다. '스메라すめら'라고 하는 말이 있습니다만, 이 말은 '스베라すべら'와 같이 권위를 갖고 납득시키는 것이 아니라, 기꺼이 따르게 한다는 것으로 그 가운데 조화가 가능하다는 것으로 볼 수 있습니다.

일본이 동방의 군주국으로 불리는 이유는 이처럼 각각이 맞는 것을 하

며 통합해 갔기 때문이라 생각합니다. 그래서 이러한 상태가 온화하게 존재하는 것을 황국이라고 합니다. 우리들이 보자면 이것은 도의가 넘치는 국가이며 도의를 통해 존재하는 것이라고 생각합니다. 굉장히 황공합니다만 일천만승一天萬乘의 폐하는 우리들 우민의 '스메라기すめらぎ'[1]이시옵니다. 그러므로 농민의 집에서 연기가 나오는 것을 천황께서 보시고 그것을 자신의 슬픔으로 느끼시는 크신 마음을 품고 계십니다. 또한 추위가 찾아오면 밤에 입는 옷을 벗으시고 만민과 함께 추위를 느끼겠다고 하시는 혜량을 보여주십니다. 이것은 지금 생각해 낸 것으로, 이런 식의 역사적 예는 이루 다 헤아릴 수 없을 정도입니다.

메이지 천황의 행하심을 보시면 많은 예를 발견하실 것이라고 생각합니다. 그래서 천황폐하의 크신 마음에 응답하여 그분을 모시기 위해서 폐하의 일이라면 언제라도 무엇이든지 바치려고 하는 준비를 하고 있으며 받들어 모시기 위해서는 어떠한 희생, 죽음도 불사하겠다는 마음으로 천은의 만분의 일이라도 보답하려고 합니다. 그 정신이 어느 정도 실현되더라도 그것이 자신의 힘이라고는 생각하지 않으며 천황폐하의 능위하심이 있었기에 실현된 것이라는 마음을 갖고 있습니다. 그리하여 국가에 봉사한다는 기쁨에 젖어서 무엇과도 바꿀 수 없는 기쁨을 느끼고 있습니다. 그래서 우리나라의 도의에는 권리라든가 희생이라는 개념이 없어서 모두 기뻐하며 각자 자신의 맞는 것을 하며 기뻐하는 상태나 모든 것이 적당한 조화를 이룬 상태를 '미야비みやび'로 불렀습니다. 황실이 정치나 군사인 것뿐만이 아니라, 또한 모든 문학예술의 중심인 방식입니다. 그래서 '스메라' 국은 한편으로는 '미야비' 국입니다.

여러분에게 황도정신의 일부를 설명드릴 자신은 없으나 이 정신은 일본문학자가 지닌 정신의 핵심으로 앞으로도 애용될 것입니다. 또한 이 회

---

1   천황.

의에서도 자주 나오게 될 것이라고 생각하지만, 제 서툰 설명으로는 이해하시기 힘들 줄로 압니다. 다만, 제가 양해를 구하는 것은 이 정신을 이해하시고 더욱이 몸에 익히시게 된다면 그 때 우리들의 손님이신 제군께서는 단순히 친구가 아니라 정신상의 혈족이 될 것이라고 생각합니다. 그러므로 제군도 정신상의 혈족을 얻었다는 기분으로 이 기회에 황도정신의을 꼭 이해하시기 바랍니다.

이 정신상의 혈족이 세계 각국에 생겨서 모든 곳에서 명랑하고 청아한, 거짓이 없는 나라가 가능하다는 것이, 우리나라가 말하는 팔굉일우입니다. 또한 명랑하고 청아한 거짓없는 하나의 가족이 세계의 구석구석에 생긴다는 것은 고래古來의 이상이며, 전세계를 영토로 한다는 야심은 조금도 포함돼 있지 않습니다. 때문에, 그러한 야심은 우리의 3천 년 역사의 피가 영미적 사고방식을 허락하지 않기 때문에, 세계 제패 등을 우리들은 실로 생각지도 않습니다. 계속 말씀드린 것처럼 이러한 정신의 결속을 세계의 구석구석에 파급시키고 싶습니다. 정신에 대해 서툰 설명을 했습니다만, 황도정신, 인애와 겸손 등이 기쁨 속에서 전진하기를 바라고 있습니다.

그래서 대동아전쟁은 영미의 세계제패와 달리 이상을 향해서 나아가고 있으므로 되도록 가까운 시일에, 지리적으로도 가까운 제군들이 황도를 이해해 주시리라 믿습니다. 적어도 이해를 구할 수 있는 기회를 만들어서 공영권 모두가 모여서 이익을 추구하는 사고방식이 아니라, 하나의 도의를 통해 결속되는 문화권이라는 의미에서 저는 대동아공영권이라는 말이 아니라, 더 한발 나아가서 황도문화권이라는 말을 사용해 주시길 바랍니다. 이 말이 대동아공영권보다도 좀 더 널리 사용될 것을 희망하므로 매우 서툰 설명이었습니다만, 이해를 부탁드립니다. 이 대동아공영권이라는 말을 대동아문학자대회에서 황도문화권이라고 부르고 싶은 제 희망을 이해해 주시기 바랍니다.

의장

　방금 사토 군이 말한 황도정신이라는 것을, 문학을 통해 널리 이해시키기 위해서는 작품의 힘을 통하는 것이 크다고 생각합니다. 사토 군을 비롯해 많은 작가가 황도정신에 근거한 작품을 창작하실 것을 기대하고 있습니다. 다음으로 '대동아문학의 이념'이라는 제목으로 아오칭신 씨에게 부탁드립니다.

광고曠古의 초원에서 노래하다──징기즈칸成吉思汗 영웅시와 같이

아오칭신包崇新

　우리는 현재 대동아라고 하는 개념을 이미 역사적 진실성으로써 이해하고 있습니다. 전쟁의 현실은 현재 우리의 눈앞에서 격동하고 있으며 이 현실이 대동아라고 하는 이념이며, 현재로서는 이것을 현실적인 개념으로써 이념적인 절실함을 지니고 이해하고 있다고 생각합니다. 이 진실성은 또한 주로 대동아문학이라고 하는 커다란 과제를 우리에게 확신시킵니다. 저는 대동아문학의 확립을 굳게 믿고 있는데, 그렇다면 대동아문학의 확립은 어떻게 하면 가능할지, 또한 대동아문학이란 어떠한 성격을 가져야 할 것인가에 대해서 조금 생각해 본 바를 말씀드리고자 합니다.

　저희들은 오랫동안 유럽문학이라는 개념에 귀가 익숙해져 있습니다. 생각해 보면 이 유럽문학이란 유럽에서 각 민족 및 국가가 처해 있던 문화적 제 조건이 그 정치성을 통해 태어난 하나의 보편성을 지닌 문학에 불과하다고 생각합니다. 말하자면 그것은 자연적이며 소극적인 필연에 근거한 문학개념입니다. 따라서 이것은 20세기 이른바 세계정신이라는 공염불에 가까운 개념을 통해 점차로 민족적인 개성을 상실하는 문학을 파생시켰습니다.

대동아문학에 대해 제가 생각하는 바는 우선 문학은 민족에 속한다는 굳은 확신입니다. 왜냐하면 문학은 관념이나 추상에 속하기보다 생명에 속한다고 생각하기 때문입니다. 따라서 대동아에서의 문학이라고 하더라도 각 민족의 개성을 견지해서 이뤄지지 안 된다고 생각합니다. 하지만 민족 각각의 문학적 개성은 대동아적 성격을 스스로 전개해 가리라고 보고 있습니다. 왜냐하면 대동아는 하나이며 공영권 내의 민족국가는 대동아에 속할 숙명을 갖고 있기 때문입니다.

요컨대 제 견해로는 결국 대동아문학의 확립이라는 것은 대동아적 이념으로 관철된 각 민족이 각기 위대한 민족문학을 수립하는 것으로서, 이를 통해 처음으로 유럽문학이 잃어버린 생명과 공동 목적인 이념을 앙양하는 것이 기대할 수 있습니다. 저는 우리나라의 고전시대에 모두가 부른 징기즈칸의 영웅시처럼, 그러한 노래를 지금 다시 한번 소리 높여 부르고 싶습니다.

의장

'황민문학의 수립'이라는 제목으로 쥐진포 씨에게 부탁드립니다.

황민문학의 수립

쥐진포周金波 (대만)

대만의 황도문학 수립에 대해서 말씀드리겠습니다. 잘 아시다시피 우리 대만은 대동아공영권의 이른바 하나의 축도이며 야마토大和민족, 한민족漢民族, 고사족高砂族 세 민족이 공평하게 능위 아래에서 공존 공영하여 바야흐로 삼위일체가 되어 성전 완수에 협력 매진하고 있습니다. 다만, 현재는 문학의 세계에서도 종래의 단순한 외지문학, 이국 취미exoticism 등의 취미성 혹은 소극성을 양기揚棄하여, 격심한 결전하 대만 일족의 진정한 모습을 만들려고 하는 문학자의 적극적인 태도가 보입니다.

가장 현저한 예가 문예대만 지상에 소개된 「길道」이라는 소설입니다. 道, 즉 황민을 향한 길이며 또한 대만문학 지상에 발표된 「분류奔流」라고 하는 소설은, 분류처럼 준열한 시대의 흐름 가운데 진정한 황국민의 길을 가려고 하는 두 가지 다른 세대의 모습이 그려져 있습니다.

더욱이 쇼지 소이치庄司総一가 쓴 『진부인陳夫人』을 둘러싸고 정면에서 이 문제를 다루고 논평을 가해, 과거에는 옛 상처를 만지는 기분으로 조용히 내버려 두었던 문제를 단번에 해결하려고 하고 있습니다. 이러한 현상은 종래의 대만에서 본 적이 없었던 비약으로, 이는 그것을 입증하는 신념, 다시 말해서 황민으로서의 흔들림 없는 신념을 얻은 후가 아니면 보이지 않는 현상입니다. 즉 대만문학은 최후에 남은 가장 중요한 문제를 도마 위에 올린 것입니다.

대동아공영권문화의 확립은 민족문제의 해결 없이는 생각할 수 없으며, 또한 대만문학의 의의는 이 문제를 문제 삼지 않고서는 생각할 수 없습니다. 대만의 세 민족이 숱한 시련을 극복하고 여기에 이른 오십 년간의 경과

는 반드시 대동아공영권문학의 확립에 중대한 시사를 안겨주고 지표를 제
시해 줄 것이라고 믿습니다.

의장

다음으로 '신동양정신의 확립'이라는 제목으로 오키 아쓰오 씨에게 부
탁드립니다.

시도 탄환이다

오키 아쓰오 大木惇夫

저는 대동아전쟁 자와작전[2]에 참가해서 문화전의 일원으로 무력 부대와
함께 행동하다가 지난 가을 귀환한 사람입니다. 제가 전선에 있던 때를 생
각해 보면 자와는 네덜란드 정부의 3백 년간의 학정虐政에 시달려서 예전
의 고귀한 고유문화를 펼치지 못해서, 이제 남아있는 것의 대부분은 영미
류의 잔박하고 피상적인 물질 문화의 편린뿐입니다. 저희들은 이것을 개
탄하며 인도네시아를 대동아공영권과 이어지는 민족으로 향상시키려면
우선 그 본래의 문화를 회복시켜야 한다고 생각합니다. 이것은 또한 단지
인도네시아에 국한된 것이 아니라, 널리 전 대동아민족에 대해서 생각해
볼 때도 마찬가지입니다. 우선 정신을 개인으로 돌려서 각각의 민족이 만
들어낸 고귀한 정신문화를 되찾는 것으로부터 재출발하여 끊임없이 변화

---

2   인도네시아 자와(jawa) 섬에서 벌어졌던, 일본의 란인작전(蘭印作戰, Netherlands East Indies Cam-
      paign)의 하나이다. 란인작전은 1942년 1월 11일부터 전개돼 3월 9일 일본의 승리로 끝을 맺
      었다. 자와 섬 상륙은 3월 1일에 이뤄졌으며 네덜란드는 이 패배로 식민지를 상실했다.

시키지 않으면 안 된다고 생각합니다.

이것은 결전태세에 즉응하기보다는 길을 돌아가는 것으로 인식돼 소극적인 것처럼 보일지도 모르지만, 깊이 생각해 본다면 오히려 지름길이라고 할 수 있으며 적극적인 것으로 볼 수 있습니다. 낡아 보이지만 가장 새로운 길이라고 믿고 있습니다. 왜냐하면 무엇보다도 동아정신을 영미의 해독으로부터 새롭게 하는 것이야말로 가장 강한 전력을 배양하는 것이라고 믿기 때문입니다.

동양은 우선 영미적 물질문화를 완전히 방기하고 과거 융성한 문화와 종교 미술을 탈환하고 본래의 정신문화를 통해 세계를 광피하지 않으면 안 된다고 생각합니다. 동양문화는 말씀드릴 것도 없이 본원적으로는 정신문화입니다. 그리하여 정신문화의 표현은 문학의 힘을 빌리는 바가 크며 문학의 힘을 발동하는 것은 궁극적으로는 시적 정신에 의한 것이라고 생각합니다. 그리고 전쟁은 시입니다. 그중에서도 이번 성전은 웅대한 시입니다. 대동아해방의 싸움이요 대동아공영권 건설을 위한 대전쟁에서 진정으로 싸워 이기기 위해서는 우리 대동아문학자가 시를 통해 뭉치고 민족의 접촉을 꾀하여 고무해 가지 않으면 안 됩니다. 민족이 흥할 때 웅대한 시도 흥한다고 생각합니다.

문학자의 힘만으로는 한계가 있다고 생각합니다만, 우리의 이 시적 정신이야말로 유일한 최상의 무기입니다. 우리들은 어디까지나 시의 탄환을 통해 이 성전에서 싸워 이기지 않으면 안 된다고 생각합니다.

의장

다음으로 '대동아문학 중심 이념의 확립'이라는 취지로 뤼펑 씨에게 부탁드립니다.

10억 민民 번영의 때—전의戰意 앙양을 최우선으로 하라

뤼펑魯風 (화중)

대동아전쟁은 역사상 유례가 없으며 가장 위대한 단계로 접어들고 있습니다. 이는 실로 동방 10억 국민의 해방, 자유, 행복으로 이어지는 길입니다. 10억 동아민족은 이 위대한 임무에 전적으로 임하지 않으면 안 되며 문학자 또한 그 숙련된 무기와 기술을 사용해야 할 시대의 사명을 달성하여 대동아전쟁과 대동아건설을 위해 노력하지 않으면 안 되는 것은 당연한 것입니다. 이 위대한 임무의 완성을 기약하기 위해서는 대동아문학자가 하나로 똘똘 뭉쳐서 중심이념을 공동으로 수립하는 동시에, 대동아문학의 비평 기준을 확립하고 일치된 목표하에서 대동아전쟁에서 승리해야 합니다.

그 중심이념 및 비평 기준의 주요한 내용은 최소한 다음 사항을 포함해야 한다고 생각합니다.

즉, 첫째로는 전투정신의 앙양입니다. 모든 노력을 기울여 전쟁의 승리를 최우선으로 해야 합니다. 문학자의 사명도 또한 전쟁의 완수, 전쟁정신의 앙양과 격려를 우선으로 하지 않으면 안 됩니다.

둘째, 생산의 격려입니다. 전선에서의 직접적인 무력 외에, 총후의 물자, 즉 군수품 및 국민생활상의 필수품의 양과 품질은 전쟁 승패를 결정하는 커다란 작용을 하는 것이라고 생각하고 있기 때문에, 우리들 문학자들도 생산전의 격려를 제이의 과제로 삼아야 할 것이라고 봅니다.

셋째로는 동아민족의 정신을 자각하고 발양하는 것입니다.

넷째로 영미 사상을 일소하고 개인주의 혹은 자유방임주의의 사상을 극복하여 국가를 위해 1억 봉공의 정신을 발양하는 것에 힘을 다하지 않으면 안 된다고 생각합니다. 다음으로 대동아문학의 내용은, 이상 말씀드린 것과 같은 사명을 완성하기 위해서 다음과 같은 요소를 갖추지 않으면 안 된다고 생각합니다.

첫째는 전투성입니다. 문학은 소수가 감상하고 향수하는 장식품이 아니며 일종의 무기라고 생각합니다. 그러므로 문학의 본체는 전투성을 확보해야만 합니다. 한편으로는 자기를 격려하고 다른 한편으로는 적과 싸우지 않으면 안 됩니다.

둘째는 민족성입니다. 대동아는 여러 동아민족으로 구성돼 있습니다. 문화의 역사성과 제반 요소로 인해 일만화를 제외하면 일반문화의 수준이 비교적 낮았습니다. 각 민족의 자각된 정신을 앙양하기 위해서는 각 민족 고유 문화의 발전을 중점적으로 꾀하지 않으면 안 됩니다. 민족문학의 제창과 발양은 급선무입니다. 군사상에서도 또한 문화상에서도 일본은 동아의 지도자로서의 지위에 있습니다. 앞으로 동아가 일체가 되어 일본문화를 충분히 소개할 필요가 있다고 생각합니다. 하지만 과거 동아 각 민족 중 일부는 오랫동안 식민지 혹은 식민지와 같은 지위에서 침략자인 영미의 제약을 받고 있었습니다. 오늘 그 민족의 자각 정신을 발양하여 전투력을 증장하는 견지에서도 문학을 활용한 부흥 공작이 더욱 필요하다고 생각합니다. 민족의 각성이 이뤄진 후에, 처음으로 비교적 고상한 동아의 문화를 흡수할 수 있습니다.

다음으로 동양의 이른바 동양성을 존중할 필요가 있다고 생각합니다. 대동아문학은 과거 영미가 남긴 자유방임주의와 공리주의에 대신해 서로 도우며 자신을 다루고 동아 고유의 도의적 정신을 발양하는 것이 최우선돼야 한다고 생각합니다. 다음으로 건설성과 향상성을 고려하지 않으면 안 됩니다. 이것은 방금 말씀드린 것처럼 결코 난행과 고행을 목적으로 하는 것이 아닙니다. 자신이 굶고 물에 빠지는 것은 궁극적으로는 대중을 굶

기지 않고 물에 빠지지 않게 하기 위해서입니다. 대동아 시대 문학은 대동아 건설의 번영과 각 단위 각 민족의 생활 향상을 꾀하는 것이어야만 합니다.

대동아문학을 실시하는 방책 및 구체적인 방법에 대해서는 또한 각자가 여러 의견 발표가 있을 것이라고 생각합니다. 부디 우리들의 희망을 받아들여주시고 의견을 발표해 주시기를 바랍니다.

의장

지금 뤼펑 씨의 논의는 대단히 명확 적절하며 대동아문학의 이념을 거의 다 설명한 군더더기 없는 말씀이었다고 생각합니다. 다음으로 '결전문학의 이념 확립'이라는 제목으로 유진오 씨에게 부탁드립니다.

위대한 융화—결전문학의 이념 확립

유진오 (조선)

사실 저는 올해로 두 번째 이 대회에 출석합니다. 일 년을 돌아보며 다시 내지에 오게 돼서 가슴에 사무치게 생각하는 것은 작년과 올해 대회에 커다란 변화가 있다는 것입니다. 그것은 전국이 바야흐로 결전 단계에 들어섰기 때문이기도 하지만 이는 결코 전선의 전투에서 얻은 감각만이 아닙니다. 모든 면에 대해서 말씀드릴 수 있다고 생각합니다. 보고 듣는 모든 것으로부터 결전의 긴장감을 뼈저리게 느끼고 있습니다.

방금 전부터 저는 만주국과 중화민국 분들의 이야기를 듣고 영미 격멸의 결전태세는 우리 일본뿐만이 아니라, 이제는 전 동아에서 이미 확립됐음을 깨달았습니다만, 이러한 결전태세하에서 가장 중요한 것은 이 전쟁에서 싸워 이길 수 있는 우리의 마음가짐이며 정신이라고 생각합니다. 바야흐로 우리는 이길 수 있는 영미의 문학자, 사상가들이 수백 년이라는 긴 시간에 걸쳐, 그들의 정신생활의 근본으로 삼아온 '我'와 싸우고 이것을 완전히 불식시키지 않으면 안 됩니다. 그리하여 모든 것을 다 바치는 정신, 웅대한 '和'의 정신, 한마디로 하면 우리 일본에서 가장 순정한 형태로 보지된, 최고도로 발전된 동양 본래의 도의 정신으로 돌아가지 않으면 안 됩니다. 아니 우리들은 이미 돌아갔다고 생각합니다.

우리의 마음은 이미 하나가 돼 영미 격퇴를 위해 불타오르고 있습니다. 우리 문학자의 임무는 이미 불타고 있는 정신을 훌륭한 문학작품으로 담아내는 것입니다. 곰상스러운 개인주의의 영미문학을 격퇴하여 웅대하고 장려한 동양의 예스럽고 새로운 문화를 창조하는 것이야말로 우리의 사명입니다. 하지만 바로 이때 우리가 강조하고 싶은 것은 자명한 것입니다만, 전쟁을 떠나서 문학도 문화도 없다는 것입니다. 과거 영미 문학자들은 정치와 무관한 문학, 문화를 설파하며 우리를 현혹했습니다만, 그것은 오류이며 위장인 것은 전쟁이 결전 단계에 돌입함에 따라서 점차 노골적으로 나타나고 있습니다.

전쟁에 이기지 않고서 무슨 문화, 어떠한 문학이 있겠습니까. 이제 우리는 어떻게 해서든 전쟁에 이기지 않으면 안 됩니다. 우리 문학자는 갖고 있는 모든 것을 바쳐 이 결전에 승리하는 것만을 향해 가지 않으면 안 됩니다. 결전문학의 목표는 실로 이 한 가지에 있다고 생각합니다. 모든 것을 전쟁에. 이것이 결전문학의 이념입니다.

조선은 고래로 대륙의 문화를 그 자체 속에 흡수하고 더욱이 그것을 내지에 전달하는 이른바 교두보 역할을 해왔는데, 이제는 황국 일본의 한 날

개가 되어, 일본정신, 일본문화를 거꾸로 아시아 전역으로 전달하는 사명의 일단을 지고 있습니다. 이것을 전할 수 있는 것은 우리의 큰 기쁨이며 또한 영광으로 생각합니다. 우리에게 그러한 사명에 대한 최후의 확신을 전해준 것은 이번 8월부터 드디어 조선에서 시행된 징병제도(지원병)입니다. 이 제도로 조선의 젊은 청년들은 황군의 일원으로 결전하 일본의 국방 일대를 짊어지려 일어난 것입니다. 이것으로 종래 조선의 모든 문제에 대한 종지부가 찍혔습니다.

반도 2천 5백만 동포는 이 중대한 책임과 영광을 자각하고 흥분과 감동의 폭풍에 휩싸여 있습니다. 이것으로 조선의 결전태세도 최후의 완성이 이뤄졌다고 말씀드릴 수 있습니다. 조선의 문학자도 이러한 자각하에 일본문학의 일익으로 결전문학의 추진에 정신艇身하려고 합니다.

의장

다음으로 '영미문화 격퇴'라는 제목으로 하가 마유미 씨에게 부탁드립니다.

영미문화의 격멸—인격이 없는 책모策謀를 끊다

하가 마유미芳賀檀

저는 영미문화의 본질을 적발하고자 합니다. 영미가 세계를 정복하려는 수단으로 삼은 데모크라시 및 인도주의는 무엇을 의미하는가. 그것은 세계 미증유의 단일화를, 군중화를 의미한다. 그것은 모든 정신, 가치 및 이성으로부터의 해방, 민족 및 신, 신념 등으로부터의 자유, 문명의 진보를 요구하는 것입니다. 민족적 혁명의 방향에 있는 모든 것을 인간적인 것과 문명으로 그것에 반하는 것은 악이라고 부릅니다. 그런 의미의 혁명은 대동아의 이념과 근본적으로 맞지 않으며 이는 이미 모두 알고 계리리라 봅니다.

그들은 냉연하게 쾰른 대성당의 돔을 훼손하고 로마를 파괴했지만, 이러한 문화재는 그들에게 두려워 할 민족의 모태이고 증오해야 할 신념의 아성이었기 때문입니다. 동일하게 그들은 도쿄, 교토를 베이징을 대아시아의 모든 문화를 파괴하려고 하는 것이 아니겠습니까. 고딕적인 인간과 국가문화보다 그들에게 불가해하고 이상한 모습인 것은 없으며 이는 문명에 대해 아무런 공헌을 하지 못하고 야만스러웠기 때문에 벌어진 일입니다. 하지만 영미야말로 실제로 군중의 혁명을 통해 이루어진 국가요 에피고넨(아류)이며 혁명을 '고전'으로 하는 국가였음을 기억해둡시다. 이 전통은 대중의 특권과 유한 속에 있으며 문화 및 인간을 최대 다수자의 수준까지 낮추는 것을 의미합니다.

우리가 대동아의 확립을 선언하는 것은 이러한 군중의 혁명으로부터 자유롭기 위해서입니다. 주의해야 하는 것은 데모크라시나 자유주의는 민족의 특권으로서 매우 용이하게 폭력 혹은 사형과 합쳐져 저열해져서 폭행이나 정열에는 한계가 없다는 것입니다. 이번 세기를 이렇게 특징지은 군중에 의한 혁명이라는 사상은 크롬웰, 워싱턴, 카라시로부터 유래합니다. 자유, 평등, 박애는 혁명의 대용품에 지나지 않습니다. 데모크라시야말로 인격을 갖지 않은 폭민의 정치이며 책모와 파괴에 발군이지만 어떠한 진정한 창조와 생명, 이상조차도 만들어낸 적이 없습니다. 그들 가운데는 한 명의 시인도 음악가도 미술가도 태어나지 않았음이 이를 입증합니다.

그들에게 『엉클 톰의 오두막집』은 어떠한 작품보다 위대했습니다. 인간은 사회적 가축에 불가하며 그 예술은 사회의 결함을 대변하는 것 이외에

【자료 2】「일장기 아래에서」, 『문학보국』, 4면 사진

그 무엇도 아니었습니다. 그들은 위대함과 효용, 그리고 봉사를 혼동합니다. 예수 그리스도조차 가장 효과적인 사회를 향한 봉사자라고 생각한 것은 유명한 사실입니다. 신의 신념을 통한 민족미를 드러낸 국가 혹은 신의 손에 의해 지탱되고 있는 듯한 '고딕탑' 등은 진보적인 책 속에는 나와있지 않습니다. 이러한 국가의 성립은 상공업 정신에 의해 생겨나 이른바 중공업적 기업이기 때문에, 저 유명한 '최대 다수의 최대 행복' 사상이라는 복리주의가 태어난 것도 불가사의한 일이 아닙니다. 하지만 도대체 행복이라는 것이 그렇게 외부로부터 규정되고 분배된다고 가능해지는 것일런지요. 또한 과연 인간에게 예술에서의 행복이라는 것이 그처럼 결정적이었나요? 예술의 정신은 그 반대에 설 때조차 있는 것입니다. 세계 어느 곳보다도 금전이 할 말을 다하는 국가이기 때문에 행복이나 자유도 금전으로 환산할 수 있는 것입니다. 인도人道를 말합니다만 서양은 타산이나 이익을 위한 것이라면 비열한 전쟁도 충분히 불사합니다. 남아시아, 인도, 지나에서 그들은 무엇을 해왔습니까.

그들은 말합니다. 최대다수의 최대행복이라는 것은 영미민족의 특권이며 영미민족에게만 해당되는 것으로 이것은 또한 다른 민족에게 최대의 침략과 최대의 살육을 의미하는 것입니다. 게다가 가장 불쾌한 것은 그들이 침략적 데모크라시와 자유를 마치 최고의 정의인 양 행동하며, 자신들이 세계의 해방자이며 예언자인 양 선전하는 책략입니다. 이러한 인간의 공리와 노예화에 대해서 민족정신 및 심정의 고귀함을 보여줘야 할 때가 온 것입니다. 그러한 의미로 저는 결전의 날 대동아문화 확립을 위해서라도 영미문화를 경멸하지 않으면 안 된다고 간절히 기원하는 것입니다.

문학자의 제휴──생활과 정신의 총화라는 것은

의장

고바야시 히데오 군에게 '문학자의 제휴'라는 제목으로 발언을 부탁드립니다.

고바야시 히데오小林秀雄

대동아문학의 새로운 건설을 위해 아시아 문학자가 한곳에 모였다는 것은 굉장히 기쁜 일입니다. 현재 어느 나라에서도 이처럼 훌륭한 회의를 연 적이 없습니다. 실로 즐거운 일이나 제휴라는 것은 굉장히 어려운 것이라고 생각합니다. 과거 우리나라의 문학자도, 또한 아시아의 문학자도 그 일부가 잘못 판단해서 사회주의라고 하는 공통의 이상 아래에 협력했으나, 진정한 사람의 화합이라는 열매는 결코 맺지 못했습니다. 그런고로 일반에서 공통적인 사상하에서 제휴라는 성과를 올리는 것과 문학자가 제휴하는 것은 완전히 다릅니다. 과거 사회주의 운동의 경우 나타난 것은 사람의 화합이 아니라 개인 간의 불화와 반성이라고 하는 추태일 뿐입니다. 이러한 쓰디쓴 경험을 그들은 갖고 있습니다. 이것은 말씀드릴 것도 없이 이데올로기나 사상에 구애된 결과입니다. 하지만 오늘날 우리가 이러한 잘못된 쓰디쓴 경험을 타산지석으로 삼아서 충분히 반성하고 있는지 아닌지 굉장히 의문스럽습니다. 문학이라는 것은 특히나 관념적인 특징을 갖고 있습니다. 이러한 문학의 관념성이라는 것은 우리가 생각하고 있는 것보다도 뿌리깊은 것입니다. 오늘날 우리들은 시국을 해부하겠다는 지식인을 보지만, 문학자는 이데올로기 강연자가 아니며 또한 해설자도 또한 선전가도 아닙니다. 문학자는 작품을 만들어내는 근로자입니다. 노동자입니다. 이것은 실로 간단한 사실입니다. 이 간단한 사실이 독선적인 이념하에 감추어져 있었다는 것만큼 오늘날 이렇게 한심한 일도 없다고 생각합니다. 최근 문학계 표면에 나타난 움직임을 보자면 전통으로 돌아가라고 하는 것과 같은 말이 빈번해지고 있는데, 이 높고 큰 소리 속에서 과연 전통이 살아있는가 하면 그렇지 않습니다. 이것은 또한 전통이라는 것이 관념적인 것이 아니며 전통은 오히려 길道이라고 하는 간단한 사실을 잊어 버렸기 때문이라고 생각합니다. 전통은 물건이 아닙니다. 전통은 현실입니다. 사실입니다. 전통은 존재하는 명확한 형태입니다. 예를 들어 문학의 전통이 어디에 있냐고 한다면 우리들이 소유하고 있는 문학적 자산에 있습니다. 이 문학적 자산의 명확한 형태야말로 문학의 전통이며 그러한 것으로 문학의 전통을 우리가 계승한다고 하는 것은 결국 옛 사람들이 고심해서 명확한 형태로 만든 것을, 고심하고 정려하여 경험한다고 하는 길 외에 방법은 없습니다. 문학적 전통이라는 것을 관념을 통해 구하는 것은 무엇보다도 힘든 일이라고 생각합니다. 이것은 노력하지 않으면 알 수 없습니다.

문학자는 철저한 실행가가 되어야 합니다. 실행가는 사상을 통해 인격의 향상을 꾀하지 않으면 안 됩니다. 실행가는 인격을 실제로 단련하는 것을 우선시해야 한다고 생각합니다. 그것이 문학자가 실행가인 이유이며, 문학자는 사상을 깊이 단련하여 쉽게 표면으로 드러내지 않는 특징이 있습니다. 문학자의 실행이라는 것은 말씀드릴 것도 없이 쓰는 것입니다. 쓰는 것은 말하는 것이 아닙니다. 물론 말로 해도 상관없습니다. 말로 해서 되는 것은 말로 해서 끝내는 것입니다. 하지만 말로 해도 어찌할 수 없는 중요한 것이 있습니다. 이것을 문학자는 창작이라는 실행방법으로 보여주는 것입니다.

문학자라는 것은 흉중에 감춘 것을 단지 작품을 창작한다고 하는 실행을 통해 해결할 수밖에 없는 것입니다. 물론 이러한 문학자의 대 제휴 운동이 생활과 정신 등 다양한 총화를 필요로 하는 것은 논할 필요도 없습니다. 문학자의 진정한 화和라고 하는 것은 실제 문학자의 작품이라는 실행을 통해 기뻐하고 혹은 괴로움을 나눠 갖으면서 나타날 수밖에 없는 것입니다.

이러한 것을 생각해 보면 제휴라는 것은 굉장히 어려운 일입니다. 요컨대 우리들은 이 제휴라는 것이 전쟁과 강하게 결부될 수밖에 없다는 사실을 실제로 각오하지 않으면 안 된다고 생각합니다. 우리들은 필승의 신념을 굳게 갖고 있습니다. 승부에서 영미에게 승산이 있을 리 없습니다. 영미가 격멸된 그 날에도 우리들의 총화總和는 계속된다는 각오가 필요하다고 생각합니다. 제 발언을 끝내겠습니다.

의장

오전 회의를 끝냅니다. 오후는 1시 15분부터 개회하겠습니다.

[오후 회의까지 35분 휴게]

[오후 1시 50분 재개]

기쿠치 의장

지금부터 결전회의를 재개합니다. "인도독립 성원"이라는 제목으로 노구치 요네지로 씨에게 부탁합니다.

인도독립 성원 천 명 달성에 끓어오르는 열혈

노구치 요네지로野口 米次郎

최근 미얀마는 이미 독립했고 필리핀의 독립도 눈앞으로 다가왔습니다. 지나에서는 조계가 환부되고, 치외 법권이 철폐되고, 영미 권익이 개방되면서 실로 획기적인 일이 일어났습니다. 또한 태국은 40년 내의 현안이었던 말레이 네 개 주와 샨 두 개 주를 신영토로 편입해서 오랜 숙원을 달성했습니다. 이러한 상태인데도 인도에 대해서 어째서 무관심한 것인지 생각해 봅니다. 동양의 여러 나라가 경사스러운 기운에 재회한 것은 일본이 영미의 다년에 걸친 침해를 배제한 결과에 다름 아닙니다. 일본이 도의적 세계관 위에서 불퇴전의 결의를 갖고 일본 역사상 미증유의 대희생을 치룬 결과에 다름 아닌 것입니다. 저희들은 전쟁이 비참한 것을 잘 알고 있습니다. 지나치게 잘 알고 있습니다. 그럼에도 불구하고 이 대규모의 전쟁을 수행하는 것은 다름 아니라 일본이 아시아를 아시아답게 하려는 신념에 불타고 있기 때문입니다. 우리나라는 사욕이나 자기 채산을 위해 전차를 달리게 하고 비행기를 날리고 있는 것이 아닙니다. 우리는 같은 혼을 지닌 이웃 나라 모든 민족의 영원한 평화와 공존공영을 고려하여 일도양단의 처치를 한 것입니다.

이것이 우리나라가 아시아에 대한 하늘의 사명을 다하는 것이 아니고 무엇이란 말입니까. 검은 흉凶한 것이 아닌지요. 실로 흉기인 것에 틀림없습니다. 하지만 적국을 향해 칼집을 휘두른 경우, 그것이 파사현정破邪顯正의 위업을 달성한 것이 틀림없다고 믿습니다. 우리 일본인은 현재 적어도 팔 할 정도의 훌륭한 전과를 달성할 수 있어서 인접국 제 민족에게 그 기쁨을 나눠드릴 수 있음을 기쁨으로 생각합니다. 저는 팔 할 정도의 전과라고 말씀드렸습니다. 실제로도 그렇습니다. 나머지 이 할을 우리가 달성하지 못한다면 아시아의 해방을 완성할 수 없습니다. 즉 인도는 더욱더 영미의 노예국으로 전락할 것이며 그 질곡은 한층 강화될 것임을 여러분도 잘 아시리라 봅니다. 돌아보면 인도는 아시아문화의 발양지입니다. 아시아 제 민족은 하나가 돼, 풍부한 기원으로부터 영수靈水의 부여賦與를 받지 않은 자가 없습니다. 요컨대 인도는 아시아의 본가입니다. 이 본가, 어머니의 나라가 자유와 독립을 얻지 않고 영미의 무제한적이고 제멋대로의 폭력하에서 신음하고 있는 것을 우리 일본인은 도무지 이해할 수 없습니다. 저는 동양인 모두의 치욕이라고 믿고 있습니다.

여러분, 4년 전 저와 타고르 씨가 일지사변에 관해서 주고받은 문장을 기억하시리라 봅니다. 이 존경스러운 인도의 노시인과 제가 아시아가 아시아다워지는 신념에 대해서 뭐라고 했는가. 저는 여러분이 떠올려 주셨으면 합니다. 그는 이것을 정치적 허위다, 그의 말에 따르면 약한 나라를 기쁘게 하는 모든 덕성을 갖고 있는 말이라고 조롱했습니다. 아마도 이 신랄한 말은 그가 일생 중에 뱉은 가장 신랄한 말일지도 모릅니다만, 그의 말은 얼토당토하지 않은 것입니다. 그는 일본의 진의를 제대로 이해하려고 노력하지 않았습니다. 그래서 저는 그에게 그렇다면 아시아는 아시아의 것이 아니어도 좋은가 하고 되물었습니다. 일본은 오늘날 팔굉위우八紘爲宇의 전통에 따라 아시아 민족 각각이 자신의 역할을 다하면서 도의를 지킬 수 있도록 이 사상을 착실히 실행해 왔습니다. 오늘날 일본에 대한 침략국의 역선전을 정면에서 파괴해 온 것입니다. 일지사변 때 인도의 상황을 보면 인도의 국민회의파 사람들에게 일화배척日貨排斥을 제창하고 지나로 파견할 야전 위생반을 위해 기부금을 공모한 적도 있습니다. 일본을 제국주의의 첨단으로 보고 단순히 약소국을 괴롭힌다고 오해한 인도인도 있었으나 그때 인도는 장제스에게서 놀랄 만한 지도정신과 새로운 시대의 창조력을 봤던 것입니다.

그럼에도 불구하고 그 후 형세는 일변해서 장제스가 영국의 노예가 된 인도에 건너갔습니다. 영인英印 합작의 항일전을 책략하게 되면서 처음으로 인도인은 그를 통해 자유와 독립의 사도使徒가 아니라, 적국 영미의 추악한 모습을 보지 않을 수 없게 되었습니다. 일본이 영국을 미얀마로부터 배제하여 이른바 미얀마 루트를 차단했을 때, 장제스는 더 이상 영미에 의존할 수 없다는 것을 한탄하면서 도의에 지배되지 않는 반항자의 말로를 드러내고 있습니다. 여기에 이르러 제가 생각한 것은 만약 타고르가 오늘 살아있다면 그가 과거에 했던 장제스 예찬을 과연 어떻게 평가할 것인가 하는 점입니다.

간디 옹에 대한 저희 일본인의 경의는 예부터 변함이 없습니다. 저는 수차례 간디에 대한 경의를 글로 표해 왔습니다. 간디가 결의와 열정을 독립이라는 두 글자에 응축해서 모두 도의에 바친 것을 생각하면 정말로 눈물이 흐를 것 같습니다. 그는 인도의 애국자입니다. 광범위한 예언자입니다. 그는 옛 인도에 성자가 있었던 것처럼, 고담枯談과 순일로 환원하여 사상의 배치를 바르게 한 일억의 수행자입니다.

실로 그의 고투에 찬 역사는 세계 어떤 성현에도 맞설 수 있는 것이라고 봅니다. 하지만 저는 그가 80의 성공을 거뒀지만, 남은 20은 그의 도의만으로는 달성할 수 없다고 생각합니다. 음양 두 가지가 결합해서 천리를 이룬다고 말합니다만, 인생은 확실히 강약의 이중태二重泰입니다. 저희 일본인은 문과 무가 다르다고 가르치지 않습니다. 즉, 그 두 개 다 같은 모체로부터 태어난 인간력의 표현이라고 생각합니다. 간디는 확실히 현자입니다. 그는 현실의 승리에 스스로 다른 길이 있음을 알고 있었을 것입니다. 저는 그렇게 믿습니다. 그래서 인도가 최선으로 목적을 달성하는 것이 불가능하다면 저는 그가 제이의 최선을 통해 길을 구하는 현자라고 믿고 있습니다. 저는 간디가 1921년 타고르와 논쟁을 했을 때 뭐라고 했는지를 떠올려봅니다. 그는 외쳤습니다. 시인도 비나를 옆에 두고 수차를 돌려주시기 바랍니다. 집이 불탔습니다. 그 와중에 시는 무용합니다. 불을 끄기 위해서는 물이 필요합니다. 바치츠다, 의자다 이렇게 말합니다. 이제 인도에 불이 붙어서 큰 화재가 집에 일어났습니다. 스바스 찬드라 보스의 출현이야말로 지극히 당연한 하늘의 뜻이라고 믿지 않을 수 없습니다.

어떻게 하면 그가 인도의 화재를 끄는 물이며 바치리일 수 있을까요. 보스는 베를린에서 일본으로 날아와 도조 수상과 만나, 일본은 인도에 원조를 아끼지 않겠다는 확약을 얻었습니다. 보스의 돌아갈 곳은 영미 격퇴 하나뿐입니다. 또한 일본이 귀의할 것도 그곳입니다. 여기에서 양자가 서로 껴안고 적진을 바라보는 것은 당연한 것입니다. 저는 보스의 입에서 검에는 검을 통해 응수한다는 결의를 들었습니다. 저는 다년에 걸친 이 용기 넘치는 말을 인도인으로부터 들으려고 얼마나 기다렸는지 모릅니다. 그는 현재 소난昭南에서 인도 국민군을 지도하고 모국 구원의 정도征途에 이르려고 하고 있습니다. 그는 날카로운 변설로 자설을 주장하는 의기를 통해 동포 인도병에게 죽음의 희생을 요구하고 있습니다. 또한 그는 가까운 시일 내에 임시정부를 만들려고 하고 있습니다.

저는 여기 모인 여러분의 찬성을 통해, 대동아문학자대회의 이름으로 결의문을 작성해서 보스를 성원하고 용기를 주려고 생각합니다. 저는 여러분으로부터 만장일치의 찬성을 얻는다면 얼마나 기쁠지 모르겠습니다. [박수]

의장

이 문제에 대해서는 인도 독립 연맹 근빈槿濱 지부장 메타니 씨로부터 발언의 기회를 달라는 요청을 받았습니다. 회원은 아닙니다만, 여러분의 찬성을 얻어서 발언을 허가하고자 합니다. 어떠신지요. [박수] 그러면 발언을 허락합니다.

일어서는 인도민족 — 진정을 토해내는 메타니

메타니 (인도)

의장 및 대동아문학자 제군, 저는 작년 참관자 중 한 명으로서 이 회의에 열석할 기회를 얻었습니다. 더욱이 오늘 제2회 대회에 초대를 받아서 출석하는 영광을 얻어서 정말로 기쁩니다. 국민이 단결하고 또한 각국의 유능한 인재들이 자신의 견해를 피력하여 각국의 문화를 계발啓發할 때 문학자의 힘이 필요합니다. 또한 모든 사람들이 국가에 대한 자신의 의무와 책임을 자각하는 것도 문학자의 힘에 빚지고 있습니다.

위대한 일본의 힘으로 이 대동아전쟁은 아시아 사람들을 한곳에 모이게 하여 동아공영권을 더욱더 확고히 하고 서로의 견해를 말할 수 있는 기회를 안겨줬습니다. 동아의 모든 지방에 지배권을 쥐고 있던 앵글로색슨 및 네덜란드인의 아시아 개발은 동아 각국이 본래 갖고 있던 문화 부흥에 하등 도움이 되지 않으며 단지 그들의 독점적 문화 사상을 이식할 뿐이었습니다. 인도문화는 아시아에서 가장 역사가 오래된 것으로 고대에는 훌륭하고 혁혁한 공헌을 했습니다. 특히 베다 시대에는 종교, 무술, 상업, 농업, 공업, 의학 등 각 방면이 한층 발달하여 정신적 문화 방면에서 비상한 발전을 이뤘습니다.

『위대한 마하바랏The Great Mahabharata』의 저자 시 베드 비야스Si Ved Vyas처럼, 『라마얀Ramayan』을 쓴 툴시다스Tulsidas 혹은 철학, 과학, 천문학, 의학 등에서도 충분히 좋은 저작이 있습니다. 특히 킨크릿토어를 통해 종교, 철학 방면에서는 위대한 공헌을 하고 있으며 근세에는 세계적 시인인 타고르나 사로지니 나이두Sarojini Naidu를 낳았습니다. 영국의 침략으로 여기 모든 것은 영국식으로 변화돼, 인도 본래의 문화 장려를 위해서는 아무 것도 할 수 없습니다. 인도는 종교상의 위인 석가, 크리소나, 가무, 찬도라를 낳았습니다. 현재에는 스바스 찬드라 보스 씨가 별안간 동아에 나타나 강력한 인도국민군을 편성했습니다. 가까운 장래에 인도는 반드시 다른 숙달된 유식한 지도자와 함께 우리의 문화, 정신, 산업, 종교 등의 모든 부분에서 큰 자극을 받아서 과거의 빛나는 전통을 부활시킬 것입니다.

다음 대회에는 꼭 독립국 인도로부터도 뛰어난 문학자가 회의에 참여하여 동아공영권 확립을 위해 최선을 다하리라고 확신합니다. 인도가 독립되어야지만 전 아시아의 번영은 더욱더 위대해지고 아시아에 다시 문화, 종교, 상업, 농업 등 그 막대한 자원과 최대의 인구로 무장한 나라의 지도자가 되어, 역사의 중심이 될 것이라고 생각합니다. [박수]

의장

지금 인사로 인도 민족의 심정이 보이는 듯한 기분입니다. 다음으로 "필리핀 섬 독립에 대표 파견"이라는 주제로 기무라 기 씨에게 부탁드립니다.

필리핀 섬 독립 대표 파견—선배 문학자의 비원 되살아나다

기무라 기木村毅

오늘 아침 신문에 나왔던 것처럼 필리핀 독립 준비는 라우에르 위원장의 통솔하에 착착 진행되어 우리는 가까운 장래에 남방 바다위에 형제 독립국의 탄생을 맞이할 겁니다. 포악한 영미에 희생이 된 나라가 훌륭한 독립국이 되어 다시 태어나는 것은 세계 오천 년 역사 가운데 실로 필리핀과 미얀마가 처음입니다. 이것을 지금까지 도와주고 이끌어준 일본은 실로 세계사에 지금까지 없었던 훌륭한 것을 달성했습니다. 대동아전쟁이 성전이며 도의의 전쟁이라는 것은 이것 하나만 보더라도 명료합니다. 이러한 세계 역사에서 미증유의 성전盛典에 우리 문학자가 참여하여, 혁혁한 황도 정신의 빛남과 양양한 대동아 부흥을 구가 찬미하여 만대에 이르는 영원한 기록을 남기는 것은 대동아문학자의 당연한 책무라고 생각합니다. 게다가 필리핀이라는 지명은 꼭 바꾸지 않으면 안 됩니다. 필리핀은 필립2세의 이름을 딴 것으로 서양 침략자의 이름을 이 대동아 지역에 남기는 것은 결단코 허락할 수 없습니다. 그러므로 우리 문학자는 지도하는 위치에 있는 일본이 만족하고 또한 필리핀 사람도 만족할 수 있는 이름을 생각해 내는 것이 좋지 않겠냐고 생각합니다.

더욱이 필리핀 독립에 문학자 대표를 파견하고자 합니다. 지금부터 50년 전 필리핀이 미국에 영유되었을 때 아귀날도 장군은 용맹하게 반미 독립을 외쳤으나 그것을 구해준 것은 그 어느 나라도 아닌 일본뿐이었습니다. 그리하여 일본에서도 조야의 명사라든가 귀현 등의 사람에 이어서 육군 대위 하라테原禎, 육군 중위 나가노 기토라長野義虎, 육군 하사관 나카모리 사부로中森三郎 등의 소장 군인, 미야자키 도텐宮崎滔天, 간누마管沼貞風, 히라야마平山周 등의 민간 유지, 그 외 문학자가 힘을 보탰습니다. 문사 가운데서는 몇 사람인가 힘을 보탰습니다. 소설가 야마다 비묘山田美妙 씨는 『아귀날도あぎなると』라는 소설을 썼습니다. 하세가와 텐케長谷川天渓 씨가 그 무렵 동양 제일의 잡지로 불린 『태양太陽』 편집자로 일하면서 일본에 온 독립군의 수령, 미리야노 본세의 기사나 사진을 내걸고 성원을 했습니다. 그리고 기무라 다카타로木村鷹太郎 씨, 시인 히라키 하쿠세이平木白星 씨는 아귀날도에 보내는 굉장히 긴 시를 지었습니다.

그 후 모험 소설가인 오시가와 슌로押川春浪 씨는 이것을 제재로 소설을 써서 그 당시 우리들을 배무용약하게 했습니다. 메이지 시대의 문사라고 하면 이슬을 마시는 은자라고 생각할 것임에 틀림없습니다만 현실에서 그것은 쉽지 않습니다. 문사는 대동아의 건설을 위해서 이렇게 적극적으로 움직이고 있습니다. 그리고 북지로부터 만주에서 활약한 것은 하세가와 후타바테長谷川二葉亭3 씨밖에 없습니다. 필리핀 독립에 관해서는 소설가를 비롯해 평론가와 시인 등의 문학자들이 나서서 궐기했습니다. 요컨대 문학의 온 힘을 결집하여 임하고 있는 것인데 문학운동은 실로 이러한 것이어야 한다고 생각합니다. 당시 식자들 가운데는 자유, 평등, 박애의 나라 미국에 사로잡히는 편이 좋다고 하는 경박한 사고를 지닌 사람도 있었습니다만 이는 잘못된 것입니다. 침략해 오는 것은 미국이든 어디든 나쁘다

---

3   후타바테 시메이를 말한다.

는 생각으로 아귀날도 장군을 뒤에서 지원했는데 이것은 실로 메이지 시대 우리 선배 문사들의 올바른 직관이었습니다. 더욱이 쇼와 성대에 이르러 우리 문학자는 이러한 훌륭한 전통이 있음을 잃어버린 경향이 있습니다. 마침 이번 대동아전쟁 발발과 동시에 문학자는 그 태도를 고쳐먹고 이러한 대회를 열어서 성전완수와 완승을 기원하며 맹세하고 각자의 직분에 따라서 이에 임하는 각오를 표명하고 있습니다. 그렇다고 한다면 이 깊은 역사적 인연이 있는 필리핀의 독립에 당면해서 우리 문학자 대표를 보내서 축하를 표하고 싶다고 생각합니다.

또한 쑨원孫文 선생도 필리핀 섬과의 관계를 말씀하셨는데 실은 쑨원 선생은 필리핀 독립에 적지 않은 관계가 있습니다. 쑨원 선생과 마리세노 본세는 서로 연락을 취하여 "함께 일본을 따라서 나아갑시다. 일본의 원조 없이는 동아문제는 무엇 하나 성공할 수 없습니다"라고 서로 말했습니다. 이는 마리세노 본세의 저서에 확실히 적혀있습니다. 저는 여기서 당시 주고받은 일본 문학자와 쑨원 선생의 서한집을 가져왔습니다. 이것을 중국 대표 분들에게 꼭 보여드리고 싶습니다. 여기에는 쑨원 선생이 일본 기모노를 입고 마리세노 본세와 사진을 찍은 것이 실려 있습니다. 그래서 지나의 혜주혁명惠州革命이라는 것은 필리핀의 독립 자금 6만 5천엔을 쑨원 선생이 융통해서 일으킨 것입니다. 이렇기 때문에 중국 대표 분들은 돌아가시게 되면 왕징웨이汪精衛 선생, 림보솅林柏生 선생에게 마리세노 본세와 쑨원 선생의 이야기를 해 주시고 동생의 나라가 태어나는 이 때 중국에서도 대표를 꼭 보내주셨으면 합니다.

의장

　기무라 씨의 제의는 굉장히 적절하며 실질적으로 노력하고자 합니다. 다음으로 "미얀마 독립을 향한 축의와 성원"에 대해서 다카미 준 씨의 이야기를 듣겠습니다.

저 멀리서 대회에 호응—미얀마 독립을 향한 축의와 성원

다카미 준

　저는 작년에 미얀마에 다녀왔는데 대동아문학자대회 제1회 회의엔 유감스럽게도 출석할 수가 없었습니다. 작년 대회가 개최되었을 때 저는 미얀마에서 일을 하고 있어서, 미얀마 문학자들과 만나서 무언가 단체를 만들고 싶다, 일본문화를 배우고 새로운 미얀마 문화의 수립을 위해서 새로운 문학자 단체를 만들고 싶노라고 의논을 했습니다만 마침 그때 대동아문학자대회가 열리고 있다는 소식이 전해졌습니다. 이것은 여러분도 이미 상상하실 수 있으시겠지만, 미얀마 문학자들에게 그 소식은 여러분이 상상하는 것 이상으로 큰 기쁨이었으며 커다란 응원이었습니다.

　작년에는 유감스럽게도 미얀마에서 대표를 보낼 수 없었지만 서로 모여서 대동아문학자대회의 모습이 어떠할지 일본의 작가와 미얀마의 문학자들이 친밀하게 무릎을 맞대고 이야기를 나눴습니다. 이것이 꽤 큰 자극을 주었고 그 직후 미얀마 문학자를 변화시켜서 미얀마저술가연맹이라는 것이 생겼습니다. 이야기가 옆으로 샜습니다만 마침 그 무렵은 미얀마에서 반공작전을 더욱 크게 부르짖을 수 있던 때로, 이미 적기가 랑군에 공격해 들어와서 포악한 맹폭을 가했습니다. 말하자면 미얀마 저술가 연맹은 전화 속에서 늠름하게 일어섰다고 말씀드리지 않을 수 없습니다. 이 전화戰火 속에서 태어난 미얀마저술가연맹을 이 대회에서 환영할 수 있을 것이라고 생각했으나 시일이 촉박해서 맞이할 수 없었습니다.

하지만 대동아문학자대회에 호응하여 미얀마 작가들은 놀라운 적의 맹폭하에서 미얀마작가대회를 열고 있습니다. 여러분도 신문을 보고 이미 알고 계실 것이라 생각합니다. 저는 미얀마 작가들에게 이 놀라운 대동아문학자대회의 실제 모습을 빼곡하게 적어서, 이를 대동아문학자대회 이름으로 통해 미얀마작가 단체에 보내고 싶다고 생각합니다. 아시다시피 미얀마는 오랜 숙원 속에서 일본의 도의적 지원하에 독립을 달성할 수 있었습니다만, 이는 단지 미얀마 스스로가 바라왔던 것만은 아닙니다. 아시는 바대로 미얀마는 적과의 전쟁 제일선에 위치하고 있어서 거기에서 독립을 선언하고 깃발을 내건다는 것은 대동아전쟁의 일익으로 한 축을 이뤘음을 의미합니다. 이번 대회는 결전문학자대회라는 이름을 내걸고 있습니다만 제가 생각하기론 우리도 결전 문학자이며 미얀마의 문학자도 말 그대로 결전 문학자라고 생각합니다.

저는 이 미얀마작가 단체의 작가들을 향해서 오랜 숙망인 독립을 성취한 것에 대한 기쁨의 축사와 함께 독립의 대업을 웅대하게 추구하는 것은 대동아전쟁의 일익으로 참전하는 것이라는 점에서 경의를 담아 인사말을 보냅니다. 그리고 방금 말씀드렸던 이 내용을 가능한 빼곡하게 적어 미얀마로 보내고자 합니다. 이것이 현지에 있는 미얀마 작가들에게 얼마나 큰 호소가 될지 어느 정도의 큰 성원이 될지 모릅니다. 다행스럽게 찬성을 얻게 된다면 회의가 끝났을 때 내용을 써 주신다면 미얀마 작가단체에 보내려 합니다. 더욱이 미얀마 작가단체에 보낸다는 것은 즉 미얀마의 모든 사람들에 대한 성원이 된다고도 할 수 있습니다. 이것으로 제 발표를 끝내겠습니다.

　다음으로 "조선의 징병제 실시와 문학자 활동"이라는 제목으로 최재서 씨에게 부탁드립니다.

결전 조선의 급 전환—징병제 실시와 문학 활동

최재서 (조선)

　아시다시피 조선에서는 오는 8월 1일부터 징병제 및 해군특별지원병 제도가 실시되었으며 반도의 청년들도 대동아전쟁의 제1선에 설 수 있게 되었습니다. 말씀드릴 것도 없이 조선은 일본제국의 일부이며 모든 은혜를 입었음에도 불행하게도 지금까지 장정들을 전선에 보낼 수 없어서 실로 부끄러워서 몸 둘 바를 몰랐습니다.

　우리는 결코 전쟁을 방관할 수 없었으며 결과적으로 자칫하면 전쟁을 방관하는 듯한 입장에 서 있게 된 것은 실로 쓸쓸할 뿐만이 아니라 심각한 고충조차 있었습니다. 이것을 염두에 둔다면 작년 5월 8일 징병제 개정이 처음으로 발표되었을 때 전 반도를 엄습한 감격의 폭풍을 쉽게 이해할 수 있습니다. 예를 들어서 설명하자면 어두운 구름을 꿰뚫고 나오는 찬연한 태양이 모습을 드러낼 때와 같은 청신함이라고나 할까 상쾌함이라고나 할까 평생 잊을 수 없는 깊은 감격을 느꼈습니다. 말씀드릴 것도 없이 병마兵馬의 큰 권한은 천왕폐하의 통솔하심에 있으며 병역은 일본 국민의 가장 신성한 의무입니다. 이 신성한 의무를 부여받게 되어 광휘 넘치는 황군의 일원으로써 참가를 허락받은 것이야말로 일시동인一視同仁의 크신 마음이

【자료 3】 최재서, 「결전조선의 급전환」, 『문학보국』, 4면

나타나심이라고 생각하며, 내선일체의 대 이념은 이것을 통해 구체적인 표현을 얻게 되었다고 생각합니다. 이처럼 획기적인 제도가 문화 가운데서도 문학의 세계에 영향을 미치지 않는다는 것은 있을 수 없으며 조선문학은 일본 내지의 신체제 운동 이후, 즉 쇼와 14년(1939) 가을 이후 의식적으로 또한 급속도로 전환되었고 혁신을 수행했으며 오늘날 국민문학國民文學 운동이 전개되기에 이르렀습니다. 그 도중에서 저는 두 가지 커다란 전환기를 발견합니다. 즉 쇼와 16년(1941) 12월 8일 선전 조칙宣戰の大詔을 선언하셨던 때가 그 첫 전환점이었으며 쇼와 17년 5월 8일 징병제 실시 발표를 들었을 때가 두 번째의 전환점입니다. 비교적 유럽문학의 영향하에 있었던 조선문학이 대동아전쟁 발발과 동시에 자유주의 문학과의 결별을 결의하고, 드디어 일본적 세계관에 들어간 것은 매우 당연한 것이나 실로 획기적인 일이었습니다.

시간관계상 하나하나 그 구체적인 작품을 열거하는 것은 생략합니다만 확실히 이때부터 조선문학은 전환을 이뤘습니다. 하지만 여기에도 더욱 크고 심각한 영향을 조선문학에 안겨준 것은 그 무엇보다 징병제 실시입니다. 그 첫 번째 영향은 국어문학國語文學으로의 전환이라고 할 수 있습니다. 아시다시피 조선문학은 지금까지 언문을 통해 쓰여졌습니다. 하지만 이 언문문학은 40년 역사를 갖고 있습니다. 이 언문문학이 하루아침에 국어문학으로 전환한다는 것은 사실상 실로 곤란한 일이었습니다. 하지만 우리는 단지 시대의 요청에 응해서 이 곤란을 극복했습니다.

두 번째 영향은 그처럼 확실한 형태로 나타나지만, 작가의 오래된 세계관 인생관에 철저한 변화를 안겨주었다는 의미에서 첫 번째 것을 능가하면 능가했지 결코 뒤떨어지지 않는 중요성을 지닙니다. 그 두 번째 영향이라는 것을 저는 건국 관념의 파악이라 부릅니다. 조선의 지식계급이 상당히 오랜 기간 헤매고 있었던 것은 사실입니다. 하지만 솔직하게 말씀드리면 시간 의식이 불철저하다는 식이 아니라 보다 근본적인 무엇인가가 결여되어 있었습니다. 다시 말하자면 자동차에 축이 빠져 있어서 간 아래에서부터 치솟아 오르는 정열에 휩싸여서 전인격적인 전진을 할 수 없었습니다. 그러한 상태가 아니었나 하고 생각합니다. 여기에 징병제도가 실시되어 자신의 피와 생명을 걸어 국토를 방어하는 것이 결코 관념이나 이치의 문제가 아니라 현실의 구체적인 문제로 나타났습니다. 여기에 조선문학자들의 흉중에 있던 건국 관념이 들끓어 올랐던 것입니다. 문학자들이 건국 관념을 지녔음은 앞으로 조선문학이 웅대한 발전을 이룰 수 있는 기초를 만든 것으로 우리는 기쁨을 참을 수 없습니다. 왜냐하면 이것은 조선문학자들에게 커다란 목표로 흔들림 없는 신념의 근거지를 제공했기 때문입니다.

이제 조선의 중심적 작가가 그 방향을 오판해서 보유하고 있는 재능을 썩혀버리는 일도 없을뿐더러 그 정력을 분산시켜서 결국에는 아무것도 이루지 못했던 과거의 슬픈 현상도 앞으로는 그 모습을 감출 것이라고 봅니다. 물론 징병제가 의미하는 것은 반도 2천 7백만이 내지 동포 7천만을 도와서 성전을 최후의 승리로 이끄는 것입니다. 또한 우리가 전개하고 있는 국민문학이라는 것은 조선의 중심 작가와 내지의 중심 작가가 동일한 이상을 목표로 하고 대동아 건설에 매진하는 것입니다. 요컨대 조선인만을 상대로 하는 좁은 문학이 아니며 이것은 2천 7백만 동포를 뛰어넘어 1억 국민 더 나아가 아시아 민족 10억을 위한 문학임을 확실히 말씀드리는 바입니다.

의장

다음으로 "대동아문학 건설요강要綱의 설정"이라는 제목으로 티엔빙 씨에게 부탁드립니다.

건국정신의 현현에 대동아문학 건설요강의 설정

티엔빙田兵 (만주)

오전 중 여러분의 고견을 듣고 여기 열석한 문학자 모두의 마음이 열렬하다는 점에서 하나라는 것을 알게 됐습니다. 말씀드릴 것도 없이 대동아 건설은 단순히 영미에 대해 일본이 승부를 결정하는 전쟁이 아니라, 영미의 침략주의에 대한 아시아 전민족의 흥망을 결정해야 할 전쟁입니다. 과거 오랜 기간에 걸쳐 아시아 10억 민중이 얼마나 영미 세계 지도자에 의해 천민 취급을 당해왔고 핍박받아 왔는지를 알아야 합니다.

아시아 민족단결의 현실적 기초가 될 동아 국제 신질서 관계 및 새로운 문화의 근본 원리의 기본이 될 흥아이념의 확립에 기대지 않으면 안 됩니다. 이를 아시아 단결의 기초로 삼고 우선 본래 하나여야만 함에도 불구하고 영미의 책략으로 분열 상태인 아시아를 일치단결시키지 않으면 안 됩니다. 우리 문학자는 방금 고바야시 히데오 씨가 말씀 했듯이 노동자라는 심정으로 작품 창작에 전략을 다해, 서로 만들어진 작품을 통해 제휴하고 그 우정을 더욱더 불태우지 않으면 안 됩니다. 대동아문학자의 일치단결이 가능해질 때, 처음으로 아시아의 해방과 아시아의 부흥이 달성되는 것입니다. 우리 문학자에게 부여된 사명은 말할 필요도 없이 동양적 세계관 및 문화의 부흥, 신동양적 세계관에 입각한 문화의 수립을 꾀하는 것을 통해 인류를 행복으로 이끌어, 영미문화의 폐해로부터 세상을 구하여 세계적 사명을 달성하지 않으면 안 됩니다.

그 방법으로 우선 대동아문학 건설요강을 수립하는 것이 목하의 급무라고 생각합니다. 이하 문제에 대해 제 의견을 개별적으로 말씀드립니다.

1, 만주국에는 예문지도요강藝文指導要綱이 있습니다. 현재 정보국 제1부장인 무토武藤 각하가 만주국 홍보처장 시대에 우리의 의견을 충분히 참작하고 사려해서 작성한 것입니다.

2, 예문지도요강은 만주국의 예문이 건국정신을 기조로 하여 팔굉일우의 대정신이 미적으로 현현하는 것을 명확하게 한 것으로 이것으로 만주문학은 그 나아갈 방향을 매우 명확하게 할 수 있었습니다.

3, 문학 활동에서 요강의 설정은 자유로워야 할 문학 활동을 구속하고 속박하는 것과 같은 인상을 줍니다만, 우리의 경험으로는 이는 사실과 다르며 오히려 밝은 도표道標가 밝게 비쳐 이끌어줘서 얼마나 문학 활동의 영역이 넓어지고 윤택해졌는지 알 수 없습니다.

4, 대동아문학이념의 확립은 이 대회 최대의 성과가 될 것입니다. 그렇

다면 이것을 기록하고 대동아문학 건설 요강에 담아서 널리 공영권문학
자의 지표로 삼는 것은 정말로 필요하다고 믿기에 이것을 제안했을 따름입
니다.

의장

다음으로 "국내 지식층 획득 운동"이라는 제목으로 오다 다케오 씨에게
부탁드립니다.

결전하 최대 급무—국외 지식층 획득 운동

오다 다케오^{小田嶽夫}

오늘 대동아문학자가 한자리에 모여서 동아의 문학을 말하고 영미 격
퇴의 필진을 활발히 펼치고 있지만, 남방 지역의 대표가 없는 것은 굉장히
유감스럽습니다. 다른 의미에서 통한에 찬 일은 오늘날 동아의 일각에서
여전히 우리에게 칼을 겨누고 있는 일부 인사를 보는 것입니다. 말씀드릴
것도 없이 이것은 중칭 정권인데, 이 중칭 정권의 잘못에 대해서는 여기서
아무것도 말할 것이 없습니다. 다만 이 지역에 있는 중국 민중에 대해서는
생각해 봐야 할 문제가 있다고 생각합니다. 저는 작년 미얀마 작전에 종군
했습니다만, 미얀마 작전이 끝나고 랑군으로 철수한 후에 어느 중국인과
굉장히 친해졌습니다. 그 사람은 일본 유학 출신자로 마라이에서 교육사
업에 종사하고 있던 상당한 연배의 노인으로, 고향인 스촨성四川省에 보양
을 하러 돌아가기 위해 마라이로 향하던 도중에 인난雲南 국경 부근에서 대

동아전쟁이 일어나는 바람에 그곳에서 대기하고 있었습니다. 일본군이 도착하자 그는 일본군에 들어가서 이후 저희들의 일을 돕고 있습니다.

어느 날 그 중국인 노인이 술회하여 말하기를, 저는 일본 유학출신자이므로 일본에 대해선 상당히 잘 알고 있다고 생각합니다. 하지만 그런 저조차도 최근까지 어쩌면 일본이 중국을 멸망시킬 작정이 아닌가 하고 상당히 의심을 안고 있었는데, 이렇게 오늘 일본군 안에서 책상을 나란히 하고 일을 하면서 의심이 완전히 사라졌습니다. 하지만 저와 같은 사람조차 이런 상태였기 때문에, 일본에 대해 잘 모르는 일반 민중이 이러한 사실을 알아야 한다고 생각합니다. 장제스의 선전에 현혹되고 있습니다. 이렇게 말하는 것이었습니다. 그의 말은 아마도 진상에 가까운 것으로, 만약 정말로 그렇다고 한다면 언제까지고 그대로 방치해 둬서는 안 된다고 생각합니다.

중칭의 군대에 대해서는 일본군이 착실하게 분쇄를 하기 위해 노력하고 있습니다. 하지만 그 뒤에서 방패 역할을 하는 중칭 치하의 민중을 우리 쪽으로 끌어들이는 것은 또 다른 일입니다. 이에 대해서는 아마도 난징 국민정부가 그것과 맞서고 있습니다. 이에 대해서 중국 문학자 분들이 문학자적 표현력을 활용하여 정부에 충분히 협력을 하시고 있음은 굉장히 바람직한 일입니다. 또한 그 밖에 중칭 지구의 지식계급을 획득하는 문제가 있습니다. 지나사변은 어떤 의미에서 중국 지식계급으로부터 일어났다고 생각되지만, 최근 중칭 지구에 있는 지식계급은 과연 어떠한 생각을 갖고 있을런지요. 일본의 대 지나 정책을 앞에 두고 아마도 그들 대부분은 또한 깊이 생각을 고쳐먹고 있는 것이 아닌가 하고 생각합니다. 과거 오자키 시로 씨도 말했듯이, 어떠한 방법을 통해 이 지식계급을 우리들 쪽으로 빨리 끌어들이는 것은 동아의 문화, 문학운동을 위해서도 소중한 것입니다. 또한 장 정권을 명실 공히 지방 중벌重閥로 타락시킬 여러 방도가 있으며, 그 임무는 중국문학자 여러분의 양 어깨에 달려있다고 생각합니다.

중칭 정권하의 지식계급이 평화지구로 돌아오고 일반 민중의 마음이 중칭정부로부터 멀어진다면 중칭에 수백만의 대군이 있다고 하더라도 그것은 단지 유령에 지나지 않습니다. 이러한 것은 중국문학자 여러분이 충분히 생각하고 있으신 것이나 실제로는 매우 곤란한 임무라고 생각합니다. 다만 여기서 일부러 말씀드려 중국문학자 여러분께서 새롭게 결의를 해주신다면 매우 기쁘겠습니다. 우리들이 여기에 참여할 여지는 매우 근소합니다만, 필요에 따라서 중국 이외의, 일본 만주 혹은 몽강 등에 계신 분들이 가능한 협력을 아끼지 않으실 것이라고 확신합니다.

의장

지금 오다 군의 제안은 굉장히 중요한 것입니다. 다음으로 "권내 민중 획득 운동"이라는 제목으로 오자키 기하치 군에게 발언을 부탁합니다.

권내圈內 민중 획득 운동──지금이야말로 문학 전우 궐기의 가을

오자키 기하치尾崎喜八

전쟁은 마침내 결전 단계에 도달했으며 대동아전쟁이 마침내 그 면목을 발휘하게 됐습니다. 아시다시피 어제 대본영大本營 발표를 보면 앞으로 전과만을 발표하는 것만이 아니라, 전쟁의 실제 현실을 알리겠노라고 방침을 새로 세우고 있습니다. 오늘 여기에 자리를 같이한 사람들이 또 내년에 다시 모일 수 있을지 어떨지를 가늠하기 힘든 상황입니다. 어쩌면 우리가 살고 있는 세상에 폭탄이 요란하게 터져서 동포들이 속속 쓰러지는 현실이 벌어질지도 모릅니다.

이것은 그저 다른 세상의 일이 아닙니다. 우리 아시아 민족의 흥망을 건 현실의 대전쟁입니다. 동아의 혈족이 서로 단결하고 돕고 혹은 서로 부르고 대답하며 영미의 침략 홍수로부터 우리 자신을 해방시키려는 운명적인 대전쟁입니다. 이때 우리 문학자 가운데 한 사람이라도 방관자가 있는 것은 용서할 수 없습니다. 미美의 영원성, 추상성, 또한 문학의 관련성을 방패삼아, 옛 국제적인 문학적 태도나 인류 혹은 민족의 슬픔과 기쁨을 하나의 자연현상인 것과 같이 관찰하는 태도 등은 모두 배척하지 않으면 안 됩니다.

동포와 동족이 피를 흘리고 싸우고 있는 때에, 홀로 인류의 재난 위에 서 있는 것과 같은 태도를 취하거나 현자인 척 하는 자는 동포가 만드는 단 한 알의 쌀도 먹어서는 안 됩니다. 일부러 말씀을 드리자면 한 명의 구세주, 한 명의 현인이나 철학자보다도 민족과 함께 괴로워하고 민족과 함께 싸우며 기쁨과 힘이 될 처세의 원천을 발견해 내는 전사나 전우로서의 문학자가 필요합니다. 대동아전쟁은 다른 직능의 영역에서 일하고 있는 사람과 마찬가지로 문학자에 대해서도 그 나아갈 방향, 그 본연의 자세를 점차 변화시키고 있습니다. 이제 우리 문학자가 성스러운 밀실에 틀어박혀 창조에만 전념할 수 있는 시대가 아닙니다. 시인은 가장 아름다운 노래를 만드는 동시에 동포와 함께 희비를 나누지 않으면 안 됩니다. 만약 전시하에 노동력이 부족하다면 나서서 괭이를 쥐지 않으면 안 됩니다. 또한 일단 적의 공습이 시작되면 일어서서 스스로 민방공의 임무를 다해야 합니다. 일국의 문학자는 국민의 사랑을 받는 존재이며 사상의 전사입니다. 전쟁이 가열되면 될수록, 문학자의 목소리와 행동은 국민의 시각과 청각의 모범이 되는 것입니다.

대동아 권내의 민중 획득 운동이라는 것은 문학자의 위대한 영향력, 즉 그 문학적 활동과 사회적 활동을 통해서 그들의 필승정신을 고무 격려하는 운동의 표본입니다. 문학자의 뛰어난 직관력을 통해 인심의 추이를 포착하고 그들과 함께 함께 기뻐하고 괴로워 하며 전쟁 목적 완수의 열화를 끊임없이 그들 속에 불태우지 않으면 안 됩니다. 실로 오늘날과 같이 민중이 우리 문학자의 목소리와 행동에 주의를 하고 관찰하며, 기대했던 때는 없었다고 생각합니다. 문학자는 한편으로 민중의 지표입니다. 바로 곁에 설 기회가 많습니다. 그러한 우리가 민중의 마음을 획득하고 함께 성전을 완수하는 일에 매진하는 것은 오늘 여기 모이신 대동아문학자 전체의 임무이기도 하며 또한 이는 실로 영광스러운 일입니다. 제가 말씀드리는 민중 획득 운동, 이 운동 방법에 대해서 또한 앞으로 분과모임^{分科會}에서 다소 소견을 술회할 기회가 있을 것이라 생각합니다.

의장

다음으로 역시 같은 문제로 "남방화교 획득운동"이라는 제목으로 첸푸 씨에게 부탁드립니다.

사상전선의 청향화^{淸鄕化}—남방 화교 획득운동

첸푸^{陣璞} (화중)

대동아전쟁은 전 동아민족의 생존에 관한 문제입니다. 바야흐로 전쟁 국면이 심상치 않은 시기로 문학자가 사상전의 중임을 짊어지고 대동아문학자가 한 덩어리가 돼서 싸우는 것이, 얼마나 중대한 것인지는 이론상 이미 여러분들로부터 상세한 지도를 받은 그대로입니다. 굉장히 가치 있는 의견이라고 생각합니다. 현재 제 개인의 의견과 일치하며 이것을 어떻게 실천에 옮길 것이라는 문제를 말씀드리고자 합니다. 요컨대 어떻게 하면 이러한 이념을 동아 여러 민족의 뇌리에 집어넣을 것인가가 관건입니다. 제가 남방 화교 문제를 제기한 것은 이러한 실천 문제와 관련돼 있습니다.

저는 이전에 남방의 마라이, 스마트라 등의 지방에 가서 각 화교의 사정을 조사해서 마라이 반도의 고무와 은, 스마트라 및 보루네이의 석유 등이 전쟁에 중요한 지위를 점하는 물자임을 깨달았습니다. 화교는 이러한 자원의 생산에서 중요한 생산자입니다. 따라서 어떻게 하면 화교의 협력을 얻을 수 있을지가 중요합니다. 그들의 협력을 얻는다면 매우 큰 생산량의 증가를 얻을 수 있다고 봅니다. 이를 통해 전쟁 완수에 더욱더 큰 효과를 올릴 수 있을 것이라 생각합니다.

화교는 과거에 정치적, 경제적으로 영미의 압박을 받아왔습니다. 영미로부터 종족적 멸시를 받아서 대다수 화교의 영미에 대한 인상은 지금도 매우 좋지 않습니다. 그러므로 화교의 국가에 대한 관념은 매우 농후합니다. 중화민국의 혁명이 화교의 원조로 성공을 한 것도 당연한 일입니다. 따라서 이 화교를 사상적으로도 지도하는 것은 중요한 일이며 가장 좋은 방법으로 손쭝산孫中山(손문) 선생의 대아시아주의를 활용하는 방법도 생각해 볼 수 있습니다. 화교의 대부분이 존중하는 손쭝산 선생님은 대아시아주의를 통해 영미를 격멸하고 동아문화의 신념을 확립하는 것을 기했던 것입니다.

다음으로 문학자를 남방으로 파견하여 동아문학 확립의 열매를 얻을 필요가 있다고 생각합니다. 그리하면 남방 화교의 강력한 협력을 반드시 얻을 수 있다고 생각합니다. 그래서 이 운동은 수천만의 인심을 파악하고 확고한 결사를 만들 수 있어서 자원의 개발 방면에서도 전쟁 완수의 면에서도 화교로부터 상당한 협조를 얻을 수 있을 것이라 생각합니다.

의장

다음으로 "대동아문학자 총궐기"라는 제안으로 쓰다 쓰요시 씨의 말씀을 듣겠습니다.

결전 문인의 실천책實踐策 — 대동아문학자 총궐기

쓰다 쓰요시津田剛 (조선)

어제 발회식에서 맹세의 말씀을 해주셨던 것처럼 대동아전쟁은 바야흐로 결전의 날을 맞이해 우리 동양의 흥망은 정말로 일각에 달렸습니다. 실로 인류의 운명은 이 순간에 달려있다고 봅니다. 따라서 우리 문학자의 임무는 조금이라도 빨리 총력을 결집하여 문화전선에 참가하고 모든 것을 바쳐 전력화를 이루는 것이라 믿습니다. 싸워서 진다면 무슨 문화, 무슨 동양의 문예부흥이 있겠는가 하고 말해야 합니다.

다행히도 대동아 각 지역의 문학자가 한곳에 모여서 어제 확실히 맹약한 것과 같이, 우리는 바야흐로 생사를 함께 하는 전우이며 혈맹 동지입니다. 아시아의 운명을 짊어지는 해방의 선구자입니다. 이것을 구체화하여 실현하는 것이야말로 앞으로 대회의 진정한 목적이라고 생각합니다. 이러한 입장에서 저는 대동아 각 지역 문학자의 총궐기 운동의 전개와 그 구체적 방안에 대해서 한두가지 의견을 개진하고자 합니다. 대동아문학자가 바야흐로 일어설 때라는 소리는 모든 문학자의 생각이며 이에 대해서는 두말할 필요도 없습니다. 문제는 그것을 어떻게 구현하고 조직화 할 것이냐로 집약된다고 생각합니다.

저는 이번 대동아문학자대회에서 한 발 더 나아가서 대동아를 관철하는 항구적이고 또한 조직적인 문학단체를 결성한 것을 요망해 마지않습니다. 하지만 이것은 항구적인 문제이면서 또한 복잡한 문제이므로 지금 닥친 상황을 되돌아보고 일각일초를 다투는 결전하에서 무엇을 할 수 있을지에 대해 다소 구체적인 실천 방책에 대해서 말씀드리고자 합니다. 그 실천을 통해서 더욱 항구적이고 강인한 조직적인 문학단체로 발전해 가기를 바랍니다. 우리가 해야 할 일은 방금 말씀드렸듯이 전 동아에 걸친 모든 문화인의 영미문화 타도와 아시아 부흥의 기운을 하나의 조직과 운동으로 빠르게 정리해 만들어서 전력화하는 것입니다. 둘째, 이것을 이루기 위해서는 문학의 본질에 가까이 접하고 또한 그에 입각해서 실행할 수 있어야 한다고 생각합니다. 대동아전쟁의 결전이 최절정을 이루고, 인류문화사의 일대 전환을 이뤄 아시아 해방의 역사적인 날인 12월 8일을 기해, 대동아 지역에서 문학 총궐기 운동을 전개해서 영미에 대항해 검은 펜으로 대신하는 문화적인 일대 전쟁을 전개할 것을 제안합니다. 그 구체적인 대책으로 두 가지가 있습니다.

첫째 전동아 작가 총동원이며 하나는 발표 기관의 동원입니다.

우선, 12월 8일을 기해서 일본문학보국회가 중심이 되어, 각국 각 지역의 문학 단체가 일제히 결전 결의를 표명하는 작가대회를 열었습니다. 그 좌석에는 각 지역으로부터 상호 대표자를 파견했습니다. 미증유의 인류 문명 부흥을 이루고 영미 타도의 성전을 완수하기 위해서 서로의 전우 의식을 앙양하여 격려해 왔습니다. 예를 들어, 우리 조선에서는 만주국이나 화북 등으로부터 작가 대표의 출석을 부탁드립니다. 특히 일본문학보국회로부터 저명한 작가 분, 혹은 종군작가 분들을 전동아 각 지역에 파견하실 것을 열망합니다.

다음으로 12월 8일을 기원으로 하여 대동아전쟁을 싸워 이기기 위한 활발한 문학 활동을 전개하려고 하는 출석하신 각 작가 분들과 각 지역의 작가 분들에게 부탁드리고자 합니다. 각 지역에서 이 싸우는 문학작품을 위해서 문학 관계 잡지 12월호를 특집호, 혹은 기념호로 발행해서 작가 스스로 방금 말씀드렸던 펜을 통해 칼을 대신하는 정신을 품고서 이 고조되고 있는 대동아전쟁에서 싸워 이기기 위해 생생한 작품을 투고해서 싸우는 대동아 혈맹의 전우 의식을 문학을 통해 전세계에 보여주려고 합니다. 마지막으로 이 작품을 일본문학보국회에서 모아서 위대한 아시아 부흥의 역사적 문학작품집으로 오래도록 세계문학 역사상에 남기실 것을 부탁해 마지않습니다.

이상으로 다소 구체안의 세부 사항에 대해 말씀드렸습니다. 다행히 본회에는 각 지역의 문인, 잡지 관계자, 문화운동 관계자 다수가 한곳에 모여 계십니다. 이 분들의 노력으로 격심한 결전에 대해 싸우는 대동아문학자의 총궐기 운동의 첫발을 떼고자 합니다만, 여러분 어떠십니까. 요컨대 이 10억 아시아인의 운명을 걸고 사력을 다해 싸우는 것입니다. 선전 대칙이 내린 12월 8일의 감격을 다시금 되찾아, 전동아 문학자의 폭탄이 영미문학에게 하와이 기습, 말레이에서의 대패와 버금가는 충격을 안겨주고자 합니다. 10억 아시아의 솟아오르는 힘은 문단을 통해서 경합하는 힘을 갖고서 열렬한 힘을 포함하고 있노라고 믿고 있습니다. 저는 개회식의 엄숙한 맹세를 바로 행동으로 옮겨야 한다고 생각하며 인류의 적 영미에 대해 분노하는 마음으로 의견을 말씀드렸습니다.

전동아의 문학전사 제군의 찬동을 얻고자 합니다.

의장

    지금 하신 말씀에 대해 다소 의견을 말슴드리고자 합니다. 우리 문학자가 이 기회에 대동아전쟁 수행에 대한 정열을 표하는 것도 좋습니다만, 그 이상으로 이 정열을 펜을 통해 피력하는 것은 문학자로서 가장 필요한 것이라고 저는 생각합니다. 그러므로 쓰다 씨가 방금 12월 8일의 대전기념일에 그러한 작품을 발표하면 좋겠다고 하는 계획에 대해서 매우 찬성합니다. 대동아문학상 등에서도 그러한 창작 작품을 요구하는 것이 아닌가 하고 생각합니다.

    이 회의에 출석한 작가 분들은 꼭 이 회의가 끝난 후에 각자 나라로 돌아가서서 그러한 창작 활동에 전념해 주실 것을 부탁드립니다. 그러면 다음으로 "동양고전 부흥"이라는 제목으로 관루 씨에게 부탁드립니다.

여류문화의 교류 — 맹주 일본의 말에 따라 가라

관루關露 (화중)

    우리 동아민족은 사상도 문화도 같습니다. 그래서 여자에게는 여자의 임무가 있습니다. 여자의 가장 큰 임무는 남편을 따르고 아이를 교육하는 것으로, 여자는 가정 안에 있으면서 가사만 하고 세상에 대한 것을 전부 잊고 맙니다. 이것을 문제로 삼지 않는 것은 중국만이 아니라 동아의 다른 나라에서도 마찬가지입니다. 이 문학자대회에 여류 문인이 참가하여 지금 말씀드린 부인의 임무 외에, 문화 교류를 하게 돼서 대단히 기쁘게 생각합니다. 다만 이 경우 생각해 봐야 할 것은 지금까지 문화 교류, 서로의 사상의 소통에는 영어를 매개로 했습니다. 하지만 이제는 중국인이, 혹은 일본 사람이 외국말, 게다가 영어를 쓰는 것은 도저히 용서되지 않습니다. 부인 끼리 의사소통을 할 때 가장 곤란한 것은 언어의 부자유입니다.

그래서 우리 여류 문인이 이 대회에 참여하여 작가로서의 입장에서 노력하는 것 외에도 서로의 말을 아는 것이 중요합니다. 예를 들어 일본의 여류 작가 분들이 우리 중국의 말을 알고 우리도 역시 일본 말을 안다고 하면 여류문화 교류에서 중대한 역할을 이룰 수 있다고 봅니다. 이것이 가능해야 훌륭한 문화 교류가 가능하다고 생각합니다. 우리 대동아 인간은 같은 풍속과 습관을 지니고 있어서 서로의 말을 연구하는 것은 비교적 용이하다고 생각하며, 이에 대해서 특별한 노력을 기울여서 이 회의에서 여러분의 특별한 노력과 원조를 얻고자 합니다.

의장

다음으로 같은 문제에 대해서 요시야 노부코 씨에게 발언을 부탁드립니다.

요시야 노부코

여류문화 교류에 대해서는 저 외에도 내일 분과 회의에서 다른 분들로부터 이야기가 있을 것입니다. 저는 여러분을 대표해서 방금 관루 씨가 말씀하신 것에 대한 저희들의 마음가짐을 말씀 드리겠습니다. 관루 씨께서 말이 부자유 하다고 말씀하신 것은 실제적인 것으로 저희들은 일본어로 관루 씨와 이야기를 나눌 수 없습니다. 또한 저희들이 관루 씨가 알고 있는 중국어를 쓰면 되는데 그것도 할 수 없습니다. 결국 적국의 말을 통해서 말

을 해야 하지만, 말의 문제는 앞으로 다가올 시대의 아이들에게 말의 부자
유함을 안겨주지 않을 정도의 방법이 있다고 생각합니다.

　게다가 지금부터 때를 기다리면 실현될 것이라고 생각합니다. 그렇다
면 말이 부자유하다고 모르는 척을 하면 되냐 하면 그렇지 않기에, 대동아
여류문화의 교류가 이론이 아니라 실천으로 옮겨가기 위해서는 우선 문학
자 동지가 개인적으로 맺어지지 않으면 아무 것도 이룰 수 없다고 생각합
니다. 관루 씨와 점심을 먹으면서 이야기를 나누더라도 나라로 돌아가신
후 모르는 척을 하면 어찌할 수 없습니다. 작년에도 대회에서 만났던 분과
끊임없이 서로 의사를 소통했다면 무언가 접근할 수 있는 것을 얻지 않았
을까 합니다. 이번 관루 씨를 맞이한 것을 기회로 의례적이거나 사교적으
로도 관루 씨와 어울려 사이좋게 지내보고자 합니다. 30일에 제 집에 초대
해서 가능한 이야기를 나눠보려고 합니다. 그리해서 관루 씨만이 아니라,
관루 씨를 통해서 중국분들에게 저희들의 진심을 전달할 수 있다고 믿습
니다.

　지나친 꿈일지도 모르지만, 관루 씨와 어울려서 여자끼리 이야기를 나
눌 수 있다면 관루 씨를 통해 중국 여류 문학자와도 편지로 논전論戰을 해
도 좋을 것입니다. 그 정도의 꿈을 그리면서 교류하고 싶습니다. 말이 부
자유한 것은 장래에 편지 등을 쓰는 데도 지장이 있을지도 모르지만, 그런
것은 문학보국회에서도 회의가 끝난 후 무언가 문학보국회 기관을 두어,
개인적인 편지도 번역을 해서 서로가 교환할 수 있으면 좋겠다고 생각합
니다.

　대회가 끝난 후에 서로 모르는 척을 하는 것은 매우 서운한 일입니다.
또한 상하이에는 여성잡지 『여성女聲』이 있는데 이 잡지를 읽어본 적이 없
다고 하므로 그러한 일이 없도록 올해 안에 서로 만날 수 있는 기회를 얻고
자 합니다. 이에 한해서도 관루 씨가 오실 때 중국의 여성작가를 둘이건 셋

이건 함께 데리고 오셨으면 합니다. 저희 일본에서도 여류작가를 만나 뵙겠습니다.

방금 하신 말씀으로 저희들과 교류하고 싶다는 마음은 잘 알겠으므로 이번에 만난 것을 헛된 일로 만들지 않도록 커다란 꿈을 실현하고자 합니다. 이것은 제가 관루 씨에게 보내는 대답입니다.

의장

다음으로 구보카와 이네코 씨에게 부탁합니다.

부인 문제의 지도성—여류문학의 광석을 캐라

구보카와 이네코窪川稲子

문학이라는 전문적인 예술 영역에서 부인이 이룩한 공적은 문학 역사상 찬연히 빛나는 것이라고 생각합니다. 특히 일본에서 여성문학은 단순히 문학사 위에 남아있는 것뿐만이 아니라, 보다 높은 예술성을 통해 평가되고 있으며 오늘날 국민 전체 속에서 널리 읽히고 있습니다. 이는 오늘날 저희 부인 작가들의 기쁨이며 희망입니다. 하지만, 현재 문제로 말하자면 부인의 문화는 개별적인 것은 별도로 하고 일반적 의미에서 남자에 뒤처져 있습니다. 이것은 단순히 일본만이 아니라, 대동아 모든 나라에도 해당되는 것입니다. 대동아문학자대회에 모인 작가 수에서도 여성이 적은 것을 보면 자연스러운 생각이라고 할 수 있습니다. 꼭 이 점을 생각해 주시고 부인에 대해서 대회에 모이신 작가분들의 지도와 협력을 바라는 바입니다. 부인들은 단지 문화적으로 뒤처진 것뿐만이 아니라, 그 삼가는 미덕 위에서도 발표욕구, 창작욕구 등을 강하게 표출하지 않습니다. 부디 문학사 위에 빛나는 여성의 공적을 생각하시고 단순히 부인을 높이 산다는 의미만이 아니라, 문학을 넓힌다는 의미에서 부인들로부터 문학의 광석을 발굴해 주시기 바랍니다.

동시에 이와 관련해서 문학에 국한하지 않고 일반적인 계몽의 의미에서 부인잡지의 역할도 크다고 생각합니다. 저는 남방 여행중에 일본의 부인생활을 알고 싶다는 남방 부인들에게 일본의 부인잡지가 일본의 지도자에게도 유용하다는 점을 들어 추천했습니다. 또한 자국 문학으로 책을 읽는 나라의 부인들에게도 부인잡지는 친밀함과 매력을 갖고 있다고 생각합니다. 지나 부인들이 상하이에서 발행되는 부인잡지 『여성』을 보고 매우 기뻐한다고 들었습니다. 작년 상하이에서 『여성』 편집책임자인 줘진지左俊之 씨와 만났을 때, 그가 『여성』지상에 일본 소개를 하고 싶다고 해서 가부키 엽서와 일본 부인 수영 선수의 기사를 보낸 적이 있습니다.

만약 각지에 부인잡지가 있다면 저희들은 그것을 다 읽지 않더라도 지면의 분위기만을 보고도 현지 부인의 동향을 알 수 있습니다. 저희들은 그것을 읽고 싶다고 생각합니다. 일본문학보국회 여류위원회에 한부씩이라도 보내주시기 바랍니다. 그리고 『여성』지에 일본 소개기사를 우리들이 보냈듯이, 일본에서도 협력할 수 있는 일이 있다고 생각합니다. 일본 부인잡지에는 꽤 많은 대동아 기사가 실려 있으며 일본 부인을 소개하고 있습니다.

이러한 각국의 각 지역 부인잡지에, 일본을 소개하거나 일본 부인의 생활을 소개하면서 친선을 이뤄서 계몽이 된다면 매우 기쁘게 생각합니다. 또한 작가들이 조금씩 서로 도움을 나눌 수 있다면 일상시의 긴밀한 관계가 생겨나서 다음 대동아문학자대회에서 설령 처음 마주본다고 하라도 이미 서로 알고 있는 듯한 친밀함을 느끼며 만날 수 있다고 생각합니다. 우리가 그렇게 친밀하게 관계를 맺으며 부인의 능력을 발휘하는 일로 서로 이어지는 것은 매우 중요합니다. 이것은 오늘날 대동아전쟁을 완수함에 있어 커다란 힘이 될 것이라고 생각합니다. 그럼 부탁드립니다.

의장

그러면 오늘 회의는 이것으로 끝내겠습니다. 아침 9시부터 장시간, 매우 열심히 회의를 진행해주신 것을 의장으로서 감사히 생각합니다. 매우 실천적인 문제가 많아서, 내일 분과회를 열어서 논의를 진행하고자 합니다. 오늘 발언해야 하지만 기회가 없었던 분도 두 세분 있는데, 내일 분과 회의에서 해 주시기 바랍니다.

오늘 저희들은 무더위를 걱정했지만 기후적으로도 은혜를 받았다고 생각합니다. 내일도 오늘과 마찬가지로 회의를 진행할 수 있기를 바랍니다.

[박수]

[오후 5시 회의 해산]

명쾌한 내용의 3분과 회의
문화 결정의 철저화—실천기관 설치에 만전의 책략

결전회의 사흘째는 27일 오전 9시부터 많은 의석에서 열렸다. 오전은 3개 분과 회의로 나뉘어 백여 명의 일만화 회의원은 각 분과 회의에서 전날의 일반적 문제를 넘어서 대단히 구체적인 토론에 들어갔다. 각 분과 회의 모두 왕성한 결의를 펼치고 동지적 결합 하에서 활발한 토의로 의사소통을 이뤄서 이는 굉장한 성공을 거뒀다.

제1분과 회의

[오전 9시 30분 개회]

곤 히데미今日出海

지금부터 제1분과 회의를 개회함에 앞서서 이 소위원회의 위원장을 여기서 추천함을 허락해 주시기 바랍니다. [박수] 그러면 다카시마 베보 씨에게 부탁드립니다.

다카시마 베보高嶋米峰 (위원장)

연장자라는 이유로 저를 선정하셔서 잠시 이 자리를 더럽히게 됐습니다. 의사진행에 대해 한마디 한 말씀 드리고 싶습니다. 발언은 한마디 말씀이라도 반드시 통역을 통해서만 해야 하며 개인 간에는 이야기를 하지 않는 것이 하나. 그리고 의안에 관해서는 부디 기탄없는 의견을 말씀해 주시기 바랍니다. 일본의 제안이니까 경의를 표하지 않으면 안 된다거나, 만주 측의 제안이니까 찬성해야 한다거나, 중화민국의 제안이니까 부결하면 좋지 않다거나 하는 식의 배려는 전혀 필요하지 않습니다.

서로 틀린 것을 틀리다고 하고, 맞는 것은 수긍해서 어디까지나 의견을 맞부딪쳐서 귀착할 곳에 귀착하게 되면 그것으로 좋다고 생각합니다. 부디 소승적인 쩨쩨한 생각은 버리시고 흉금을 털어놓고 이야기를 해주시기를 바랍니다. 의사 진행에 앞서 이 정도의 말씀을 드립니다. 그러면 나카무라 무라오 군에게 "일만화 영화문학 합작사의 설립"이라는 제안에 대한 설명을 부탁드립니다.

문화 교류와 자매예술―일만화 영화문학 합착사의 설치

나카무라 무라오

　방금 위원장님께서 말씀하신 이 제안은 본래 구메 마사오 씨의 발안에 의한 것입니다. 상황에 따라 제가 이 제안에 대해 동의를 하고 있으므로 대신해서 설명하겠습니다. 구메 씨 제안에 다소 제 생각을 섞어가면서 설명하고자 합니다.

　일만화 문화의 교류, 문학자의 교린은 이 대동아문학대회가 내세운 목적 중 하나입니다. 구체적인 방안으로는 양국이 공동으로 상영하는 이른바 일화영화의 원작을 일만화 문학자가 합작 제휴하는 기관을 설립하는 것이 있습니다. 생각해 보면 현재 영화의 역할, 사명이라는 것에 대해 어느 나라에서도 관민 모두 굉장히 그 중요성을 인식하고 있음에도 불구하고 영화의 현실은 매우 빈곤해져 가고 있습니다. 특히 일본에서도 그렇지만, 중국에서는 부질없이 그 빈곤함이 커지는 것이 아닌가 생각됩니다. 이것은 미국 작품 때문에 영화 시장이 상당히 황폐해진 결과로, 영화 제작은 일본에서도 중화에서도 상당히 늦어진 경향이 있었습니다.

　중화는 제 생각으로는 다양한 점에서 현재 국가 사정으로 보더라도 또한 그 자연, 민족 생활에서 보더라도 영화의 제재로서 굉장히 유의미한, 적절한 문제를 다량으로 보유하고 있습니다. 다만, 그럼에도 불구하고 중화가 만들어낸 현재까지의 영화는 적어도 지나치게 빈곤했다고 생각합니다. 그래서 중화의 적절한 영화적 제재를 오히려 외국에서 그려왔으며, 그것도 주로 미국이 많았습니다. 일본에서도 또한 독일에서도 이를 다룬 영화가 있습니다. 미국에서 유명한 것은 〈대지〉입니다. 그 밖에 〈후만추 박사〉라든가 다양한 오락을 목적으로 한 흥미 본위의 영화가 미국에서 많이 제작

됐지만, 이러한 영화는 모두 중화 및 중화인의 심리라든가, 기분이라든가, 생활이라든가, 외면적인 풍속을 인식하는 것이 매우 얕아서 우리가 보더라도 서투른 점이나, 엉터리가 매우 많습니다. 어떤 의미에서는 오히려 중화민국에 모욕적으로조차 느껴지는 굉장히 저급한 이른바 미국식의 영화가 많아서 이 점은 중화의 식자들께서도 분노하고 계시거나, 격분을 느끼고 계신 분도 많으리라고 생각합니다.

또한 일본에서 중화를 제재로 만들어진 영화도 2, 3년 전에 3, 4편 정도 있었지만, 이것도 역시 흥미 위주의 저급한 작품이라서 진정한 중화의 인심, 생활을 얕은 수준에서 그렸습니다. 저희들의 입장에서도 인정하지 않을 수 없습니다. 또한 중화 자신들이 만든 영화도 지금까지 제가 본 것은 〈목란종군木蘭從軍〉이거나 혹은 『서유기』를 만화로 만든 것이 있으나, 이것도 그다지 잘 만들어진 것이라고 하기 힘듭니다.

본래 영화는 물론 과학에 의지하지 않으면 표현할 수 없는 기술 양식으로 과학의 영역이 굉장히 큽니다. 하지만, 이 점에서 영화의 기술이라는 것은 존중하지 않으면 안 되는 커다란 지도력을 갖고 있지만, 그 근간을 이루는 것은 영화의 원작, 각본으로 영화가 아무리 기술적으로 진보하여도 안되는 부분이 있습니다. 그것은 미국영화의 예를 보더라도 알 수 있어서, 아무리 기술적으로 진보하더라도 그 근저를 이루는 원작과 각본이 뛰어나지 않으면 좋은 영화 작품의 효과를 거둘 수 없습니다. 그런 의미에서 현재 중화의 작가, 문학자 분들이 영화에 대해 어떠한 인식을 갖고 어떻게 생각하는지 알지 못하나, 일본에서는 문학자가 영화의 질적 향상을 꾀해서 좋은 영화를 만들려고 하는 열의가 매우 높습니다. 구체적인 작업도 가까운 시일에 실제로 나타날 것입니다. 중화의 영화를 본 바로는 중화의 현대 문학 및 과거의 문학과 비교해 그 질이 굉장히 떨어졌습니다. 이것은 중화의 문학자가 조금 더 영화의 움직임에 관심을 갖고 실제적으로 협력을 하신다면 금방 개선될 것입니다.

어쨌든 대동아전쟁을 통해 일본의 도의를 앙양하고 신중국의 민족의식을 앙양하는 것은 일화 양국의 공통된 과제로 이것을 기저로 해서 양국이 공통으로 상영할 수 있는 영화를 만들기 위해 서로 협력하는 것이 매우 중요합니다. 뿐만 아니라, 제2회 대동아문학자대회의 개최를 계기로 때마침 그것을 실현해 매진하는 방법을 마련하고자 합니다.

그래서 의제에 나와 있듯이 일화영화문학합작사日華映畵文學合作社라는 것을 가명으로 설치해서 우선 준비해서 일본 및 중화민국 쌍방의 위원을 균등하게 뽑고 싶습니다. 일화영화문학의 합작을 실제로 이루기 위해서 일화영화 원작 공동위원회와 같은 것을 설치해서 일화 양국민이 서로 흥미를 느낄 수 있는 양국 간의 공통된 제재를 선택하든가, 혹은 시의에 적절히 감명을 줄 수 있는 문제를 파악해서 작품화 할 수 있도록 해서 하나의 운동으로 삼고자 합니다. 이상으로 제안을 마칩니다. [박수]

위원장

지금 발언은 제안 이유인데 이에 대해서 무언가 질문이 있으시면 이 기회에 해주시길 부탁드립니다.

[장워진 씨 위원장에게 발언을 구하고 일어서다.]

장워진張我軍 (화북)

지금 제안은 매우 훌륭한 것으로, 저는 중국 측의 입장에서 지금 제안에 대해 다소 생각을 말씀드리고자 합니다. 중국영화는 대동아전쟁 이래 미국의 영화가 다 내려가서 각지의 영화관은 영화 기근을 실제로 겪고 있습니다. 그런 이유로 국산영화, 즉 중국 자체에서 만들어진 영화가 매우 환영받고 있으며 어느 영화관에 가더라도 만원입니다. 다만 방금 나카무라 선생이 말씀하셨듯이 중국영화는 아직 수준이 낮아서 저희들 특히 문학자 입장에서 보면 매우 의아한 작품이 많습니다. 그래서 만일 오늘과 같은 상황이 지속된다면 중국영화의 수준이 과거보다 더 낮아질까 염려스럽습니다.

중국에서 벌어지는 일본영화에 관한 현상을 보면 일본인을 위해 만들어진 일본영화 중에서도 현재 대륙에서 상영되는 것이 매우 많지만, 관객이 모두 일본인이며 중국인의 거의 가지 않습니다. 그리고 때때로 중국을 제재로 제작된 영화도 있지만, 그것도 방금 나카무라 씨도 말씀하셨듯이 오락 본위나 일본인을 위한 중국 제재의 영화라서 중국관객의 관심을 끌지 못하고 있습니다.

그래서 현재 중국영화계는 이른바 국산영화로 임시변통하고 있는 상황으로 방금 말씀드렸듯이 어떻게 해서든지 방법을 강구하지 않으면 중국영화계의 수준이 낮아지는 것이 아닌가 생각합니다.

그런 의미에서 방금 제안해 주신 안건에 대해서 만폭滿幅의 찬성을 합니다. 하지만 내용에 대해서는 조금 구체적인 설명을 듣고 싶습니다. 요컨대 중국과 일본의 문학자가 손잡고 영화와 문학을 진흥하여 영화의 수준을 높이고 동시에 기술의 진보를 꾀하는 것에 저희들도 대단히 찬성하는 바입니다. 또 하나, 일만화 영화문학합작사라는 명칭입니다만, 일만화보다는 대동아라거나, 혹은 동아라는 식으로 조금 더 범위를 넓혀서 대동아영화문학합작사로 해주셨으면 합니다.

격렬한 토의, 문학자 총진군

위원장

방금 장워진 씨로부터 찬성의 의견을 들었습니다. 사실 제안 이유에 대한 질문을 해주셔서 그 후에 여러분의 의견을 들어보려고 했지만, 시간이 점점 닥쳐오고 있습니다. 장워진 씨와 같은 형식의 질문도 좋다고 생각합니다.

부디 다른 분께서도 무언가 질문이 있으시면 사양하지 말고 질문을 해주시기 바라겠습니다. 만일 질문이 없으시면 다른 의견을 말씀해 주시기 바랍니다. 지금 말씀드렸듯 시간이 점차 없어지고 있기 때문에 되도록 명료하게 말씀해 주시기 바라겠습니다. 첫째는 이렇고 다음은 이렇다는 식으로 이야기를 정리해 주시기 바랍니다. 의사 진행을 하는데 큰 도움이 됩니다. 이러한 착상에서 의견이나 질문 어느 쪽도 좋으니 부디 말씀해 주시기 바랍니다.

류위성柳雨生 (화중)

마침 국민당 선전부 부부장 탕湯 씨가 일본영화계 시찰을 위해 여기에 와있습니다. 저는 국책 회사인 중화 전영공사電影公司에서 다소 직무를 보고 있는 관계상 그분과 만났을 때, 만일 이러한 안건이 제출된다면 전폭적인 지원을 아끼지 않겠노라고 말했습니다. 가까운 장래에 일만화 영화계로부터 어떠한 선전문을 발표하게 될지도 모른다. 그러니까 영화 제휴에 관한 선언서를 발표하게 될 것이라는 것을 들었습니다. 이것은 제 의견이 아니지만, 이에 대해 보고 드리는 바입니다.

위원장

감사합니다. 아직 이 밖에도 의견이 있거나, 불명확한 점, 질문 등이 있으시다면 기탄없이 말씀해 주시기 바랍니다.

여러분의 의견이 없으므로 위원장인 제가 한 말씀드립니다. 이 합작사 설립에 관해 보다 구체적인 성립된 안을 갖고 계시는지요. 만일 그것이 있다면 지금 말씀해 주시는 편이 여러분들의 참고가 되지 않을까 합니다. 만약 없다면 나중에 만들 것이라고 생각되지만, 복안腹案에 대해서라도 말씀해 주시면 좋겠습니다.

구메 마사오

지금 구체적인 안에 대한 의장님의 질문이 나왔습니다. 이 제안에 대해서 일본문학보국회는 영화, 연극 등의 자매예술을 통해 일화 간의 제휴에를 맺는 것을 특히 중대하게 생각하고 있습니다. 따라서 이 합작사 건에 대해서는 중화영화, 관계 단체 및 만영滿映과 충분한 협의를 해서 본회에 위원회를 설치할 예정입니다.

위원회 운영에 대해서는 하루빨리 사무적인 절차를 진행하고자 합니다. 그 점에 대해서는 이미 구체적인 방안을 갖고 있습니다. 안심하셔도 됩니다.

위원장

방금 구메 군으로부터 답변을 들었듯이 일본문학보국회 측에서는 상당히 안건이 진행된 것 같습니다. 현재 거의 다 만들었기 때문에 안심하라는 대답이므로 저도 안심이 되며 여러분도 안심하셨으면 합니다.

이 안건에 찬성을 부탁드리는 것으로 괜찮겠습니까. 그러면 첫 번째 안건은 더 이상 의견이 없는 것으로 보이며 물론 반대하는 분도 없어 보이니, 여러분의 찬성을 얻어 다음 의제로 넘어가고자 합니다. [박수] 그러면 다음으로 "일화 연극 제휴"라는 제목으로 구메 마사오 군의 설명을 듣겠습니다.

일화 연극 제휴—합작의 기운을 양성^{釀成}하자

구메 마사오

방금 말씀드렸듯 문학 자체를 통해 일화 제휴라는 것을 충분히 생각하고 있으며 그와 동시에 자매예술인 영화 연극을 통한 제휴 합작 등이 요즘 굉장히 효과적일 것이라고 생각하고 있습니다. 따라서 문학 교류는 후에 논하겠지만, 우선 자매예술이며 종합예술인 영화와 연극의 제휴를 우선 다뤄주기를 바라는 마음입니다. 방금 전에 나카무라 군의 제안에 이어서 연극 방면에서도 제휴하고자 하는 열망을 갖고 있습니다. 연극의 대표적인 것, 문학적 향기가 강한 것을 바로 일본에 이식하고자 합니다. 또한 일본의 걸작 연극을 바로 옮겨서 중화에서 상연하고 싶습니다. 이것이 구체적인 방안입니다. 다행히 이번 대표 가운데는 첸진陳綿 군도 있습니다.

또한 방금 듣자니 제가 35년 전에 제작한 〈목장의 괴수牧場の怪獸〉를 번역해서 중화에서 극으로 만든 분도 오셨다는 말을 듣고 나서 그러한 생각을 더욱 강하게 품게 됐습니다. 다만, 저희들로서는 여기서 이름은 말씀드리지 못하지만, 상당한 실력을 갖춘 일본의 대표적인 극단으로부터 여러분의 문학 작품—이것은 소설이든 뭐든 좋습니다—을 연극화해 각색해

서 상연하고 싶다는 의뢰가 들어왔습니다. 또한 중화연극을 할 수 있다면 앞으로 상연하고 싶다고 했습니다. 예를 들어 이것은 물론 제 생각이며 또한 이에 대해서는 검토하지 않으면 안 됩니다만, 중화에서 요즘 주목받고 있는 〈추해당秋海棠〉이라는 극을 하루빨리 상연해서 첸진 군이 연출을 위해 중국에서 올 수 있다면 일본의 연극계를 위해서도 중화의 연극계를 위해서 나아가서는 양국의 문학계를 위해서도 좋지 않겠냐고 생각합니다. 저는 연극 방면에서의 제휴를 역설하며 이 합작적 기운을 키워나갈 것을 제안드립니다.

위원장

지금 구메 군이 말한 것은 일화 연극 제휴에 관한 신운동을 일으키겠다는 내용으로, 이와 관련해서 첸진 씨로부터 제안이 있습니다. "신극 운동의 촉진"이라는 제안입니다.

이것은 상호 깊은 관계가 있으므로 이번에 첸진 군에게 제안의 이유에 대한 설명을 부탁드립니다. 또한 질문이나 설명 등도 들어보고자 합니다.

장워진

구메 선생님으로부터 〈추해당〉에 관한 말씀이 있었습니다만 류위성 씨의 말에 따르면 이미 교토에서 〈키리바나이로하^{きりばないろは}〉라는 제목으로 연극이 상연됐다고 합니다. 참고가 됐으면 합니다.

신극 운동의 촉진―황도정신의 일상화에 박차

첸진陳綿 (화북)

저는 도쿄에 온 이후로 몸이 아파서 그제도 어제도 출석하지 못했습니다. 저로서는 실로 유감스러울 따름입니다. 방금 구메 선생님으로부터 연극에 관한 제안이 있었습니다. 이것은 마침 제가 제안드리려는 것과 일치하기 때문에 의장님의 호의로 제 의견을 발표할 수 있음을 감사하게 생각합니다.

우선 제가 제출하려고 하는 안건의 명칭은 신극 운동을 촉진하고 더불어 연극 단체의 교환을 하고자 하는 안건입니다. 이 안건의 목적은 방금 구메 씨가 말씀하셨듯이 중국과 일본의 연극 교류를 꾀하고 더불어 대동아정신을 공영권 각국의 군중에게 널리 전파하는 것입니다. 대동아전쟁 이전 영미는 우리나라에서 여러 교묘한 방법을 통해 관중을 속였습니다.

그들은 입으로는 달콤한 말을 하면서 실제로는 민중을 착취하고 무엇이든 빼앗아갔습니다. 하지만 일본이 제창한 대동아주의라는 것은 결코 형식주의만이 아닙니다. 즉 대동아에서 국가를 이루는 각국, 각 민족의 행복을 꾀하는 것으로 다양한 현실 속에서도 일본은 우리에게 무언가를 안겨주려고 했습니다. 중화민국이 현재 처해 있는 상황은 부끄러울 정도로 문맹이 많아서 군중에게 이러한 정신을 알리는 것은 쉽지 않습니다. 물론 인쇄된 문학으로 알리는 방법도 있지만 역시 연극이 가장 빠른 방법이라고 믿습니다. 게다가 연극을 통한 방법은 가장 직접적이며 신극은 현대 생활의 표현을 더욱 절실하게 나타낸 것이기 때문에, 이를 이용해서 새로운 이념을 널리 알리는 방법이 가장 적당하다고 저는 믿고 있습니다. 구체적인 방법에 대해서는,

1, 각국의 신극운동을 촉진하고 신극의 창작, 출판, 번역 및 연출을 촉진
   할 것.

2, 각국 간에 연극단체를 교환해서 중요 도시 및 농촌에서 그것을 연출
   하여 대동아정신의 보급을 꾀할 것.

이것이 제 제안의 구체적 방법으로 후에 여러분의 고견을 듣고자 합니
다. [박수]

위원장

방금 말씀해 주신 것처럼 쳰진 군은 몸이 안 좋은 상황임에도 오늘 출석
해 주셔서 열렬한 의견을 나눠 주셔서 진심으로 감사드립니다.
어떻습니까. 설명과 제안을 끝냈으니 이제 숙소로 가셔서 정양하시는
것이.

구메 마사오

일본 측의 다카다 군의 발언에 대해 듣고 가셔서 쉬시는 편이 좋겠다고
생각합니다.

다카다 다모쓰高田保

쳰진 씨는 도쿄에 도착한 후 바로 다섯 곳 정도를 저희들과 함께 열심히
다니셔서 그 때문에 열이 난 것이 아닌가 합니다. 건강해지셔서 다행이라
고 생각합니다. 쳰진 씨가 제안해 주신 취지 및 구체안에 대해서 전폭적으

로 찬성합니다. 첸진 씨와는 개인적으로 이야기를 해보고 그 기분을 잘 알수 있었습니다. 사실 이것은 이전부터 저희들이 생각하고 있던 것인데, 서양적 리얼리즘은 막다른 골목에 다다랐습니다. 그 막다른 골목을 무너뜨리지 않으면 새로운 연극의 진전은 바랄 수 없다는 것이 제 생각입니다. 어제도 이 점을 말씀드렸는데, 첸진 씨도 같은 의견임을 강하게 피력해 주셨습니다. 첸진 씨는 프랑스에서 오랜 기간 계셨던 분으로 역시 서양적 연극이 정체하고 있는 것에 대해서는 통감하고 있었습니다.

방금 신연극 운동의 교류라는 것에 대해 말씀해 주셨습니다. 이 신극도 일본으로부터 들여온 신극, 혹은 중국에서 일본으로 건너간 신극이라는 것은 오늘날까지 서양적인 영향하에서 그것을 이탈할 수 없었던 신극이 아니라, 새로이 대동아건설의 의욕에 불타는 진정한 의미의 신극이어야만 합니다. 혹은 그것을 향해 나아가지 않으면 안 된다고 생각합니다. 진정한 의미의 새로운 신극 수립을 우선 일본에서 확실히 하고자 합니다.

첸진 씨도 마찬가지로 중국에서 이 운동을 계속하고 계시지만, 이 신극 운동을 펼치면서 서로 교류할 때 직접적으로 야기되는 것, 이를테면 관객에게 미치는 영향 외의 수확을 생각해 봐야 합니다. 또 하나 커다란 수확은 일본의 연극 정취와 중국 연극의 취향이, 혹은 만주 연극의 정취와, 혹은 남방에 간다면 남방에 있는 연극의 정취 등이 교류를 통해 통합돼 새로운 내용, 새로운 형식…… 연극에서는 특히 형식이 중대한 가치를 갖고 있습니다.

이 새로운 형식이 모든 교류의 결과로 태어나는 것입니다. 이렇게 태어나는 새로운 형식이 대동아 연극의 형태가 될 것입니다. 즉 대동아 연극의 장래에 나타나는 것은 연극의 교류로부터 시작된다는 것을 저는 확신합니다. 이 빛나는 미래를 바라면서 첸진 씨의 방금 제안에 대해 전폭적으로 찬성을 표합니다. [박수]

위원장

다음으로 호조 히데시 군에게 간단하게 의견을 듣겠습니다.

호조 히데시北条秀司

쳰진 씨가 아프셔서 매우 폐가 되겠지만 간단히 말씀드립니다. 지금 쳰진 씨가 말씀해주신 제안에 매우 동감했습니다. 아마도 일본 연극인 전부가 이에 동감할 것이라고 믿습니다. 제가 말씀드리고 싶은 것은 이것뿐입니다. 사실 일본 연극인들이 이러한 식의 제안을 대략 결정했다는 사실을 쳰진 씨에게 말씀드리고자 발언하게 됐습니다. 일부는 다카다 씨의 제안과 중복되긴 하지만 간단하게 말씀드리겠습니다.

사실 이 문제는 개인의 제안이라고 하기보다, 일본 연극인들과 긴밀한 연락을 필요로 하는 것입니다. 사실은 연락을 하느라 매우 늦어져서 이번 대회에 제출하지 못했습니다만 내년 대회에는 반드시 구체적인 안건을 마련하고자 합니다. 그 내용을 간단히 말씀드립니다.

공영권 각 지역에서의 연극 발달 상태에 대한 조사가 완전히 끝나지 않아서 이번 제안은 기한에 맞추지 못했습니다. 다만 우리의 과제는 공영권 각 지역에서 일괄적으로 연극 운동의 연대를 이루는 것입니다. 문화공작 가운데 가장 직접적으로 민심에 호소하고 침윤해 들어가는 것이 연극 및 영화라는 것은 명백한 사실이라 믿습니다. 우리 극작가는 이 가장 유리한 무기를 이용해서 공영권 각 지역의 문화공작에 협력하여 매진하고자 합니다. 이를 위해서 각 지역의 진지한 연극적 동지들과의 대동아이념에 근거한 긴밀한 연계를 강구하고자 합니다. 이 구체적인 방안에 대해서 격의 없는 의견 교환을 하고 싶습니다. 그 일환으로 생각할 수 있는 것은 우선 상연 각본을 서로 검토하고 교환하고 의견을 제시하여 한발 더 나가서 각 지역의 언어를 통해서 각 지역에서 일괄적으로 상연할 수 있는 기본적인 각본의 제작에 이르고 싶습니다.

바야흐로 연극도 또한 결전 연극의 단계에 도달하고 있습니다. 열렬한 전투 정신을 앙양하고 대동아민족 정신을 긴밀화하는 공동이념을 구현하는 대동아 공통의 지도적인 각본 제작을 중추로 하는 극작가의 교류 결합을 희망해 마지않습니다. 일본 연극인과 각 지역으로부터 일본에 오신 여러분과 함께 만나서 또한 일본문학보국회 자매 모임인 일본연극협회의 분들과도 책상을 마주하고 이 문제를 협의하여 내년 대회에는 꼭 구체적인 안건을 제안하고자 합니다. 쳰진 씨의 빠른 회복을 기원합니다. [박수]

위원장

발언 보고를 받았습니다. 유치진 군에게 발언을 부탁드립니다.

유치진 (조선)

제가 말하려는 바를 여러분께서 이미 말씀하셨기 때문에 달리 말씀드릴 것은 없습니다. 다만 방청하신 내용과 다소 중복될지도 모르나 다소 제 의견을 가미해서 말씀드리고자 합니다. 쳰진 씨, 다카다 씨, 호조 씨가 정말로 지당한 말씀을 해주셔서 저도 전폭적으로 동감하는 바입니다. 다카다 씨가 말씀하신 리얼리즘의 정체라는 문제는 저희 조선에서 활동 중인 연극 작가들도 대단히 통감하고 있으며 타개책이 없을까 굉장히 고심하고 있습니다. 작년 대회에서 다카다 씨가 리얼리즘의 정체에 대해서 지적을 해주셨지만, 고전 연극의 재음미라는 문제가 제창된 것을 들었습니다.

당시 저는 조선에서 이 문제에 대해서 무언가 새로운 움직임을 기다렸지만 여전히 구체적인 운동은 표면화 되지 않고 있습니다. 제가 과문한 탓인지도 모르겠다고 생각합니다. 최근 신극은 리얼리즘으로 인해 정체되어, 일종의 상업적 도구로 활용되고 있으며 예술적 향기, 예술적 흥분을 거의 맛볼 수 없는 상태에 빠져 있다고 생각합니다.

리얼리즘에 대한 설명은 하지 않아도 여러분께서 다 아시겠으나, 저희들은 과거 한 세기 동안 서양문화로부터 여러 가지를 배워왔으며 연극 부분에서도 굉장히 많은 것을 배웠습니다. 그 가운데 저희들이 배운 것은 연극의 리얼리즘으로 이것은 서양의 물질적 척도로 1 곱하기 1은 1이라는 수학적 계산으로 산출된 것 중 하나라고 생각합니다.

융통성이 없는 것이 그 생명을 오래도록 유지 할 수 없다고 생각합니다. 이에 비해 동양의 고전 연극, 일본의 가부키, 조선의 가부키에서도 굉장히 고상한 자유분방한 상상을 통해 이뤄진 세계를 그리고 있으며 이것은 1에 1을 곱해도 천이 되거나, 만이 되는 결과를 창출해 냅니다. 이에 대해 우리들은 대동아공영권의 연극 개혁이라는 것은 반드시 권내의 고전극을 재음미하는 것으로부터 시작될 것임을 믿고 있습니다. 그러므로 연극론은 그대로 두기보다는 이 회의에 각국에서 모이신 대표가 문학보국회 내의 극문학부에서 대동아연극연구회라는 것을 설치해서 구체적으로 연구를 하면 어떨까 생각해 봅니다.

그리고 쳰진 씨의 의견 중에서 대동아 각국의 연출자, 극작가 내지는 극단의 상호 교환 교류라는 것이 있었습니다. 한발 더 나아가서 대동아공영권 내 각국의 극단을 하나로 해서 하나의 조직체를 통해, 우리의 결전하의 결심을 고무하는 연극으로 만들어서 서로 상연하고, 이를 통해 적을 격멸하는 문화적 추격전의 한 형태로 표현하고 싶습니다.

여러분의 의견과 다소 중복되지만 이상의 두 가지 의견을 밝혔습니다.

위원장

구메 군의 두 번째 안건과 다섯 번째 안건인 쳰진 씨의 제안은 대체로 같은 방향으로 이야기가 나아가고 있는 것 같은데, 또 다른 의견은 없으신지요…….

대체적인 의견이 나왔으니 다른 말씀이 없으시면 다음 제안으로 옮기겠습니다.

[다카다 다모쓰 씨가 위원장에게 발언을 요구하고 일어섰다.]

다카다 다모쓰

말하고자 하는 바는 꽤 많습니다. 이 점에 대해 연극협회가 주가 되어 일석간화회一夕懇話會를 열기로 했습니다. 그때 숨김없는 이야기를 나누고자 합니다.

위원장

그러면 '소국민 문화의 교류'라는 제목으로 가토 다케오 군에게 제안을 부탁드립니다.

소국민 문화의 앙양—순수한 동양사상의 보급

가토 다케오

영미의 동아 침략은 단순히 무력 침략, 경제적 침략만이 아닙니다. 가장 무서워해야 할 것은 문화적 침략입니다. 이것을 격퇴하는 데 진력하지 않으면 대동아전쟁은 완수할 수 없습니다. 영미문화를 격퇴하기 위해 동양 고전 문화를 회복해 수립하지 않으면 안 됩니다. 영미문화를 격퇴하는 것은 동양문화를 회복하고 수립 내지 창조하는 것과 동시에 연계해 시행돼야 합니다. 양자는 둘이 아니라 하나라고 생각합니다. 작년 이 회의에서 소년의 마음, 소년의 힘을 통한 일만화의 제휴 친선이라는 것이 강조됐는데 이번에는 더 나아가서 소년을 통한 동양문화의 수립 창조에 대해 강조하고자 합니다. 사상보다도 정신, 정신보다도 혈액이 중요합니다. 저는 무엇보다도 혈액이라는 것을 신뢰합니다. 비교적 민족적인 순수함을 지키고 있는 혈액을 띤 직업을 보자면 농민입니다. 연령적으로 보자면 소년입니다.

농민에 대한 것은 여담이지만, 저는 이번 전쟁을 요컨대 동양의 중농적重農的 문화와 영미의 중상적重商的 문명과의 결전으로 파악하고 있습니다. 농민문화의 동양적 성격에 대해서 우리는 특별한 관심을 갖지 않으면 안 됩니다. 하지만 이것은 더욱 논의를 필요로 하기 때문에 잠시 제쳐두고 소년 문화에 대해 말씀드리고자 합니다.

소년은 흰 실과 같아서 어떠한 색에도 물들 수 있는 가능성을 갖고 있으며 새로운 대지와 같이 어떠한 종자도 받아들여 그것을 키워낼 가능성이 있습니다. 소년의 마음에, 그 순수한 혈액 속에, 수순한 동양적 정신, 동양적 사상을 이식하는 것, 이것이 가장 확실한 방법이라고 생각합니다. 병기전은 끝나더라도 문화전은 오래도록 계속됩니다. 길고 긴 문화전에 대비하기 위해서는 무엇보다도 소년문화의 앙양이 필요합니다. 무력전의 현 단계에서도 소년의 협력을 필요로 하는 바가 많습니다. 소년은 이제 두 번째 가는 국민이 아니며 국가의 성원으로서 일하는 것이 세계의 일반적 현상입니다. 소년 문화의 앙양이라는 것은 50년, 100년 후의 일이 아니라, 바로 오늘날 가장 필요합니다. 저는 동아 각국이 소년문화를 중대한 것으로 취급하여 동일한 방향으로 나아가 이 소년문화를 앙양할 것을 희망합니다. 일본에서는 일본 소국민 문화협회라는 것이 이미 생겼습니다. 만주나 중화 각국에서도 같은 기관이 만들어져 서로 손을 잡고 나아갈 수 있다면 매우 기쁠 것입니다.

이상으로 제가 제안한 이유를 밝혔습니다. 그 방법에 대해서는 각국의 대동아건설이념이 있으며 정치적 사정도 경제적 사정도 생활도 모두 각기 다릅니다. 이런 점들을 고려해, 더욱 자세하게 검토할 필요가 있다고 생각하며 만약 찬성을 해주신다면 위원회를 만들어 구체적 방안을 만들고자 합니다. [박수]

위원장

가토 군의 제안에 대해서 우랑 군으로부터 발언 통지가 있었기에 발언을 부탁드립니다.

우랑 (만주)

저는 가토 선생이 말씀하신 것에 대해서 전적으로 동감하는 바입니다. 소국민이라는 것은 실로 동아 장래의 운명을 결정하는 주체로 그 힘을 강하게 하는 것이 가능하다면 우리 동아의 운명은 한층 강건해질 것입니다.

우리는 이러한 생각에 기초해 소국민이 다양한 문화방면에서 교양을 쌓게 해야 합니다. 이 문화는 단순히 정신만이 아니며, 물질 방면에서 그것을 의식적으로 양성하지 않으면 안 된다고 생각합니다. 우리의 활동은 생존하기 위한 것입니다. 동시에 생존하는 것이 가능하기 때문에 그 문화가 창조되는 것입니다. 그 생존이라는 것은 현재만이 아니라, 장래에 영원한 것입니다. 그만큼 정신과 물질 방면으로부터 충실하게 교양을 쌓는 것이 가장 소중합니다.

그래서 소국민 문화 교류 이념의 확립은 상당히 중요한 문제라고 생각합니다. 우리가 이 소국민 문화라는 하나의 공통 목표를 향해, 하나의 생활 방식을 정립할 수 있다면 진실한 문화 교류가 가능할 것이라고 생각합니다. 오늘날로 보면 이 대동아공영권 건설의 근본정신이라는 것은 황도정신을 그 핵심으로 하고 그로부터 그 밖의 각국의 요구에 응해가며 나아가면 진정한 소국민의 문화적 기초가 확립될 것이라고 생각합니다.

그 정신문화의 교류에서 우리는 불패의 이념을 수립해야 합니다. 동시에 우리는 공동 훈련에서 실천적 활동을 하지 않으면 안 됩니다. 이번 장기에 걸친 전쟁 및 건설을 맞이해서 우리는 국민의 지식을 유지하고 배양해서 강화해야 합니다. 그렇지 않고서는 진정한 기본적인 태세의 확립이라든가, 진정한 실천은 불가능하다고 생각합니다.

소국민 문화 교류에서 표현의 문제는 가장 중요합니다. 다만 뒤에서 보면 각국에는 각기 다른 입장이 있으며 실제적인 면에서는 공통점도 있어서 그것을 발전시킨다면 위대한 수확이 될 것이라 생각합니다. [박수]

위원장

특히 이 제안에 대해서 장워진 군으로부터 간단한 발언이 있겠습니다.

장워진

가토 선생님이 제안하신 소국민 문화 교류에 대해서 저희 중화 대표는 이론의 여지가 없습니다. 또한 제가 지금 말씀드리는 의견도 가토 선생님의 의견에 무언가 보충을 하거나 할 생각도 없습니다. 다만 이 기회에 일본문학자 여러분 앞에서, 특히 소년문학의 대가인 가토 선생님 앞에서 저희들이 바라는 바, 특히 일본문학계에 바라는 점을 말씀드릴 수 있다면 좋겠다고 생각합니다.

지금 우리가 생각하고 있는 문화를 발전시킬 수단으로는 학교 교육을 통한 것과, 출판물을 통한 것이 있습니다. 이 두 가지 방면을 고려해 볼 때 우리 중국 소국민들의 학교 교육이라는 것은 과거에 비해 발달했지만, 현재의 소학교 내지 중학교 지원자 중에는 학교에 들어갈 수 없는 사람이 대단히 많습니다. 이는 학교가 부족해서인데 이 점에 대해서는 여기서 말씀드린다고 해도 별다른 방도가 없으리라고 봅니다. 또 하나, 출판물을 통한 교육을 말씀드리자면 중국에서는 특히 소학생, 중학생 대상의 학교 교과서 이외에 독본이라든가 참고서 같은 교과 외의 책이 전무한 상태입니다.

이 상태로 나아간다면 문화의 장래에 대한 우울함을 견딜 수 없습니다. 문화 교류를 운운하기 전에 우리는 자신의 문화, 자신의 소국민 문화를 발전시켜야 하지만, 현재 상태로는 쉽지 않은 일입니다. 오히려 점차 문화의 상태가 과거보다 악화되고 있는 것처럼 생각됩니다. 그래서 우리가 여러분에게 바라는 것은 여러분이 일본의 소국민을 우려하듯이, 우리의 소국민을 염려해 주시고 문화를 발전시킬 수 있게 인쇄물을 만들 수 있도록 실제적인 후원을 바랍니다.

실제, 우리는 소학생이나 중학생에게 무언가를 보여주려고 해도 종이가 부족하고 그 밖의 여러 사정으로 아무것도 할 수 없습니다. 이 점을 감안해 주셔서 장래 구체안을 작성하실 때 고려해 주시기를 바랍니다. 그러면 끝내겠습니다. [박수]

위원장

위원장 입장에서 발언자에게 다소 질문을 드리고자 합니다. 위원회를 마련한다는 이야기인데, 이것은 일본소국민문화협의회에서 여러 방안을 강구해 주실 것이라고 보는데 어떻습니까.

가토 다케오

방금 장워진 씨의 이야기에서 지나의 일부 실정을 알 수 있었습니다. 물론 그러한 것도 제 쪽에서는 충분히 고려하고 있습니다. 저희들 쪽에서 가능한 협력을 아끼지 않을 작정입니다.

다만 이것을 말씀드릴 상대가 확실하지 않아서 어디로 가야 할지 모르니, 저희 쪽의 제안을 받아줄 상대가 필요합니다. 그러므로 이러한 기관을 만주나 중국에 만들어 주시길 바랍니다. 적어도 제휴를 위해서는 부르면 응답할 수 있는 사람이 필요합니다. 그래서 저는 우선 첫째로 그러한 조직을 만들어 주실 것을 바랍니다. 이는 물론 소국민문화협회에서도 협력은 하겠습니다만, 제안만으로 다 된 것은 아닙니다. 이렇게 만주, 중국 측에서 분기해서 우선 그러한 것을 만들어 주실 것을 부탁드립니다.

위원장

지금 들은 바대로 부디 만주와 중화민국 여러분들도 각자의 입장에서 위원회 같은 것을 만드시길 바랍니다. 이쪽에서는 손을 뻗으려는 준비가 충분히 돼 있습니다. 그러면 위와 같이 양해를 얻어서 다음으로 "영미의 동아 침략에 관한 기록소설 제작"이라는 제안으로 니와 후미오 군에게 설명을 부탁드립니다.

적개심 앙양을 기하다 —영미 동아침략사 기록소설

니와 후미오丹羽文雄

어제도 뤼펑魯風 군이 현재 동아문학자에게는 전쟁이 가장 중요하니 싸우는 것이 우선이라고 말했습니다. 이 점은 일본이 가장 명심하고 있다고 생각합니다. 싸우기 위해서는 적개심을 끊임없이 갖는 것이 필요합니다. 영미에 대한 증오를 우리들은 품고 있으나 적개심이라는 것은 시간이 가면 약해져서 공간적으로도 첨차 멀어질 위험성이 있습니다.

과거 오카와 슈메이大川周明 박사는 『영미 동아침략사英米東亞侵略史』라는 책을 내셨습니다. 이 책은 그다지 자세한 내용은 아니나 책이 나왔을 때 상당히 많은 사람들이 열광적으로 환영했습니다. 그것은 영미에 대한 우리의 증오에 대한 개개의 입장은 기록돼 있지만, 체계적으로 기록돼 있지 않았기 때문이라고 생각합니다. 이것을 오카와 슈메이 씨가 계통화해서 어느 정도 자세하게 썼기 때문에, 그것만으로도 저희들은 굉장한 적개심을 품고서 영미에 대한 증오를 새롭게 가질 수 있었습니다. 이 정도 책으로도 이미 많은 효과가 있습니다. 저희들은 보다 알기 쉽게 다양한 것을 알고 싶다고 생각합니다. 알면 알수록 우리의 증오는 분명히 더욱 앙양될 것입니다. 방금 연극 영화에 대한 것을 말씀해 주셨지만, 누가 뭐라 해도 소설의 힘은 굉장히 크다고 생각합니다.

상하이에는 이름은 잊었지만 몇 사람의 영미인 동상이 서있습니다. 소난昭南 섬에도 적의 동상이 서있으며 자와에도 있습니다. 그것은 모두 철거될 것이라고 들었습니다. 현재는 철거됐을 것이라고 생각하는데, 동시에 또한 상하이에는 개와 지나인은 공원에 들어가지 않도록이라는 대단히 무례한 금지사항을 내세운 팻말이 서있었습니다. 물론 이것은 바로 철거됐습니다. 하지만 모든 일은 지나고 나면 다 잊어버리듯이 철거된 순간에 지금까지 품고 있던 영미에 대한 증오를 잊어버려서는 곤란하다고 생각합니다. 이것은 영국인이 한 말 같은데, 희망봉 이동以東에는 신도 굽어 살피지 않는다는 식의 생각만 해도 놀라운 말을 당당하게 말하면서 서양은 동양을 유린하고 있습니다.

이것을 우리들은 영구히 잊어서는 안 됩니다. 희망봉 이동에는 신도 굽어 살피지 않는다고 말하며 죄악을 거듭해온 그들입니다. 작년입니다. 제가 해군에 종군할 것을 명받고 라바우라에 가자, 카나카족 원주민 부녀자가 많았습니다. 화교도 있었습니다. 화교 젊은 여성들이 있었습니다. 이 여성에 대해 호주병은 이러한 표찰을 내걸었습니다. "이 토지에 있는 모든 여성은 호주병으로부터 어떠한 취급을 받는다고 해도 불평을 하지 말라"라는 것입니다. 물론 황군이 상륙해서 간단히 그들을 물리쳤기 때문에 표찰은 사문이 됐습니다. 그렇다고 해도 그대로 모든 것을 잊어서는 곤란합니다. 동상의 경우도 그러하며 표찰의 경우도 마찬가지입니다.

오늘 제가 영미 죄악사에 관한 기록적 소설을 써서 증오를 키워야 한다는 것을 제창하는 것은, 요컨대 저희들이 영미에 대항할 수 있는 힘을 갖고 있음을 나타냅니다. 또한 동시에 소설가가 그러한 자재資材로 글을 쓰는 것은 임무이기 때문입니다. 지금까지는 정치, 외교, 경제, 군사 방면에서 개별적인 기록이 있었습니다. 그렇지만, 예를 들어 외무성 창고에는 영미와 벌인 다양한 교섭기록이 많이 있지만, 이것을 알고 있는 것은 일부사람으로 저희들도 자세한 것은 모릅니다. 이것을 자세하게 10억 대동아 사람들에게 소설을 통해 널리 알리는 것이 가장 현명한 방법이라고 생각합니다. 그러한 의미에서도 저는 영미 침략사의 제작을 제안하고자 합니다. 특히 미국 등의 방식을 보면 미국 작가 가운데서도 인간의 죄악사, 인간악이라는 것을 지적하고 있는 작가는 있습니다. 하지만, 미국 자신이 하고 있는 국가적 차원의 도둑행위라든가, 억지로 끌어다 쓰는 행위라든가, 강요에 대해서는 쓰지 않고 있습니다. 이것은 꼭 저희들이 쓰지 않으면 안 됩니다.

과거 국제연맹에서 릿튼이 일본에 관해서 보고를 했습니다. 이로 인해 국제연맹에서 일본은 궁지에 빠져서 국제연맹을 탈퇴하게 됐습니다. 이것은 물론 피상적인 것입니다만, 우리가 실상을 써서 우리만의 독단적인 생각이 아니라 전세계에 영미가 어떠한 행위를 하고 있는 가를 알릴 필요가 있다고 생각합니다. 이는 릿튼 보고를 역으로 행하는 것으로서 이를 영구적으로 기록에 남기고 싶습니다. 이는 일본 단독으로 하는 것이 아니라, 중국도 만주도 또한 태국도 미얀마까지 합세해서 함께 하고자 생각합니다. 후에 제안이 있겠으나, 번역협회와 같은 기관을 확립해서 연락 기관을 두고서 그러한 소설을 제작할 때 재료 등을 제공하고자 합니다. 듣기로는 우랑 군이 조계租界라는 소설을 쓰려고 왕성하게 재료를 모으고 있다고 들었습니다. 그 경우 일본에서도 재료를 제공하여 영미의 죄악사를 기록으로 남겨두고자 합니다. 굉장히 실제적인 제 제안을 드립니다. [박수]

위원장

지금 니와 군의 제안에 대해서 후나하시 세이치 군으로부터 발언이 있겠습니다.

후나하시 세이치舟橋聖一

어제부터 여러 가지 제안이 나왔습니다만, 니와 군의 제안은 저희들의 마음과 가장 잘 맞는 것이라고 생각합니다. 물론 우리가 써야 할 소설은 극히 능수능란한 테마가 아니라 보다 커다랗고 보다 깊은 대동아전쟁 시대를 써야 한다고 생각합니다. 하지만 아직 그러한 적절한 재재의 작품을 쓰지 못했다는 것을 생각해 보면 니와 군의 제안이 가장 절실하다는 것을 느끼게 됩니다. 대동아전쟁 시대를 쓸 책임은 오로지 문사, 작가에게 있을 뿐이며 작가 이외에 그것을 쓸 수 있는 사람은 없습니다. 과거 시대를 우리들가 알기 위해서는 문학작품을 통하게 되는데 헤이안조平安朝 시대를 알기 위해서는 그 시대문학을 이해하는 것이 가장 빠르며, 또한 그 이외에는 방법이 없다고 해도 무방합니다.

그런 의미에서 이번 대동아전쟁 시대를 쓸 수 있는 사람은 오직 우리 문사입니다. 하지만 그 책임을 아직 다하지 못하고 있지요. 그런 것을 생각할 때, 여기 니와 군의 제안한 하나의 테마는 확실히 공통의 테마로 일만화 작가에게 과제를 안겨줬다는 점만으로도 굉장히 든든하다고 생각합니다.

오늘 여기 계신 지나 작가 여러분⋯⋯, 저는 구체적으로 알지 못하지만⋯⋯, 니와 군의 제안이 지나의 작가 여러분에게 전해졌으면 합니다. 또한 지금 니와 군의 제안은 일본 작가들보다도 지나 작가가 통절하게 느끼고 있는 테마라고 생각합니다. 혹은 대만의 작가, 조선의 작가들이라 해도 좋다고 생각합니다. 대동아전쟁 시대를 그리는 대소설의 시작으로서 이 테마는 꼭 다뤄야 하지 않나 생각합니다. 또한 드라마로서도 상당히 다뤄야 할 테마라고 생각합니다. 그런 방면에 대해 태만했기 때문에 전쟁이 시작된 후에는 그러한 '연극'을 할 수 없다는 것은 말이 안 됩니다. 그러한 예는 다른 분야에도 있다고 생각하지만 어쨌든 일본으로서는 지금 절호의 테마를 하나 얻었다고 생각합니다. 그것을 저는 작가들이 쓰면 좋겠다고 생각합니다.

그런 의미에서 저는 니와 군의 제안에 찬성 연설을 하려고 일어선 것입니다. 저도 가능한 그런 방면으로 노력하고자 함을 말씀드립니다. [박수]

위원장

니와 군의 제안에 대해서 만주국 및 중화민국의 의견을 들어보고자 합니다만, 시간이 다 돼서 이 주제는 이 정도로 충분히 양해를 얻은 것으로 하고 싶습니다. 다음으로 '공영권 문학사 공동 제작'이라는 제안에 대해서 제안자인 시오다 료헤 군에게 설명을 부탁드립니다.

창조 이념의 파악에—공영권 문학사 공동 제작

시오다 료헤塩田良平

많은 회원 분들 중에서 대다수가 창작 실천이라는 것을 궁리하고 계실 줄로 압니다. 저는 이 창작 실천을 과거 및 현대에 정리된 것을 보고서 연구하는 입장에 서 있습니다. 따라서 이러한 입장에서 이 제안을 드리고자 합니다.

전해들은 바에 따르면 타오캉더^{陶亢德}(화중) 씨, 시에시핑^{謝希平}(화중) 씨, 혹은 첸치지^{沈啓旡}(화북) 씨가 문학사에 대해서 자세히 알고 있다고 들었는데 이 자리에 계실지는 모르겠습니다. 만약 계신다면 이 세 분은 특히 제 이야기를 잘 들어주셨으면 합니다.

저희들은 현재 동아공영권 모든 나라에 소개하기 위해 일본문학사를 외국문학부회의 원조를 얻어서 편찬하고 있습니다. 이것을 할 때 굉장히 염려되는 것이, 얼마나 이 문학사가 올바르게 각 국민에게 이해될 것인가 하는 점입니다. 물론 공영권 각국에는 각각의 역사가 있고 또한 특유의 문화와 문학이 존재하는 것은 당연합니다. 다만 모두 풍토와 관습이 다르기 때문에, 서로 이해를 하는 데 곤란한 경우가 있습니다. 다만, 일방적인 관계에서 공통된 이념이 존재하는 것은 당연합니다. 이 동아 이념을 정치적, 경제적 통일체로서 파악할 것이 아니라, 문화적 내지 문학적 통일체로서 파악해야 한다는 것은 어제 사토 군이 말한 대로라고 생각합니다. 그렇다면 이 이념 이해에 일조하는 것으로 황도문화 정신이라는 것이 나왔으며 이는 현 시국의 정신을 이루는 일부 혹은 대부분이 될지도 모릅니다. 그러한 것이 이 공영권 문학사를 제작할 때 참고가 될지도 모르겠습니다.

그러면 지금까지의 문학사를 생각해 보면 혹은 일본에서도 중국에서도 혹은 다른 모든 나라에서도 작품이 약간은 있습니다. 일본과 중국을 중심으로 해서 생각해 보면 각각의 나라에 상당히 훌륭한 작품이 있다고 봅니다. 하지만 이 작품은 서로 개별적인 것으로 특히 일본과 중국의 문학사를 생각해 볼 때, 이 두 나라는 친한 사이이면서도 본질적인 국민법^{國民法}을 고려한 문학사는 지금까지 없었다고 생각합니다. 물론 일본의 과거 문학은 중국 측의 영향을 대단히 많이 받았지만, 그 수용 방식을 보면 요컨대 형태상의 설명밖에 이뤄지지 않았던 것이 아닐까요? 예를 들어 극히 고대로 돌아가서 보면, "天地渾混如二雞子(천지가 계란 속처럼 혼탁하도다)"와 같다는 말이 니혼쇼키日本書記에 있습니다. 그것은 중국 고전에서 가져온 것입니다만, 이어지는 부분이 다릅니다.

중국에서는 삼황오제三皇五帝라는 합리적인 세계를 나타내는 말이 있습니다. 일본에는 그에 못지 않게 특색이 있는 카미노요神代라는 세계가 있어서 대륙과는 차이가 있습니다. 이 카미노요 시대는 같은 표현 방식이 곳곳에 있지만 그 내용은 대단히 다릅니다. 혹은 남방 나라들의 다양한 전설을 보게 되면 일본의 고지키古事記, 혹은 후도키風土記라든가, 그러한 옛 전설로 분류되는 것과 같은 것이 있지만 유사한 것에 지나지 않습니다.

예를 들어 어느 섬에 있는 용궁에 관한 설화와, 다양한 전설이 있다고 한다면 그러한 것이 일본에서는 더욱 크게 발전해 있습니다. 다 아시다시피 다케토리모노가타리竹取物語라든가, 그러한 커다란 문학이 발전한 것을 보면 같은 설화 형식이라 하더라도 발전의 정도는 매우 대조적입니다. 그렇다면 형태는 같지만 결코 내용적으로는 동일한 것이 아니라고 생각할 수 있습니다. 제가 드리고 싶은 말씀이 이것입니다. 따라서 저는 일본문학사만을 문제삼는다고 해도 지금까지 일본문학사 안에는 조선의 문학사라든가 혹은 조선의 작품을 다룬 것, 혹은 조금 새롭습니다만 대만의 작품을 다룬 것이 없습니다. 어떤 의미에서는 사문학私文學이라는 것도 생각해 볼 수 있지 않을까 합니다. 사문학의 폐해가 있었다는 것 자체가 역시 문학사의 문제가 아닌가 생각합니다.

그렇게 생각보아도 역시 각국 문학사를 종합해서 하나의 큰 이념하에 통일하는 것은 대단히 큰 일입니다. 물론 이는 일본만의 문제가 아니라, 각국 특히 중국 문학자의 협력 없이는 불가능합니다. 하지만 단순히 비교문학사가 돼서는 안 되며 각국의 전통을 살려서 특수성을 파악해 통일해야 한다고 생각합니다. 이를 위해서 구체적인 방안을 언급해 보면 우선 관계 각국의 위원을 통해 구성하는 연구조향기관研究調香機關이라는 것이 필요합니다. 그리고 적당한 장소가 있다면 연구소를 설치하면 좋겠으나 현실적으로 불가능하다면 연락 기관을 두거나 해서 각국의 고전 및 현대문학을 수집 정리하여 각 나라의 문학이 어떻게 대동아의 오늘 및 내일을 위해서 준비해 왔는가, 그러한 점을 검토해야 하지 않나 생각합니다.

그래서 전문위원들이 자국의 고전 전설이나 이야기를 소개하고 공동위원회에서 특수성과 유사성을 검토해서 그 결과를 체계적으로 만드는 것입니다. 이를 통해서 지금까지 개별적으로 성장한 것처럼 보이는 각각의 문학사가, 결코 그렇게 고립적인 것이 아니라 유기적인 연관을 갖고 있음을 발견할 수 있을 것입니다. 그러한 결과를 통해 지금까지 문학사가 존재하지 않은 국가에도 자극을 줘서 새로운 문학사를 구상하는 방안을 만들 수 있을 것입니다.

이 사실은 물론 각국의 언어나 문화 상태를 고려해 보면 쉬운 일이 결코 아닙니다. 번역이나 발표 언어를 무엇으로 할 것인지, 표준 언어를 어떻게 할 것인지, 공통어로 어떤 것을 고를 것인지, 이러한 것도 생각해 보면 중대한 문제가 될 것이라고 생각합니다. 물론 이것은 단시일 내에 결론이 날 것이 아니기 때문에 충분히 검토해 볼 필요가 있습니다. 특히 위원회의 상당히 강렬한 학문적 열정을 보조하기 위해서는 강력한 경제적 원조가 필요하리라는 것은 말할 필요도 없습니다.

하지만 어떻게 보면 이처럼 지난한 일을 통해서 국민 간의 진정한 우정이 촉진되는 것이 아닐지요? 어제의 일을 창작하는 것을 통해 고뇌와 기쁨을 공감할 수 있습니다. 그것에서 커다란 화和의 정신을 얻을 수 있다는 것을 고바야시 군이 말했습니다. 다만 창작 실천에서도, 학적 실천에서도, 화는 동일하게 중요합니다. 이것이 제 제안의 대체적인 요지입니다. [박수]

첸랴오시 (화중)

　방금 제안에 대해 저는 전폭적인 찬성을 표합니다. 이러한 방책으로 우리는 대동아공영권 안에 있는 각국의 전통을 알 수 있으며 각각의 특색 내지 공통점을 발견할 수 있습니다. 이것은 실로 기쁜 일입니다.

　그런 점에서 각국으로부터 대표를 내보내서 각기 의견을 발표하고 조사 작업을 진행하여 훌륭한 대동아공영권 문학사를 기대해 마지않습니다.

위원장

　이것으로 대체적으로 예정 의안을 완료하려 합니다. 마지막으로 "도손 상藤村賞의 설정"이라는 제목으로 장워진 씨에게 부탁드립니다.

도손상의 설정—진중 심의를 기하여 보류

장워진

　이 제안은 도쿄에 도착한 이후 만든 것입니다. 우리가 도쿄에 도착한 22일, 호텔에 도착하자마자 도손 선생이 돌아가신 것을 듣고 모든 중화 대표들은 낙담했습니다. 그때부터 이미 무언가 도손 선생, 즉 도쿄에서 태어난 가장 위대한 문호인 도손 선생을 기념하지 않으면 안 된다는 감정에 휩싸여서 갑자기 제안을 만들었던 것입니다.

　간단히 이 제안의 내용을 말씀드리면 명칭은 "시마자키 도손島崎藤村 문학상"이라는 명칭으로 하고자 합니다. 이것은 중화의 문자로 적으면 "島崎

藤村文學獎金"이라는 식이 됩니다. 목적은 시마자키 도손 선생을 기념하고 더불어 대동아공영권의 문학을 진흥하는 것입니다. 그 이유를 설명드립니다.

시마자키 도손 선생은 메이지 26년(1893), 선생이 22살일 때 동창인 기타무라 도코쿠北村透谷 씨 등과 잡지『문학계』를 창간한 이후, 정확히 52년간 문학활동을 했습니다. 게다가 오늘날까지도 시대의 선두에 서서 활약하며 일본문학계에 남긴 공적은 실로 위대한 것입니다. 일본의 신체시新體詩는 선생의『봄나물집若菜集』이하 차례로 나온 시를 통해 확립됐습니다. 일본의 자연주의문학은 선생의『파계破戒』,『이에家』,『봄春』이 나오고 처음으로 일세를 풍미했습니다. 선생의 작품이 세상에 나온 후 일본의 새로운 형태의 소설이 확립됐습니다.

불후의 걸작인『요아케마에夜明け前』가 세상에 나온 후, 시단의 제1인자인 선생이 또한 장편소설의 제1인자로 올라서 세계 각국의 문단으로부터 존경받았습니다. 실로 세상에 진귀한 대문호입니다.

그러한 문호가 나온 것은 선생을 낳게 한 일본의 명예일 뿐만 아니라, 전 동아의 영광으로 생각하는 바입니다. 그러한 문호가 걸작을 내고서야 우리들은 영미문화 격멸을 부르짖을 수 있는 자격을 갖게 되었습니다. 대동아민족이 대동단결을 단행해서 영미문화 격멸을 높이 외치고 있는 오늘날, 우리는 선생님의 서거를 애도하는 것만이 아니라, 영구히 선생을 기념하는 기관을 설치해서 이를 통해 대동아문학의 진흥을 꾀하고 선생의 뒤를 이어 대동아를 위해 기염을 토하는 매우 높은 수준의 문호가 출현하기를 기대합니다.

이것이 이유입니다. 넷째, 방법은 '시마자키 도손 문학상 위원회'를 설정해서 일정액의 기본금을 모집해서 그것으로 상금 및 그 밖의 비용으로 삼으려 합니다. 다섯째, 위원회의 사업으로서 매년 심사위원회를 두고 대동아 각국 문학작품 중에서 일부만을 선발해서 상금을 주고 격려하려 합니다.

이상으로 제안 이유에 대해 협의를 부탁드립니다. 자세한 것은 본안 결의 후에, 준비위원회를 조직해서 결정하겠습니다. 특히 작품은 대동아 각국의 문학작품에서 일부만을 골라서 상금을 준다고 했는데, 종류에 제한을 두지 않고 소설이나 시나 혹은 비평과 작품 번역에도 자격을 부여하고자 합니다.

위원장

장워진 씨의 제안에 대해 일본 측의 발언을 부탁드립니다.

나카무라 무라오

시마자키 도손 씨를 기념하기 위한 '도손 문학상' 설정을 중국 대표인 장워진 씨가 제안해 주신 것에 대해, 일본 측 대표원의 한 사람으로서 매우 기쁘게 생각합니다. 이에 대한 자격 등의 세부 사항은 차치하고 도손 문학상을 제안해주신 것을 분과 회의 전의원이 만장일치로 찬성해 주시리라 믿습니다.

구메 마사오

방금 제안에 대해서 문학보국회의 사무국장 입장에서 보자면 제안의 수용과 기술적인 실행은 개별 사안이라 판단되므로, 우선 제안을 접수한 후 신중히 심의하려 합니다. 물론 취지에 대해서는 이견이 있을 리 없습니다. 다만 개인의 이름을 걸고 하나의 성격을 띠는 문학상의 상금을 부여하는 것은 중요한 의미가 있어서 여러 요소를 고려해 보고 싶습니다. 또한 개인에게 실례가 될 수도 있고 향후 문학의 정립에 영향이 있을지 모릅니다. 그러면 도손상이라는 이름에 면목이 없으니 우선 신중히 고려해 보겠습니다.

장워진 씨가 도손 선생을 애도하는 마음을 열렬하게 표현해 주신 것을 감사하게 생각합니다. 하지만 이 제안은 현실성이 희미하다고 생각합니다. 이러한 것에 대해 진중히 심의해서 결정하고 싶습니다. 심의를 하는 것은 보류하고 싶습니다.

위원장

장워진 씨의 제안에 관해서는 아무런 이견이 없을 것이라고 보지만 실현에는 상당히 많은 고려가 필요합니다.

문학보국회에서도 제반 문제가 많기 때문에 이것은 보류하고자 합니다. 사무국으로부터의 이러한 이야기가 있었습니다. 이 점 제안해 주신 장워진 씨 및 다른 분들께서도 양해를 해주시기 바랍니다.

장워진

저도 문학보국회가 그러한 입장이시라면 달리 말씀은 드리지 않겠습니다.

다만, 문학보국회가 실행에 옮기기 어렵다면 여러분의 열정으로 다음 기회에 꼭 도손상을 실현해 주시기 바랍니다. [박수]

위원장

제안해 주신 취지에 대해 전폭적인 경의를 표하며 실행에 대해서는 구메 사무국장의 뜻과 양해를 구하고자 합니다.

오늘 장시간에 걸쳐서 여러분의 열성적인 이야기와 의견을 듣고서 여러 문제에 빛이 비추게 된 것에 대해 충심으로 감사드립니다. 그 가운데는 본부 사무국에서 다뤄야 할 사안도 있었습니다. 또한 대체적으로 여기 계신 여러분들이 책임의 일부를 분담해 주시지 않으면 안 됩니다.

그러므로 결의라는 형식은 취하지 않습니다만, 부디 이야기가 나왔던 것에 대해 각기 입장에서 책임을 나눠가지실 것을 진정으로 희망합니다. 오늘 이 제1위원회를 폐회하는 것으로 하겠습니다. 진정으로 감사드립니다. [박수]

[오후 영시 30분 폐회]

제2분과 회의

[오전 9시 30분 개회]

시라이白井 위원장

지금부터 제2분과 회의를 개최하겠습니다. 제가 지명됐기 때문에 회의를 진행하겠습니다. 다른 회의와 다르게 간담회 식으로 진행해서 여러분과 의견을 교환하고 되도록 할 말을 다 할 수 있도록 하려고 합니다. 작년에는 분과 회의가 없었지만, 제2회의에서 처음으로 실행하는 협의 방법입니다.

따라서 이번 대회에서 분과 회의가 차지하는 비중은 상당하다고 생각합니다. 그런 요량으로 기탄없는 의견을 토로해 주시기 바랍니다. 또한 말씀드릴 것까지도 없지만, 시국이 상당히 긴박해지고 심각해지고 있어서 제3회 대동아문학자회의를 열게 되더라도 앞으로 1년 후의 일이라고 생각합니다. 당연히 여기서 지금 협의하는 것은 앞으로 1년 후를 포함한 것을 전제로 해야 합니다.

그러므로 현재 정세만을 고집하시지 말고 문학자의 감정으로 앞으로 1년간 어떠한 양상이 될 것인지 그것까지 고려하시는 것을 간담회의 성격으로 하고자 합니다. 어떤 식으로 시국이 변화하더라도 실행 할 수 있는 방안에 대하여 협의를 통해 성과를 얻고자 합니다. 부디 그런 생각으로 발언을 해주시기 바랍니다.

제2분과 회의에 제안된 과제는 대체적으로 정리돼 있지만, 상당히 근본적인 이념을 다루고 있어서 구체적으로 들어가면 복잡한 문제가 대부분입니다. 되도록 구체적으로 간결하게, 그리고 요령있는 말씀을 해주시기 바랍니다. 우선 처음으로 "중국문학 확립 요청"에 대해서 가타오카 뎃페 씨에게 설명을 부탁드립니다.

반동 대가大家를 소탕 — 중국문학 확립의 요청

가타오카 뎃페片岡鉄平

　제 제안은 "중국문학 확립 요청"이라는 것입니다. 사실 이 문제는 범위가 좁습니다. 즉 중칭 정권이 잔존하고 있는 중국의 특수 사정에 근거해 존재하는 특수한 적에 대한 투쟁의 제언입니다. 특수한 사정이 있는 것을 고려하면 중국의 모든 움직임을 관찰할 수 없는 우리로서는 어제 대회에서 중국 대표 여러분이 보여주신 열정에 감사드립니다. 대동아전쟁에 대한 협력 정신과 대동아건설의 이상에 타오를 것 같은 열정에 찬 여러분에게, 깊은 감동을 받았으며 경의를 표하고자 합니다. 하지만 중국 여러분은 중국의 이 특수한 사정 때문에 여러모로 쓸데없는 적을 마주해야 하는 상황이 아닌가 하는 생각을 하게 됩니다. 이것은 위구인지도 모르지만 상상하게 됩니다.

　그 적은 하나입니다. 특히 제가 방금 문제로 삼은 화평지구和平地區에 있는 반동적 노대가老大家가 그입니다. 평화지구 내에 있으면서 여전히 여러분의 이상이나 정열을, 혹은 문학 활동에 대립하는 표현을 하고 있는 유력한 문학적 존재입니다. 물론 여기서 그것이 누구인지를 명언해도 되겠으나, 그가 극히 소극적인 표현에 이상적인 동작으로 여러분이나 우리의 이

【자료 5】『문학보국』, 7면. 제2분과회의에 관한 기사

상에 적대를 보이는 노대가라고 설정하는 것은 용인하기 힘든 전제일런지요. 여러분이나 우리가 내걸고 있는 대동아건설의 이상은 새로운 사상으로 이른바 청년의 이상입니다. 동아의 옛 전통을 오늘날의 역사 속에서 정신과 육체에 새롭게 살려내 가미하는 것은 현재 새로운 생명으로 살아가는 청년들의 창조적 의욕만이 지향할 수 있는 곤란한 사업이 아닌가 합니다. 이는 나이의 문제가 아닙니다. 자백하자면 저도 50살이 됐지만 역사의 거친 파도인 대동아전쟁이 저를 다시 젊게 했으며 대동아건설 이념이 저를 청년으로 만들었습니다. 하물며 저보다 젊은 여러분, 여러분의 분노를 청년의 이상을 비웃는 노년의 정신을 향해 폭발시키지 않으면 안 됩니다. 저는 이것을 확신하며 의심하지 않습니다.

특히 그러한 노대가가 세상 속물들의 신뢰를 받고 있는 만큼, 그 영향력을 민중이나 지식층으로부터 떼어내기 위해서라도 과거 그가 이룬 문학적 공적을 반추해서는 안 된다고 생각합니다. 인정적인 면에서는 참기 힘들다고 하더라도 민중을 거국일치시켜 조직하지 않으면 안 되는 신중국의 긴급 과제를 생각할 때 그들을 용서하지 말고 분쇄할 필요가 있습니다. 여러분의 문학 활동은 신중국 창조라는 노선을 따르고 있습니다. 그럼에도 불구하고 노대가는 오늘 중국이 어떠한 역사 속에서 호흡하고 어떠한 세계정세 속에 놓여 있는지를 전혀 고려하지 않고 제멋대로 그러한 매력적인 표현을 희롱하면서 뒤에서 여러분을 비웃고 신중국 창조에 어떠한 노력도 하지 않고 있습니다. 그는 이제 여러분과 우리가 전진할 때 방해물이며 정신적인 장애물입니다. 그는 전동아에서 파괴하지 않으면 안 되는 타협적인 우상입니다. 옛 중국의 초월적 사대주의와 제1차 문학혁명으로 획득한 서양문학 정신과의 기괴한 혼혈에 지나지 않습니다.

저는 중화 대표 제군에게 부탁드립니다. 문학 활동의 일환으로 이러한 존재에 대한 가열찬 전쟁을 벌여주실 것을 부탁드립니다. 그 전쟁이 즉시 개시되기를 바랍니다. 만약 필요하다면 저희들이 언제라도 그러한 투쟁에 협력하고 동원에 응해서 결의할 것을 명언합니다.

위원장

그러면 같은 의견을 갖고 계실 것으로 보이는 이치노헤 쓰토무 씨에게 부탁드립니다. 덧붙여 가타오카 씨의 발언에 있었던 내용 이외의 것을 중점적으로 말씀해 주시기 바랍니다.

아시아문화의 옹호—중칭 지구 공작을 위해서

이치노헤 쓰토무―戸務

저는 과거 20년 몇 년 이래, 중국의 새로운 문학을 차례로 보아왔습니다만, 이 시국에서 문학혁명 이후의 새로운 문학의 움직임과 완전히 동떨어진 이야기를 중국 여러분들로부터 듣고 시세時勢의 움직임이 얼마나 빠른지를 절감했습니다. 과거 2천 년 이래 중국문화가 일대 변화를 이룬 것은 문학 혁명 이후입니다. 그 정도 변화를 문학사 위에 미친 것은 한 번도 없었습니다. 그 변화는 영미문화의 침입으로 비롯됐습니다. 현재 지나문학이라는 것은 거의 유럽문학에 영향을 받고 침윤된 것입니다.

그럼에도 불구하고 지난 대회와 이번 대회에서 중국 여러분들이 오셔서 개념론으로 볼 때도 상당히 동감할 수 있는 말씀을 하셔서 매우 기뻤습니다. 하지만 과거 문학을 볼 때 이것이 어떠한 식으로 하루아침에 변했는지를 생각해 봤습니다. 개념론과 달리 문학의 세계는 좀처럼 잘 변하지 않습니다. 저는 무엇을 통해 어떻게 변화시킬 것인지를 여러모로 생각해 봤습니다. 우선 과거 문학혁명 때 중국의 전통과 문화가 파괴됐는지, 그리고 어떻게 새로운 길로 나아갔는지를 고찰해야 합니다. 그것은 영미문화를 통해 바뀐 것이므로 앞으로는 이것을 아시아문화로 바꾸고자 생각합니다. 이를 위해서 단점과 장점을 비교해 보면 매우 잘 알 수 있다고 생각합니다.

문학혁명 때는 논의와 창작이 병행됐는데, 이번 이차 혁명에는 논의만 있을 뿐으로 창작상의 실행이 없습니다. 아직 영미문화의 침윤이 배어있어서라고 생각합니다. 중칭 쪽에 가 있는 작가 중에서도 반드시 영미문화에 빠져있는 작가만이 아니라, 영미문화를 배격하여 중국 전통작품으로 돌아가고 싶어 하는 훌륭한 작품을 남긴 분도 있습니다. 화평지구에서도 말만은 영미문화를 배격한다, 혹은 민족문화를 일으킨다고 하면서도 여전히 작품 속에서는 그것이 배어나지 않는 것을 보면 작가는 아직 제각각이라고 생각합니다. 정치적인 것과 문학적인 것이 합치되는 수준에 이르지 못하면 진정 새로운 아시아 문학은 태어나지 않을 것이라고 봅니다.

또 하나 제가 말씀드리고 싶은 것은 중칭에 있는 영미파 작가는 어쩔 도리가 없습니다만, 진정으로 중국 전통문화에 눈을 뜬 작가가 있음에도 불구하고 우리의 호소가 상대편에 통하지 않는 것은 심각한 문제입니다. 아마도 그쪽에서 참고 지내는 작가도 있지 않을까 생각합니다. 그러한 분에게 정치라든가 무언가 커다란 문제가 아니라 문학의 마음을 통해 동감하는 작가가 있을 겁니다. 그러한 작가를 몇 명이든 지적할 수 있습니다. 어떻게 해서든 그러한 작가를 끌어들일 수 있다면 역시 영향력이 있기 때문에 지도하기 좋다고 생각합니다. 그러한 점에 대해서 어떻게 해서든 공감하고 싶습니다.

장혁주張赫宙

방금 발언 중에 질문이 있습니다. "중국문학 확립 요청"과 "중칭지구공작"은 매우 커다란 문제이기에 감히 질문을 드립니다. 방금 가타오카 씨의 이야기 중에 반평화 사상을 지니고 화평지구에서 활동하고 있는 작가가 있다는 이야기가 나왔습니다. 류위성 씨가 편찬하는 잡지에 중칭 측 작가들이 집필을 하고 있습니다.

이에 대해서 중국 측은 어떠한 태도로 임하고 있습니까? 또한 이치노헤 씨가 중칭 측 작가를 끌어들이기 위한 움직임에 대해서 어떠한 일을 하고 있는지 묻고 싶습니다.

제가 대체적으로 대답해 드리겠습니다. 중칭파 작품이 실리고 있는 것은 사실입니다. 어떤 연유로 그들이 이 잡지에 투서하고 있는지……, 본인이 없기 때문에 책임을 지고 대답할 수 없으나 마침 일본에서 현재 번역되고 있는 중국문학 거의 대부분이 중칭 측 작가의 작품입니다. 그 점 일단 내지 측에서 생각해 주시기 바랍니다. 마침 일본 내지에서 중칭파 작가의 번역이 나오고 있으니, 단순히 문학만을 기준으로 생각한 것이 아닌가 합니다. 즉 정치적인 의미를 고려하지 않고 문학 작품만으로 그것이 좋다, 좋으니까 번역한다, 그러한 상태가 아닌가 합니다.

제 자신은 이에 대해 별로 찬성하지 않습니다. 향후 방향으로서 그러한 것은 지양되지 않을까 합니다. 하지만 동시에 화평지구 잡지에 중칭 측 작품을 실어주고 있는 것은 방금 이치노헤 씨가 말한 의미에서 중칭 측과 연락선을 유지하는 역할을 하리라고 봅니다. 이것은 조급하게 방향을 확정하기 힘든 문제라고 봅니다. 앞으로 여러모로 연구해서 또한 실제 구체적인 상황에 맞춰서 조금 더 검토해서 방향을 결정해야 하지 않을까 싶습니다.

그리고 제 자신의 기분을 한마디 부언하고자 합니다. 중칭파 작가를 되돌아오게 하는 운동에 대해서 일본 작가들도 충분히 생각하고 있다고 봅니다. 오히려 저는 그것보다도 20대의 새로운 진정한 대동아 이념을 지녔을 뿐만 아니라 감정을 갖고 있는 젊은 청년들로부터 진정한 의미의 대동아적 문학을 발전시키는 것이, 가장 중대한 문제라고 생각합니다. [박수] 그 점 우리 중국 대표는 현재 상당한 노력을 기울이고 있으며 또한 앞으로 그것을 중심으로 활동하고자 합니다.

가령 이른바 중칭파로 현재 상하이에 있는 상당히 유명한 작가가 있습니다만, 그 사람은 중칭파와 화평파 양쪽에서 글을 쓰지 않습니다. 또한 아마도 그러한 식의 발표기관이 있다고 해도 이미 거의 글을 쓰지 않을 사람이 상당히 많습니다. 문학적 정세를 상실한 작가에게 아무리 되돌아오라고 해도 어쩔 수 없다고 생각합니다. 현재까지는 젊은 무리를 유도하기 위한 잡지에서 유명한 작가군의 작품을 게재하고 있습니다. 하지만 그러한 것을 완전히 탈바꿈시키는 것이 대동아문학 최초의 출발점이 되지 않을까 합니다.

장혁주

이 회의는 토론이 가능한지요. 발언만 허용됩니까?

위원장

시간 관계상, 다소 질문이 있다고 해도 대체적으로 이 정도로 하고자 합니다. 제안을 한 사람을 중심으로 의견을 매우 간단히 말하고 자세한 것은 개인적으로 발언자를 위촉해서 진행하고자 합니다. 방금 제기된 것은 매우 중요한 문제로 과도기에 어느 곳에서나 찾을 수 있는 고뇌라고 생각합니다. 이것이 확실히 해결이 되면 사상전에서 우위를 점할 수 있습니다. 제안자의 생각은 이 자리에서 중국 대표 쪽의 기탄없는 말씀을 직접 듣고자 했던 것이라고 생각합니다. 그것은 급격히 되는 것이 아닙니다. 구사노 신페 씨에게 묻겠습니다만, 이 회의에서 중점적으로 제기된 문제를 중국 대표 작가에게 말씀하셔서 각기 의견을 들어주시기 바랍니다. 그래서 되도록 지금 말씀한 것의 해결과 실행의 추이가 어떻게 문학적으로 이뤄질 것인지에 대한 의견을 정리해 주시기 바랍니다. 어떠신지요.

구사노 신페

잘 알겠습니다.

위원장

대단히 성의를 다한 기탄없는 의견교환이었다고 생각하며 매우 유쾌하
게 생각합니다. 또한 여러 문제가 남아있습니다. 이것은 구사노 씨나 중국
대표 분들이 일본 측과 절충을 해서 실행에 옮기실 것이라고 생각합니다.

이에 관련해서 "중칭 지구 공작"이라는 제안이 오다 다케오小田嶽夫 씨
로부터 나와 있습니다. 여러 의견을 풍부하게 갖고 계신 것으로 보입니다.
하지만 방금 나온 제안과 중복되는 점도 있어서 시간 관계상 다음 기회로
미루고 이것은 생략합니다. 다음으로 "대동아학 연구기관 설립"이라는 주
제로 추원두워 씨로부터 제안이 있겠습니다. 의견을 말씀해 주시기 바랍
니다.

모략 파쇄破碎를 위한 단결─동아문학 연구기관 설립

초원두워丘韻鐸 (화중)

제가 과제로 삼은 것은 대동아문학 연구기관의 설립에 관해서입니다.
방금 가타오카 선생님과 그 밖의 선생님들로부터 이야기를 듣고 그 중요
성을 매우 통감했습니다. 가타오카 선생님의 말씀에 따르면 화평구역 내
에서도 여전히 반동분자가 존재하고 있습니다. 그들을 어떻게 숙정肅正해

갈 것인가는 우리로서도 꼭 시행해야 하는 과제입니다. 그런데 소인수로 이것을 숙정하는 것은 곤란하다고 생각하기 때문에 하나의 커다란 기관을 만들어서 다수의 사람을 통합해서 반동분자를 붙잡는 것이 필요하다고 생각합니다.

게다가 간단히 반동인가, 그렇지 않은가를 즉단하는 것은 불가능합니다. 작품 하나로 반동인지 그렇지 않은지를 확인하는 것은 어렵게 많은 사람을 통해 검증하지 않으면 안 됩니다. 그래서 종합적인 커다란 기관이 필요하다고 생각합니다. 따라서 이는 중국만의 문제도 아니며 일본만의 문제도 아닙니다. 일만화를 하나로 해서 커다란 하나의 기관을 설립할 필요가 있다고 봅니다.

그리고 일만화만이 아니라 최근 이미 남방에까지 황군의 점령 지역이 확대되고 있기 때문에, 태국, 미얀마, 필리핀 각 방면을 아우르는 기관이 필요하다고 믿습니다. 단지 종합 기관만으로도 아직 부족하다고 생각하며, 다카다 선생님의 의견에 따르면 일만화를 종합한 기관에서 간행물을 출판하는 것이 필요합니다. 다만, 간행물도 일만화에 한정하지 말고 널리 남방 방면도 넣어서 만들고 싶다고 생각합니다. 단순히 간행물에 그치는 임시적인 것이 아니라, 고정적인 간행물을 영구적으로 계속해서 내기 위한 계획을 세워주시기 바랍니다. 간행물만이 아니라 각 지역에 퍼져가는 문학자에게 원활한 연락도 필요하다고 생각합니다.

간행물 이외에 서로 통신 수단을 써서 연락을 유지할 수 있는 방안을 궁리해 주시기 바랍니다. 이것이 대동아문학 연구기관 설립이 필요한 이유입니다.

위원장

방금 매우 적절한 의견을 들었는데 여러분들도 모두 찬성하시리라고 생각합니다. 작년 제1회 때도 연락 기관을 설립하자는 제안이 있었습니다. 하지만 실행 방안을 절충하다가 제2회까지 결국 통합하지 못했습니다.

따라서 이 의견은 당연한 것으로 실현시키지 않으면 안 됩니다. 또한 현재 연락을 취하는 구체적인 방법으로 통신에 대한 것이 나왔는데, 이는 매우 적절한 의견이라고 생각합니다. 이에 대해서 일본 측에서 추가할 의견이 있다고 생각되니 제안해 주시기 바랍니다.

오자키 기하치

어제 저는 문학자가 몸소 적의 사상 모략 전쟁을 막고 그것을 타파하는 길은 문학자가 마음을 합쳐서 민중을 획득하는 것이라고 말씀드렸습니다. 이를 실행하기 위해서 우리는 어떻게 통신 연락 기관을 마련할 것인지 생각해 보고자 합니다.

이것을 말씀드리려 합니다만, 초원두워 씨로부터 적절한 발언이 있어서 제가 추가로 말씀드릴 내용도 거의 없다고 생각합니다. 대동아문학자를 돌변시켜 하나로 만들기 위해 종합적 기관을 설립하고 간행물 이외의 연락통신 기관을 만드는 것 없이는 앞으로 점차 격심해져 가는 적의 모략 선전에 대항하는 것은 불가능하다고 생각합니다. 이 대회를 계기로 이것을 반드시 실현해 주시기 바라겠습니다.

위원장

　지금 문제에 대하여 초원두워, 오자키 기하치 양 군 모두, 연락기관, 즉 통신기관의 설립이라는 쪽으로 의견의 일치를 보았습니다. 여러분도 예외 없이 찬성하시리라고 생각합니다. 이것을 의결해서 결정하고 본부 쪽에 제출하고자 하니 찬성을 부탁드립니다.

　그러면 의제에 내걸지는 않았습니다만 엔치 후미코 여사로부터 "여성 문화의 건설과 역사문학에 대해서"라는 제안이 있었기에 발언을 부탁드립니다.

역사의 전통으로 돌아가라—여성의 건설과 문학 교양

엔치 후미코圓地文子

　제 제안은 제삼, 제사 안건에 걸쳐 있다고 봅니다. 어제부터 영미문화의 격멸에 대해 다양하고 유익한 말씀이 많았습니다. 표면상 영미문화는 대동아공영권 내에 그림자를 드리우고 있다고 봅니다만, 과거 천여 년이라는 오랜 기간에 걸쳐 동양의 토양을 침식해 들어온 영미 사상문화의 영향이라는 것을 근본부터 없애버리기 위해서는 앞으로 모든 방면에서 노력을 경주해야 함은 말씀드릴 것도 없습니다. 이를 위해서는 여러 가지 방법이 있다고 생각하지만, 우선 필요한 것은 각 민족이 영미의 사상문화라는 것에 우월함을 느끼고 맹신하는 사상부터 뿌리뽑아내는 것이 요구됩니다. 각 민족이 각자의 민족성에 대해 음미하고 새롭게 자존심을 찾아서 출발점으로 삼아야 합니다.

새로운 민족의 피를 끓게 하는 방법으로 다양한 방안이 있다고 생각합니다. 우리 민족을 중시하고 사랑하는 것은 우선 역사적인 눈으로 우리민족의 과거를 올바르게 인식하는 것으로 이어집니다. 가까운 일본의 예를 들어보면 메이지 유신의 빛나는 왕정복고 사상에 기원을 두는 것이 도쿠카와 미쓰쿠니德川光圀의 『대일본사大日本史』와 라이 산요賴山陽 『일본외사日本外史』임은 누구나 잘 알고 있습니다. 또한 오늘날 대동아 결전하에서 일본의 장래가 대군大君을 위해, 국가를 위해 생사를 초월한 훌륭한 움직임을 전선에서 펼치고 있는 것도 과거 2천 년에 빛나는 전통을 통해서입니다. 평화일 때는 우리 안에 잠자고 있는 것처럼 보이는 순결한 야마토민족의 혈액이 이러한 비상시 가을에 소생하여 강인하게 흐르고 있기 때문입니다. 이러한 일본의 역사는 단순히 사서史書로 쓰여진 것이 아니라 뛰어난 문학입니다. 고지키古事記나 헤이케모노가타리平家物語와 같은 것을 읽으신 분은 모두 그것을 긍정하실 것이라고 봅니다. 또한 중화민국에서도 고전 사경 등을 보면 순박한 고대 시의 형식 안에 풍부한 역사가 포함돼 있습니다. 어느 시대를 봐도 시적이고 뛰어난 문학이 민중에게 깊은 영향을 끼치고 있습니다. 오늘날 영미 사상문화의 우월성을 맹신하는 잘못된 사상을 동아권 내로부터 박멸시키지 않으면 안 됩니다. 이 중대한 가을에 여자된 입장에서 말씀드리면 일반적으로 여성, 특히 젊은 여성에게 역사적인 시각이 아직 갖춰지지 않았다고 생각합니다.

이것은 아마도 거대한 파도가 항상 부딪치고 있는 것처럼 과도기적 현상으로서 당연한 것입니다. 또한 일본 이외에 중국, 몽고에서도 같은 상태가 아닌가 생각합니다. 하지만 이것을 그대로 방치해 둬서는 안 된다고 생각합니다. 저는 지금부터 대동아의 새로운 아내가 되고 어머니가 될 여성이 자국의 역사를 알고 공영권 내의 역사를 바로 알게 되기를 바랍니다. 이는 무미건조한 사서 등이 아니라 풍부한 문학을 통해, 민족의 올바른 전통을 풍부하고 깊이 침투시켜야 한다고 생각합니다.

저는 이 방면에서 일만화 문학자의 진지한 협력을 바랍니다. 특히 여류 작가는 이 커다란 동란의 시대를 통해 서양문화와 완전히 다른 동양의 집과 가족이 각국에서 어떻게 융성과 발전을 이뤘는지를 살펴봐야 합니다. 여성은 남편을 돕고 아이를 키워서 동양의 아내, 동양의 어머니의 진정한 이상을 실현하고 이러한 이상을 서로 품고서 상호 인식을 깊게 하는 역할을 맡고 있다고 생각합니다. 이 방면에서는 일만화 여류 작가의 교린 친목, 혹은 각지의 지도적 잡지의 발간을 생각해 볼 수 있습니다.

어떤 분들은 이 결전하에 무턱대고 과거를 반성하는 것이 답답한 일이라고 생각하실지도 모릅니다. 하지만 저는 역사적인 것을 보는 눈이 있어야 냉정하고 침착하게 사람을 키워낼 수 있다고 생각합니다. 그러한 의미에서 꼭 이러한 시대이기 때문에, 특히 감정에 흘러가기 쉬운 여성의 교양에 보다 역사적인 것들을 가미해서 역사적인 눈을 가져주시길 바랍니다. 이를 위해 뛰어난 역사적인 문학이 속속 탄생하기를 바랍니다. 이 제언에 찬동을 얻을지 어떨지는 모릅니다만, 제 자신의 생각을 말씀드립니다.

관루 (화중)

제가 말씀드리고 싶은 것은 여러 선생님들이 이미 말씀하신 영미문학 배격에 관한 것입니다. 제가 제안하고 싶은 것은 일본과 중국을 가리지 말고 서로 고전문학에 기초를 두자는 것입니다. 현재의 생활, 우리의 현재 사회를 고전문학을 통해서 쌓아가자는 것입니다. 영미가 과거 백년에 걸쳐 우리 동양을 침략한 이래로 그 침략의 영향이 노정한 무서움에 대해서 한마디 드리겠습니다. 저는 중국에서 미국계 미션스쿨에서 교육을 받아서 그러한 학교의 사정을 잘 알고 있습니다. 중국에는 지금까지 미국 선교사 등이 세운 미션스쿨이 많습니다. 오히려 그런 학교가 더 많다고 해야 할 정도입니다.

그곳에서 배우고 있는 중국의 자제들이 어떠한 상태인가를 말씀드리면 중국의 것은 알 필요가 없다는 식입니다. 영어만 말할 수 있다면 됐으며 그것을 긍지로 삼고 있습니다. 영어를 능숙하게 말하면 할수록 그 사람에게 명예가 있는 셈입니다. 지나의 옛것이라든가, 풍속 습관이라는 것은 모르는 편이 명예로운 것처럼 여겨지고 있습니다. 국립 학교, 현립 학교에는 서양문화가 깊이 침투해서 학생들은 영어책을 가지고 매일 걸어 다니는 것을 자랑으로 여기고 있습니다.

이는 교육계의 상황이지만 집으로 한발 돌아와도 생활양식에서 일상의 주거 등 모든 것을 영미 식으로 하는 것을 명예로 여기고 있습니다. 이러한 상태이기 때문에 영미문화를 격퇴해서 우리의 새로운 생활을 건설하기 위해 어떻게 해서든 고전문학 정신에 입각해서 생활의 기초를 쌓아가지 않으면 안 됩니다. 이것은 중국만의 문제가 아닙니다. 영미를 알고 자기 나라를 모르는 것을 명예로 삼고 있는 것은 일본에서도 또한 지금까지 없었던 일이라 하기 어렵다고 생각합니다. 이를 서로 책망해가며 동양의 독특한 고전 문학을 기초로 하여 우리의 생활을 다시 쌓아올려야 합니다.

양윈핑楊雲萍 (대만)

이에 관련해서 발언하고 싶습니다. 저는 극히 사사롭고 또한 사무적인 두 가지 제안을 하고자 합니다. 이는 일견 사무적인 문제로 대동아문학 연구 기관의 설립, 혹은 각 지역 문화 담당자의 연락 제휴에 관련된 하나의 제안이라고 생각합니다. 생각해 보면 저희들 문학에 종사하는 사람은 사물을 구체적으로 옮기고 또한 사물을 구체적으로 표현하는 것을 항상 유의하지 않으면 안 됩니다. 구체에서 추상으로라는 것은 우리 문학하는 사람이 유념해야 할 것이라고 생각합니다. 저는 시인인데 시는 사물에 구체적으로 들어가서 색다르게 표현하는 것이라고 생각합니다. 따라서 의안에서도 구체적인 문제에서 일반적인 것으로 들어가야 한다고 봅니다.

우선 저는 다음 제안을 드립니다. 첫째는 각국 및 각 지역 문학사 개요라는 책을 편찬하고자 합니다. 매우 실례지만, 우리 대만문학을 알고 계시는 분은 아마도 없으리라고 생각합니다. 또한 불령 인도차이나, 필리핀 문학, 만주, 중국문학의 개략조차 여러분들은 알지 못한다고 생각합니다. 그러한 문학사가 있어야 진정으로 문학의 교류가 이뤄지며, 또한 이른바 문학의 제휴를 달성하는 커다란 동기가 되지 않을까 생각합니다. 그것이 하나입니다.

그리고 두 번째는 제가 도쿄에 와서 느낀 것을 말씀드리는 것에 불과합니다만, 저는 우치야마서점內山書店에 가서 중국 책이 매우 고가인 것에 놀랐습니다. 어떤 수필 4×6판 200페이지가 무려 12엔 20전이나 해서 동양문학을 연구하는 사람에게는 치명적이라고 생각했습니다. 사고 싶은 책은 많았으나 모두가 아시다시피 책을 읽는 사람은 가난한 경우가 많습니다. 그것을 어떻게든 고려해 주시기 바랍니다. 일본 정부와 국민정부에서 배려해 주셨으면 합니다. 예를 들어 독일에서는 나치스에 관한 서적을 매우 싸게 팔고 있는데, 이는 국가에서 보조해서 가능한 것입니다. 예를 들어 국민정부에서 그 일부를 보조하거나 또는 일본정부에서 그 가격의 일부를 보조하게 되면 책을 사는 사람도 부담이 줄어서 진정한 문학적 교류를 할 수 있습니다. 제 제안은 이 두가지입니다. 이번 대회는 아마도 전세계 사람이 주시하고 있을 것이라고 생각합니다. 하지만 우리들이 생각하기로 백년, 이백 년 후의 자손도 이번 대회를 주시하고 있음을 각오하지 않으면 안 됩니다. 그러한 의미에서도 우리는 보다 높은 입장에 서서 개념적인 것만을 논의하는 것이 아니라, 보다 건설적으로 논의를 하고자 합니다. 백 년 후, 이백 년 후 우리들의 자손에게 비웃음을 당하고 싶지 않습니다.

가타오카 뎃페

방금 나온 대만 쪽의 제안을 전면적으로 찬성합니다. 여기 있는 분들은 중국문학사 개론 정도는 알고 있지 않나 생각합니다.

물론 동양학을 전공하시는 분에게는 미치지 못하지만 그 정도는 알고 있습니다. 그러니 안심하시기 바랍니다.

양윤핑

가타오카 씨의 말씀을 듣고 대단히 기쁘게 생각합니다. 또한 안심했습니다. 기쁘게 제 실언, 혹은 인식 부족을 철회하는 기쁨을 얻었습니다.

그리고 제 제안에 대해서 찬성을 얻고자 합니다. 각국 문학의 편찬만은 대회 쪽에 넘겨주셨음 합니다만 어떠하신지요.

위원장

지금 양윤핑 씨의 제안에 대해 찬동합니다. 제 주위도 모두 동감입니다. 이 문제에 대해서는 방금 구메 사무국장이 왔을 때 물어봤습니다만, 제1분 과 회의에서 토의중인 것 같다고 했습니다. 매우 좋은 분위기에서 심의 중 이라는 것을 전해드립니다.

그리고 두 번째 건에 대해서는 일본에는 다양한 기관의 출판모임이 열 리니 제안해 주신 것을 검토해 달라는 연락을 하겠습니다.

불멸의 작가혼―옛 문화지상주의를 배척한다

이와쿠라 마사지岩倉政治

제가 지금부터 드릴 말씀은 오늘 회의 의제에 관한 근본적인 제 의견입니다. 이 의견을 여러분이 다루든 그렇지 않든 상관없지만, 다만 저는 중국에서 오신 분들, 혹은 만주국에서 오신 분들에게 이러한 것을 생각하고 있는 문사도 있다는 것을 알려드리고 싶습니다. 저는 그것으로 만족합니다. 제가 말씀드리고 싶은 것은 실은 기우에 속한다고 생각합니다. 노파심이라고 생각합니다. 그러므로 전부 실례가 될지도 모르니 용서해 주시기 바랍니다.

사실 저는 어제부터 나온 모든 의안에 대찬성입니다. 하지만 그렇게 모두 대찬성이라는 것 또한 매우 불가사의한 것이라고 생각합니다. 그래서 저는 여기서 의심을 하나 하게 됐습니다, 어떠한 의심이냐 하면 문화주의라고 하는 공기가 우리 회의에 흘러든 것이 아닌가 하는 점입니다. 제 기우인지도 모릅니다만, 이에 대해서 말씀드리려 합니다.

의안을 배견해 보면 영미문화의 격멸이라는 문구가 굉장히 많습니다. 혹은 영미문화를 격멸할 본부를 설치하자는 이야기도 있습니다. 저는 모두 찬성입니다. 어째서 영미를 격멸하는가, 영미의 군대를 격멸하는 데 문사는 어떻게 해야 하는가도 생각해 봐야 합니다. 셰익스피어의 수만 권의 책을 도쿄에 갖고 오더라도 문제될 것이 없습니다. 또한 미국의 문학서적을 몇만 권 도쿄 상공에 뿌려도 놀라지 않습니다. 하지만 폭탄 하나가 떨어지는 것은 대단히 중대한 일입니다. 무섭지는 않지만 중요합니다. 우리는 이에 대해 너무나 무관심합니다. 어제부터 회의장에 감도는 분위기가 너무 문학적입니다. 그것은 참으로 묘한 일입니다. 하지만 이번 제2회 대회는 결전문학자대회입니다. 지금까지 문학은 종이와 펜만을 가지고 해왔습니다. 이제는 시가라든가, 이러한 옛 문학의 관념으로부터 해방돼야 합니다. 제가 가장 중대하게 생각하는 것은 적군입니다. 적의 군사력입니다. 왜냐하면 저희들은 참호에 있는 적을 앞에 두고 있습니다. 문학자대회는 전쟁터에 임해 있는 정신으로 무장하지 않으면 안 될 것입니다. 조금이라도 전장의 정신을 가져야만 하지 않나요. 어제 회의에서 이러한 발언을 원했습니다. 하지만 슬프게도 묵살되고 있습니다. 제2위원회로 옮기겠다고 해놓고 제2위원회에서도 묵살했습니다.

저는 이참에 우리의 문학 정신을 근본에서부터 뜯어고쳐야 한다고 생각합니다. 어째서 여러분은 문학을 변함 없는 옛 문학정신에 두고 문학자의 자세를 취해 영미문화를 격멸하겠다는 식으로 처녀처럼 태연한 척을 하는 것인지 이해할 수 없습니다. 당면한 문제는 적의 탱크이며 비행기입니다. 저는 일본 문학자의 한 사람으로 만일 적이 온다면 보다 비상한 사태를 맞을 준비가 돼 있습니다. 보다 확실히 말하면 도쿄 전부가 잿더미로 변할지도 모른다는 각오를 하고 있습니다. 또한 그런 각오를 정했을 때, 그 무엇도 두려워하지 않을 수 있었습니다. 그 때에는 종이도 펜도 충분하지 않습다. 그때 우리들은 하늘을 지키는 전사가 되고 병사가 되어, 적이 오면 펜을 버리고 총을 들어야 합니다. 저는 이러한 것이 오늘날 문학의 정신이라고 생각합니다. 문학의 정신이란 무엇인가. 보다 아름다운 것, 진정한 것, 이러한 것을 구해 마지않는 정신입니다. 문학의 정신은 탄환 따위에 멸하는 것이 아닙니다. 저는 제2회 문학자대회는 이러한 문학정신을 향해 크게 전개할 때라고 생각합니다. 이러한 문학정신이 아니라 여전히 옛 문학정신을 지닌 분이 일본 문학자 중에 있을지도 모릅니다. 이제는 그러한 것을 절멸하지 않으면 안 된다고 생각합니다. 그것을 만주, 중국 분들이 아셨으면 합니다.

하야시 후사오 군은 제게 이러한 것을 말했습니다. 나는 술을 못합니다 만 중국에서 술을 못 마시면 만주나 중국 무리들과 만나도 아무런 일도 못 한다고 말이죠. 하지만 문학자가 술을 마시지 못해서 서로 통할 수 없다는 것은 치욕입니다. 저는 술을 마시지 못하지만 이처럼 있는 그대로를 여기 서 말하고 있습니다. 또한 소설을 써서 먹고 살고 있습니다. 어쨌든 우리는 전쟁 상황을 각오해야만 합니다. 저는 문사인 동시에 무사입니다. 문무일 도라는 정신에 입각해 제 생각을 명확히 밝힙니다. 제가 말씀드린 것이 모 두 기우에 끝나기를 바라고 있습니다만, 하지만 그렇지 않으면 대단히 유 감스러운 일이기에 애써 발언을 했습니다. 저는 이러한 각오로 소설을 쓰 고 있습니다. 여러분도 활발히 소설을 쓰시기 바랍니다.

위원장

지금 이와쿠라 씨의 제안은 매우 열렬했으며 들으면서 피가 끓는 느낌 이 들어서 개인적으로는 매우 감동했습니다. 또한 여러분들도 아마 동감 하리라고 생각합니다. 더욱이 이 제안은 분과 회의보다는 오히려 본회의 에서 제언하는 것이 더욱 생생하게 다가올 테니 오후에 다시 한번 이와쿠 라 씨께 발언을 부탁하게 됐습니다. 그렇게 알고 계시기 바랍니다.

구사노 신페

저는 반대입니다. 왜냐하면 일본문학자 중에 그러한 결심을 마음속에 품고 있지 않은 사람은 없기 때문입니다. 이 결의를 누구보다 잘 아는 것이 일본의 문학자라고 생각합니다. 그것이 문학자의 아름다움이요 일본인의 성격이라고 생각합니다. 그러한 의미에서 지금 발언은 부적절합니다.

이와쿠라 씨의 발언은 일본인의 결의를 묻고 있습니다. 결의는 처음부터 갖고 있습니다. 예를 들어 이 국제회의에서 결의를 요망하는 것이라면 그것은 별개입니다. 하지만 일본인이 지금 말한 것과 같은 각오를 갖고 있지 않다고 하시면 그것은 폭언에 가깝다고 생각합니다. 그런 의미에서 반대합니다.

오자키 기하치

저는 방금 이와쿠라 씨의 이야기를 듣고 몸이 떨렸습니다. 제가 몸을 떤 것은 발언 내용 때문만이 아닙니다. 이와쿠라 씨는 어제 회의에 앉아계셨으면서도 그중 한 사람이 방금 말씀하신 것과 같은 내용을 발언했음에도 그것을 전혀 기억하지 못하고 계시기 때문입니다. 제가 어제 말씀드린 내용은 이 자리에 앉아 계신 분들과 내년도에 반드시 재회할 수 없을지도 모른다, 시시각각 강해지는 적의 반격 의지에 대항하는 각오를 하지 않으면 안 되며 이 전쟁은 아시아 모든 민족의 흥망을 건 대전쟁이다라는 것이었습니다. 동포가 피를 흘리고 싸우는 때에 냉연하게 관찰적 태도로 고만하게 있는 자가 한 사람이라도 있다면 참으로 한탄스러운 일이라고 말씀드렸습니다. 그러한 자는 우리의 쌀을 먹고 우리의 토지에서 살 수 없다고도 말씀드렸습니다. 일부러 말씀드렸지만, 한 사람의 구세주나 한 사람의 괴테보다 민족과 함께 싸우고 그들이 기뻐할 때 환희하고 용기를 고취하는 인물이 필요하다고 말씀드렸습니다.

열석하신 분들도 아마 동감이실 것이라고 생각합니다. 또한 아마도 말하려고 해도 발언의 기회가 매우 적기 때문에 못했다고 생각합니다. 기회와 시간이 적기 때문에 그런 이야기는 어쨌든 뒤로 하고 허용된 짧은 시간 안에 당장 급박한 것을 말씀하신 것이라고 생각합니다. 우리의 동포는 물론이고 여기 열석하신 만주국, 중국 분들도 같은 마음이라고 생각합니다.

이와쿠라 씨의 발언은 다소 지나치지만 우리 모두 같은 마음가짐이니 안심해 주시기 바랍니다. 부언하거나, 견제할 요량은 없습니다만, 그 점에 대해서 수용해 주시고 정정을 희망합니다.

이와쿠라 마사지

저라는 인간은 무엇이든 바로 감동해 버려서 매우 난폭한 말로 안 좋은 기분을 여러분에게 안겨드려서 매우 실례했습니다. 구사노 신페 씨의 발언에 대해 우선 답변드립니다. 구사노 씨의 발언은 지당하신 것으로 그것은 일본 문학자 전체의 각오라고 생각합니다.

각오가 돼 있어서 더 이상 말할 필요가 없습니다. 사실은 묵묵하게 있는 사람이 진정성이 있고 일본인의 진정한 각오를 잘 알고 있습니다. 이 점 구사노 씨께서 야단쳐주셔서 매우 감사하게 생각합니다. 또한 말씀하신 바대로입니다. 그리고 오자키 씨에게 답변합니다. 오자키 씨가 어제 제안하신 것은 실은 마이크 소리가 매우 작아서 저한테는 잘 들리지 않았습니다. 이것을 음미하지 않고 오늘 말씀드린 것은 실로 경솔한 짓이라고 생각합니다. 다만 제멋대로의 제 각오만을 여러분에게 전달하는 것은 실은 오만이 아닌가 하고 사실 몇 번이고 이것은 기우일 것이다, 또한 분명히 실례일 것이라고 사죄하면서 말씀을 드렸습니다.

저는 진정한 의미에서 정신주의자입니다. 하지만 물질도 매우 중시하고 있습니다. 비행기로부터 제 정신을 지키기 위해서 일본의 정신을 지키기 위해서 저는 비행기나 탱크를 해치워야 한다고 생각합니다. 하지만 그러한 사실을 왠지 잊기 쉬운 공기가 조성된 채로 회의가 끝나지 않을까 하는 우려가 됐습니다. 이 기우는 제 어리석음 때문인데도 말씀을 드렸습니다. 이 모임을 생각하는 마음에서 회의의 결의를 동아 사람들만이 아니라, 세계를(물론 여기에 오신 분은 사이가 좋아서 걱정이 없습니다만) 향해 발신하고자 합니다. 즉 우리의 결의를 미국이나 영국에 들려주고 싶다고 생각합니다. 우리는 참호에 있으며 문사도 검을 차고 있다, 펜을 버리고 총을 쥐고 있다, 총과 검이 없다면 맨주먹으로 공격하겠다는 식의 결의를 확실히 표명하고 싶습니다. 그러한 감정에서 전부 기우에 그치는 것을 말씀드렸습니다.

본회의에서 발언하하라고 하셨지만 저는 그럴 필요가 없다고 생각합니다. 대체적으로 해명을 했습니만, 이것만은 두 사람에게 말하고 싶습니다. 제2위원회에 나온 제안은 매우 구체적인 것으로 저는 이러한 구체적 공작을 통해서 제가 말씀드린 정신이 비로소 획득될 수 있으며 확고해져 간다고 생각합니다. 다만 제가 말씀드린 것이 위원회의 안건을 좌절시키려는 분위기를 자아내는 것이 염려스럽습니다. 진정으로 다음 공작을 한다면 우리는 우선 참호에 서서 거기서부터 뛰어나가야 합니다. 그러한 것을 재인식하고 싶습니다. 제가 가장 수준에 미치지 못하는 인간이므로 이러한 결의를 여러분에게 피력할 수 있다고 생각합니다. 저는 후각자이며 여러분이 선각자입니다. 그러한 후각자가 불명확한 것을 여러분 앞에서 말해 실례를 범했습니다. 부디 제 기분을 헤아려 주시기 바랍니다.

도가와 사다오戶川 貞雄

지금 이와쿠라 군이 여러분을 매우 긴장시켰습니다. 이와쿠라 군을 소개합니다. 이와쿠라 군은 귀환병입니다. 이와쿠라 군 이외에도 일본 문학자 가운데는 전선에서 총을 잡고 혹은 보도반원으로 활약하는 분도 매우 많습니다. 따라서 그러한 작가는 생생한 전화 속에 들어가서 체험을 했기에 열렬한 기백으로 불타고 있습니다. 따라서 본회의에서 제안한 사항이, 자칫하면 국제적인 문화지상주의로 타락할 위험이 있음을 걱정합니다. 그것으로는 전쟁에서 이길 수 없습니다. 그러한 기분이 귀환병 작가, 보도반원 귀환작가 가운데 있다고 생각합니다. 이 점을 부디 헤아려주시기 바랍니다.

앞으로 중국에서 오실 작가 중에서도 가까운 장래에 총을 쥐고 전선에 서거나 혹은 보도반원으로 제1선에 나가실 작가도 있을 것이라 생각합니다. 그로부터 시작하는 새로운 대동아문학에 기대를 합니다.

결전문학자대회라는 이름으로 명명되는 것처럼, 이 회의는 문화친선단체가 주최한 회의가 아닙니다. 교언영색이라고 하지요. 주색에 빠져서 서로 마음에 드는 것만을 겉치레로 교환하며 친선을 증진한다는 생각은 말도 안 되는 것입니다. 혼을 열렬히 서로 부딪쳐서 처음으로 진정한 의미의 친선이 찾아온다고 저는 믿고 있습니다.

저는 회의 운영 면에서는 사회자에 공명하고 있어서 생각나는 대로 회의의 성격을 말씀드렸습니다.

나카지마 겐조中島健蔵

이와쿠라 군의 발언에 이어서 구사노 군과 오자키 씨가 발언을 했으며 토의가 이어졌습니다. 전시에 갖춰야 할 정신에 대해서는 이와쿠라 군을 비롯해 모두 다 동감하고 있다고 생각합니다. 이에 대해서 소리쳐 말하고 싶은 마음도 모두 같습니다. 또한 오늘날의 문학자는 단순히 문학 활동만이 아니라, 여러 가지 분야에서 전쟁의 일단을 짊어지고 있습니다. 하지만 이와쿠라 군과 구사노 군, 오자키 씨의 말씀은 실행이라는 면에서 결국 일치한다고 생각합니다. 이에 대해 이상한 생각을 하실 분은 없으리라 봄니다.

지금 필요한 것은 의사진행입니다. 이와쿠라 군이 해명한 사안을 어떻게 진행할 것인지 확실히 해서 실행해야 한다고 생각합니다. 의사 진행을 해서 대회에서 결의한 것을 꼭 빠른 시일 내에 실행할 수 있도록 다시 상담 드리고자 합니다. 이 긴장된 분위기를 깨뜨릴 필요는 없으나, 그것을 실행하는 것이 중요하다는 것에 동의합니다.

위원장

그러면 다음 제안으로 회의를 진행하고자 합니다. 시간이 꽤 경과했습니다. 또한 발언 예정인 분도 여러모로 의견이 있으실 테지만 되도록 다수의 사람이 발언할 수 있으면 합니다. 이미 시간이 많이 지났습니다.

우리로서는 점심을 먹지 않거나 본회의 시간을 빼더라도 철저하게 회의를 하고 싶습니다. 하지만 분과 모임만 있는 것이 아니라서 예정대로 진행하고자 합니다. 되도록 기쿠치 씨처럼 5분으로 한정하고 싶으나 5분은 너무 길기 때문에 3분 정도로 요점만 부탁드립니다.

나카지마 겐조

마지막 항목인 일만화 문화협정의 촉진과 요망은 각 지역 문화단체와 연락 제휴하는 것과 밀접한 관련을 맺고 있기 때문에 여기에서 결의를 한다 해도 실행하지 않는다면 물거품입니다. 어떠한 것을 실행할 것인지, 어떠한 것이 실체로 드러나 실행될 것인지에 대해 이 분과 모임에서 가능한 것을 말하고 동의를 구하는 것은 누군가를 속이는 것과 같습니다. 일만화 문화협정은 사실 문학자 사이를 넘어선 정치 문제입니다. 정부 간에 정치

경제, 문화에 대해서 협정을 하겠다는 약속이 이미 있었습니다.

문화 쪽의 협정은 아직 체결되지 않았으나 정부가 좀 더 적극적인 의향을 갖고 실행할 상황이 우리에게도 필요합니다. 그러므로 문학자가 이러한 의향임을 일본, 만주국, 중국 정부에도 전달하고자 합니다. 월권이지만 이것은 대단히 중대한 문제로 다른 협의도 이에 포함된다고 생각합니다.

위원장

하나하나 의결을 하고 분과 모임에서 단독으로 결정해서 실행하는 방식이 아니라 본회의에 분과 모임에서 나왔던 이야기를 제안하는 방식으로 진행됩니다. 본회의는 그런 방식으로 진행됩니다.

지금 말씀하신 것처럼, 발표는 짧은 시간 안에 요령 있게 부탁드립니다. 다음으로 '각 지역 문화 단체의 연락 제휴'라는 제목으로 이시카와 다쓰조 군에게 부탁드립니다.

불면의 교우에게 이바지하다——문화단체 연락과 제휴

이시카와 다쓰조石川達三

문학보국회는 작년과 올해에 걸쳐 회합을 열었지만, 아쉽게도 지난해와 올해 회원 간의 연락이 매우 적었습니다. 작년에 우리가 이 회합에서 만난 분들께 그동안 거의 아무런 연락을 하지 못했습니다. 이런 식의 불편은 장래를 생각할 때 매우 좋지 않다고 생각합니다. 저는 대동아문학회 상무 간사직을 각국에 마련해서 올해 회합이 끝난 후 바로 내년 회합을 진척시키기 위한 연락을 했으면 좋을 것 같습니다. 이것은 반드시 여기 모이신 일만 화에만이 아니라, 상임위원은 미얀마, 태국 등에 마련해도 좋겠다고 생각 합니다. 그런 식으로 회의가 가능하다면 발언 내용을 실행할 때 항상 연락 하면서 진척시켜 나가는 것이 가능하다고 생각합니다. 이에 대해서 심의 를 부탁드립니다.

또 하나 상호 간의 친목 교우가 중요합니다. 작년에 오신 대표 중에서는 올해 또 오신 분도 있지만 우리는 이분들과도 전혀 교우가 없습니다. 1년 간 아무런 연락이 없었다는 것은 매우 유감스러운 일입니다. 그래서 이것 은 사무국에 부탁드립니다. 이번에 출석하신 각국 대표의 명부와 같은 것 을 작성해 주셔서 간단한 경력, 주소, 사진을 넣고서 어제와 오늘 회의에서 발언하신 내용의 요지라고 기입해 두면 앞으로 일년간 상호 교류 연락을 함에 있어 매우 편리하다고 생각합니다. 이것은 심의상 사무국에서 실행 으로 옮겨가려고 합니다.

왕청옌王承琰 (몽강)

문학보국회에 몽강 연락사무소 설치를 요청합니다. 그 이유로 몽강의 활동은 사변 후 우방 일본제국의 전폭적 지지를 얻어서 정치, 경제, 산업, 문화 등에서 비약적인 발전을 했습니다. 몽강에서는 12년(1937) 이후 몽강 문학간담회를 중심으로 일만 각국의 문학자가 모여서 정신적으로 대동아 에 적응하는 신문학을 창출하기 위해 노력하고 있습니다. 제1회 대동아문 학자대회 후부터 몽강 방면의 문학 활동은 더욱 구체화되고 있습니다. 대 동아공영권의 전선인 몽강문학자는 어떻게 하면 몽강 민족의 정신을 유지 하면서 완전히 새로운 이념하에서 그것을 파악하고 성전에 공헌할 것인지 를 고민하고 있습니다. 이는 우리 문사가 당면한 임무입니다. 이른바 문학

흥륭이라는 것은 문학을 통해 상호간의 이해를 구하는 것으로 서로의 자각을 촉진하고 이를 통해 대동아의 합작 효과를 올릴 수 있습니다. 이러한 흥륭의 기본 수단으로 우선 각국 각지의 민중 사이에 진실된 인식을 촉진할 필요가 있습니다. 이 정신상의 교류는 이념에는 크게 미치지 못합니다. 하지만 이 획기적인 대동아문학자대회를 개최하신 것이야말로 그것을 누구보다 더 잘 파악한 결과라고 생각합니다.

본디 문학자는 시대에 적응하는 길로 민중을 이끌어 갑니다. 그런 의미에서도 연락소 설치를 요청하는 바입니다. 이 요청이 실현된다면 내년 대동아문학자대회까지 몽강에서는 영미문화 격퇴를 총력을 다해 이룰 것입니다. 민중은 국가의 혼입니다. 이 혼이 결합한다면 보다 위대한 원천이 됩니다. 우리가 그 무엇보다 희구하는 것을 헤아려주시고 선처해주시기를 바랍니다.

쓰다 쓰요시 (조선)

대만 대표와 조선 대표의 공동 제안입니다. 내용은 어제 말씀드렸습니다. 이 문학자대회는 무엇을 구하는가, 12월 8일을 기하여 행동을 하게 됐으니 채택해 주시기 바랍니다. 구체적인 것은 어제 말씀드렸기 때문에 의사록을 보시기 바랍니다.

위원장

지금 제안은 충분하다고 생각합니다. 본회에서 오후 제안하겠으니…….

쓰다 쓰요시

가능하면 위원회 결정안으로 채택을 바라겠습니다. [일동 이견 없이 승인]

위원장

그러면 그렇게 결정합니다. 다음으로 일만화 문화협정 촉진 요청이라는 제안에 대해 오우치 다케오 씨에게 부탁드립니다.

강인무비強靱無比한 유대—일만화 문화 협정을 갈망하며

오우치 다케오大內隆雄 (만주)

만주국은 신흥국입니다. 문화적으로는 심히 뒤처진 상태입니다. 따라서 문화 및 여러 방면에서 훨씬 선진국인 일본의 원조를 빌려야만 합니다. 그래서 저희들은 일만 문화 협정이라는 것을 수립해서 이를 통해 문화 건설을 합리적으로 수행하게 되는 것을 희망합니다.

이 협정 내용은 양국의 저작물 번역 문제를 해결하고 인쇄 자재 및 문화 자재 등을 공급하며 간행물을 적절히 수입 공급하는 내용이 포함됩니다. 그러한 점을 고려해서 일본 측의 성의있는 처치로써 만주국의 문화 건설과 발전에 이바지해서 대동아의 북변을 지키는 커다란 임무를 완수하고자 합니다. 부디 배려를 부탁드립니다.

위원장

방금 제안에 대해서 찬동을 부탁드립니다. 다음은 구사노 신페 씨…….

구사노 신페

독일이나 이탈리아와는 문화 협정을 맺었으나, 옆에 있는 중화민국, 만주국과는 아직 그러한 것을 맺지 못했습니다. 이는 오히려 불가사의한 일이라 생각합니다.

이 협정이 하루빨리 맺어지기를 희망하며, 이 대회에서 이를 결의해 주시기를 관계 당국인 외무성에 부탁드립니다.

위원장

그러면 제2분과 회의 시간이 다 된 데다 논의를 다 했다고 생각해, 이것으로 마치려고 합니다. 지금까지 정리해 주신 제안 중에서 본회의에 올릴 안이 대체적으로 나와 있으니 간단하게 말씀드립니다.

나키지마 겐조

시간이 별로 없으므로 지금까지 논의한 것을 정리하면 대체적으로 다섯 가지가 됩니다.

첫째, 대동아문학자 연락 기관을 만들자. 이것도 임시가 아니라 상시 설치하는 방향으로 해보자는 것이었습니다. 그 방안은 복잡합니다. 대동아문학자 사이의 일상 연락이나 혹은 문학 연구기관의 설치라든가, 새로운 작가의 옹호나 책의 출판 등입니다. 보다 절실한 문제로서는 대동아 작가들의 교류에서의 실질적인 성과입니다. 예를 들어, 여성 문제는 여성의 역사와 관련된 책의 출판과 이어집니다.

둘째, 각 지역 문학사의 편찬입니다. 이것은 아마도 각 지역에서 나오리라고 봅니다. 바로 실행될 것이니 구체적으로 시행될 수 있도록 지원을 바랍니다. 그 외에도 제안이 있었습니다. 다만 그것은 저희 쪽에서 검토해 보겠습니다. 전투정신과 문학가라는 의제가 나와서 매우 긴장했던 것도 빼놓을 수 없습니다. 12월 8일을 기해서 문학자의 실천을 실행하는 건도 있습니다. 문학보국회에서 채택하는 것으로 의결해도 될지요?

그리고 일만화 문화협정…… 일만화로 나와 있으나 가능한 널리 공영권 문화 협정으로 해서 본 대회부터 시작하고자 합니다. 그 구체적인 작업으로는 문화와 결부된 소재 등의 문제가 포함됩니다. 이러한 제안을 보고합니다.

위원장

매우 감사드립니다.

[오후, 12시 45분 폐회]

제3분과 회의

[오전 9시 30분 개회]

가와다 준川田順 (위원장)

제3부 위원회를 시작하겠습니다. 이에 앞서 간단하게 소개를 올립니다. 열석한 여러분 중에는 여러 가지 의미에서 저보다 선배이신 분도 다수 계시지만 의장의 지명을 받아서, 그저 의사 진행을 위해 여기에 앉아있을 따름입니다. 부디 도움을 부탁드립니다. 또한 얼마 안 되는 짧은 시간에 오전 분과 회의를 끝내지 않으면 안 되기 때문에, 발언 시간을 충분히 드릴 수 없는 것을 미리 양해 바랍니다. 그러면 바로 회의로 들어가겠습니다. 타오 캉더 씨께서 "공동발표 기관지 발행"이라는 문제로 발언해 주시겠습니다.

타오캉더陶亢德 (회중)

만일 한 나라의 문학이 정말로 그 나라의 사상을 반영하고 그 나라의 생활양식을 표현한다면 국가와 국가 간의 인식과 친선은 문학의 힘을 빌려야만 비로소 가능합니다. 일본은 영미에 선전포고를 한 이후 연전 연승하여 10억 민중을 단결시켜서 적극적으로 동아공영권을 수립했습니다. 이제말로 하는 시기를 넘어서 몸소 행동하는 시기로 접어들었습니다. 다만 유감스러운 것은 오늘날까지 동아 각 민족 간의 이해와 인식이 아직 우리들이 염두에 두고 있는 경지에 도달하지 못했다는 사실입니다. 십억 일심一心이라든가, 대동아건설의 위업은 다소 장해물을 넘지 못하고 있는 상황입니다.

특히 일화 양국의 문학을 논하자면 중국은 사변 전까지 일본문학 소개에 상당한 노력을 해왔습니다. 일화문학은 실체와 그림자처럼 서로 떨어질 수 없는 관계입니다. 다만, 사변 발발 이후에는 이러한 관계가 지속되지 못했습니다. 오늘날처럼 문화 교류를 제창하는 가운데서도 일본문학 소개나 번역은 매우 유감스럽지만 과거의 성황에 미치지 못하고 있습니다. 문학상 매우 긴밀한 관계를 맺고 있는 일본과의 관계에서조차 이러한 상태이기 때문에, 다른 민족에 대한 문학적 인식은 더 좋지 않을 것입니다.

끝으로 비용 문제가 있습니다. 비용은 기본적으로 각국 문예단체가 부담합니다. 혹은 해당 정부의 보조를 받고 싶습니다. 이상으로 제 희망을 말씀드렸습니다.

위원장

같은 제목으로 야마다 세자부로 씨에게 발언을 부탁드립니다.

야마다 세자부로 (만주)

방금 타오캉더 선생님이 제안하신 요지에 전폭적으로 찬성합니다. 다만 약간 부가하자면 대동아문학자대회는 이미 두 차례나 개최되었고 장래에도 또한 계속될 것입니다. 하지만, 이 대회의 성과를 대회에서 끝내는 것이 아니라 항상적으로 살려가고 싶습니다. 그래서 정기간행물이 절대적으로 필요하다고 믿습니다. 타오캉더 선생이 구체적으로 말씀하신 것처럼 『대동아문학』과 같은 것을 발행해서 널리 우수한 작품을 선택해서 발행하는 동시에 각지에서 펼쳐지는 문학운동의 정황을 매월 수록해서 상호 제휴와 교류를 이루고 싶습니다. 또한 친목을 도모할 수 있다면 기쁩니다. 각지 각국에 편집 위원회를 설치해서 도쿄에 본부를 두고 싶습니다.

이 잡지는 장래에 대동아문학자 협의연맹이라든가, 혹은 무언가 그러한 대동아 문학단체의 대동단결을 위한 하나의 모체가 될 것이라고 우리는 기대하는 바입니다. 부디 여러분이 찬성을 하셔서 잡지가 빨리 발간되기를 바랍니다. 이상입니다.

가와카미 데쓰타로^{河上徹太郎}

[위원장에게] 지금 문제에 대해서 제가 발언을 해도 좋을지요?

위원장

가와카미 씨 발언을 부탁드립니다.

가와카미 데쓰타로

간단히 이 문제에 관해서 일본문학보국회 측이 지금까지 해왔던 준비를 말씀드리겠습니다. 말씀하신 것처럼 이것은 매우 중요한 문제라서 꼭 실현하고 싶습니다. 아니 지금까지 실현하지 못했던 것이 매우 늦었다고 저는 느끼고 있습니다. 어쨌든 하루빨리 이를 이루기 위해서 현재 만주국이나 중국에 있는 각 문학잡지의 편집기관이 항시 긴밀한 관계를 맺어야한다고 생각합니다. 그것을 할 수 있다면 각 지역의 걸작이 상호 번역 교환되기 쉽다고 생각합니다.

실제로 여기에 오신 대표분들은 모두 문학 관련 모임에 관여하고 있습니다. 일본에서는 대체적으로 문학보국회가 중심입니다. 만주국에서는 야마다 세자부로 씨, 베이징에서는 첸치지沈啓天 선생님, 류롱광柳龍光 선생님이 내시는 각각의 잡지가 있습니다. 또한 몽강에서는 이시쓰카 기쿠조石塚喜久三 씨의 『몽강문학蒙疆文學』, 그리고 상하이에서는 류위성柳雨生 군이 하고 있는 『풍우담風雨談』이 있습니다. 이처럼 대표자가 모여 있으니 이 회의 석상이 아니어도 여러분이 돌아가실 때까지 충분히 상담이 가능하다고 봅니다.

이것은 시급한 안건입니다. 특히 타오캉더 선생이 말씀하신 것처럼 본격적인 각국 문학의 교류잡지를 간행하는 것은 매우 중요하니 우리도 충분히 생각해 보려고 합니다.

셋째로 이것은 반쯤 보고입니다. 최근 일본문학보국회에서는 일본의 내지 및 외지에서도 반포頒布할 수 있는 잡지를 하나 손에 넣었습니다. 그것은 우연입니다만 이 잡지에 『대동아문학』이라는 제목을 붙여서 9월부터 발행하려고 합니다. 현재는 매우 작은 팜플렛과 같은 잡지지만, 여기에 일본어와 중국어를 둘 다 쓸 예정입니다. 아마도 이것은 일만화 연락 기관 혹은 기관 잡지밖에는 되지 않겠으나, 우리의 힘으로 점차 크게 키워나갈 예정입니다. 후일 각국의 걸작을 여기에 실을 수 있는 잡지로 키워나가고 싶습니다.

위원장

이 문제와 관련해서 누군가 발언이 있으십니까.

하야시 후사오

발언은 하지 않겠습니다만, 실행 위원을 정했으면 합니다.

위원장

무언가 실행안을 갖고 있으십니까?

하야시 후사오

별달리 없습니다만…….

위원장

다음 문제로 옮겨가겠습니다. 그 전에 잠시 발안자의 한 사람인 야마다 씨에게 묻겠습니다. 발안의 요지에 의하면 그것은 정기간행물입니까? 잡지입니까?

야마다 세자부로

월간입니다. 월간 『대동아문학』이지요.

위원장

하야시 씨 발언이 있으신지요?

하야시 후사오

실행위원을 만들지 않아도 됩니까? 그런 정도로 서로 의견을 교환하기만 하면 되는지 궁금합니다. 혹은 실행위원이 필요합니까?

위원장

문학보국회 책임자는 가와카미 씨지만, 마침 이 자리에 앉아있는 자격으로 우견을 말씀드리겠습니다. 이 회의에서 실행위원을 지명하지 않으면 실행이 여러모로 힘듭니다. 그런 식으로는 힘들지 않을까요? 우선 양해를 구해서 하야시 씨가 제안한 것을 문학보국회 쪽에 확실히 전달해 두면 좋을 것 같습니다.

하야시 후사오

잘 알겠습니다.

위원장

그럼 두 번째 문제로 옮겨서 "번역위원회 설치"에 대해서 장쿼시 씨에게 발언을 부탁드립니다.

各國の傑作登載
共同發表機關誌刊行

第三分科會

【午前九時三十分開會】

川田順氏（委員長）　第三部の委員會を始めますに先立ちまして開會の御挨拶を申上げます。御列席の皆さまのうちには、いろいろの御協力をおき之まじく私よりも先に御懇談を願ひます。

委員長　では直ちに會議に入ります。では一つ、陶さんに「共同發表機關誌刊行」と云ふ問題について御意見を願ひます。

陶亢德氏（華中）若し

陶亢德氏（華中）　各國の文學がほんたうにその國の思想を反映し、その國の生活様式を表現するといふことができるならば文學の力に依らなければならないと思ひます。日本は米英に對し宣戰してから通電連勝・十億の民衆を團結して桁橋的に東亞共榮圈を樹立する偉業も、已に日光の時期に達してゐる。

これを迎に申しますれば、東亞各民族は現在の中國民族、文學に對する認識を恐らく足らないでせうと思ふのでございます。こんなに國家の不足な各民族から同心協力東亞建設を求めるのに裡慇かの苦果を要するのも戰禍のないところでございませう。以上の理由を以ちまして……

委員長　同し旨に於いて山田清三郎さんの御說いたします。

山田清三郎氏（滿洲）只今の陶さんの御意見に全く同感でございますが、若干附加へすべて載まさるならば、大東亞共榮大會すでに二回を開催し、將來も更に繼げて來ること存します。

河上徹太郎氏（委員長）　河さんに御發言を願ひます。

委員長　林さん御發言があ……

山田清三郎氏　月刊にす月刊『大東亞文學』

林房雄氏　次の問題に移ります。

章克標氏（華中）　文學

翻譯委員會

大東亞

【자료 6】「각국의 걸작 등재―공동 발표 기관지 간행」 기사, 『문학보국』. 제3분과회의.

번역위원회의 설치 ─ 대동아 편찬관의 창설

장쿼시 章克標 (화중)

문학 교류는 실질적인 것입니다. 이를 위해 서로의 문예작품이나 일반 간행물을 번역하는 것이 필요하다고 믿고 있습니다. 번역이 없으면 외국 작품을 접할 수 없습니다. 하지만 오늘날 중국문학계에는 일본어 번역자의 수가 매우 적습니다. 번역해야 할 작품은 방대하니 적은 인수로는 그것을 하는 것이 매우 어렵다고 생각합니다. 사변 이전에 번역자가 대략 100명 가량 있었습니다. 하지만 지금은 많아야 10명 정도입니다. 그 십 분의 일을 가지고는 이전처럼 공작을 실행하는 것은 어렵습니다. 그러므로 되도록 가장 유효한 것을 번역해야만 합니다. 즉 번역 작품을 선별하는 것이 가장 중대해졌습니다.

그러므로 예를 들어 일본 작품을 중국에서 번역한다고 생각하면 그 출판물을 하나하나 손에 넣어서 읽지 않으면 안 됩니다. 그것을 읽고 중국에 가장 필요한 것을 선택해서 번역하는 식입니다. 그 정도의 일도 대단히 힘듭니다. 게다가 번역 작업에 들어가도 사람 수가 적어서 가능한 중복이 없도록─예를 들어 베이징에서 번역한 것을 상하이에서 다시 한번 번역하는 것은 경제적이지 않으므로─해야 합니다.

지금과 같은 상태에서 저는 번역자 협회라든가 혹은 위원회를 각 지역에 설치해서 가장 적당한 책을 골라서 역자에게 위탁 번역해야 한다고 생각합니다. 그런 번역자 위원회라는 것을 만들어서 일을 택임擇任시키면 반드시 지금보다 좋은 효과가 있으리라 봅니다.

별다른 구체적인 안건은 없으며 제 의견은 여기까지입니다. 또한 같은 문제에 대해서 구딩 씨로부터 좋은 의견이 있을 것이라고 생각하므로 저는 여기서…….

위원장

관련된 제목으로 대동아번역관의 창설에 대해서 구딩 씨에게 발언을
부탁드립니다.

구딩 (만주)

이 문제에 대해서 방금 타오캉더 씨로부터 귀중한 의견을 들었습니다.
문학이나 문화를 통한 대동아정신의 확립, 일본정신의 대동아로의 침투
내지는 일만화 문학적 교류에 대해서는 어제 기쿠치 간 의장이 말씀하신
것에 대해 이견이 있을 수 없습니다. 작품을 쓰고 한어漢語를 상용어로 하
는 최대 다수의 만화滿華 사람들에게 침투시키기 위해서는 번역이라는 실
천에 맡길 수밖에 없습니다.
그런데 이 번역 활동 현장에는 활기가 없으며 또한 개별적이라 체계가
없습니다. 한편으로는 이러한 큰 사안을 만주와 중국의 현장을 돌아보면
인적 물적인 조건상 자금 및 그 밖의 문제로 민간 출판 사업에 위탁하는 것
은 도저히 불가능하다고 봅니다. 체계적으로 우량 작품을 번역하는 활동
을 활발히 해서 문학과 문화의 교류를 꾀하기 위해서는 국가적 상설 기관
으로 '대동아번역기관'을 대동아의 중심인 도쿄에 설치하여야 합니다. 또
한 그 분관을 신징, 난징, 베이징에 설치해 대동아문학 내지는 문화의 전달
체로 삼을 것을 희망합니다. 가급적 빨리 이러한 것이 실현되기를 간절히
원해 마지않습니다. 이와 같은 이유로 이 안을 제안합니다.

위원장

누군가 이에 대한 의견이 있으시면 발언을 부탁드립니다. 일본 측에 안 계신지요. 가와카미 씨, 문학보국회에서는 어떤 생각이신지요?

가와카미 데쓰타로

문학보국회의 의견을 말씀드립니다. 이 문제와 관련해서 보국회에서는 이번 봄부터 만주와 중국을 대상으로 적절히 번역해야 할 일본 측의 문예서를 선정하는 기관과 관련된 모임을 하고 안건을 정리하고 있습니다. 심의를 다 마치지 못해서 발표할 수 없으나 아무튼 그러한 기관을 갖추고 있다는 것을 보고 드립니다.

또 하나의 기관으로 신중국 문학위원회라는 소위원회를 문학보국회에 설치해서 이 문제를 중심으로 다루고 있습니다.

[요시카와 고지로 씨 위원장에게 허가를 얻어서 발언]

요시카와 고지로吉川幸次郎

방금 제기된 번역 문제와 관련해서 번역의 구체적인 절차를 다소 환기하고 원조를 얻고자 합니다. 다양한 제안이 제출되고 그것이 점차 실행되고 있지만, 번역은 역시 어학적으로 어디까지나 정확했으면 합니다.

문학은 본디 언어예술이라서 제대로 구현하려면 역시 그 언어가 구석구석까지 정확하지 않으면 안 됩니다. 우리나라에 번역된 중국 작품을 보면 곤란한 상황입니다. 중국 쪽에서도 그러한 곤란함이 있으리라고 봅니다.

그래서 제가 제안하고 싶은 것은 일본, 중국 혹은 만주국 각 나라의 번역위원회를 단순히 일본인만으로 조직하지 말자는 것입니다. 일본에서 번역을 하면 번역위원 중에서 중국 분이 고문이 되면 좋겠습니다. 또 중국에서도 이와 마찬가지로 일본을 잘 아시는 분이 고문이 될 수 있겠지요. 그것이 가장 정확한 방법이라고 생각합니다. 그러한 점을 고려해 주시면 좋겠습니다.

실제로 저희들은 교토대학 관계자나 도쿄대학 관계자와 함께 중국 현대문학 및 고전을 번역하고 있는데 좀처럼 우리만의 지혜로는 결말이 나지 않는 문건이 있습니다. 그래서 현재로서는 임시적으로 유학생에게 원조를 부탁하고 있는 상태입니다. 연구자로 뛰어난 분이 많은데, 그런 분들께 원조를 구하다보니 미안할 때가 많습니다. 양국의 기관에서 조직적으로 적합한 인재를 파견할 수 있도록 힘써주시면 좋겠습니다.

위원장

이미 발언하신 내용을 보더라도 제안하신 내용은 대부분 명료한 상태이기 때문에 우선 이것으로 정리하려고 합니다. 역시 구딩 씨가 제안한 것처럼 번역기관을 민영기관으로 하는 것은 힘이 부족합니다. 역시 국가적 기관을 두는 것이 가장 시의 적절하니 이 점을 제가 의장에게 보고하고자 합니다. 부디 이것을 포함해 주시기 바랍니다.

그러면 네 번째 문제로 "작가, 유학생의 파견 상주"라는 제목으로 요시카와 고지로 씨에게 첫 발언을 부탁드립니다.

결전문화 교류의 지반─작가, 유학생의 파견 상주

요시카와 고지로

제 제안은 유학생 교환입니다. 이에 대해서는 작년 회의에서도 나왔던 것으로 기억합니다. 다만 제가 여기서 제안하는 내용과 실행 방법은 지난번 드렸던 제안과 꼭 똑같지는 않습니다. 그 요지를 말하자면 현재 일본문학과 중국문학의 관계는, 제휴라는 형태보다 오히려 일본문학이 중국문학을 적극적으로 지도해야 할 상태에 있다고 저는 생각합니다. 일부러 멀리서 오신 중국 대표 분들 앞에서 이런 말씀을 드려서 죄송하지만 현재 중국문학은 매우 빈곤한 상태입니다. 전체적으로 빈곤하다는 것이 지나치다고 한다면 적어도 인류의 희망을 명랑하게 말하는 문학이 적은 상태라고 말하고 싶습니다.

최근 베이징에서 『예문藝文』이라는 잡지가 나왔는데, 여기에는 네 편의 소설이 실려 있습니다. 그런데 네 편은 모두 다 인생의 어두운 면이나 인생의 비참함을 다루고 있습니다. 물론 여기에는 그렇게 될 수밖에 없는 여러가지 고충이 있다고 생각하며, 저 또한 그것을 잘 알고 있습니다. 하지만 네 편의 소설이 모두 똑같다는 것은 재고해 볼 가치가 충분한 것이 아닌지요? 그중에는 대동아전쟁을 완수할 희망에 불타는 작품은 없으며, 또한 이 상태라면 앞으로도 나오지 않을 것이라는 생각이 듭니다. 또한 이러한 상황은 결코 사변 후에 시작된 것이 아닙니다.

저는 민국 이후의 신문학은 아무리 좋게 봐도 이렇습니다. 물론 그 가운데는 인간의 희망을 그리고 있는 것도 있습니다. 하지만 대다수 작가가 그리고 싶어하는 것은 오히려 인류의 운명과 어두운 면이나 절망입니다. 게다가 절망스러운 상황에 어리광을 부리고 있다고 생각합니다. 직언을 드려서 매우 죄송스럽지만 저는 중국을 사랑하기 때문에 이런 말씀을 드린 것입니다.

중국문학이 이러한 상태에 있음은 저희들로서는 실로 좌시하기 힘든 불행이라고 생각합니다. 또한 이런 식으로 흘러간 것은 역시 역사적인 연원과 관련됩니다. 이는 두말할 필요 없이 중국소설이 최근까지 정통적인 문학이 아니었음을 잘 보여줍니다. 비천한 취급을 받았습니다. 비천한 취급을 받았던 것은 소설이 사회에 책임을 지려고 하지 않았기 때문입니다. 사회에 책임을 지지 않기 때문에 주제는 자연히 인생의 어두운 면에 국한됩니다. 그것이 중국 옛 소설의 대체적 경향이라고 생각합니다. 물론 현재 신문학은 그 연장은 아닙니다. 하지만 어딘가에 그러한 구투를 벗어 던지지 못하고 있다고 생각합니다. 또한 역사 속에서 원인을 찾아보면 중국 현대 문학의 부진은 과거로 거슬러 올라갑니다.

중국문학의 역사는 원래 시 및 문장, 요컨대 즉흥적 시문에 정통성이 있었습니다. 그리고 하나의 구상에서 비롯된 소설에는 정통성이 없었습니다. 그래서 현대에서도 가장 유행하고 있는 것은 중국말로 하자면 소품문小品文이라는 수필입니다. 이것이 지나치게 유행하고 있다고 봅니다. 그래서 원대한 구상과 이상을 품은, 인류의 희망을 말하는 웅대한 작품이 보이지 않습니다. 이것도 역시 즉흥문학의 구투를 벗지 못했기 때문이라고 봅니다.

이러한 즉흥문학이 중심이기 때문에 중국에서는 예부터 전문 문학자가 없었던 것 같습니다. 도연명도 두보도 소동파도 문학으로 밥을 먹고 살던 사람들이 아닙니다. 이러한 상태는 한편으로 말하자면 매우 좋다고 생각합니다. 일국의 문화 수준이 평균적이고 보편적이라는 사실은 매우 좋은 사회의 형태라 생각합니다. 하지만 오늘날과 같이 새로운 문학을 적극적으로 창조해내야 하는 국면에서는 그것만으로 괜찮을지 어떨지 의문스럽습니다. 구상과 이상을 갖춘 웅대한 작품은 전문 작가, 요컨대 일본에서와 같이 전문 문학자가 출현하지 않으면 힘들다고 생각합니다. 또한 현재 중국에서 작가는 이른바 딜레탕트(예술애호가)적인 상태에서 벗어나기 힘든 상태입니다.

요약하자면 현재 중국문학은 이러한 상태를 벗어나지 않으면 안 된다는 것을 충분히 자각하고 있습니다. 또한 그 이념에서도 대동아를 건설해야 할 광명에 찬 문학을 만들어야 함은 어제 회의에서 여러분이 발언했던 것처럼 이념으로서는 확립돼 있습니다. 하지만 이것을 실행하는 것이 좀처럼 어려워서 지금 고뇌하고 있다고 생각합니다. 하지만 그 고민으로부터 탈피해서 빛나는 하나의 성과로 만들려면 중국 쪽만이 아니라 일본문학 쪽에서 강렬하고 따뜻하며 진지한 지도가 필요하다고 생각합니다.

이 구체적인 방법으로 번역이 꼭 필요합니다. 일본 문학자에게 중국문학의 현장을 알리기 위해서는 단순히 일본인에게 힘이 될 작품만이 아니라 예문 잡지를 전부 번역하는 것도 하나의 방법이라고 생각합니다. 이 문제는 잠시 제쳐두고 구체적인 방법으로서 제의하고 싶은 것은 유학생 교환입니다. 중국 쪽에서 작가가 되기를 희망하는 우수한 학생을 우리나라로 보내주시면 좋겠습니다. 그렇게 오신 유학생 분은 학교에 가서 책을 읽고 공부를 하면 됩니다. 그것만이 아니라 한발 더 나아가서 학교에서 공부를 함과 동시에 일본의 작가 집에 들어가서 제자가 됐으면 합니다. 도제방식이기 때문에 문지기를 해도 좋겠습니다. 또한 목욕물을 끓여도 좋을 것입니다. 또한 선생님의 어깨가 뭉친 것을 안마로 풀어드려도 좋겠지요.

일본문학의 근저는 일본의 생활에 있습니다. 일본문학을 이해하기 위해서는 일본의 생활을 이해해야 하니 이는 필수적입니다. 물론 안마를 하거나, 문지기를 하는 것만이 아니라 작품을 선생에게 항상 보여주고 거침없는 비평과 지도를 받을 수 있습니다. 또한 일본 측 작가도 뛰어난 유학생을 철저하게 키워낼 수 있다는 열정으로 임해야 합니다. 이를 위해서 저는 원

로 대가 기쿠치 선생님이나 사토 선생님, 무샤노코지 선생님, 구메 선생님
과 같은 분들이 유학생을 돌봐주시면 좋겠습니다. 하지만 젊고 활기 넘치
는 분에게 부탁드리는 것도 좋겠지요. 이것은 제가 실정을 잘 모르기 때문
에 구체적 방안을 부탁드리고자 합니다. 그러한 식으로 파견되는 유학생
은 자기 나라로 돌아가기 전에 필수적으로 일본어를 충분히 습득해야 합
니다. 일본어를 말할 수 있고 읽을 수 있고 더 나아가 일본어를 쓸 수 있는
것이 필수 조건이어야 합니다.

매우 구체적인 이야기지만 저는 교사를 했던 적이 있기 때문에 잘 알
고 있습니다. 중국 유학생 중에는 일본어를 하나도 모른 채로 "대학에만 넣
어 달라"는 부류의 사람들이 있었습니다. 이것은 매우 곤란합니다. 지금까
지는 중국에서 일본에 온 유학생뿐이었습니다. 하지만 일본에서 중국으로
유학생을 파견하게 되면 중국의 대가, 이를테면 저우쬐런周作人을 선생으
로 모시고 제자가 됩니다. 그래서 중국문학을 중심으로 문화를 사고하는
완전한 인식에 이르러야 합니다.

방금 전에도 말씀드렸듯이 현재 일본은 지나와 소원한 관계라 말할 수
없습니다. 하지만 특히 현대 지나를 인식하는 능력이 아직 불충분합니다.
조금이라도 만족할 수 있는 상태가 아니라 오히려 불만족스러운 상태입니
다. 이것을 해결하기 위해서는 일본에서 우수한 인재를 유학시켜야 합니
다. 지금까지 중국 작가에게 매우 실례된 말씀을 올렸습니다. 하지만 이제
는 일본 쪽에도 실례되는 말씀을 올리지 않으면 안 됩니다. [웃음소리]

아무래도 일본은 중국의 사정을 잘 몰라서 암중모색의 단계라고 생각
합니다. 물론 문학자는 매우 탁월한 직감력의 소유자입니다. 그러므로 반
드시 중국의 언어를 통하지 않고도 직감력으로 파악할 수 있습니다. 직감
은 존경할 만한 능력이지만 사회 어딘가에 지나의 사정을 철저하게 아는
인물이 꼭 필요합니다. 그러한 인재를 양성하기 위해 유학생을 파견하는

것 외에는 방도가 없다고 생각합니다.

물론 저희 쪽에서 보내는 유학생은 충분히 훌륭한 인재여야 하고, 언어 능력에서도 단순히 현대어를 읽거나, 말할 수 있는 정도의 지나어여서는 곤란합니다. 이른바 한문이라는 고전을 포함해서입니다. 그러한 유학생을 지나에 파견하고자 합니다.

하지만 일본·중·만주 모두를 갖춘 인재를 구하는 것은 좀처럼 어렵습니다. 공자님은 "재능 있는 자를 구하기 어렵다"고 말씀하셨다고 하는데 이는 지당한 것입니다. 이렇게 선발된 소수의 인재가 5년 후, 10년 후, 100년 후에는 양국의 상태를 개선하리라 믿습니다. 그것이 제가 제안을 드리는 이유입니다.

위원장

요시카와 씨로부터 중국문학의 성격에 대해서 매우 깊은 이야기를 들었습니다. 이에 대해 출석중인 중국 측 대표로부터 무언가 의견이 있으시면 기탄없이 요점을 듣고자 합니다.

[다니카와 데쓰조 씨 위원장에게 발언을 요구하고 일어서다.]

다니카와 데쓰조 谷川徹三

방금 요시카와 씨로부터 매우 적절하고 솔직한 발언을 들었습니다. 저는 깊은 감명을 받았습니다. 요시카와 씨는 제가 알고 있는 분들 중에서도 누구보다 존경할 수 있는 학자로 이전부터 쓰신 글월을 배견해왔습니다. 지금 하신 발언에 대해 근본 취지에 대해서는 감히 반대하지 않습니다. 또한 요시카와 씨가 현재 중국문단에 대해서 그리고 더 나아가 일본문단에 대해서도 솔직한 의견을 말씀하신 것은, 오늘날의 일화 관계나 이러한 회의에서도 중요합니다. 저희들은 표면적인 의례에서 멈추지 말고 생각하는 바를 서로 솔직하게 토론할 필요가 있습니다. 그렇기에 저는 매우 깊은 감명을 받았습니다.

하지만 현재 중국문단은 방금 요시카와 씨가 제안하신 내용을 그대로 수용할 수 있는 상태가 아니지 않습니까? 다시 그 이전의 상태로 돌아간 것이 아닌가 합니다. 이미 중국은 오랜 기간 동안 여러모로 곤란한 상황에 빠져들어서 현재 화평지구에서도 깊은 상처를 입고 있습니다. 현재는 가능한 그 상처를 치료하는 것이 필요한 것이 아닐지요. 큰 상처를 치료할 때 때에 따라서는 환부를 도려내야 하지만 이미 그 상태는 지났다고 봅니다. 현재는 가능한 소중하게 상처를 치료해야 한다고 생각합니다. 그런 생각에서 현재 중국문단에 가장 필요한 것은 새로운 문학이 탄생할 수 있는 지반을 배양하는 것입니다.

그것이 우선입니다. 이 점에 대해서 요시카와 씨의 제안은 그 이후의 문제를 이미 다루고 있습니다. 물론 작가나 유학생을 파견하고 상주시키자는 취지도 이러한 지반을 만드는 데 큰 역할을 하리라고 생각합니다. 다만 지금 말씀드렸던 것처럼 상처를 소중하게 보살펴야 합니다. 그런 의미에서 지반을 탄탄히 다지는 작업이 필요합니다.

그리고 또 하나 말씀드립니다. 실은 요시카와 씨의 이야기를 들으면서 여러 감상을 떠올렸습니다만, 위원장으로부터 시간이 없다고 간단히 하라…… 는 이야기를 들어서…… 저는 이만…… [박수]

위원장

아직 괜찮습니다. 계속 하셔도 됩니다…….

다니카와 데쓰조

　오늘날의 중국에는 공공 지반이 협소하다고 생각합니다. 문학 세계를 보더라도 정치세계를 보더라도 집이나 나라라든가—나라라고 해도 예를 들어 샨시山西나 샨똥山東이라는 의미입니다. 혹은 또 하나 작은 현縣이라는 것이 매우 큰 역할을 하고 있으며 커다란 의미가 있습니다. 그런 점에서도 일본과 비교해 공공 지반이 협소합니다.

　그래서 저희들은 일본과 중국문학의 제휴에 즈음하여 때때로 그러한 공공 지반이 적다는 것이 신경 쓰일 때가 있습니다. 방금 제가 새로운 지반을 탄탄히 할 필요가 있다고 했습니다. 그러니까 상처를 소중하게 다룬다는 것과 둘째로는 그 공공 지반을 보다 확고하게 만들어 내는 것이 필요하다. 그런 것을 느끼고 있습니다.

　사실대로 말씀드리면 일본문학도 극히 최근까지 오늘의 중국문학과 마찬가지의 상태에 놓여있었습니다. 방금 도제라는 이야기가 나왔는데, 과연 옛날 방식의 도제가 얼마나 있을지 저는 모릅니다. 다만 문학사에서 봤던 것처럼 메이지 말기 무렵에 도제라는 제도가 있었음을 알고 있는 정도입니다. 거기서부터 일본문학이 다양해지고 씨앗이 움텄다는 것은 사실입니다. 하지만 오늘날 그러한 도제 제도라는 것은—제도라고는 하기 힘듭니다만—적당한 말이 없으므로, 그렇게 말씀드립니다. 도제라는 제도가 어떠한 의미였는가? 특히 중국문단에 대해 방금 말씀하신 것처럼—이것은 단순히 문학만이 아닙니다—정치 그 밖의 각 방면에서 집이라든가, 현이라든가, 나라라는 틀이 매우 커다란 역할을 하고 있습니다.

　우리는 오늘날 중국문단에 공공의 지반을 만드는 것이 소중하다고 생각합니다. 그 점에 대해 말하자면 이러한 옛 제도가 오히려 중국문학이 발달해 가는데—이에 대해서, 요시카와 씨도 방금 적절한 것을 말씀하셨지만, 장해가 되는 것이 아닐까요? 이러한 점을 저는 은밀히 느끼고 있습니다. 물론 이 도제 제도는 한쪽만의 문제는 아닙니다. 중국과 일본 사이의 이른바 교환 제도이기 때문에 일방적이지 않습니다. 다만 이 제도는 그 정신과 모순되지 않나 생각합니다.

또 하나, 이것은 구체적인 문제로, 일본 작가에게 도제를 하라고 해도 일본의 가옥 구조가 커다란 장해가 됩니다. 일화문화를 생각해서 유학생을 일본의 적당한 가정에 들일 필요가 있다고 전부터 설파해왔고, 어떤 경우에는 감히 맞대고 진언을 한 적도 있습니다. 하지만 그것은 오래도록 계속되지 않습니다. 이 이유 중 하나는 일본의 가옥 구조 때문입니다.

구미 여러 나라에 간 중국 유학생이 유럽인의 집에 들어가서 원만하게 지내는 것을 보면 저희들은 여러모로 생각하게 됩니다. 오늘날 일부를 제외하면 대저택에 사는 작가는 없습니다. 어지간히 큰 집이 아니고서는 외국인을 도제로 삼는 경우 가정생활이 좀처럼 잘 되기 힘듭니다. 그러한 점을 고려해서 도제라는 제도는 특히 신중히 고려해야 한다고 생각합니다. 보다 근본적인 문제에 대해서도 감상을 말씀드리고 싶지만, 언젠가 중국 측이나 일본 측에서 발언을 해주시리라 생각합니다. 제가 드리고 싶은 말씀은 여기까지입니다.

위원장

이와 관련해서 가와카미 씨에게 발언을 부탁드립니다.

가와카미 데쓰타로

　방금 요시카와 씨가 제언해 주신 구체적인 말씀을 듣고서 한 말씀 올리겠습니다. 저는 최근 중국에 다녀왔으며 그쪽 문학자와 문학 지망생을 여럿 만나고 왔습니다. 한 말씀 드리자면, 중국은 일본문학에 큰 관심을 품고 있습니다. 이것은 사변 이래 없었던 성황으로 극히 최근의 경향입니다. 그 이유에 대해서는 길어지기 때문에 말씀드리지 않겠습니다. 요컨대 진정으로 마음에서 일본문학을 알고 또 배우고자 하는 젊은이가 많이 있다는 사실은 매우 든든한 기분입니다.

　구체적인 방안은 방금 요시카와 씨의 이야기와 다르지 않습니다. 지금까지 일본에서 유학생을 받으면 그저 규칙적인 훈련을 기숙사와 같은 곳에서 단체로 하는 정도였는데 그걸로는 안 됩니다. 절대적으로 인간의 마음과 마음이 통합되지 않으면 진정한 소통이 문학이나 교육 면에서 이뤄지지 않습니다. 그래서 개인적인 친분을 쌓는다는 의미에서도 사제관계를 이루는 것이 좋습니다.

　이에 대해 실제 중국 측 문학자와 만났을 때 제가 물어봤습니다. 중국 측에서는 매우 열렬히 찬성을 해주셨고 유학생을 선정했습니다. 일본어를 잘 알고 또한 일본문학도 이해하며 앞으로 일생을 새로운 중국문학에 바치려는 확고한 의식을 지닌 젊은 사람 수 명을 뽑아주셨습니다.

　저는 도쿄에 돌아와서 바로 당국에 자문을 구했습니다. 하지만 현재 대동아권 내의 외국인이 일본에 들어오는 것은 매우 곤란한 모양인지 수속에 시간이 걸리고 있어서 매우 유감입니다. 저는 이 자리를 빌려서 당국자 분들께서 이 일의 중대성을 깨닫고 조속히 유학생이 입국할 수 있도록 조처해 주셨으면 합니다.

위원장

이에 대해서 하야시 후사오 씨에게 발언을 부탁드립니다.

하야시 후사오

유학생 문제는 이미 논의를 다 했으니, 저는 작가가 상주하는 문제를 말씀드리고자 합니다. 이는 작가를 대동아의 중요 거점에 상주시키는 것을 말합니다. 적어도 반년간, 길게는 일 년간 혹은 이 년간 상주하는 방안이 작년 대회에서도 나왔습니다. 그 효과는 연락이나 교우 면도 중요하지만 그 이상의 중대한 효과가 있습니다.

첫째, 기존에 전개된 일본 측의 문학 운동, 문화 운동에 반성의 기회를 제공한다는 것입니다. 다 알다시피 난징에도 베이징에도 아주 많은 일화 협력 문화 단체가 있습니다. 매우 많습니다. 하지만 솔직히 말씀드리자면 많은 단체는 오히려 아무런 효과도 거두지 못합니다. 오히려 일화 양국의 진정한 문화 교류에 장해가 됩니다. 그러한 현실이 현존하고 있습니다. 자세한 사항은 다른 곳에도 쓴 적이 있기 때문에 생략합니다. 하지만 만일 지금까지 사변 후 6년간 급조된 많은 문화단체가 충분히 효과를 거뒀다면 대동아문학자대회를 열어서 산적한 오래된 문제를 새롭게 논할 필요도 없었을 것입니다.

하지만 유감스럽게도 지금까지 현지의 문화운동은 거의 효과를 거두지 못했습니다. 역효과를 올렸다고 하겠습니다. 그 증거로 대동아문학자대회에 출석한 중국 대표 분들은 적어도 일류 문화인입니다. 누구보다 열정과 양심을 품고 있지만 그런 분은 가령 기성 문화단체에 이름을 올리고 있더라도 또한 열정적인 회원이더라도 이러한 단체에는 이름을 올리지 않습니다. 이것은 실제 일어난 입니다. 하지만 문학자를 현지에 두게 되면 이것은 방금 요시카와 씨의 발언에도 나왔지만 불가사의한 직감력으로 상황을 간파할 수 있습니다. 게다가 정치적인 목적이 없으므로 다소 무례하고 난폭한 면이 있더라도 무언가에 구애되지 않고 진실된 의견을 토로할 수 있습니다. 일본 측이 문화운동을 해서 반성의 기회를 제공한다고 봅니다.

그리고 또 하나, 문학은 지금까지 이른바 종군문학으로 끝나고 있습니다. 일본 작가는 많은 수가 종군을 하고 있습니다. 그런 문학은 전선에서 바로 느낀 것을 보고하는 것이기에 그 필요성은 충분히 인정되지만 그것을 넘어서는 활동이 필요합니다. 종군문학의 성격상 전선에서 벌어진 일과 내지 일본을 연결하는 것은 매우 힘이 됩니다. 하지만 중국 측의 예를 보면 전선 배후에 있는 화평지구나 전선 저편에 있는 중칭, 옌안延安 지구에 대해서 종군문학은 전혀 영향력을 행사하지 못합니다.

화평지구의 지식계급은 오랜 기간 침묵을 해서 건국에 소극적인 의무를 다했습니다. 이러한 신념하에서 오랜 기간 침묵을 계속해 왔고, 또한 열정을 품은 젊은 대학생들은 졸업을 기다리지 못하고 전선을 넘어서 중칭 지구, 혹은 연안 지구로 속속 넘어갔습니다. 이러한 실정이 말해주는 것은 지금까지의 문화운동 혹은 문화공작은 전선 근처에만 국한됐음을 말해줍니다. 문학이 넓은 지식계급에 뿌리를 내리는 동시에 때에 따라서 전선의 저편에 호소할 수 있는 기능을 상실했던 것입니다. 이러한 실상을 보고 올 수 있는 존재가 문학자입니다.

그래서 해군이나 육군에도 주재하는 무관이 각지에 있습니다. 하지만 주재하는 문관이 없는 것은 일본의 문화력을 생각해 볼 때 큰 결점입니다. 문학보국회가 혹은 이번 대동아문학자대회가 그 모든 것을 한번에 해결하는 것은 어렵지만 적어도 중요 거점에 작가를 상주시켜서 첫 걸음을 내딛을 수 있다고 생각합니다. 매우 곤란한 것은 만주국에서는 거침없이 일을 진행할 수 있지만 중국에서는 생활비가 많이 들어서 힘들다는 것입니다. 내지의 10배라고 해도 좋을 정도라서 작가를 한 명 두더라도 반년 동안 최소 만 엔이 듭니다. 이 만 엔으로는 중국 측 작가들로부터 얻어먹어야만 하며 대접을 할 수 없는 상태로 돌아올 수밖에 없습니다. [웃음소리] 다시 대접을 하려면 추가로 만 엔이 필요하니, 일본인 작가는 총 2만 엔 정도는 지참해 가시기 바랍니다. 어떻게 해서든 각 방면의 조력을 얻어서 2만 엔 정도는 마련하고자 합니다. 3명을 보낼 수 없다면 상하이와 베이징에 설치하는 것으로 첫걸음을 떼면 되지 않을까요? 이를 위해서 저희들도 조력을 하겠으나, 부디 원조를 해주시기 바랍니다. [박수]

위원장

같은 문제로 쉬바이린 씨에게 부탁드립니다.

쉬바이린徐白林 (화북)

작가 유학생 파견과 상주에 관한 안건에 대해서 방금 여러 선생님들로부터 충분한 고견이 나왔습니다. 저는 전폭적인 찬성을 표시함과 동시에, 여기서 간단히 제 의견을 말씀드리고자 합니다. 저희 대표 일행은 도쿄에 도착하고 나서 다음날 바로 메이지 신궁, 야스쿠니 신사를 참배한 후 또한 유지마湯島 성당에 참배하고 왔습니다. 저는 우리 중국 명대 말의 대 유자儒者 슈순수이朱舜水 선생이 간직한 공孔 씨의 성상을 배견하고 그에 관해 생각해 봤습니다. 일본 근대문화 사상계에 중대한 영향을 안긴 슈순수이 선생님은 일본에서 노사老死한 우리 중국의 자비 주재 작가, 즉 유학생이 아닌가 생각합니다. 동시에 이와 마찬가지로 당나라 시대에 중국에 온 일본인 유학생으로 고호弘法 대사, 혹은 아베노 나카마로安部仲麿 등도 장기간에 걸쳐 우리 중국에 주재했습니다. 이러한 분들은 일화문화 교류상에 모두 최대의 노력을 기울였습니다. 우리의 선조 문화인은 실천적으로 상호를 인식하고 또한 문화를 소개했습니다. 이러한 사실은 우리들 현대인에게 매우 중대한 교훈을 안겨주고 있다고 믿고 있습니다.

최근 일화 양국 사이에는 여러모로 오해가 있지만, 이러한 오해가 생긴 것은 상호 이해 부족 때문이라고 생각합니다. 현재 문화계를 보면 문학계 및 번역계, 출판계 모두 중국에 대한 인식과 소개가 부족해 실로 비참할 지경입니다. 그러므로 저는 대동아공영권의 각국 각 민족 간의 작가 유학생의 상호 파견과 교환은 초미의 관심사라고 생각합니다. 작년에 저는 대회에 참가하지 못했지만, 그때 이 제안이 나왔다고 들었습니다. 저는 이 제안이 하루속히 다른 단체에서 시행되기를 간절히 원합니다.

위원장

다니카와 씨, 다행히도 시간이 있으니 다시 한번 근본 문제를 이야기 해 주시겠습니까?

다니카와 데쓰조

근본 문제라 하면 대단히 어려운 문제 같지만 그렇지 않습니다. 저도 이 작가와 유학생 파견 및 상주는 현재 일화문학 교류상 꼭 필요한 것이라고 계속 생각하고 있습니다. 요시카와 씨의 제안에 저는 쌍수를 들고 찬성합니다. 다만 요시카와 씨가 제안한 것에 대해 여러 감상이 있어서 말씀드렸던 것뿐입니다.

우선 오늘날 일화 양국의 문화 제휴에서 가장 필요한 것은 서로 의례적으로 이야기를 나누는 것이 아니라, 솔직히 서로 속마음을 말하는 것입니다. 불만이 있다면 솔직히 말하는 것입니다. 그것이 오늘날 양국이 진정으로 제휴하는 데 가장 필요한 것이라고 생각합니다. 하지만 동시에 우리가 서로의 진솔한 생각을 말하는 동시에 자신을 되돌아 보지 않으면 안 됩니다. 이것도 또한 전자에 떨어지지 않을 만큼 필요한 것으로 저는 일본인의 한 사람으로서 이를 실감하고 있습니다.

다음으로 우리가 여전히 서로를 충분히 알지 못하고 있음을 쌍방이 확실히 인식하는 것이 필요합니다. 저는 양국민을 예부터 동문동종同文同種이라고 표현하는 표어에 실은 반대합니다. 물론 이 표어는 무의미한 것이 아니지만, 많은 사람이 이 동문동종이라는 표어에 익숙해져서 진정으로 서로 알지 못하고서도 다 아는 것같이 행동합니다. 이것만큼 양국의 진정한 문화 제휴에 위험한 것도 없다고 생각합니다. 아직 우리는 진정으로 알지 못한다는 사실을 확실히 인식해야 합니다. 특히 우리 일본인은 오늘날 중국의 실정을 확실히 인식할 필요가 있습니다.

저는 사변 후 종종 중국에 다녀와서 아마도 다녀오지 못한 분들보다는 더 잘 안다고 생각합니다. 하지만 저희들이 알고 있는 한도 내의 인식도 일본인 일반에는 거의 없습니다. 저희들이 다섯 번 여섯 번 다녀온 것을 통해 인식하고 있는 중국의 실정은 결코 대단한 것이 아닙니다. 저는 진정으로 중국을 알고 있다고 자만하거나 하지 않습니다. 하지만 동시에 오늘의 중국인도 또한 일본의 실정을 알지 못한다는 것을 중국 분들에게 확실히 말씀드리고자 합니다. 우리 일본인이 중국을 알고 있는 것 이상으로 중국인은 일본은 알지 못합니다. 이에 대해서 저는 확신에 차서 말할 수 있습니다.

위원장

다섯째 "출판계의 강화"라는 문제에 대해서 첸치지 씨에게 발언을 부탁 드립니다.

출판계의 강화—문학자의 혼을 고양시키는 기관

첸치지沈啓旡 (화북)

위원장의 지명으로 본회에 들어가기 전에 방금 다니카와 선생님, 요시카와 선생님의 제안하신 것에 대해서 다소 비견을 말씀드리고자 합니다. 방금 요시카와 선생님이 중국 현대 문단에 대해서 굉장히 동정에 찬 함축적인 의견을 발표하셔서 저희들은 충심으로 감명을 받았습니다. 선생님의 의견에 따르면 중국 현대문학은 그저 암흑면에 빠져 있고 광명이 없다는 이야기로 이 점은 실로 따끔한 교훈입니다. 우리 문예에 종사하는 사람들은 모두 그렇게 생각하고 있습니다. 그러면 이 원인이 어디에 있는지 그에 대해서 다소 말씀드리고자 합니다.

중국은 최근 백 년 이래 정치계가 혼란합니다. 그 결과 대작이 출현하지 못한 사정이 있습니다. 특히, 최근 30년 이래 영미사상의 지배를 받아서 지나의 정치계는 민주주의의 질곡하에 있습니다. 이 영미 자유주의 사상에 더해서 지나 고래의 노장사상의 영향을 받아서 자연히 소극적으로 되지 않을 수 없었습니다. 따라서 전통적인 문학의 좋은 것도 계승할 수 없었으며 생활은 혼란해지고 사상도 역시 동요한 것입니다. 이러한 상태를 탈출해서 진정한 문학을 창작하기 위해서는 지금 요시카와 선생님께서 말씀하셨듯이 암흑적인 것을 제거하는 것 외에는 달리 길이 없습니다. 이것은 단순히 문학만의 문제가 아니라 정치, 사상, 생활의 모든 면에 대해서 말할 수 있습니다. 중국문학계는 이러한 것을 일소해서 정의 사상에 의거해야 한다고 생각합니다. 우리는 이 전면적인 개선을 향해 노력하고자 합니다. [박수]

루쉰의 소설 등은 모두 암흑적인 것을 폭로하고 있습니다. 하지만 여러분의 양해를 얻고자 하는 것은 이 암흑 가운데 실은 광명이 숨어 있다는 것입니다. 진정으로 양심을 지닌 작가라면 가령 암흑을 묘사하더라도 지장이 없습니다. 그는 이 암흑 속에서 광명을 발견할 수 있습니다. [박수]

이것을 우선 간단하게 말씀드려 두고 싶습니다.

그래서 방금 다니카와, 요시카와 두 선생님의 말씀에 충심으로 감명을 받았음을 말씀드립니다. 또한 반성하고자 합니다. 그런 과정을 거쳐야만 처음으로 서로를 인식할 수 있다고 생각합니다. 부디 두 선생님께서 이 문제에 대해서 앞으로 솔직히 말씀해 주시기를 바라겠습니다. [박수] 그러면 출판계 강화라는 안건으로 옮겨서 말씀드리겠습니다.

현재 중국에서 일지日支 합작 문화방면과 관련된 기관은 대부분 그 본래의 문화적 목적을 망각하고 있습니다. 특히 결전 체제하에서 중요한 사명에 대한 인식이 부족하지 않은지 생각해봐야 합니다. 그들은 문화적인 입장을 완전히 방기해버려서 출판사업을 일종의 상업적 입장에서 보고 있습니다. 그래서 영리를 목적으로 한 결과 문화가 연동될 수 있는 진정한 발전을 방해하고 있습니다. 이것은 실로 문화를 파괴하는 것이며 위험천만한 일이라 생각합니다. 그래서 중국의 문화운동 및 각 계급의 모든 운동은 피해를 쉽게 입어서 기대한 대로의 발전을 이룰 수 없는 상태입니다. 예를 들어, 종이 문제, 원고료 문제, 출판 수속 문제에서도 출판기관의 성의있는 원조를 얻을 수 없습니다. 중국문학 운동은 지금도 성공할 수 있는 상태에 도달해 있지 못합니다.

야하기 나카오谷萩那華雄 보도부장이 말씀하신 것처럼, 현재 중국의 문학 운동의 곤란함을 극복하기 위해서는 우선 경제적인 곤란을 해결하고 다음으로 종이를 확보해야 합니다. 이 점에 대해서는 충분히 고려를 하자고 했습니다. 제가 생각하기로는 이 출판기관 부족은 정말로 근본 문제이니 부디 이번에 재고해 주시기 바랍니다. 이러한 출판기관이 갖춰질 때, 종이 배급과 관련된 경비 지급이 해결됩니다. 이것이 만약 해결되지 않는다면 문학에 아무런 실제적인 기여를 하는 것도 불가능합니다. 실로 유감스러운 일입니다.

그러면 어떻게 하면 대동아 결전 체제하의 출판계를 강화해서 출판 사업을 발전시킬지 생각해보고 싶습니다. 이 점에 대해서는 열석하신 여러분이 부디 일화 양국 정부의 방침에 따라서 전시 체제하의 문화기관의 나아갈 방향에 대해서 충분히 연구를 쌓기를 바랍니다. 또한 각 문화 단체, 작가 여러분에게도 부디 밀접한 연락을 해서 진정한 문화적 양심으로 출판 사업의 발전을 이루기를 바랍니다. 더 나아가서는 대동아전쟁하에 문화인의 사명 달성이라는 중대한 문제에 대해서 원조를 더욱 적극적으로 해주실 것을 간원懇願합니다. 비록 영리적으로 손실이 있다손 치더라도 그 목적에 합치하는 한, 우리는 그 의의를 인정합니다.

현재 일중이 합작한 출판기관에 대해 가장 유감스럽게 느끼는 점은 여러 가지 있습니다. 그중에서도 인사문제가 있습니다. 이른바 인선이 적당하지 않고, 맞지 않는 사람이 일을 하다 보니 불충분한 인식을 보여준다는 것입니다. 나아가서는 위대한 작품의 출현을 방해하는 결과로 이어진다고 생각합니다. 이 점은 특히 더욱 주의를 해주셨으면 합니다. 이 기회에 이 문제에 관해서 충분히 연구를 해서 지혜를 빌려주시기를 바랍니다. [박수]

위원장

매우 유익한 말씀으로 또한 일본의 출판계에게도 무언가 비평을 해주신 느낌이 들어서 감사드립니다. 다행히 시간이 남아있고 혹은 초과하더라도 여러분의 동의를 얻어서 잠시 논의를 더 하고 싶다고 생각합니다. 어떠십니까? [박수] 그러면 하야시 씨 발언을…….

하야시 후사오

중국문학계의 상황은 일본과 매우 다르다고 생각합니다. 저희들은 일본에서 출판기구가 생기고 나서 작가로 성장했습니다. 하지만, 중국의 경우 모든 출판기구가 파괴되고 난 후 오랜 기간 작가는 침묵하고 있었습니다. 그리고 작가는 대학 교수나 관리 혹은 잡지 편집자가 되어, 붓을 꺾은 것이 최근까지의 실상입니다. 그래서 방금 다니카와 씨가 말씀하신 것처럼, 활동의 장을 만드는 것이 무엇보다도 긴급한 과제입니다.

그래서 일본 및 만주국에서는 문학자를 어떻게 결전 태세를 위해 준비시킬지 고심하고 있습니다. 결전 태세를 강화하는 문제인데, 중국에서는 그 전 문학자를 어떻게 하면 문학으로 다시 불러올 수 있을지 고민 중입니다. 예를 들어 대동아문학상 문제를 보더라도 일 년간 나타난 대동아적인 내용의 작품을 찾기는커녕 일 년 동안 문학 활동을 한 것만으로 그 작가에게 상을 수여해야 하는 실정입니다. 문학자를 문학으로 다시 되돌리는 것이 우선 과제입니다. 그 정도로 중국의 문학계는 불행합니다.

출판기관의 문제도 일본과 다소 다릅니다. 예를 들어 상무원서관商務院書館이 커다란 힘을 갖고 있었습니다. 이 출판기구는 출판소 및 인쇄소인 것은 물론이고, 그 주변에 일류에 속하는 소장급의 매우 유능한 작가들이 참여하고 있습니다. 이 기구에서 매달 월급을 주면서 국가의 목적에 맞춰서 집필을 시켰습니다. 또한 문학운동을 촉진시켰습니다. 이렇게 일본과는 다른 형태의 출판기구입니다.

사변 후, 일본이 북지에 혹은 상하이에 이것을 흉내낸 것과 같은 기관을 만들었습니다. 다만 그것이 지금 첸 군이 불만어리게 말한 신민서관新民書館이라든가 그러한 일화 합작 출판소가 급조됐습니다. 그 취지는 좋았으나 지금 말씀드린 것처럼 내지에 있었던 조직 기구를 그대로 현지에 옮긴 형태였습니다. 그렇게 편의적으로 지나 측의 자본가도 함께 겉으로는 상무원서관 흉내를 냈습니다. 그로부터 6년 지나자 막다른 길에 이른 것은 당연한 것입니다. 그 실정 때문에 첸 군도 그러한 제안을 한 것이라고 생각합니다. 이를 설명할 요량으로 말씀드렸습니다.

[기쿠치 간 씨 위원장에게 발언을 요구하고 일어서다.]

기쿠치 간

방금 첸치지 씨의 발언은 매우 지당한 것입니다. 저희는 중화민국의 문인 여러분의 의견에 완전히 동감합니다. 메이지 이래 일본의 출판문화는 매우 발달해서 세계 어느 나라와 비교해도 지지 않을 정도라고 생각합니다. 프랑스의 종합 잡지 발매 부수는 일류 종합잡지라 해도 거의 만 부도 되지 않는다고 들었습니다. 이에 비해 일본은 그 열 배, 열다섯 배 부수를 발행하며 이러한 점에서도 일본의 출판문화는 매우 발달해 있습니다. 따라서 일본의 문학자도 물질적으로는 매우 축복을 받았다고 저는 생각합니다.

이에 비해서 중국 여러분들은 열악한 상황에 있습니다. 작년에 왔던 바이코프라는 백계 러시아인 작가를 기억하시리라 생각하는데, 이 분은 하얼뻰에 있으면서 오랫동안 매우 풍족하지 못한 작가로서 살았습니다. 이 분의 작품을 저희가 출판해서 인세를 드리자, "이건 대단한 인세다, 세계 문호와 필적할 인세다"라며 기뻐했습니다. [웃음소리] 일본의 젊은 작가 거의 모두가 그에 비해 수 배에 달하는 인세를 받고 있는 것이 아닌가 생각합니다.

그러한 점에서 중국의 작가 여러분을 저도 매우 동정하고 있습니다. 특히 이번 6년간의 계속된 전쟁의 결과, 출판문화의 발달에 장해가 생긴 점을 생각해 보면 아무리 좋은 작품을 쓰더라도 보상을 받는 것이 매우 어렵다고 생각합니다. 역시 작가도 생활을 하지 않으면 안 되기 때문에, 작품을 쓰고 윤택한 보수를 받아야 합니다. 역시 좋은 작품을 쓰고 그에 상응하는 좋은 보수를 받지 않으면 문학은 발달하지 않는다고 생각합니다. 그런 점에서 우리 일본 작가는 중국의 출판사업 발달에 최대한 협력하고 싶습니다.

그와 동시에 부디 중국의 작품이 방금 전부터 여러 분들이 발언하신 바대로 일본에 번역됐으면 합니다. 즉 중국의 작가가 일본을 문학시장으로 개척하는 것이 급무라고 생각합니다. 일본에는 현재 종이가 충분하지 않지만 종이가 확보되면 중국의 훌륭한 작품을 몇만 엔이든 팔 수 있지 않을까요. 역시 전쟁에 싸워 이긴다면 이것도 수월하게 얻을 수 있다고 생각합니다. 하지만 이 전쟁은 장기전으로 갈 것이기 때문에 전쟁의 성과를 기다리기만 해서는 안 된다고 생각합니다. 전쟁 중에 가능한 중국의 출판문화를 위해 노력해서 하루라도 빨리 중국 작가 여러분이 풍족한 환경에서 생활하실 수 있도록 우리 일본인 문학자는 협력을 하고자 합니다. [박수]

나가요 요시로 씨 발언을 부탁드립니다.

동양적 의지의 연성 —대회는 빛을 중국에 주었다

나가요 요시로長與善郞

방금 전 요시카와 씨와 다니카와 군이 각각 발언을 했으며 이에 대해 첸치지 씨가 답변을 했습니다. 하나하나 감명 깊은 발언이 매우 진지하고 솔직하게 가슴 속으로 파고들어 왔습니다. 문제의 본질을 다루고 있는데 마음과 마음이 서로 통하려면 바로 이래야 합니다. 지금 나올 주제는 출판을 어떻게 활성화시킬 것인가로 방금 기쿠치 군도 지나의 출판계를 발달시키기 위해서는 이번 전쟁에서 싸워 이겨야 한다고 말했습니다. 앞선 세 사람의 이야기와 관련된 부분도 있어서 평상시부터 생각했던 것을 말씀드리고 싶습니다.

사실 저는 요즘 일본에 대해 쓰고 있습니다. 방금 요시카와 씨는 지나의 문학이 상당히 어둡다고 말씀하셨습니다. 그리고 첸치지 씨는 이에 대해서 그 어둠은 단지 어두운 것이 아니라 그 속에는 광명이 보인다고 말씀하셨습니다. 저도 루쉰의 작품은 애독하는 사람입니다만, 그의 문학 속에 이러한 어두운 면이 있다는 것은 특이한 것만은 아닙니다. 어느 나라의 문학작품에도 단순히 밝기만 것은 없습니다. 간단히 말해서 한 쪽의 문학으로 치우치는 예는 거의 없습니다. 물론 요시카와 씨가 이러한 의미로 말씀하신 것이 아님은 잘 알고 있습니다. 그래서 저는 예를 들어 일본문학에서도 바쇼芭蕉의 하이카이俳諧 등은 예부터 일종의 부정적이고 소극적인—소극이라는 말로 다 수렴되지 않지만—일면이 있습니다. 이것을 통해서 긍정을 지향합니다. 그림자와 빛이 있어서 긍정을 바탕으로 성립되는 유럽의 뛰어난 문학이나, 혹은 일본의 예술, 또는 인도의 종교를 보더라도 모두 그러한 부정적이고 소극적인 일면을 상당히 포함하고 있습니다. 그로부터 출발해서 대동아문학의 생명을 형성하고 있다고 생각합니다. 일본문학만 보더라도 거기서부터 출발했다고 저는 생각합니다.

그래서 이 밝음, 광명이라는 것 대신에 저는 의지意志라는 말을 쓰고 싶습니다. 이것은 요즘에는 대단히 추상적인 말로 받아들여지고 있습니다. 어쨌든 인류라고 해도 좋습니다만, 물론 동양 의지의 교훈이라고 할지, 의지를 연성하는 시대라고 생각합니다. 이른바 10년 전쯤부터 수년 전까지 프랑스문학에서는 지성이라는 말이 있었습니다. 지성이라는 말은 조금 무르다고 생각합니다. 인생의 격렬함에 입각해서 살아나가는 것은 강한 의지가 없으면 안 되기 때문에, 그러한 의지의 훈련을 세계 전체가 지금 쌓아가고 있습니다. 동양, 대동아가 서기 위해서는 강인한 의지로 단결해야 합니다. 사실 일본은 아직 역사에서 지금까지 변방과 국경을 침해 당해본 적이 없어서 고뇌를 심하게 한 나라라고는 하기 힘듭니다. 그래서 이번에 처음으로 진정한 의미에서 의지를 훈련하고 있습니다.

쉽게 연성 연성이라 하는데 인위적인 연성이 아니라, 역사가 우리에게 연성을 명령하고 있다고 생각합니다. 그런 의미에서 의지의 연성은 우리 일본인에게 커다란 희망을 안겨줍니다. 방금 첸치지 씨가 말씀하셨듯이 중국은 영미의 자유주의와 같은 것에 노장사상이 가미돼서 일종의 허무적인 생각이 나타났고 그로부터 어두움이 깊어졌습니다. 그것에는 정치적인 요소가 여러모로 복잡하게 포함되어 있다고 합니다. 정치가 매우 엉망이라고 했습니다. 정치가 엉터리라는 것도 잘 알겠습니다. 하지만, 대체적으로 보자면 지나의 문화 전체로 보자면 지성 쪽이 이기고 있습니다. 그리고 정조情操도 물론 매우 발달했지만, 지나가 조금 더 갱생하기 위해서는 이러한 훈련을 강하게 해 나가는 것이 대결전하에서 매우 필요하다고 생각합니다.

그런 점에서 일본도 앞으로 연성을 더 해서 그로부터 일본민족이 훌륭한 일을 해나갈 것이라 생각합니다. 그로부터 진면목을 발휘할 것이기에 즐거움으로 생각하고 있습니다. 부디 그런 의지의 문제에 대해서 중국 측에서는 송대 이후에 특히 지성이 지나치게 발달하면서 정조도 발달했지만, 점차 정치와 국정이라는 것으로부터 초월한 개인주의적인 기분에 빠져들었다고 생각합니다. 그 결과 허무적으로 변한 데다 자유주의와 노장사상이 결합되면서 이러한 암담한 시세로 변해서 어디에서도 희망을 찾을 수 없는 허무에 빠진 것은 매우 필연성이 있습니다. 하지만 이러한 대회를 개최하면서 다른 공기를 느끼며 조금이라도 전도에 빛을 비출 수 있는 기회를 얻은 것이 아닌가 합니다.

이를 통해 중국 측에 결락된 역사적인 연원이 있는 의지의 훈련에 힘을 기울이고 싶습니다. 물론 어두움이 있어도 좋습니다. 양심적인 훌륭한 것이라면 어둠이 있어도 지장이 없습니다. 이는 말할 것 없이, 훌륭한 것이라면 아무리 어두운 것이라 해도 결국 광명으로 바뀌게 될 것이라 생각합니다. 결전하에서 서로의 의지를 특히 강조하면서 발표를 마칩니다.

위원장

시간도 거의 다 됐기 때문에 마지막으로 다카다 신지 씨에게 발언을 부탁합니다.

지나사상의 새로운 방향─편협을 넘어선 힘과 정신

다카다 신지 高田真治

　방금 나가요 씨의 말씀을 듣고 느낀 감상을 한말씀 드리겠습니다. 초기 지나문학에 대해서 요시카와 씨가 말씀을 해주셨습니다. 지나문학의 특징은 어두움, 즉흥적인 소극성에 있다는 취지의 말씀으로 그로부터 주로 소설과 문학에 대해 말씀하셨습니다. 이에 이어서 두세 가지 말씀을 더 해주셨는데 이에 저는 동감입니다. 일본 선배 작가들도 지나문학이 희곡이나 소설적으로 발달해 갈 것을 크게 기대하고 있습니다.

　지나문학이라는 것을 보면 역시 주를 이루는 것 중에 시문이라는 것이 있으며, 소품문 小品文도 그 안에 있습니다. 하지만 또 한편으로는 웅편 雄篇 대작이 지나문학의 최대 걸작이라고 생각합니다. 역시 이 점에서 장래 지나문학의 정통적인 발달을 우리는 기대하고 있습니다.

　그리고 영미사상과 노장사상이 합쳐졌다는 것을 말씀드리자면 이는 악정의 결과입니다. 그로부터 서양사상이라는 나쁜 것이 침투해 왔습니다. 양쪽이 합쳐지면서 현재 작가의 허무적인 생각이 생겨난 것이라는 것입니다. 거슬러 올라가 말씀드리면 청조의 정치와 관련이 있습니다. 청조는 만주족이 일으킨 나라로 종래 한민족이 보면 이민족, 이족 夷族입니다. 이에 대해 오랜 기간 민족적 반감이 배양돼 오늘날의 항일의식과 연관을 맺고 있습니다. 이는 일종의 편협한 것입니다.

　실제 지나의 고전에 비춰보아도 편협한 사고방식입니다. 요컨대 만주의 지배하에 있었고 이에 불복하는 사상이 합쳐져서 허무적인 노장사상이 힘을 얻었습니다. 하지만 이를 시정하고 새롭고 바람직한 밝은 방면으로 향하게 하기 위해서는─특히 이 대동아전쟁이라는 결전하에서 이것을 완수해서 장래 밝고 커다란 대동아를 건설해 가려면, 무슨 일이 있어도 유가사상을 진흥하지 않으면 안 됩니다.

지나사상에서 유가사상과 표리 관계를 이루는 것은 노장사상입니다. 유가사상은 강건 장대한 청년의 사상입니다. 노장사상은 뒷 표면의 조용한 사상입니다. 실은 양쪽이 어울려서 경經이 되고 위緯가 되어 합쳐져, 그 위에 지나문학이라는 것이 발달했습니다. 노장사상이 필요한 시대도 있었습니다. 예를 들면 한나라의 고조는 천하를 취한 후에 노장사상을 통해 법삼장法三章으로 정치를 펼쳤습니다.

하지만 이번 대동아전쟁에 싸워 이기기 위한 웅대한 동아를 건설하기 위해서는 강건 웅대한 시대의 의지를 바탕으로 해서 나아가는 것이 꼭 필요합니다. 물론 유가사상만으로 다 된다는 것은 아닙니다. 일본사상이 중심이 돼서 나아가야 하지만, 유가사상도 커다란 의지를 담고 있는 부분이 있습니다. 그것이 있는 부분을 이용해서 나아가는 것이, 최근의 문화 건설에 매우 도움이 되지 않나 생각해 봅니다. 방금 나가요 씨의 말씀을 듣고 이와 관련해서 말씀드린 것뿐입니다.

위원장

여러분 정말로 고생이 많으셨습니다. 이로써 제3위원회를 폐회하겠습니다. 대단히 진지하고 솔직하게 토론해 주셔서 특히 멀리서 오신 중국 대표 분들께서도 어느 정도 만족하시지 않을까 생각합니다.

지금 시간 관계상 또한 제 불찰로 발표하실 것이 있으심에도 기회를 얻지 못한 분이 있다고 생각합니다. 그 점 매우 사과드립니다. 또한 다니카와 씨의 시간을 제대로 배려하지 못해서 세 번이나 발언을 해달라고 했습니다. 위원장으로서 다니카와 씨에게 사과드립니다. 여러분 정말 고생하셨습

니다. [박수]

[오후 12시 20분 폐회]

제3일 본 대회

[오전 9시 10분 개회]

마음 흔들림 없이 일치 — 대회 성과 의연毅然하도다

도가와 사다오

지금부터 제3일째 일정에 들어갑니다. 일정에 들어가기 앞서서 국민의례를 거행하겠습니다. 전원 기립해 주시기 바랍니다.

[국민의례]

의장

본일 회의는 분과 회의로 나눠서 개최하겠습니다. 분과 회의 위원의 진용은 나눠드린 인쇄물을 보시기 바랍니다.

그러면 지금부터 각 분과 회의로 흩어지시기 바랍니다.

[분과 회의 기록항]

[오후 1시 재회]

心根搖ぎなく一致

大會の成果毅然たり

第三日・本會議

（午前）九時十分開會

戸川貞雄氏　只今より第三日目の日程に入ります。日程に入るに先立ちまして、國民儀禮を行ひます。全員御起立を願ひます

國民儀禮

議長　本日の會議は分科會に分かれて開催をいたします。分科會の委員の御賛成は、お手許に刷り物をお渡ししてありますので、これから各分科會にお移りを願ひます。

（午後）一時再會

【分科會記録別項】

議長　只今より第一分科會の御報告を第一分科會の方は今日出海君にお願ひ致します、第二分科會は委員長の川田順さんにお願ひ致します

第三分科會は委員長の中島健藏君にお願ひ致します

第一分科會經過報告

今日出海氏

第二分科會經過報告

中島健藏氏

第三分科會經過報告

川田順氏

議長　委員會に出ましたいろいろの御意見も、非常に傾聽に値報でございます（拍手）慰問の電報でございませう（拍手）慰問の電報でございます

議長　適切な御提案だと思ひますが、その文章などは文學報國會の委員にお願ひ致します。如何でございませうか

前線へ慰問電報

陳廖士氏（華中）　本大東亞聖戰のために、最前線に戰つてゐる勇士に慰問文を出したら如何でございませうか（拍手）慰問の電報でございませう

第一線將兵へ傳達

謝辭を述ぶ佐藤軍務局長

佐藤軍務局長　只今この無上なる光榮であります（拍手）第一線に激烈なる戰ひを續けてをりますこの軍隊の戰つてをりますこの軍隊の戰ひを續けてをります目的は臨するところ東亞の解放であります

의장

지금부터 오후 본회의로 옮겨서 우선 오전 중에 있었던 분과 회의 보고를 하겠습니다. 제1분과 회의의 곤 히데미 군에게 부탁드립니다. 제2분과 회의는 나카지마 겐조 군에게, 제3분과 회의는 가와다 준 씨에게 부탁드립니다.

곤 히데미

[제1분과 회의 경과 보고]

나카지마 겐조

[제2분과 회의 경과 보고]

가와다 준

[제3분과 회의 경과 보고]

의장

위원회에서 나온 여러 의견도 경청할 것이 꽤 많기에 우리가 고려해야 할 사항이 있습니다. 그중에서 일부는 일본문학보국회 이름으로 실행에 옮길 준비를 하리라고 봅니다. 다음으로 이번 회의에서도 작년과 마찬가지로 선언문을 발표하고자 합니다. 그 위원을 의장이 지명하고자 합니다.

어떠신지요. [박수]

　그러면 히노 아시헤火野葦平 군, 하야시 후사오 군, 쥐예란 군, 첸치지 군, 구딩 군, 최재서 군, 쥐친포周金波 군 이상 7명에게 부탁드리겠습니다. 해당되는 분은 부디 바로 별실로 모여주시기를 바랍니다.

전선前線에 위문 전보

첸 랴오시 (화중)

　본 대회의 명예를 걸고서 최전선에서 대동아 성전을 위해 싸우고 있는 전사에게 위문문을 보내는 것은 어떠신지요. [박수] 위문 전보입니다.

의장

　적절한 제안이라고 생각하며 문장은 문학보국회에 부탁드리고 싶습니다. 어떠십니까. [박수] 그러면 문학보국회 위원이 문장을 기초하는 건을 승인해 주시기 바랍니다. 이에 대해 마침 육군성 사토佐藤 군무국장이 보이십니다. 이 분은 과거 문학이나 문학자에게 매우 깊은 관심을 품고 계시던 분이라서 한 말씀 인사를 부탁드리겠습니다.

제1선 장병에 전달—감사의 말씀을 하시는 사토 군무국장

사토 군무국장

저는 우연히 이 자리에 견학을 하러 왔습니다. 지금 이 결전 문학자대회의 결의로 황군에게 심심한 위문의 말씀을 해주신다고 하셨습니다. 이 결의와 위문의 말씀을 전선에서 싸우는 육군 및 해군에게 전달하는 것은 더할 나위 없는 영광입니다. [박수]

말씀드릴 것도 없이 제1선에서 군대가 장렬한 전투를 계속하는 목적은 동아의 해방입니다. 해방된 동아는 건국의 대정신에 근거해서 만방 곳곳을 획득하고 만백성이 그 땅에서 안락하게 머물 수 있는 큰 정신을 따르고 있습니다. 제국의 전화戰火는 더욱 격렬해지고 있으며 건국의 이상을 착착, 게다가 아무런 거짓이나 과장도 선전도 없이, 우직하게 그대로 실행에 옮기고 있음은 여러분도 다 아시는 그대로입니다.

이 전쟁을 끝내고 해방된 동아의 땅을 얻은 모든 나라에서 안정을 찾을 모든 민족과 그 문화는 과거 역사에 없는 흥륭과 발전을 하게 되리라는 것은 필연적이라 믿고 있습니다. 해방 후에 동아의 일대 발전을 이룰 문학을 지향해 전쟁 중임에도 동아의 문학자대회를 개최하고 있습니다. 그 열렬한 결전 문학자의 목소리가 터져 나오는 이 대회 석상에서 해주신 위문의 말씀은 제일선에서 싸우는 장병에게, 이 전쟁 목적과 의의를 더욱더 명확하게 함과 동시에, 힘차게 만들 것임을 믿습니다. [박수]

저는 지당한 의의를 띠는 위문의 말씀을 제일선 장병에게 전달할 것을 맹세함과 동시에 이 자리에서 후의厚意에 찬 말씀을 해주신 것에 예를 올립니다. [박수]

대동아문학상 수상작의 발표

구메 마사오

대동아문학상 심사위원회 자격으로 보고 드립니다. 이번에 모든 방면에서 열렬히 희망해 주서서 마침내 실현된 대동아문학상은 본회 회장으로부터 위촉을 받은 전형銓衡 위원, 심사위원 여러분의 열성적인 노력으로 회의 중 짬을 내서 속행을 했습니다. 방금 전에 다음과 같이 결정을 했습니다. 다만 이번에는 전형 심사를 서두른 관계상, 만전을 기하기 어려울 뿐만 아니라, 본상의 커다란 권위에 비추어 숙려를 거듭한 결과 이번에는 다음과 같이 본상은 뽑지 않고 많은 우수한 후보작품 중에서 차상을 다음과 같이 결정합니다.

일본—『진부인陳夫人』 제1부 제2부, 쇼지 소이치庄司総一; 대동아시집『해원에서 노래한다海原にありて歌へる』, 오키 아쓰오大木惇夫. [박수] 일본에서는 『진부인』 제1부 제2부를 쓴 쇼지 소이치 군 및 자와 전쟁터에서 쓴 대동아시집『해원에서 노래한다』의 저자 오키 아쓰오 군, 이 두 분에게 증정하기로 결정했습니다.

만주국에서는『옥토沃土』의 쉬준石軍, [박수]『황금의 좁은 문黃金的窄門』 줘에칭爵靑입니다.

[박수]『옥토』의 작가 줘에칭 군[1]은 작년 대회의 위원이었으며 이번 대회에는 열석을 했습니다. 이 두 사람에게 증정하겠습니다. 또한 일본의 작가 분에게도 충분히 이보다 더 좋은 작품도 있지만, 이번은 상의 본질에 비추어 일본계 작가들이 사퇴를 해서 이 만주계 두 사람에게 만주국에서의 대동아문학상을 드리는 것으로 결정했습니다. [박수]

1　구메 마사오의 착각으로 『옥토』의 저자는 쉬준(石軍)이다.

다음으로 중화민국에서는 『유치 단편소설집予且短篇小説集』, 『일본인상日本印象』의 작가인 유치予且입니다. [박수]

이 유치 군은 판쉬주潘序租라는 본명으로 작년 대회에 열석한 중화민국의 대표입니다. 그리고 『패각貝殼』의 유안시袁犀, 이 두 군에게 드리고자 결정합니다. 정리하면 쇼지 소이치 군, 오키 아쓰오 군, 쉬준 군, 쥐에칭 군, 유안시 군, 중화민국……, 이상의 여섯 명으로, 각국의 두 사람에게, 대동아문학 차상을 드리고자 결정했습니다. [박수]

또한 본상은 아시는 바대로 정보국총재상, 대동아대신상인데 이번에는 정보국총재상, 대동아대신상은 없으니 마이니치 신문사 제공으로 부상 각 5천 엔을 마련해서 증정하고자 합니다. 이 회의 끝에 증정식을 거행하고자 하니 그때까지 기다려 주시기 바랍니다.

의장

대동아문학상의 전형 심사 시간이 매우 짧아서 만전을 기할 수 없었습니다. 하지만 대체적으로 타당했다고 생각합니다. 이 상이 대동아문화 교류에 이바지하는 바가 크다고 생각합니다. 내년에는 꼭 대회에 출석한 여러분의 노력을 통해 본 대회에 출석하신 분 중에서 누군가가 본상을 획득하시기를 희망합니다.

다음으로 각지 문학 활동에 대한 보고를 받고자 합니다. 시간이 점차 다가오고 있기 때문에 가능한 짧고 간단하게 보고를 해주시기 바랍니다. 처음으로 가와카미 데쓰타로 군에게 부탁합니다.

흥아문학상의 설정 — 시나리오 화문華文 창작에 중점

가와카미 데쓰타로

　저는 작년도 결과 보고로 이번 발언을 대신하고자 합니다. 그런데 방금 전부터 위원회의 경과보고 내용 중에 대동아문학이 포함돼 있었기 때문에, 제 보고는 매우 간단히 하겠습니다. 우리 일본문학보국회에서는 작년 대회 이후 대동아과大東亞課라고 부를 수 있는 기관을 만들어서 결의사항을 대체로 시행하고 있습니다. 우선 번역기관의 문제에 대해 말씀드리고자 합니다. 이것은 오늘 분과 회의에서도 발언이 나왔듯이, 진정으로 훌륭하게 일종의 국가적 기관으로 만들 필요가 있습니다. 우리로서는 본회의 중에 번역물을 결정하는 위원회 성격의 기구를 설치하려고 하며, 이미 올 봄 이후 착착 실행중입니다. 이 번역은 일본의 관계자가 중국 및 만주국 각지의 편집자에게 연락을 하면 당장 할 수 있습니다. 얼마 전 제가 중국 여행을 하면서 그쪽 관계자에게 충분히 연락을 해놔서 이번 봄부터 충분히 번역을 활발하게 서로 해나갈 수 있을 것입니다.

　다음으로 대동아문학의 문학위원회라 부를 수 있는 기구를 설치하자는 안건이 작년에도 나왔습니다. 이것도 방금 가와다川田 위원장의 보고에도 있었듯 결국 강인한 국가적인 기관으로 세우지 않으면 안 되며 우리는 이를 문학보국회 안에 만들고자 합니다. 또한 중국과 관련해서는 새로운 신중국문학위원회를 만들고 있습니다. 만주국에서의 명칭은 다소 다르지만, 현재 있는 대륙개척문학위원회로도 만주국 내 문학 활동과 관련된 연락기관으로 충분하다고 생각합니다.

　다음으로 유학생 및 작가의 교환 상주에 대해서는 이미 가와다 씨가 설명을 했기에 여기서는 생략합니다. 다음으로 대동아문학상을 설정하자는

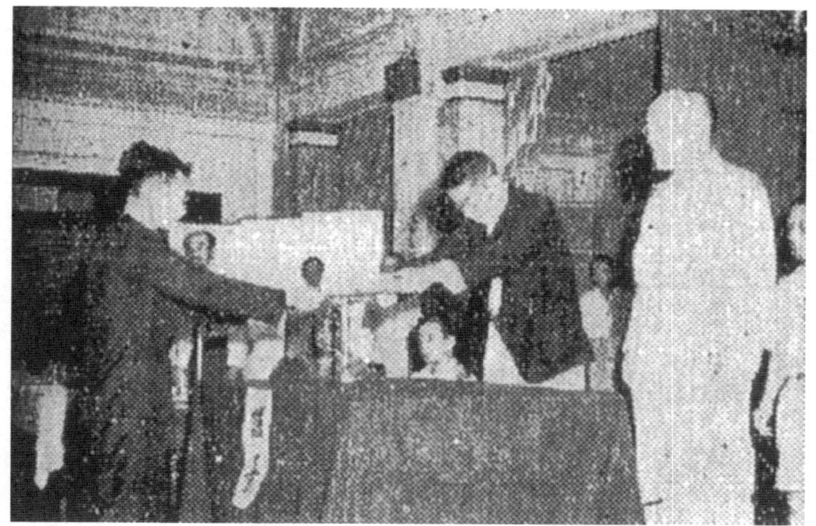

【자료 8】『문학보국』 9월 10일호, 10면, 유안시 씨의 수상 장면

안건이 상정됐는데, 이것은 지금 말씀한 그대로입니다. 다음으로 일만화 공통의 발표기관을 갖자는 건에 대해서도 방금 보고가 있었습니다. 이에 덧붙여서 제가 생각하는 것은 역시 첸진陳綿 씨가 말했듯이 일본, 만주국에 서는 어쨌든 충분히 잡지가 있지만 중국에는 아직 없으니 그것을 만들자 는 겁니다. 일만의 교류보다도 중국에서 잡지를 출판하는 편이 저는 의의 가 있다는 것을 중국에서 느끼고 왔습니다. 이것으로 제 보고는 끝냅니다. 하는 김에 제가 제안을 하나 하겠습니다. 대정익찬회, 흥아동맹, 정보국에 서 이번에 흥아문학상이라는 것을 만들어서 작품 모집을 본회에 위탁했으 므로 그에 대해 간략하게 발표하고자 합니다.

모집 작품

(1) 일본어邦文 시나리오

(2) 중국어華文 창작

대동아전쟁 필승의 신념을 고취하고 대동아공영권의 문화창작에 공헌하기 위한 흥아적 정신을 횡일橫溢할 것. 대상은 흥아문학상, 부상은 일본어 시나리오는 금 3천 엔, 중국어 창작에 대해 금 5천 엔. 모집 규정 및 심사 방법. 일본문학보국회가 위촉하여 위원회 중에서 흥아총본부가 추천하는 심사위원 2명을 넣을 것. 심사에 따라서 흥아 총본부에서 입선을 결정할 것. 원고 수신처는 일본문학보국회로 할 것. 이상입니다. 더 상세한 것은 추후에 정식으로 발표하겠습니다.

의장

다음으로 만주국의 오우치 다케오 군에게 부탁합니다.

원대한 구상 현시顯示—급 전개하는 만주국 문단

오우치 다케오 (만주)

작년 제1회 대회 개최 후부터 오늘까지 만주국의 문학 활동에 대해서 보고하겠습니다. 작년 대회 성과는 만주국의 일본계 및 만주계 문학자에게 커더란 의의를 안겨주었습니다. 또한 대회 후 중국 대표 여러분이 일정을 연장해 신징까지 오셔서 우리와 무릎을 맞대고 이야기를 나눈 것도 매우 뜻깊은 일이었습니다. 작년 대회의 최대 성과는 대동아문학이념의 확립에 있다고 생각하며 작년 대표자 여러분들이 만주국 문학자에게 진정으로 호소해 주셔서 철저하게 이념을 전파할 수 있었습니다. 대표 여러분이 귀국 후 보고회나 강연회를 열었으며 방송을 통해서 국민에게 대동아문학이념을 피력했습니다. 또한 신문 잡지에 이와 관련된 글을 집필하는 노력을 기울였습니다. 그 결과 작품에 문학자의 넓어진 시야가 반영됐으며 원대한 구상이 가능해져서 탁상공론을 벗어나는 논리가 태어났습니다. 구체적으로는 근로문학이나 생산문학의 제창이 그것입니다. 또한 일본계와 만주계 쌍방의 장편소설을 향한 열정이 되살아났고 문학자와 신문사의 관계가 보다 긴밀해졌습니다.

다음으로 만주 문학자는 최초 1년 동안 매우 적극적으로 사회 활동을 해왔다는 것을 말씀드리고자 합니다. 첫째는 올해 초 관동군이 실시한 연습에 다수의 작가와 평론가가 참가했습니다. 북만주 벌판에서 이뤄진 연습에 참가한 문학자 일동은 각각의 방면에서 작품이나 보고서를 써서 당국의 기대에 호응했습니다. 그 밖에 개척지를 시찰하고 중공업지대와 삼림지대에 갔습니다. 또한 근로보국대의 활동을 견학하는 등 작가의 현지 파견이 매우 활발해졌습니다. 이것으로 만주의 현실을 더 구체적으로 파악했고, 이를 다채롭고 장대한 작품 창작에 반영할 수 있도록 기여를 했습니다. 또한 시인들이 영미 격멸시를 일본과 만주에서 써서 신문 잡지 등에 발표했습니다.

세 번째로 보고드릴 것은 만문滿文으로 나오는 월간 문예잡지 『예문藝文』의 창간이 드디어 결정됐다는 것입니다. 관련 기구도 가까운 시일 내에 발족하게 됐습니다. 이상 말씀드린 사업을 수행하기 위해서 만주문예가협회가 중심이 돼서 활동해 왔습니다.

만주문예가협회에는 편집부, 기획부, 심사부, 이 세 가지 부서를 설치해서 문학과 관련된 다양한 일을 해 왔습니다. 다행히 당국이 배려에 찬 지원을 해줬고 선배 일본 작가들의 지도하에서 진행되고 있습니다. 또한 중국 그 외 지역 여러분들이 제휴해 주셔서 절차탁마하여 매진할 수 있다고 생각합니다.

의장

다음으로 류위성 씨에게 부탁드립니다.

기약하고 기다릴 것—대회 대표 활약한 반향은 지대함

류위성 (화중)

최근 1년간 중국문학계의 활동 상태는 주목해서 봐야 할 것이 많습니다. 첫째, 대동아문학자대회를 마치고 귀국한 중국 대표가 남북 각지에서 상당히 큰 영향을 미쳤습니다. 우선 2월 14일 국민정부 선전부장 림보쉥林柏生 각하 및 상하이 시장 첸공보陳公博 각하가 상하이의 모든 문학자를 소집해서 국민정부의 '전시문화강령戰時文化綱領'이라는 지침이 생겼습니다. 그리고 전국 작가가 동원되기에 이르렀습니다. 월간 잡지로는 난징의 『작가作家』, 상하이의 『잡지雜誌』, 『풍우담風雨談』, 『동서東西』, 『대중大衆』, 『만상萬象』, 『인간人間』, 『고금古今』(반월간), 『창작創作』, 한코우漢口에서는 월간 『신생新生』, 쉬조徐洲에서는 『고황하古黃河』가 생겼습니다. 또한 '상하이 잡지연합회'라는 것이 만들어졌습니다. 한편 베이징에서 새롭게 나온 문학 간행물로는 『예문』, 『북경대문학北京大文學』, 『화북작가월보華北作家月報』라는 것이 있습니다. 가까운 시일 내에 『문학집간文學集刊』도 발행됩니다. 여러 중국작가 조직이 만들어졌고 중요 협회가 구성되고 있습니다. 그 밖에 수조蘇洲, 항조杭洲, 한코우, 쉬조, 광조廣州 이러한 곳에서도 문학운동이 전개되고 있습니다.

또한 출판 방면에서는 상무인서관商務印書館, 중화서국中華書局, 세계서국,

개명서점 등의 다섯 개 점포가 중국연합출판공사라는 것을 조직했습니다. 그 밖의 잡지사, 신문사에서 문예 관련 책을 내고 있는 곳도 있습니다. 또한 일본문학을 다양하게 소개하며 새로운 책도 내고 있습니다. 요코미쓰 리이치 선생님, 니와 후미오 선생님, 하야시 후사오 선생님, 후나바시 세이치 선생님, 나카지마 아쓰시中島敦 선생님, 우에다 히로시上田廣 선생님, 하야시 후미코林芙美子 선생님 등입니다. 영화계에서도 '중국전영연합공사'가 조직돼 문학계와 밀접한 연락을 취하고 있습니다. 지난번은 일본 및 만주와 공동으로『만세류고萬世流苦』라는 작품을 만들었습니다.

다음으로 신극 방면에 대해 말씀드리겠습니다. 이쪽에서도 얼마 전 〈추해당秋海棠〉이라는 극을 상연해서 대단한 호평을 얻었습니다. 듣기로는 일본 작가가 이것을 〈기리노하나이로하桐花伊呂波〉라는 제목으로 개작해서 교토에서 상연했다고 들었습니다. 올해 8월 1일, 일본이 상하이 조계를 환부시킴에 따라서 상하이의 여러 신극단체가 연합 공연을 했습니다. 바진巴金의 소설을 개작한 〈집家〉을 상연했습니다. 그리고 마침내 상하이시 화극협회話劇協會라는 것도 조직됐습니다.

끝으로 최근 일 년간 일본문학계 및 만주국문학계로부터 다양한 지도 편달을 받을 수 있었음을 감사드립니다. 일 년간 무샤노코지 선생님, 가와카미 선생님 및 그 밖의 분들이 찾아오셨습니다. 또한 만주국에서 야마다 선생님 등이 오셨지만, 시국 관계로 여러모로 충분히 대접을 할 수 없었습니다. 부디 이 점에 대해서 양해를 부탁드리며 앞으로도 지도와 원조를 받고자 하는 바입니다. [박수]

황민생활의 강화—국민 운동에 끓어오르는 조선문단

의장

가네무라 료사이(김용제) 씨에게 부탁드립니다.

가네무라 료사이金村龍齊 (조선)

저는 일본문학의 일환으로서 전개되고 있는 조선에서의 국민문학 운동에 대해서 간단히 보고드리겠습니다. 1939년 10월에 충실한 국민문학을 목적으로 조선문인협회라는 것이 창립됐습니다. 심각한 것은 언어 문제로, 쇼와 16년(1941)에는 과거의 조선문예 잡지가 통합돼, 순수한 국어를 쓰는 문학잡지가 발간됐습니다. 이는『국민문학』으로 오늘날 발전을 거듭하고 있습니다.

올해 4월에는 종래 다섯 개였던 문예단체를 획기적으로 통합해서 조선문인협회라는 조직을 창설하기에 이르렀습니다. 현재 회원은 약 7백 명 이상 있으며 이 조직은 모두 일본문학보국회와 같은 기구로 운영되고 있습니다.

최근에는 화제가 된 단행본이 상당히 나오고 있습니다. 여기서는 한 예를 말씀드리겠습니다. 우선 소설로는『고요한 폭풍静かなる嵐』이라는 소설집이 있습니다. 이 작품 내용을 간단히 말씀드리면 조선인 한 시인이 자신이 품고 있던 민족적인 이상이나 감정을 스스로 청산하고 진정한 일본인으로서의 신념을 새롭게 갖기까지 피투성이가 될 정도로 괴로운 사상의 격투 등 발전적인 싸움을 그리고 있습니다. 그것은 결코 관념적인 방식이 아니라 진지한 생활의 실천을 통해 그리고 있습니다. 이 작품은 작년에 조선충력상을 받았습니다.

이러한 전환기에 중요한 역할을 다하고 있는 평론가로 여기도 참여한 최재서 군이 분투하고 있습니다. 최근의 평론으로는『전환기의 조선문학転換期における朝鮮文學』이 있는데, 가장 최근의 조선에서의 문학을 알기 쉽게 정리하고 있는 글입니다. 이러한 비평 활동을 매우 활발히 하고 있습니다. 이처럼 우리 조선에 있는 작가는 결전하 일본문학의 중요한 기관의 하나라는 자각을 갖고 국민문학의 건설에 매진하고 있습니다. 특히 9월 중에 대여섯 명의 조선 작가가 군방면 견학차 일본에 올 것이므로 그 때에도 잘 부탁드립니다.

의장

다음으로 나가사키 히로시 씨에게 부탁드립니다.

통치 50년을 꿰뚫다 ― 내대일여內臺一如의 대만문예

나가사키 히로시長崎浩 (대만)

대동아전쟁이 발발한 이래 긴박한 정세는 대만의 각계 각층에 자각과 활동을 불러왔습니다. 대만 통치 50년의 세월을 꿰뚫어, 그 근저를 이루는 내대일심이 바야흐로 열렬하게 타오르고 있는 상황은 대만 사람들이 황국 국민으로서의 연성에 매진하고 전시 생활에 걸맞는 생활의 확립에 괄목할 비약을 이뤘음을 보여줍니다. 그중에서도 육군 지원병 제도에 대해 전도민의 열렬한 열정과 전선에서의 노무 봉공대나 다카사고高砂 의용대의 헌신적인 활동 등을 보더라도 이는 명확합니다. 실로 대동아전쟁을 전환기로 해서 새롭게 태어난 대만은 빛과 감투敢鬪의 폭풍 속에서 떨쳐 일어났습니다. 힘차게 손을 맞잡고 영미 격멸을 위한 성전 완수를 향해 정신挺身하려는 이른바 대만 일가의 장년壯年이야말로 도의국가 일본의 유대무비悠大無比한 정신에 근원을 구하고 있으며 대동아 일족의 웅혼雄渾한 구상으로 이어지리라 믿습니다.

오늘날 대만 전 섬에서 전개되고 있는 도민 봉공 운동은 실천을 바탕으로 대동아공영권에 조금이나마 도움이 되려고 하고 있습니다. 하지만 대만 일가의 장년이나 대동아 일족이 품은 이상의 현현도 필경 문화적으로 해결해야 합니다. 문학이야말로 그 선구적 사명을 안고 있음을 생각할 때, 우리 대만에서 문학을 결전을 위한 것으로 삼아 총력을 집결해서 철의 의지와 철의 조직을 통해 문학 봉공의 탄환이 되고 전사가 되는 결의를 굳게 하지 않을 수 없습니다. 이러한 결의하에서 정신하고 있는 대만의 문학 활동 상황을 간단하게 설명드립니다. 최근의 일로 말씀드릴 것은 일본문학보국회 대만 지부가 올 봄 문학보국운동을 위해서 대만에 오셨던 것입니다. 도가와 마사오 씨의 청원으로 4월 중에는 문학보국회회원으로 참가하는 것이 결성됐습니다. 이와 거의 같은 시기에 종래의 대만문예협회는 발전적으로 해소돼, 대동아문학보국회의 제창하에 국민총력체제의 일환으로 재출발했습니다.

이 단체는 거의 문학보국회와 같은 조직과 기구를 바탕으로 하고 있으며 문학보국회는 그 추진력을 제공합니다. 문학보국회의 지도정신은 모두 일체를 이루고 일원적 문학 활동을 전개해 나가는 것입니다. 작가의 상황을 말씀드리면 지향하는 바는 필경 남방 공영권의 중추로서의 지위를 점하는 대만에서 새로운 대동아정신의 모체가 될 진정한 황민문학을 확립하는 것입니다. 그 길은 험하고 아득한 것으로서 이미 양지인兩地人 작가의 공통문학은 이국정서로부터 비약해서, 혹은 이민 생활이나 대만 개척의 고투사를 그리는 것입니다. 이를 통해 본도인 작가가 진정한 황국민이 되려는 절실한 자기 연성의 과정을 그리는 작가에게서 진지한 황민문학 확립을 위한 분위기를 느낄 수 있습니다.

또한 결전하 문학자로서 문학 익찬을 실천하기 위해 결전문학자의 결의를 앙양하는 도내 대회가 개최됐습니다. 도민 봉공 운동의 일익으로서 증산 운동에 협력하여 생산전력을 향상시키기 위한 쓰지소설辻小説(가두소설) 가두 전시, 결전정신 앙양을 위한 전 황민 발표기관의 총동원, 문학자의 총력 결집, 국민시가의 낭독을 통한 국어 순화 운동 등이 전개됐습니다. 이러한 전개를 통해 직능 봉공의 적성赤誠을 피력해 가고 있습니다. 요컨대 이러한 문학 활동은 이미 결전태세를 정비하고 서서히 그 성과를 올리고 있습니다. 이를 보고드리는 동시에 앞으로 더욱 건투를 맹세하며 분기하는 후진 부대인 우리 대만에 지원을 부탁드립니다.

의장

대만에서 함께 오신 사이토 이사무 씨에게 한마디 발언을 부탁드리니, 계속해서 발언을 해주시기 바랍니다.

사이토 이사무斉藤勇 (대만)

제가 말씀드리고자 하는 것은 방금 하신 말씀과 이어집니다. 하지만 다소 걸맞지 않은 내용이더라도 잠시 참아주시기 바랍니다. 시간이 다 돼가니 간단하게 요약해서 말씀드리겠습니다.

저는 이번 대회의 세 가지 커다란 의제 중 하나인 영미문화의 격멸을 실천하는 방안을 다소 말씀 드리고자 합니다. 격렬한 결전 단계에서 장래의 전력에 큰 장해가 되는 영미문화는 격멸하지 않으면 안 됩니다. 그 필요성은 누구나가 인정하고 있습니다. 이것이 각하閣下의 급무인 것은 누구나 인지하고 있습니다. 하지만 잘 생각해 보면 우리의 일상에는 아직 위장한 영미문화가 여기저기에 숨어들어 있기 때문에 반성할 점이 많다고 생각합니다. 예를 들어 말씀드리면 상당히 위험한 바다를 오랜 기간 항해해서 왔습니다. 그 배 위 오락실에서는 매일같이 영미의 재즈 레코드가 올라갔습니다. 이러한 정세하에서 선원 여러분이 호령을 넣어서 위험한 임무를 다하고 있음에도 여전히 재즈를 즐기는 사람이 있다는 것은 단순히 하나의 예에 지나지 않습니다. 도쿄에서도 이러한 예는 한둘이 아닐 겁니다.

우리는 어떠한 행위가 영미적인 허위와 기만이라거나, 어떤 작가 속에는 영미적인 것이 존재하고 있다거나, 그런 풍속 습관은 일본적인 것이 아니라고 서로 이야기 합니다. 하지만 문학자가 영미적인 요소를 격멸하는 방책을 생각해보면 노력은 하고 있으나 오늘날과 같이 초비상시에 어떻게 하면 전력을 결집할지 등과 같은 인식에는 이르지 못하고 있습니다. 저는 이 문제를 해결하기 위해서는 하나의 강력한 조직이 필요한 것이 아닌가 합니다. 모두가 그렇게 생각하면서 여전히 영미적인 허위와 기만이 우리의 신변에 수북하게 남아있다는 사실을 생각할 때 저는 그렇게 생각하지 않을 수 없습니다. 제 생각에 장래의 조직은 대동아공영권 각국 각 지역에 걸쳐 있는 문학자가 그 힘을 합친 것이어야 한다고 염원하는 바이며 우선 당면한 문제를 실행에 옮기고자 합니다. 일본문학보국회 안에 영미문화 격멸본부라고 하는 가칭의 중추적인 조직체를 만들어 주시면 소기의 목적을 달성하는 것도 불가능한 것은 아니라고 봅니다. 본부 아래에는 사무국이 있으며 사무국 아래에는 조사반을 두고 시행하면 됩니다. 더 나아가 하나의 실천책이라는 것을 지금 만들어 주시면 좋겠다고 생각합니다.

이는 각 부회 여러분이 전문 조사반을 생각해서 관련된 문학자 중에서 영미적인 문화를 발견하는 것에 마음을 기울여 주시기 바랍니다. 이를 영미적인 것을 격멸해야 할 조사반에게 보고해 주는 역할입니다. 조사반에서는 작가에게 반성의 기회를 주는 것도 생각해 주시기 바랍니다. 문학작품만에 그치지 않고 일상에서도 영미적인 사고방식, 혹은 영미적 풍속 습관 등을 발견했을 때 사무국 쪽에 보고하는 방식입니다. 실천반과 같은 것을 동원해서 영미문화를 격멸하는 문학을 만들어 주셨으면 합니다.

단순히 문학자만의 힘만으로 그것을 해결하기는 힘들겠지요. 마찬가지로 영미 격멸에 관심이 큰 군, 정부, 익찬회 등의 원조가 필요합니다. 더 나아가 우호 단체 등과 연계를 유지해서 만전의 책략을 기하고 싶습니다. 이미 토론의 시대가 아닙니다. 발 빠르게 조직을 동원해서 영미문화를 하루라도 빨리 우리 일본 및 공영권 각지에서 행동해 없애버리고 싶다고 생각합니다.

의장

베이징에서 오신 류롱광 씨에게 발언을 부탁드립니다.

류롱광 (화북)

저는 이틀 전 여기에 와서 회의에 참가했습니다. 사흘 동안 여러분과 각 방면으로부터 뜻깊은 의견을 듣고 저도 여러모로 계발啓發을 이룬 것 같아 흔쾌하게 생각하고 있습니다. 이에 대해 우선 예를 올립니다.

오늘은 회의 최종일로 이번 대동아문학의 여러 문제에 대해서 여러모로 의견이 나왔고 또한 그것이 실현되리라 마음속으로부터 믿고 있습니다. 이번 회의에 열석하신 대표 여러분은 일만화 및 그 밖의 지역을 다 해도 불과 130명 내외입니다. 대표 여러분이 결의한 것은 대동아 작가들의 의견을 대표하는 것입니다. 이 130명 남짓한 대표가 결의한 사안은 반드시 실행해야 하며 또한 실행될 것이라고 믿고 있습니다. 본래 문학은 진실된 것입니다. 이번 회의에서 대동아문학자 사이에 논의되고 또한 결의된 것은 반드시 현실화되리라고 믿습니다. 이번 회의에서 여러 가지가 논의되고 결의됐습니다만, 이번 회의가 폐회된 후에 우리는 그 의제들을 직접 실행하지 않으면 안 됩니다. 또한 실행하려고 합니다. 그렇게 해서 처음으로 이 회의가 내건 당초의 목적이 달성되리라 봅니다. 이 회의에서 의결된 모든 의제는 결코 은밀한 내용이 아니라 모두 공개된 것입니다.

이는 단순히 우리 대동아문학자만이 아니라 모든 동아—또한 적국인인 영미인에게도 또한 중국의 일부, 중친 방면에도 영향력이 미치며 결의 결과가 모든 지역에서 주목받고 있다고 생각합니다. 저는 이 결의를 단순히 결의로 끝내지 말고 실행에 옮기기 위해 협력 및 노력할 것을 부탁드립니다. [박수]

의장

다음으로 만주국에 발언을 부탁드립니다.

구딩 (만주)

내년도 대동아문학자대회 개최지에 관한 것입니다. 작년 우리 만주국 신징에서 개최할 것을 요망했습니다. 그러니 제3회 대동아문학자대회를 꼭 우리 만주국 신징에서 개최하기를 요망하는 바입니다.

우리 만주국은 이미 건국 십여 년을 지나고 있으며 산업이나 그 밖의 방면에서도 비약적으로 진보했습니다. 부디 대회 개최지를 만주국으로 결정해서 우리 만주국 건설의 융창隆昌을 보시기를 요망합니다. 부디 여러분의 찬동을 얻고자 합니다. [박수]

의장

이것은 문학부국회 당사자의 회의가 필요합니다. 도쿄에서 두 번이나 했기 때문에, 내년은 만주국의 희망이 이뤄지지 않을까 합니다.

구메 마사오

일본문학보국회 사무를 담당하는 저로서는 지금 문제에 대해서 한 가지 양해를 구하고자 합니다. 지금 만주국 대표 구딩 군으로부터 다음 회의 개최지에 대하여 열렬한 발언이 있었습니다. 저희들은 실로 감사히 생각하는 바입니다. 하지만 중화민국 대표자 군들로부터, 다음번은 가능한 난징에서 개최하고 싶다는 말씀이 나왔습니다. 때문에 저희들로서는 그러한 희망을 취합해서 더욱 신중히 심사를 한 후에, 난징에서 할 것인가 신징에서 할 것인가를 결정하려 합니다. 어느 쪽이든 내년이나 그 후년까지 양쪽 어디에서든 차례차례 개최하고자 생각합니다. 부디 결정은 사무당국자에게 위임해 주시기를 바라며 양해 말씀 구합니다. [박수]

부흥 몽고의 감투^{敢鬪}—지원을 바라는 몽강문학계

아오키 히라키^{靑木啓} (몽고)

우선 최근의 몽강 문학운동에 대해서 그 개요를 설명드립니다. 몽강에서는 작년까지는 문학운동이라는 것이 전혀 없었고 또한 문학 발표기관조차 없었습니다. 재작년 6월 현지에 있던 일본인과 몽고인 사이에 문학에 관한 정열이 끓어 올라서 몽강문예간화회蒙疆文藝懇話會라는 자연발생적인 지역 단체가 결성됐습니다. 여기서 우선 문학운동이 서서히 싹트기 시작했으며 그 다음해 6월에는 『몽강문학蒙疆文學』이라는 일본어 발표 기관을 만들었습니다. 다음으로 『화문몽강문학華文蒙疆文學』이라는 것도 다소 늦었지만 창간됐습니다.

발행 이래 오늘을 기해서 1주년 기념호를 간행하게 되었습니다만, 그동안 저희들의 동료인 이시쓰카 기쿠조石塚喜久三 군이 아쿠타가와 상을 수상하는 영광을 얻어서 몽강에서는 모두 매우 기뻐하고 있습니다. 이 기회에 내지 모든 선생님들께서 몽강에 보여주신 후의를 이 자리를 빌려서 깊이 감사 드립니다. 문학 활동이라고 해도 작년 8월에 몽강문학상을 제정하여—이것은 현지의 문학 활동을 촉진하는 의미에서 설정한 것입니다—각기 일, 몽, 화문을 통해 모집해 봤습니다. 일문은 이시쓰카 기쿠조 씨의 『전족의 무렵纏足の頃』이 1등에 당선됐고 그 밖에 시, 장편소설 등에도 상당히 활발한 작품이 들어왔습니다.

현재 몽강에서는 일, 화, 몽강 문학 외에, 몽고문의 잡지로 『몽고부흥蒙古復興』이라는 제목의 소설지가 있습니다. 이것은 순수 문학잡지가 아니며 꽤 수준이 낮습니다. 앞으로 『몽고부흥의 소리蒙古復興の聲』라는 몽고문 잡지를 발행해 활발한 활동을 펼치고자 합니다. 이는 착실히 진행 중입니다. 현재 문예단체 회원은 약 200명입니다. 현지 사정으로 화인華人이 많습니다. 일본인, 몽고인, 회교족 네 종족의 민족이 모여서 문학 활동을 하고 있습니다. 올해 8월에 제1회 전몽고 문화인 결전대회라는 것을 개최해서 약 100명의 회원이 몽고 지역 내의 각지로부터 모여들었습니다. 때로는 현지인으로부터 활발한 의견의 개진돼 유효한 성과를 거둔 것을 기뻐하고 있습니다. 하지만 몽강에서의 문학 활동은 아직 어려서 유치한 상태라고 생각합니다.

몽강이라는 지역이 문화적으로는 중국과 다소 그 취향을 달리 하기 때문에, 이에 대한 설명을 조금 드려서 여러 선생님의 더 큰 지원을 받고자 합니다. 몽고는 매우 위대한 고전문학을 잉태했던 곳으로 고전 중에는 위대한 서사시 형식이 남아있습니다. 또한 늠름한 아시아 정신이 흐르고 있습니다. 이 몽고의 고전 가운데 살아있는 커다랗고 늠름한 정신은 지금도 우리가 현지에서 그 웅대한 초원에 설 때, 느낄 수 있는 정신입니다. 그러므로 대동아적인 성격을 띤 문학 부흥 운동이 현지에서 일어날 가능성이 있는 것이 아닌가 생각하며 그러한 것에 큰 정열을 느끼고 있습니다.

이러한 문제에 대해서 중앙의 여러 선생님들의 더 큰 관심과 지도를 부탁드립니다. 또 하나는 몽고에 있는 일본인의 생각입니다. 저희들은 몽고 현지에서 몽고인, 지나인 분들과 사귀면서 우리가 매우 특수한 일을 하고 있다고 생각합니다. 하지만, 중앙에서 생각하시는 몽고는 현지에 있는 일본인이라는 것을 표면상 다루지 않는 형태임을 다소 느끼게 됩니다.

어째서 그러한 것인가를 말씀드리자면 사실 저희들 자신은 좋아서 문학을 하고 있지만, 이러한 지위에 있기에 일본인으로서 문학을 하고 있는 것에 굉장히 불안을 느끼고 있습니다. 그것은 일본문학 중에 가장 훌륭한 문학이 지금 어떠한 수준인지를 잘 모르기 때문입니다. 이는 저희들의 솔직한 심정입니다. 그러니 이른바 문학정신의 문제라든가, 예를 들어 현지에 있는 일본인 문학가가 지녀야 할 세계관의 문제라든가, 그러한 문제에 대해서도 보다 적극적으로 중앙의 여러 선생님들께서 지도를 해주시면 다행스럽게 생각합니다. 저는 이 대회에 출석해서 현지에 있는 일본인 대표로서 솔직히 느낀 점을 말씀드린 것뿐입니다. 이것으로 끝내겠습니다. [박수]

의장

끝으로 이 대회 개최에 여러모로 진력해 주신 정보국 이노우에 문예과장으로부터 인사말씀이 있겠습니다.

빛은 동방에 있도다—급속한 건설보建設譜를 보라

이노우에 문예과장

사흘 동안의 이 대회는 여러분의 열성적인 협력으로 예상 이상의 성공을 거둘 수 있었습니다. 우선 경하드립니다. 대동아 모든 국가와 민족을 묶는 것은 황도정신으로 귀일됩니다. 이는 도의의 정신으로, 대동아문학자를 하나로 묶는 것도 또한 순수한 문학정신의 근저에 깃든 정신임을, 사흘간의 대회를 통해 통감한 바입니다. 현재 세계의 어떤 나라라고 하더라도 군사상의 회담을 할 여유는 있어도 문예 부흥을 논하고 문화의 부흥을 논할 여유를 지닌 나라는 단 한 곳도 없습니다. [박수]

그런데 대동아만이 홀로 이 공전의 성과를 올렸습니다. 대동아공영권 건설도 쾌속으로 나아가고 있습니다. 또한 대동아가 얼마나 강인한지를 살피기에 부족함이 없습니다. 원래 적국인 영미가 가장 겁내는 것은 대동아공영권이 건설돼 일본의 세력이 비약적으로 커지는 사태입니다. 영미가 태평양 북과 남, 중국의 오지에서 필사적으로 총반격을 하는 것은, 모두 대동아건설을 방해하기 위한 필사의 책동이며 발버둥에 지나지 않습니다.

그럼에도 이 회의는 바야흐로 대동아문학 정신의 흥륭과 대동아민족 감정의 결속을 통하여 대동아공영권 건설에 강인 무비無比한 뒷받침을 하고 있습니다. 이로써 적 영미 사람들은 심각한 불안과 실망의 바닥으로 떨어졌습니다. 부디 이 회의의 여러 성과와 현안을 각기 나라로 가지고 돌아가셔서 그 땅위의 고목에 빠르게 꽃을 피우게 해서 풍요로운 열매를 맺으시길 바랍니다.

이 회의 결과에 대해 관헌 측에서 여러 가지로 알선을 해드려야 하는 현안이 많다고 생각합니다. 이에 대해서 되도록 도움을 드리고자 합니다. 그러므로 기탄없이 말씀해 주시기 바랍니다. 끝으로 여러분 모두 건강에 유념하시고 몸을 돌보셔서 내년 다시 개회장이 어디인지는 모릅니다만, 만나 뵙기를 마음속에서 염원하는 바입니다.

선언문 낭독(히노 아시헤)

【선언】

바다에 육지에 산에 벌판에 전 전역戰域에 결전의 양상相貌 바야흐로 한동안 격심한 이 때 대동아 권내 문학자 대표 다시 여기에 모여 대동아정신의 수립과 그 문학적 창조 건설을 논하고 동양 전통과 긍지를 회복하여 전 아시아를 하나로 하는 웅혼雄渾한 구상은 이미 오늘 여기에 있노라고 말하지 않을 수 없노라. 논의만 할 때는 지났으며 이젠 실천만이 있을 뿐. 우리의 심근心根 흔들림 없이 일치단결하여 다함께 대동아정신의 발양으로 매진하여 일신일사一身一死 공헌하려는 결의는 우리 가슴속에 가득하며 이 대회 가운데 응결했노라. 휼언譎言의 흉기를 회포懷抱하여 동아를 오탁汚濁 침해하려는 적 영미를 패멸시켜 그 짐승같은 정신을 쫓아내고 동양재건을 기하려는 것은 우리 공동의 비원이노라. 우리 전 동양의 문학자는 여기에서 대동아전쟁의 승리와 완수를 위해 붓과 검을 몸에 지니고 참여하는 전사이노라. 신뢰와 경애로 뭉쳐 함께하는 새로운 대동아의 마음하에 어떠한 장해라도 파괴하여 세계에 광피해야 할 대동아문학의 건설에 전력을 결집하여 이와 같이 선언하노라.

쇼와 18년(1943) 8월 27일
제2회 대동아문학자대회

[박수]

의장

대동아문학상 수여식을 거행하겠습니다.

사회자

지금부터 대동아문학상 제1회 수여식을 거행하겠습니다. 수상은 특별히 바쁘신 와중임에도 임석해 주신 마이니치 신문사 편집장 다카다 모토사부로高田元三郎 씨가 동석하시고 일본문학보국회 상임이사 나카무라 무라오 씨가 각 수상자에게 수여하겠습니다.

일본 쇼지 소이치庄司総一 군, [박수] 동同 오키 아쓰오大木惇夫 군, [박수] ……오키 아쓰오 군은 이 회의의 회의원으로 열석하고 있습니다. 만주국 쉬준石軍 군 및 쥐에칭 군, 대리로 우랑 군 [박수]께서 받아주시기 바랍니다.―중화민국 유치 군 및 유안시 군, 유안시 군은 화북작가협회에서 종종 일본에 옵니다. [박수] 이상으로 수여식을 마치겠습니다. (수상 작품에 대해서는 전호 참조)

의장

이것으로 행사를 모두 마치겠습니다. 사흘 동안에 걸쳐 여러분의 열성적인 열석에 감사드립니다. 제1회와 비교해 보면 제2회가 더욱 성과가 있었음을 저는 믿고 있습니다. 제1회와 2회 연속으로 오신 분들은 모두 저와 같은 생각을 해주실 것이라고 생각합니다.

제1회 일만화 문학자의 교류는 지난 1년 동안 매우 활발히 이뤄졌습니다. 제2회 대회가 끝나면 더욱 왕성하게 교류가 이뤄질 것이라 생각합니다. 문학자는 개인입니다. 하지만 제각기 많은 독자의 눈과 귀, 그리고 마음을 대표하고 있다고 저는 믿습니다. 만일 대표하고 있지 않다면 그 사람은 작가가 될 자격이 없다고 생각합니다.

그러므로 문학자의 교류는 그 배후에 있는 독자의 교류가 아닌가 생각해 봅니다. 문학자와 문학자의 마음의 결속은 결국 대동아 모든 민족의 마음이 결속하는 매우 올바르고, 더욱이 긴밀한 기초가 될 것이라고 믿습니다. 다음 대회에는 남방의 모든 민족 문학자도 열석하실 수 있도록 저희들은 진력하려고 합니다.

오늘을 끝으로 저희 도쿄 대표들의 회의는 끝났습니다. 하지만 멀리서 와주신 분께서는 아직 멀고먼 여행을 거쳐서 각자의 나라로 돌아가셔야 하는 일이 남아있습니다. 여러분의 귀로에 평안을 기원하며 제 인사를 끝마치겠습니다. [박수]

사회자

　의장의 발성으로 성수 만세 봉창을 하겠습니다. 모두 기립해 주시기 바랍니다.

　[성수 만세 봉창]

　[오후 5시 18분 폐회]

대동아문학자대회 주요 참가자

일본 참여자

기쿠치 간 菊池寬

구메 마사오 久米正雄

가메이 가쓰이치로 亀井勝一郎

요코미쓰 리이치 橫光利一

하야시 후사오 林房雄

가타오카 뎃페 片岡鉄平

시마자키 도손 島崎藤村

무샤노코지 사네아쓰 武者小路実篤

나가요 요시로 長與善郎

도요시마 요시오 豊島與志雄

요시카와 에이지 吉川英治

가와지 류코 川路柳虹

오자키 기하치 尾崎喜八

기무라 기 木村毅

후나하시 세이치 舟橋聖一

나카가와 요이치 中河與一

가토 다케오 加藤武雄

시모무라 히로시 下村宏

도가와 사다오 戸川貞雄

나카무라 무라오 中村武羅夫

무라오카 하나코 村岡花子

요시야 노부코 吉屋信子

야마다 세자부로 山田淸三郎

만주국 참여자

구딩 古丁

쥐에칭 爵青

샤오송 小松

우잉 吳瑛

중화민국 참여자

첸다오순 錢稻孫

선치지 沈啓无

여우빙치 尤炳圻

장워쥔 張我軍

저우화런 周化人

쉬시칭 許錫庆

딩위린 丁雨林

판쉬주 潘序祖

류위성 柳雨生

저우위잉 周毓英

공츠핑 龔持平

대만 참여자

롱잉종 龍瑛宗

장웬환 張文環

일본 참여자

기쿠치 간 ^{菊池寬, 1888~1948}

오른쪽 사진은 제2회 대회에서
의장석에 있는 기쿠치 간

기쿠치 간은 제3차 신사조新思潮파의 일원으로 아쿠타가와 류노
스케芥川龍之介, 구메 마사오 등과 함께 활약했다. 이후 그는 통속
소설 작가로서 대중의 인기를 끌었다. 1923년에는 문예춘추사文
藝春秋社를 설립해 "생활제일, 예술제이"의 신조를 갖고 가와바타
야스나리川端康成, 요코미쓰 리이치横光利一 등의 문학자에게 경제
적 지원을 하며 후진을 양성했다. 아쿠타가와 상 및 나오키 상을
만들어서 일본문학의 제도적 기틀을 만들었다. 기쿠치 간은 마

해송을 문예춘추사의 사원으로 뽑아 1932년에는 『모단니뽄モダ ン日本』을 맡겼다. 조선, 만주, 중국, 타이완 등을 빈번히 방문해 국 책문학을 선전하는 등 전시기 일본문단의 중심인물 중 한 명이 었다. 그는 일본문예가협회(1926~)가 발족될 당시 회장으로 선 출됐으며, 중일전쟁 이후 문예통제하에서 군부와 연계해 문예의 정치적 유용성을 최대한으로 이용했다. 또한 1938년에 결성된 펜부대ペン部隊의 일원으로서 전쟁터를 찾아갔으며, 국책문학 창 작을 장려했고, 1942년 이후에는 문예총후운동을 발안해 익찬운 동翼贊運動에 적극적으로 참여했다. 대동아문학자대회 제1회에서 는 의장으로, 제2회에서는 위원장으로 참가해 주도적인 역할을 했다. 일본의 패전 후에는 공직에서 추방당했다.

구메 마사오 久米正雄, 1891~1952

오른쪽 사진은 제2회 대회에서 궁성 앞에서 일행을 환영하는 구메 마사오

제3차 신사조新思潮파의 일원으로 문단 활동을 시작해, 1920년 무 렵 연애 파탄 경험 등을 사소설私小說로 써서 큰 인기를 끌었다.

1938년에는 도쿄니치니치신문東京日日新聞 학예부장에 취임했으며, 펜부대의 일원으로 국책문학 선전에 힘썼다. 1925년 이후 죽을 때까지 가마쿠라鎌倉에서 머물며 가마쿠라 문사 중 대표적인 작가로 알려져 있다. 구메는 김사량이 1941년 12월 9일 사상범 예방 구금법에 걸려 구금됐을 때, 석방을 위해 진력 한 인물이기도 하다. 전시기에는 일본문학보국회의 사무국장으로 활동하면서 국책 대중 소설을 활발히 썼다. 그중에서 『백란의 노래白蘭の歌』는 1939년에 도호영화東宝映画와 만주영화협회가 공동으로 제작한 합작 국책 영화로 이향란李香蘭이 주연을 맡아 일본 내지는 물론이고 외지에서도 큰 인기를 모았다. 구메는 일본문학보국회의 사무국장 자격으로 제1회 대동아문학자대회에서 대회위원장 및 상무이사를 맡고, 대동아문화 연구기관 및 대동아문학상의 창설을 주장했다. 제2회 대회에서는 대동아문학상 선정에 관여했다. 일본의 패전 이후, 가마쿠라펜클럽 초대회장으로 활약했다.

가메이 가쓰이치로 亀井勝一郎, 1907~1966

1926년 도쿄제국대학 문학부 미학과에 입학했으며, 그 다음해에 신인회新人會 회원으로 마르크스 레닌에게 경도돼 갔다. 1928년에는 치안유지법 위반 혐의로 체포됐고, 1930년 전향한 후 석방됐다. 1932년에 프롤레타리아 작가동맹에 속하지만 그 다음해 동맹이 해산된다. 이후 『일본낭만파日本浪漫派』를 야스다 요주로와 함께 창간해 평론 활동을 활발히 펼쳤다. 잡지가 폐간된 이후에는 전시

기 문화계에서 중요한 역할을 담당했던 『문학계文學界』의 핵심 멤버로 활동하며 언론국방체제에 적극적으로 협력했다. 가메이는 『문학계』 주최로 1942년에 열린 근대의 초극-지적협력회의에 참석해서 서양적 근대정신을 부정하고 일본 고전에서 문명의 위기를 극복할 수 있는 대안을 찾았다. 그는 이 회의에서 "노예의 평화보다 왕자王者의 전쟁을!" 하자는 논리를 펼쳤다. 제1회 대동아문학자대회에서 근대 유럽정신의 타락을 외치고 동양민족의 단결과, 동양정신의 수립을 주창했다.

요코미쓰 리이치 橫光利一, 1898~1947

오른쪽 사진은 제1회 대회에서 선언문을 낭독하는 요코미쓰 리이치

요코미쓰는 가와바타 야스나리川端康成와 함께 1924년 신감각파를 만들어서 프롤레타리아 문학 운동이 큰 힘을 얻고 있는 가운데 새로운 문학 운동을 전개했다. 아쿠타가와 류노스케로부터 상하이행을 권유받고 1928년 상하이에서 한 달 동안 체류했다. 그는 상하이에서 비참한 동양의 모습을 강하게 의식해 일본민족

으로서의 의식을 강하게 가졌고, 그때의 경험을 살려 최초의 장편소설 『상하이』를 발표했다. 1936년 2월 18일에는 도쿄니치니치신문 및 오사카마이니치신문의 특파원 자격으로 유럽으로 향했다. 여행 도중 상하이에서 루쉰과 만났고, 1936년 8월 25일 유럽 여행 후 귀국 후에는 『여수旅愁』를 연재하기 시작해 패전 직후까지 계속 썼다. 중일전쟁 이후부터 '일본적인 것'에 대한 지향을 뚜렷이 드러냈고, 문예총후운동에도 적극적으로 참여했다. 요코미쓰는 일본의 진주만 공격 및 특공정신 등을 확신에 찬 어조로 상찬하는 글을 다수 남기는 등 전쟁에 적극적으로 가담했다. 제1회 대동아문학자대회에서 '대동아전쟁' 완수를 결의하는 문서 작성에도 참여했고, 대회 종료를 알리는 선언문을 직접 낭독하는 등 대동아문학자대회의 간판으로 활동했다. 제2회 대회에서도 일본 대표 중 한 명으로 발언했다. 일본의 패전 이후에는 전쟁 협력자 중 대표적인 인물로 지목돼 지탄을 받았다.

하야시 후사오 林房雄, 1903~1975

하야시 후사오는 1920년대 프롤레타리아 작가로서 문학활동을 전개했으며, 1930년에는 일본공산당에 자금을 제공한 혐의로 검거돼 구속됐다. 1932년에 전향해서 출소한 이후, 고바야시 히데오小林秀雄, 가와바타 야스나리 등과 함께 『문학계』를 창간했고, 일제 말 동아작가연맹론東亞作家連盟論을 제창하는 등 일본문단이 아시아 각지의 문단을 국책적인 방향으로 통합해 갈 수

있는 이론적 토대를 제공했다. 그는 '근대의 초극—지적협력회의'에 참가해 「근황의 마음勤皇の心」이라는 글을 써서 메이지 이후 일본문학을 전면적으로 부정하고 전시 체제에 맞춘 애국주의적인 문학을 써야 한다고 주장했다. 제1회 대동아문학자대회에서 대회결의문을 작성했으며, 1942년 12월 대동아문학의 연구기관 설립을 위해 중국에 파견됐다. 제2회 대회에서는 발언을 거의 하지 않았다. 일본의 패전 이후에는 전쟁협력 문제로 공직에서 추방됐다.

가타오카 뎃페 片岡鉄平, 1894~1944

오른쪽 사진은 1938년 종군 펜 부대의 일원으로 중국대륙에 갔을 때 찍은 것이다. 왼쪽에서 두 번째가 가타오카

가타오카 뎃페는 신감각파의 일원으로 요코미쓰 리이치, 가와바타 야스나리와 함께 활동했다. 하지만 이후 이 둘과는 궤적을 달리해 전일본무산자예술연맹(NAPF)에서 활동했다. 1931년 5월에 공산당 활동으로 체포돼 징역 2년을 받고 복역하던 중 전향해서 1933년 10월에 출옥했다. 이후에는 통속소설을 중심으로 집필활동을 펼쳤으며, 1938년에는 펜부대의 일원으로 중국 대륙에서 국책활동을 벌였다. 그는 제1회 대동아문학자대회에서는 문학자가 청향공작淸鄕工作 · 신민운동新民運動에 적극적으로 나서야 한다고 주장했으며, 제2회 대회에서는 중국의 "반동 대가大家를 소탕"해야 한다며 루쉰의 동생 저우쭤런周作人을 공개적으로 비판했다. 가타오카는 1944년 12월 25일 지병으로 급사했다.

시마자키 도손 島崎藤村, 1872~1943

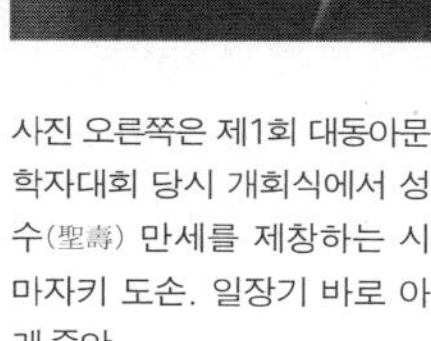

사진 오른쪽은 제1회 대동아문학자대회 당시 개회식에서 성수(聖壽) 만세를 제창하는 시마자키 도손. 일장기 바로 아래 중앙

시마자키 도손은 메이지 문단에서 낭만주의 시 및 자연주의 문학의 대표적인 작가이다. 이후 그는 부친을 모델로 한 저명한 역

사소설 『동트기 전夜明け前』(1929~1935)을 썼다. 1935년 일본펜클럽이 결성되었을 때 초대회장으로 취임해, 1941년 9월 열흘 동안 아르헨티나에서 열린 국제펜클럽 대회에 참석했다. 그 때의 경험을 바탕으로 『순례巡禮』를 썼으며, 1942년 10월에는 유작인 『동방의 문東方の門』을 쓰기 시작했다. 시마자키는 『동방의 문』에 일본/동양적 가치의 회복으로 서구를 극복하자는 전형적인 대동아의 논리를 펼쳤다. 제1회 대동아문학자대회에서는 성수聖壽 만세 삼창과 대동아만세 일창을 제창했다. 제2회 대동아문학자대회 바로 직전인 1943년 8월 22일 뇌일혈로 자택에서 사망했다. 제2회 대회를 상세히 보도한 『문학보국文學報國』지상에 시마자키 도손 특집이 꾸려졌다.

무샤노코지 사네아쓰 武者小路実篤, 1885~1976

1910년 무샤노코지는 아리시마 다케오有島武郎 등과 함께 『시라카바白樺』를 창간했다. 계급투쟁이 없는 이상적인 사회를 꿈꾸며 미야기 현에 새로운 마을新しき村을 건설했다. 1936년 유럽 여행 중 인종차별을 겪은 후부터 전쟁지지자로 변모했다고 알려져 있다. 1941년 태평양전쟁이 발발하자 전쟁을 적극적으로 지지하는 등 국책 협력 활동을 벌였다. 이때 쓴 대표적인 저작으로는 『대동아전쟁 사관大東亜戦争私観』(1942)이 있다. 그는 저우쭤런과 1910년 경에 만난 이후부터 우정을 쌓았다. 제1회 대동아문학자대회에서는 대동아정신의 수립을 제창했으며, 1943년에는 만주

국을 방문했다. 제2회 대동아문학자대회 당시 가타오카 뎃페가 저우쭤런을 공개적으로 비판하자, 그 둘 사이를 중재하기도 했다. 일본이 패전한 후 공직에서 추방됐다.

나가요 요시로 長與善郎, 1888~1961

동인지 『시라카바』의 동인으로 문학 활동을 시작했다. 만주국 건립 이후에는 『소년만주독본少年滿洲読本』(1938), 『만주의 견학滿洲の見学』 등 만주국과 관련된 책을 다수 출판했다. 1942년 설립된 일본문학보국회 이사로 활동했다. 태평양전쟁 발발 후에는 『동양의 도와 미東洋の道と美』(1943)를 쓰는 등 동양적 사상의 우위를 주장하는 글을 발표했다. 제1회 대동아문학자대회에서는 일본과 중국의 문학자의 사상의 연대를 통한 영미 구축을 주장했다.

도요시마 요시오 豊島與志雄, 1890~1955

도요시마는 아쿠타가와 류노스케, 기쿠치 간 등과 함께 제3차 신사조를 간행하면서 작품 활동을 시작했다. 1917년에는 『레미제라블』을 번역해 작품이 베스트셀러가 되면서 큰 돈을 벌었다. 1940년에는 중국을, 1942년에는 타이완을 방문했다. 제1회 대동아문학자대회에서는 영미적 어감을 동양적 어감으로 바꾸는 문학적 실천을 해야 한다고 주장했다.

요시카와 에이지 吉川英治, 1892~1962

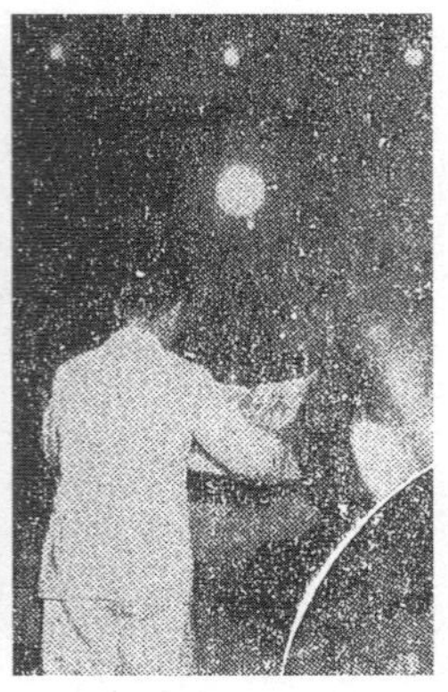

오른쪽 사진은 제2회 대동아문학자대회에서 모두가 기립해 있는 가운데 선언문을 낭독하는 요시카와 에이지

요시카와는 대중문학 작가로 1935년에『미야모토 무사시宮本武蔵』, 1939년에는『삼국지』의 연재를 시작했다. 이 작품은 한국에도 잘 알려져 있다. 그는 폭넓은 독자층을 확보해서 일본의 국민작가로 불리고 있다. 1942년에는 해군군령부海軍軍令部의 촉탁에 임명돼 해군 전사 편찬을 도왔으며, 신문에 해군과 관련된 국책문학을 신문에 연재했다. 제1회 대동아문학자대에서는 미국의 작가나 민중에게 메시지를 보내자고 제안했다. 제2회 대회에서는 선언문을 낭독했다.

가와지 류코 川路柳虹, 1888~1959

1907년 구어체 자유시「진류塵溜」를 발표해 주목을 받았으며, 1910년 첫 시집『길가의 꽃路傍の花』을 발표했는데, 이는 일본에서 구어 자유시 형식으로 나온 첫 번째 시집으로 알려져 있다.

1927년에는 파리대학에서 동양미술사를 배웠고, 미술평론 등의 저서도 남겼다. 폴 발레리의 시집을 번역했으며, 소년 미시마 유키오三島由紀夫의 스승이었다. 제1회 대동아문학자 대회에서는 환영시를 읊었고, '대동아 공영권' 내에서 대동아 건설을 위해 각국의 대표작을 번역해 발행하는 것에 대한 제언을 했다.

오자키 기하치 尾崎喜八, 1892~1974, 일본 대표

시라카바파의 이상주의에 영향을 받고 시를 쓰기 시작했다. 편지를 주고받던 헤르만 헷세를 시작으로, 릴케 등의 작품을 번역했다. 주로 자연을 주제로 한 시를 많이 썼는데, 태평양전쟁 이후 전쟁을 찬미하는 시를 썼다. 『시집 대동아』(1944)에 「성전 필승의 시聖戰必勝の詩」를 발표했다. 제1회 대동아문학자대회에서는 대동아문학대상의 창설을 제안했다. 제2회 대회에서는 대동아전쟁 승리를 위한 민중 획득에 대해 역설했고, 적의 모략 선전을 효과적으로 제지하는 방안에 대해서도 발언했다.

기무라 기 木村毅, 1894~1979, 일본 대표

기무라 기는 소년 시절부터 『문장세계文章世界』에 투고하는 등 왕성한 작품 활동을 펼쳤다. 그는 창작, 문학연구, 전기傳記, 수필, 번역 등에서 백여 권이 넘는 저서를 남겼다. 1928년에는 유럽

을 탐방했고, 1930년대 중국을 방문해『상하이통신上海通信』
(1937),『대륙건설의 사람들大陸建設の人々』(1939).『지나기행支
那紀行』(1940) 등을 남겼다. 제1회 대동아문학자대회에서는
대동아문예상 설립을, 제2회대회에서는 필리핀 독립에 대표
파견과 관련된 주제로 제언을 했다.

후나하시 세이치 舟橋聖一, 1904~1976, 일본 대표

후나하시는 1920년대 무라야마 도모요시村山友義 등과 함께
연극활동을 전개했고, 잡지『행동行動』에서 활동하며 현실 개
혁자로서의 명성을 얻었다. 일본문학보국회 발족 당시 힘을
보탰다. 제1회 대동아문학자대회에서는 고전문학의 중요성
을 외치며 국민문학을 중심으로 한 대학 강좌를 만들어야 한
다고 주장했다. 제2회 대회에서는 영미의 죄악사를 기록하
자는 제안에 찬동하는 연설을 했다.

나카가와 요이치 中河與一, 1897~1994, 일본 대표

신감각파의 일원으로 활약했다. 중일전쟁 이후 국책문학에 경
도돼 갔다. 제1차 대동아문학자대회에서는 대동아전쟁이 세
계유신전쟁世界維新戰爭과 관련된 것이라 발언해 동아의 인종
적인 협동을 강조했다. 일본의 패전 이후에는 블랙리스트를 만
들어 경찰에 넘겨줬다는 의혹을 받고 문단에서 고립됐다.

가토 다케오 加藤武雄, 1888~1956

1911년 신조사新潮社에 들어가 편집자가 됐으며, 1910년 대 말 단편집 『향수鄕愁』를 냈다. 1920년대에는 통속소설을 써서 인기를 끌었다. 중일전쟁 이후에는 전의를 고양하는 소설을 썼다. 『애국이야기愛國物語』(1941), 『국난國難』(1941), 『빛나는 해군輝く海軍』(1942) 등 스무 권 가량의 국책소설을 썼다. 제1회와 제2회 대동아문학자대회에서는 영미의 문화 선전에 맞서 일본의 '소국민' 문화를 앙양해야 한다는 취지의 발언을 했다.

시모무라 히로시 下村宏, 1875~1957

시모무라는 1898년에 체신성遞信省에 취직한 이후 벨기에 유학을 거쳐서, 1915년에는 타이완 총독부의 민정장관이 됐다. 1943년에는 일본방송협회 회장으로 취임했으며, 1945년에는 내각정보국 총재가 됐다. 1910년대에 가인歌人으로서 활동해서 총 5권의 가집을 냈다. 쇼와 천황의 옥음방송玉音放送에도 직접적으로 관여했다. 시모무라는 제1회 대동아문학자대회에 위와 같은 지위를 바탕으로 좌장을 맡았다. 제1회 대회에는 시모무라와 같은 관료 외에도 정보국차장 오쿠무라 기와오奧村喜和男, 육군보도국장 야하기 나카오谷萩那華雄, 해군 보도부 과장 히라이데 히데오平出英夫, 정보국 제5부 3과장 이노우에 시로井上

司朗, 정부국 제2부 제3과장 미즈타니 시로水谷史郎, 대정익찬회 문화부장 다카하시 겐지高橋健二 등이 참여했다. 이를 통해서도 대동아문학자대회가 군부, 정부국이 깊이 관여했던 행사였던 것을 알 수 있다.

도가와 사다오 戸川貞雄, 1894~1974

도가와는 와세다대학 재학 중에 동인지 활동을 시작해 대중적인 소설을 쓰기 시작했다. 일제 말에는 『국방문학론国防文学論』을 쓰는 등 국책에 적극적으로 찬동하는 글을 발표했다. 제1회 및 제2회 대동아문학자대회에서 사회를 맡았다. 1947년부터 4년간 공직 추방을 당했으나, 1955년 히라쓰카平塚 시장에 취임했다.

나카무라 무라오 中村武羅夫, 1886~1949

나카무라 무라오는 『신조新潮』의 편집자로서 활동하다 1925년 프롤레타리아 문학과 문예춘추 양쪽에 다 불만을 갖고 『부동조不同調』를 창간해 예술파적인 입장을 고수했다. 1941년 대정익찬회가 주최하는 연수회에 요코미쓰 리이치 등과 참가했고, 일본문학보국회 설립 당시 중심인물이었다. 제1회 대동아문학자대회에서는 중일 간의 문화 교류를 제안했다. 패전 이후 전쟁협력자라는 이유로 신조사에서 퇴사 조치를 받았다.

무라오카 하나코 村岡花子, 1893~1968

무라오카는 1916년 무렵부터 동화나 소녀소설을 발표했다. 1932년에는 라디오에 출연해서 인기를 얻었으며 번역작품을 라디오에서 낭독했다. 중일전쟁 이후 대정익찬회 후원을 하는 등 일본의 전쟁 수행에 적극적으로 참여했다. 제1회 대동아문학자대회에서는 대동아정신을 아이들에게 쌓아올리기 위해서는 아동문학이 필요하다고 주장했다.

요시야 노부코 吉屋信子, 1896~1973, 일본 대표

요시야는 1916년 『꽃 이야기花物語』로 인기작가가 된 후, 1919년에는 자신의 동성애 체험을 밝힌 소설을 발표했다. 1923년에는 만주, 소비에트를 경유해서 유럽에 가서 1년 가까이 체류한 후, 미국을 경유해서 일본으로 돌아왔다. 태평양전쟁 개전 직전에는 특파원으로 인도네시아, 베트남에 파견됐다. 제1회 대동아문학자대회에서는 아시아 각국의 대중이 각 나라의 작품을 읽을 수 있는 방안을 마련해야 한다고 주장했다. 제2회 대회에서는 중국 여류작가의 문화 교류를 적극적으로 하자고 제안했다.

야마다 세자부로 山田淸三郎, 1896~1987

야마다 세자부로는 『신흥문학新興文學』을 창간한 이후 프로문학운동에 전념했다. 1934년 치안유지법에 다시 걸려 구속 수감됐으며, 옥중에서 전향하고 1938년 출옥했다. 1939년 만주국으로 가서 개척촌에서 생활하다 1940년 만주신문사의 학예과 과장이 된 후 만주문학을 일본 내지에 소개하는 활동을 활발히 전개해, 『일만러재만작가단편선집日滿露在滿作家短篇選集』(1940), 『만주국각민족창작선집滿洲國各民族創作選集』1, 2(공편, 1942, 1944) 등을 냈다. 제1회 대동아문학자대회에서는 연락위원으로 위촉됐으며, "대동아 건설의 선구적 역할"을 하는 만주국에서 제2회 대회를 열자고 권유했다. 1~3회 대동아문학자대회에 만주국 대표로 참가했다.

제2회 대동아문학자대회 참가 당시의 야마다 세자부로

만주국 참여자

구딩 古丁, 1914~1964

본명 쉬창지徐長吉, 지린성 창춘 출신. 어려서 창춘과 선양의 일본인 학교에 다니면서 일본어를 배웠다. 1932년 베이징대학 문학원에 입학하여 중국문학을 전공하던 중 베이징 좌익작가연맹에 가입했으나 베이징 좌익작가연맹이 와해되자 1933년 창춘으로 돌아와 국무원 총무청 통계처 사무관으로 재직했다. 1937년 이후 일제 탄압으로 황폐해진 문단을 재건하기 위해서는 이데올로기보다는 '많이 쓰고 많이 출판'해야 한다고 주장하면서 『명명明明』, 『예문지藝文志』 등 문학잡지를 창간했으며, 『분비奮飛』, 『평사平沙』, 『원야原野』, 『일지반해집一知半解集』, 『부침浮沉』, 『신생新生』 등 총 8권의 작품집을 발표했다. 그중 『분비奮飛』는 제3회 '성징盛京문학상'을, 『평사平沙』는 제2회 '민생부대신 문학상'을, 그리고 『신생新生』은 제2차 '대동아문학상' 2등상次賞을 수상했다. 또한 '예문서방藝文書房'을 설립하여 『루쉰선집』 등 다수의 문학서적을 출판했다. 1942년부터 3년 연속 '대동아문학자대회'에 '만주국' 대표로 참가했으며, 지엔궈建國대학에서 중국문학사를 강의했다. 해방 후 지린 중소우호협회 비서를 역임했고, 종합잡지 『지식』과 문학잡지 『동북문예』 편집을 담당했다. 1958년 우파로 몰려 수감 중 사망했으며, 1979년 명예가 회복됐다.

본명 리우페이劉佩, 지린성 창춘 출신, 어려서 창춘의 일본공학당
과 펑텐미술학교에서 수학했다. 1933년 창춘교통학교 졸업 후
하얼빈철도국과 만일滿日문화협회 등에서 근무했다. 1939년 신
징 '예문지' 사무회의 일원이 된 이후 '예문지'파의 대표작가로
활동했다. 1941년 만주문예가협회 회원이 되었으며, '만주국' 대
표로 제1차, 제3차 대동아문학자대회에 참가했다. 주요 작품으
로는 『군상群像』, 『구양씨네 사람들歐陽家的人們』, 『귀향歸鄕』, 『황금
의 좁은 문黃金的窄門』, 『靑服的民族(푸른 옷을 입은 민족)』, 『보리麥』
등이 있다. 그중 『구양씨네 사람들歐陽家的人們』은 1942년 '성징시
보 문학상'을 수상했고, 『황금의 좁은 문黃金的窄門』은 제1회 '대동
아문학상'을 수상했으며, 『보리麥』는 '문화회 작품상'을 수상했
다. 그는 철학적 경향이 짙은 작품을 창작하면서 '지성 작가'라는
평가를 받기도 했으나, 과도하게 관념적으로 흐른 경향 때문에
'귀재鬼才'라는 평가를 받기도 했다. '만주국' 작가로는 유일하게
1998년 중국현대문학관에서 펴낸 『100인의 중국현대문학 작가
中國現代文學百家』에 수록되어 있다.

본명은 자오멍위안趙孟原이며, 랴오닝遼寧성 헤이산黑山현 출신이
다. 1934년 선양沈陽 문회학원文會學院 중문과를 졸업했다. 졸업 후
선양沈陽에서 발행된 『민성만보民聲晩報』의 문학부간 편집을 담당

했으며, 이듬해 다롄大連으로 가서 『만주보滿洲報』 편집을 담당했고, '만주문화회滿洲文話會' 전신인 '만주필회滿洲筆會'를 창립했다. 1937년 말부터 창춘長春으로 가서 『명명明明』과 『만주영화滿洲映畵』 편집인으로 재직했다. 1939년 『예문지藝文志』 창간에 참여하면서 구딩古丁, 쥐에칭爵青 등과 함께 '예문지파'를 결성했다. 1940년부터는 예문서방藝文書房출판사의 부사장을 역임하면서 대중잡지 『기린麒麟』을 발간했고, 단행본으로 된 『루쉰집魯迅集』을 발행했다. 1941년 홍보처에 의해 '만주문화회'가 해산되고 '만주문예가협회'가 성립되자 회원으로 활동했다. 1942년과 1944년에 각각 '만주국' 대표로 '대동아문학자대회'에 참석하여 '성전聖戰'을 옹호했다. 해방전쟁시기 공산당의 동북접수에 적극적으로 참여했고, 진저우錦州 철도소학교에서 교사를 역임하면서 『철로공보鐵路公報』를 편집했다. 그는 다작 작가로 유명하다. '만주국' 시기 활동한 천인陳因은 "만주에서 활동한 작가 중에 중간에 쉬지 않은 작가는 단지 샤오송과 치우잉秋螢 두 사람뿐"이라고 하면서, 샤오송의 다재다능한 능력을 '10종 철인경기 선수'라고 비유했다. 작품집으로는 『박쥐蝙蝠』(1936, 단편소설집), 『꽃이 없는 장미無花的薔薇』(1940, 장편소설), 『사람과 사람들人和人們』(1942, 단편소설집), 『북쪽으로 돌아가다北歸』(1942, 장편소설), 『야생포도野葡萄』(1943, 중편소설집), 『고과집苦瓜集』(1943, 단편소설집), 그리고 시집으로 『뗏목木筏』이 있으며, 그중 『북쪽으로 돌아가다北歸』는 '문예성경상文藝盛京賞'을 수상했다.

본명은 우위잉吳玉英이다. 지린吉林시 출신으로 만주족 여성작가
이다. 필명은 영자英子, 영낭瑛娘 등을 사용했다. 쇠락한 만주족 가
정에서 태어났지만 어려서부터 광범위한 독서를 통해서 문학적
인 기초를 쌓았다. 지린여자중학을 졸업한 후 1934년부터『사민
斯民』잡지사에서 기자로 활동하면서『봉황鳳凰』잡지에 처녀작
「한밤중의 변동夜裏的變動」을 발표했다. 당시 사람들은 그녀를 가
리켜 '만주의 소묘 달인滿洲白描聖手'이라고 칭할 정도로 식민지 현
실에 대해서 다양한 각도로 묘사했다. 그녀의 작품으로는 중편
소설「고삐꽃繮花」,「허원墟園」과 단편소설「추락墜」,「욕심欲」,「붉
은 비취翠紅」,「가을날의 이야기秋天的故事」 등이 있으며, 평론으로
는「만주 여성문단」,「대동아문학건설 5인 장담」,「대동아문학자
대회 출석 소감」,「아시아의 여성작가에게」,「만주 여성문학의
사람과 작품」 등이 있다. 그중 단편소설집『양극兩極』(1939)은 제1
회 민간문예상인 '민선상民選賞'을 수상했으며,『허원墟園』(1943)은
예문사藝文社가 주관한 '예문상'을 수상했다. 1941년『신만주新滿
洲』6월호에 '만주 여성문예 작품 특집'으로 실렸으며, 1942에는
'만주국'과 '화베이華北'의 문학교류를 위해 '만주문예가협회'와
'화북작가협회'가 공동으로 주관한 특집호에 여성작가로는 유일
하게 선정되어 화베이의『중국문예』에 실렸다. 또한 '만주국'의
단편소설선『만주문예』와 재만 일본인 문학평론가 오우치 타카
오大內隆雄와『현대만주여류작가단편선집』을 펴내는 등 '만주국'
의 대표적 여성작가로 활동했다. 해방 후에는 난징南京으로 이주
하여 문화관에서 일하다가 47세의 나이로 병사했다.

중화민국 참여자

첸다오순 錢稻孫, 1887~1966

저장성 우싱吳興시 출신으로 번역가, 작가, 교육가로 활동했다. 일찍이 외교관인 아버지를 따라 일본으로 가서 도쿄 고등사범학교 부속 중학을 다녔으며, 이후 벨기에를 거쳐 이탈리아로 가서 이탈리아 국립대학을 다녔다. 1910년 귀국 후 중화민국 교육부에서 일하면서 루쉰 등과 교우했다. 1927년부터는 칭화대학에서 일본어 교수로 재직했으며, 도서관장 등을 역임했다. 1938년에는 베이징대학으로 자리를 옮겨 베이징대학 비서장과 총장을 역임했다. 동아문화협의회 평의원과 화베이작가협회 평의원 등으로 활동했다. 번역서로는 미완성이지만 『만엽집』, 『원씨물어』 등 일본문헌 다수가 있으며, 중국 최초로 단테의 『신곡』을 번역 소개했다.

선치지 沈啓无, 1902~1969

본명은 선양沈鍚이었으나 대학시절 선양沈陽으로 개명했다. 장수江蘇성 화이인淮陰출신이다. 시인, 학자로 활동했으며, 위핑보俞平伯, 페이밍廢名, 장사오위안江紹原과 함께 저우쭤런周作人의 4대 문하생으로 알려졌다. 베이징 옌징燕京대학 중문과를 졸업한 후 베

동아문화협의회회장

이징여자사범대학, 옌징대학 등에서 재직하다가 중일전쟁 후에는 베이징대학 중문과 주임을 역임했다. 1940년 이후에는 화베이작가협회 회원으로 활동하면서 제1, 2차 대동아문학자대회에 참가했다. 대표적 저서로는 『중국문학사강고』, 『대학어문』 등이 있으며, 문학작품으로는 페이밍廢名과 함께 펴낸 시집 『물가水邊』(1944)와 개인시집 『사념집思念集』(1945) 등이 있다. 해방 후에는 베이징사범대학 중문과에서 재직하다가 1969년 병으로 사망했다.

여우빙치 尤炳圻, 1912~1984

장수江蘇성 우시無錫 출신이다. 일본문학연구가 및 번역가로 활동했다. 국립베이징사범대학 중문과와 칭화대학 외국어학과를 졸업한 후 일본 도쿄제국대학 문학연구원에서 수학했다. 귀구하여 베이징 근대과학 도서관과 베이징 여자사범대학 일본어 강사를 역임했다. 그는 저우쮀런의 문하생으로 통한다. 중일전쟁 후에는 베이징대학 문학원 교수로 재직하면서 화베이 작가협회 회원으로 활동했다. 해방 후에는 국립시베이西北사범대학 중국어문과 교수로 재직했다. 번역서로는 스코틀랜드 출신 작가 케네스 그레이엄의 『버드나무에 부는 바람楊柳風』과 시마자키 도손島崎藤村의 『파계破戒』, 나쓰메 소세키夏目漱石의 『나는 고양이로소이다我是猫』, 『열흘간의 꿈夢十夜』, 그리고 루쉰의 일본인 친구 우찌야마 간조內山完造의 『어느 일본인이 본 중국一個日本人的中國觀』 등이 있다. 해방 후 시베이西北사범대학에서 교수로 재직하다 1984년 란저우蘭州에서 병사했다.

장워쥔 張我軍, 1902~1955

타이완 타이베이臺北 출신으로 본명은 장칭롱張淸榮이다. 일랑一郎, 야마野馬, 이재以齋 등을 필명으로 사용했다. 1921년 시아먼厦門으로 건너가 신문학을 접하면서 이름을 장워쥔으로 개명했다. 1926년 베이징으로 이주하여 베이징사범대학 국문과를 입학한 후 '베이징 타이완 청년회'를 조직하고 『소년 타이완少年臺灣』이라는 잡지를 발행했다. 아울러 타이완의 신문 잡지 등에 신문학 필요성에 관한 글을 투고하는 한편 대륙의 신문학을 소개했다. 이러한 활동으로 인해 후에 타이완 신문학의 개척자, '타이완의 후스胡適'라는 별칭을 갖게 되었다. 대학 졸업 후에는 모교와 베이징대학에서 일본어 강사를 역임하면서 베이징시 정부의 일본 담당으로 일했다. 장워쥔 또한 저우쭤런으로부터 깊은 영향을 받았으며, 지속적으로 교류했다. 중일전쟁 이후 베이징대학에서 교수로 재직했으며, 화베이 대표로 제1차, 제2차 대동아문학자대회에 참석했다. 1946년 타이완으로 돌아가 잡지 발행

인으로 활동하다가 1955년 타이베이에서 암으로 병사했다. 작품으로는 타이완 최초의 신시집으로 평가받는 『혼잡한 도시의 연애亂都之戀』와 『복권을 팔다買彩票』, 『바이여사의 슬픈 이야기白太太的哀史』, 『유혹誘惑』 등의 소설이 있으며, 다수의 일본어 교재와 사전을 편찬했다. 2002년 타이완에서 『장워쥔 전집』이 출판되었다.

저우화런周化人, 1903~1976

광둥성 출신으로 베이징대학 졸업 후 철도국 등에서 근무하다가 영국으로 건너가 런던대학에서 공부했다. 귀국 후 왕징웨이汪精衛 정권에서 중앙 비서처 선전부장과 광저우특별시장 등 주요 보

직을 역임했다. 해방 후 친일분자로 수감되었다가 석방된 후 홍콩으로 이주했다. 주요저술로는 일본 강점시기에 발표한 『대동아주의 요강』, 『대동아주의론』 등이 있으며, 홍콩 이주 후에 저술한 『중국문학사고』가 있다.

쉬시칭 许锡庆

광둥성 출신으로 중산대학에서 수학했다. 동아연맹 난징분회 상무이사와 국민정부 선전부 주석참사 등을 역임했으며, 저서로는 『중국혁명이론 및 사실史実』이 있다.

딩위린 丁雨林, 1907~?

상하이 출신이다. 본명은 딩쟈슈丁嘉樹이며, 딩딩丁丁이라는 필명을 사용했다. 상하이대학을 졸업한 후 모교에서 교수와 학보사 주필로 재직했다. 1940년 왕징웨이 정권 성립 후에는 난징으로 옮겨 '중국작가연의회中國作家聯誼會' 창립멤버로 활동하면서 월간 문학잡지 『작가』와 '작가총서'를 펴냈다. 이후 수저우로 이주하여 장수성 교육청 주임비서 등을 역임했다. 주요 저서로는 『작은 사건小事件』, 『기이하지 않은 시未奇的詩』, 『차타집蹉跎集』 등이 있다.

판쉬주 ^{潘序祖, 1902~1990}

안휘이성 출신으로 필명인 판위쉬^{潘予且}로 더 알려져 있다. 일찍이 상하이의 성 요한대학에서 공부를 시작했으나 학교당국이 '5·30'운동 참가를 못하게 하자 광화대학으로 옮겼다. 졸업 후 본교에서 서양사를 강의하면서 『여의주^{如意珠}』, 『식후담화^{飯後談話}』 등을 발표했다. 또한 연극에도 관심을 보여 학생들을 지도하는 한편 『무대예술^{舞臺藝術}』 등 이론서를 저술했다. 이후 중화서국에서 편집을 담당했고, 잡지 『신중화』 발행에 참가했다. 중일전쟁 이후에는 주로 통속소설을 창작했는데, 단편소설집으로는 『위쉬 단편소설집』, 『일곱 여성 책^{七女書}』 등이 있고, 장편소설로는 『여교장』, 『금색 봉황 그림자^{金鳳影}』 등이 있다. 해방 후에는 상하이의 중학교에서 교편생활을 하며 지냈다.

류위성 ^{柳雨生, 1917~2009}

원적은 광저우이나 베이징에서 출생했다. 일찍이 베이징대학과 중문과를 입학했으나, 중일전쟁 발발로 상하이 광화^{光華}대학으로 옮겨 공부했다. 졸업 후 광화대학 교수와 국민정부 선전부 편심, 신국민운동 촉진위원회 비서 등을 역임했다. 상하이 이주 후 류춘런^{柳存仁}이라는 이름으로 작품 발표하기 시작했고, 친인단체인 '중일문화협회'의 주요회원으로 활동하면서 중화민국 대표로는 유일하게 3년 연속 대동아문학자대회에 참석했다. 1943년 대표적 친일문학 잡지인 『풍

우담風雨談』을 발행했으며, 태평서국을 인수하여 다수의 문학작품을 출판했다. 해방 후 친일분자의 죄명으로 3년 형을 판결 받았으나 이듬해 석방되어 홍콩을 이주했다. 1957년 영국 런던대학에서 철학박사 학위를 받은 후 오스트리아 국립대학에서 중문과 교수와 동아시아연구원장, 영국 왕립 아시아학회 회원 등을 역임했다. 문학작품으로는 수필집『회향기懷鄕記』와 단편소설집『달처기撻妻記』 등이 있고, 학술저서로는『화풍당문집和風堂文集』,『런던 소재 중국소설 서목 제요』,『중국소설 속의 불교와 도교 영향』 등이 있다.

저우위잉 周毓英, 1900~1945

장수성 출신이다. 필명은 쥐화菊華이며, 일찍이 중국 문단을 이끈 창조사와 중국좌익작가연맹의 회원으로 활동했으나, 좌련에서 제명된 후 장즈핑張資平과『악군월간樂群月刊』을 창간하여 프로문학을 공격했고,『신흥문학론집』에서는 루쉰을 비판했다. 이후 중국문화협회 발기인으로 활동했으며, 변경위원회 상무위원 역임했다. 저서로는『최후의 승리』,『파시즘과 중국혁명』 등 있다.

공츠핑 龔持平, 1907~?

일찍이 창조사 회원으로 문단 활동을 시작했으나 중일전쟁 이후에는 상하이와 난징에서 활동하면서 중국대학 교수와 '중국작가연의회中國作家聯誼會' 기관지인 『작가』 편집인을 역임했다. 작품으로는 『여명黎明』과 『결정結晶』 등이 있다.

제2차 대동아문학자대회 중국인 대표자 일행, 1943년 8월 24일 도쿄 재일 중국대사관.
앞줄 왼쪽부터 장커비아오(章克標), 타오캉더(陶亢德) 류리우성(柳雨生), 쉬바이린(徐白林), 뒷줄 왼쪽부터 천멘(陳綿), 관루(關露), 차이페이(蔡培, 중국대사), 선치지(沈啓启), 저우웨란(周越然), 류롱광(柳龍光), 천리아오스(陳廖士), 장워쥔(蔣我軍), (한사람 건너) 시에시핑(謝希平), (한사람 건너) 루펑(魯風)

대만 참여자

롱잉종 龍瑛宗, 1912~2000

대만상공학교를 졸업후 은행에 취직. 1937년 처녀작 '파파야 나무가 열리는 마을'로 일본 '개조' 잡지의 소설 가작으로 등단. 일본어로 창작활동을 하기 시작함. 1939년 대만의 일본인 작가 니시카와 미쓰루西川滿가 발기한 '대만문예가협회'에 가입하고 그 기관지『문예대만』의 편집위원이 되다. 잠시 은행원 일을 그만두고『대만일일신문』의 편집자가 된 적도 있다. 1942년 니시카와 미쓰루, 장웬환張文環, 하마다 하야오濱田隼雄와 함께 동경에서 열린 대동아문학자대회에 참가하였다. 이후에 친일협력하는 글을 활발하게 발표하였다. 전후에『중화일보』일본어판 편집자로 활동하였지만, 중국이 창작이 본격화되고 일본어 창작이 금지되면서 문단 활동을 접게 되었다. 2006년『롱잉종龍瑛宗 전집』8권이 발간되었다.

장웬환 張文環, 1909~1978

1927년 일본으로 건너가 오카야마 중학岡山中學에 입학. 졸업후 동양대학에서 문학을 공부함. 1932년 대만유학생들과 함께 '대만예술연구회'를 조직하고 기관지『포르모사』를 펴냄. 1937년 대만으로 돌아와서 '풍월보'의 일본어 편집자로 취직하였다.

1940년 니시카와 미쓰루西川滿가 조직한 '대만문예가협회'에 가
입하고 기관지『문예대만』의 편집일을 한다. 일본인 작가들의 문
학에 불만을 품고 황더시黃得時, 왕징첸王井泉과 함께『계문사』를
조직하고 잡지『대만문학』을 펴낸다. 1942년 니시카와 미쓰루西川
滿, 룽잉종龍瑛宗, 하마다 하야오濱田隼雄과 함께 동경에서 열린 대
동아문학자대회에 참가하였다. 2002년 장원환張文環전집 총 8권
이 발간되었다.

참고문헌

小田切進,『日本近代文学年表』, 小学館, 1993.12.

呉若彤,「豊島与志雄「台湾の姿態」をめぐって」,『歴史文化社会論講座紀要』10, 京都
　　　大学大学院人間・環境学研究科歴史文化社会論講座, 2013.2.

目野由希,「南米の島崎藤村－国策的国際文化交流の再考」,『文学研究論集』26, 筑波
　　　大学比較・理論文学会, 2008.1.

細川正義,「島崎藤村『東方の門』論－藤村における東と西」,『日本文藝研究』56-3, 關
　　　西學院大學日本文學會, 2004.12.

栗原克丸,『日本浪漫派・その周辺』, 高文研, 1985.3.

이 책에는 '대동아문학자대회大東亞文學者大會' 제1회와 제2회 회의록을 번역해 실었다. 제1회 대회는 1942년 11월 3일부터 일주일간 도쿄에서, 제2회 대회는 1943년 8월 25일부터 3일간 도쿄에서, 제3회 대회는 1944년 11월 12일부터 3일간 중국 난징에서 열렸다. 제1회나 제2회 대회와 달리 제3회 대회는 일본의 전황이 되돌리기 힘들 만큼 악화되고 있던 시기에 열렸다. 더구나 제3회 대회는 일본이 아니라 중국에서 열리면서 관련 자료나 회의록을 입수하기 힘든 실정이다. 따라서 불완전한 형태이기는 하나 제1회와 제2회 대회 회의록만을 이 책에서는 번역해 실을 수밖에 없었다. 제1회 대회 회의록은 『문예文藝』(잡지)에 실린 회의록을 전문 번역한 것이다. 다만 제2회 대회 회의록은 『문학보국文學報國』(신문)에 실린 회의록을 가능한 순서대로 번역했지만 여러 제약이 따랐다. 글자 크기가 작고 잘 보이지 않는 부분도 있어서 루페를 써서 확대해 가며 번역을 했다. 신문에 실린 박스 기사 형식의 회의록인 만큼 순서를 맞추기 힘든 부분은 내용의 흐름에 맞춰서 순서를 정했다.

번역상의 어려움을 한 가지 더 쓰자면 초벌을 끝낸 시점이 1, 2년 전이 아니라 9년도 전인 2010년이라는 것이다. 그런 만큼 초벌을 가다듬는 과정이 꽤나 오래 걸릴 수밖에 없었다. 하지만 일정 부분 '타협'을 하지 않는다면 번역 출판을 포기할 수밖에 없었다. 현재의 시점에서 9년도 전에 해놓은 번역을 매끄럽게 다시 고치는 작업은 사실상 힘들었고 마음에 내키지도 않았다. 그럼에도 이 책을 계속 잡고 붙잡고 있었던 것은 일본 제국과 식민지의 관계 혹은 문화인의 전시동원을 이해할 때 이 회의록이 필수적인 텍스트라고 생각했기 때문이다. 오자키 호쓰키尾崎秀樹 또한 일찍이 『구식민지문학의 연구(日植民地文学の研究)』(勁草書房, 1971)에서 대동아문학자대회가 지니는 역사적 의의를 주목한 바 있다.(이 책은 『일본 근대문학의 상흔 - 구식민지 문학론』이라는 제목으로 한국에도 번역돼 있다) 이 회의록은 전쟁과 문학의 관련 양상을 밝히려 할 때 반드시 통과할 수밖에 없는 그런 텍스트로 자리매김할 것이다. 그만큼 문학과 전시 동원은 떼려야 뗄 수 없는 관계였다.

대동아문학자대회는 일본문학보국회(1942년 5월 결성)가 군부와 일체가 돼 기획한 것이다. 이 대회의 목적은 일본 제국의 메트로폴, 도쿄를 중심으로 일본 작가들이, 중국, 만주, 남방, 조선 등 권역의 작가들을 불러서 문화전쟁, 즉 서구에 대항하는 프로파간다를 원활히 수행하기 위함이었음은 회의록 곳곳에서도 확인된다. 혹자는 기록 이면의 그림자와 잡음을 들어 참가한 문학자들에게서 '면종복배'의 모습을 발견하려 한다. 협력 이면의 저항, 저항 이면의 협력을 읽어내려는 착종된 혹은 복잡한 인간상의 추구는 문학이 추구하는 방향이기도 하다. 인간의 실체와 욕망은 여러 갈래로 얽히고설켜 있기에 단선적으로 파악할 수 없기도 하다. 대동아문학자대회에 참가한 문학자 중에서 면종복배의 자세를 관철한 인물이 단 한 명도 없었다고 할 수는 없다. 하지만 같은 시기에 중국 대륙에서 펜을 들고, 혹은 총을 들고 제국주의와 싸웠던 문학자들을 그저 개인적 욕망의 변주로 파악해 모두 같은 역사의 희생양으로 재단한다면 자신의 기준에 맞춰 한쪽에서는 적극적 변호를 한쪽에서는 적극적 폄하를 하고 있다고밖에 할 수 없지 않을까? 이 책을 번역하게 된 동인은 어쩌면 이러한 물음과 의문에 있었던 것인지도 모르겠다.

이 책은 소명출판이 없었다면 세상의 빛을 보기 힘들었을 것이다. 대동아문학자대회 회의록이 단행본으로 묶여서 어딘가에서 나왔다는 이야기는 들어본 적이 없다. 일본에서도 마찬가지다. 9년 동안 늘 마음속에 담아만 뒀던 책이 나올 수 있게 해준 박성모 소명출판 대표님과 바턴을 이어 받아 편집해 준 장혜정 편집자께도 감사드린다. 이 번역의 시작은 오무라 마스오 교수님(와세다대)과 김재용 교수님(원광대)이 조직했던 국제심포지엄 '식민주의와 문학' 제6회 대회였다. 제6회 대회가 바로 "대동아문학자대회의 안과 밖"(카이스트, 2010.12.4)이었다. 부록 '대동아문학자대회 주요 참가자'의 일부 또한 두 분의 도움으로 작성됐음도 밝혀둔다.

2019년 2월 20일
옮긴이 씀